지네의 꿈

김재은
장편소설

"이곳이 너를 옭아매는 담벼락으로 여겨진다면,
여기에서 나가 자유롭게 살고 싶다면,
너 스스로의 힘으로 여길 빠져나갈 방법을 찾아야 돼.
탈출 방법까지도 다른 누군가에게 의존한다면
그 결말은 지금과 같을 거야."

지네의 꿈

김재은 지음

발행처	도서출판 청어
발행인	이영철
영업	이동호
홍보	천성래
기획	육재섭
편집	이설빈
디자인	이수빈	구유림
제작이사	공병한
인쇄	두리터

등록　1999년 5월 3일
　　　(제321-3210002510019990000063호)

1판 1쇄 발행　2025년 6월 20일

주소　　서울특별시 서초구 남부순환로 364길 8-15 동일빌딩 2층
대표전화　02-586-0477
팩시밀리　0303-0942-0478
홈페이지　www.chungeobook.com
E-mail　ppi20@hanmail.net

ISBN　979-11-6855-351-4(03810)

이 책의 저작권은 저자와 도서출판 청어에 있습니다.
무단 전재 및 복제를 금합니다.

지네의 꿈

김재은 장편소설

작가의 말

　사춘기를 앞둔 12살 무렵, '장래 희망'을 적는 종이의 빈칸 앞에서 한참을 망설였다. 과학자, 대통령, 축구 선수, 그 전엔 쉽게 적었던 단어들이 연필 심지 끝에서 맴돌았다. 만족스러운 답을 찾지 못한 나는 그 종이를 고이 접어 가슴 깊숙한 곳에 묻기로 했다. 시간이 지나면 자연스레 답을 알게 되리라 믿었다.
　세상이 그런 나를 보며 말을 걸었다. 꿈은 환상이다. 극소수만이 자신의 꿈으로 성공한 삶을 산다. 그러니 넌 대다수가 인정하는 대학과 직업을 목표로 살아라. 그의 말은 부드럽고 달콤했다. 그는 진심으로 나를 위하는 듯했다. 그의 말에 동의하자 묻어둔 종이 위로 한 겹의 흙이 쌓였다.

　30년이 흘렀다. 나는 사회의 구성원이 되어 있었다. 새로운 가족의 구성원이 되어 있었다. 하지만 그 안에 '나'는 없었다. 난 예전에 묻어두었던 종이를 떠올렸다. 그 종이를 찾아야 했다. 종이를 찾으러 간 그곳에서 오랜 세월 켜켜이 쌓인 거대한 땅덩이를 마주했다. 막막함에 압도당해 그 자리에 주저앉았다. 한참을 그대로 있다가 세상에 도움을 부탁해 보기로 했다.

오래전 나에게 부드러운 목소리로 얘기해주던 세상을 기대했다. 하지만 그는 매몰차게 나의 도움을 거절했다. 종이를 찾으려거든 너의 맨손으로 흙을 파라며 비아냥거렸다. 배신감에 치가 떨렸지만, 그의 말을 곧이곧대로 믿은 나의 잘못을 인정하지 않을 수 없었다.

나는 딱딱하게 굳은 땅을 맨손으로 팠다. 손끝에 피가 맺히고 굳은 살이 박였다. 고통을 삼키며 파 내려간 곳에서 난 씨앗 하나를 발견했다.

그렇게 이 소설을 썼다.

목차

작가의 말 … 4

지네의 꿈 … 8

1

"툭, 툭, 툭…"

까만 먹구름이 하늘을 뒤덮었다. 지네마을에 비가 내린다. 그나시리온이 하늘을 보며 걱정스런 목소리로 말했다. 그는 지네마을의 대장이었다.

"오늘 밤엔 틀림없이 태풍이 몰려오네. 마을이 물에 잠기지 않도록 모두 단단히 준비해두게."

지네들은 어둡고 습한 곳을 좋아해서 축축이 젖은 바위틈, 나뭇잎 속에서 산다. 이 지네마을은 죽은 떡갈나무 안에 만들어져 있었다. 나무 안엔 촉촉한 흙과 이끼, 나뭇잎이 깔려 있어서 지네들이 살기에 적합했다. 게다가 떡갈나무 껍질로 이루어진 천장은 지네들이 무서워하는 강력한 햇빛을 가려주었다.

햇빛에 오랫동안 노출되면 지네 몸이 건조해져서 죽을 수도 있기 때문이다. 그나시리온은 이 떡갈나무로 이사해 정착한 여러 지네 중 하나였다. 오랜 세월이 지나는 동안 떡갈나무 지네마을이 번창하여 수백 마리의 지네가 사는 큰 마을이 되었다.

초기에 떡갈나무에 정착한 지네들은 하나둘 세상을 떠났고, 이제 그나시리온만 남게 되었다. 그는 백발이 성성한 노인이지만 총기만큼은 여느 젊은 지네들 못지않았다. 게다가 수많은 세월 동안 쌓여온 경험과 지식으로 인해, 그는 자연스럽게 마을의 대소사를 관장하였다.

"알겠습니다, 어르신. 저희들이 마을 곳곳을 돌아다니며 비 피해가 없도록 준비 단단히 해두라고 일러두겠습니다."

마을의 청년 지네들은 그의 지시를 전달하기 위해 마을 여기저기로 흩어졌다.

"안에 진리 있니?"

"네, 누구세요?"

당차면서도 아직은 어린 목소리, 어린이 지네 진리였다.

"나, 라라 누나야. 전할 말이 있어서 왔어."

"누나, 안녕하세요. 무슨 일이세요?"

"어른들은 집에 안 계시니? 어머니는 아직 병원에 입원 중이시고?"

"네. 아빠는 엄마 병간호하러 병원에 가셨어요."

"그렇구나. 빨리 쾌차하셔야 할 텐데. 어쩔 수 없이 진리 너한테 얘기해야겠다. 지금 태풍이 오고 있대. 그나시리온 님이 천장을 단단히 정비하라고 말씀하셨어. 너희 집 천장에 큰 구멍이 있지 않니?"

"어, 어떻게 알았어요? 그 누구한테도 말한 적이 없는데?"

"네가 엄마 다리를 고치는 방법을 알아냈다고 니한테 자랑하면서 얘기하지 않았니? 아무튼 큰 비가 내려서 떡갈나무 천장에 빗물이 새지 않도록 구멍을 꼼꼼히 메꿔야 한다. 알았지? 잘못하면 우리 지네마을이 물에 잠기게 돼."

"알겠어요. 단단히 메꿔 놓을게요."

"그럼 널 믿고 가도 되겠지? 다른 집에도 이 말을 전하러 가야 해서 말이야."

"네, 걱정 마세요."

라라가 사라지자 진리가 혼자 중얼거리며 문을 닫았다.

"내가 얼마나 힘들게 저 구멍을 만들었는데. 단단히 메꿔놓으면 언제 다시 구멍을 만든담. 대충 나뭇가지로 덮어놔야겠다."

지네들은 축축한 곳에서 살기 때문에 곰팡이에 감염되기 쉽다. 특히 지네 알은 곰팡이에 취약하다. 그래서 암컷은 알을 낳자마자 온몸을 돌돌 말아 알을 감싸고 곰팡이에 감염되지 않도록 알을 핥아준다. 알이 부화할 때까지 무려 한 달 동안 암컷은 움직이지도 않고 알을 보호한다. 진리 엄마 역시 알을 낳은 후 꼼짝 않고 알을 핥아주다가 감염되었다. 그래서 병원에 입원하게 된 것이었다.

"이쯤 해두면 되겠지? 설마 그깟 비에 구멍이 무너지려고?"

진리가 나뭇가지를 얼기설기 엮어서 대충 구멍을 채워 넣고선 아빠를 기다리며 잠이 들었다.

밤이 깊어지자 지네마을에 비바람이 몰아쳤다. 거세게 내리는 비는 냇물을 이루어 지네마을 떡갈나무를 덮쳤다. 강한 물줄기가 떡갈나무의 가장 약한 부분을 부수고 지네마을로 들이닥쳤다.

"앗, 차거! 이게 뭐야. 물이잖아."

자고 있던 진리 얼굴로 물이 폭포수처럼 쏟아졌다. 구멍이 점점 넓어지면서 진리네 집 천장이 사라졌다.

"진리 살려!"

진리가 혼비백산하며 문을 박차고 뛰어나와 소리쳤다. 그 소리에 자고 있던 지네들이 하나둘 밖으로 뛰쳐나왔다.

"무슨 일인데 한밤중에 소란이람?"

"저기 좀 봐. 홍수가 났다."

거센 물줄기는 진리네 집을 쑥대밭으로 만든 후 지네마을 곳곳을 덮쳤다. 순식간에 물에 잠겼다.

"다른 곳은 괜찮은데 저 한 곳에서만 물이 쏟아집니다! 어서 저 구멍을 막아야 해요."

마을 지네들이 우왕좌왕하는 사이 어디선가 그나시리온이 나타났다.

"나뭇가지들을 챙겨서 다들 바깥으로 나가. 안에서는 구멍을 막을 수 없다. 나무 천장 위로 올라가 구멍 주변에 나뭇가지를 쌓는다."

이 말에 어른 지네들이 일사불란하게 나뭇가지를 들고 바깥으로 나갔다. 수백 마리의 지네들이 단결해 나뭇가지를 쌓으니 금방 구멍이 메꿔졌다.

"천만다행이야. 하지만 이미 마을이 물에 잠겼으니 이를 어쩐담."

"비상사태다. 지네들 모두 마을의 중앙 광장으로 모이도록 하라."

그나시리온의 이야기에 광장은 지네들로 꽉 찼다.

"어디에서 빗물이 들어오기 시작했나?"

"처음에 물이 쏟아져 들어온다고 외친 지네는 바로 진리였습니다."

"진리, 진리가 누구지?"

"제 이웃집에 사는 꼬만데요, 그 애 엄마는 병원에 입원했고 아빠는 엄마를 돌보느라 집을 비웠습니다. 그 집엔 꼬마밖엔 없었어요."

"그 집에 가서 태풍이 온다는 소식을 전달한 지네는 누구인가?"

"저, 접니다."

라라가 기어들어가는 목소리로 앞에 나섰다.

"자네는 태풍 소식을 전달하면서 천장에 문제가 없는지 확인했나?"

"천장을 살펴봤는데요, 그게 말이죠. 진리 말로는 문제없다고 했어요."

"자네가 꼼꼼히 확인했어야지. 그 어린아이의 말만 믿고 대충 확인하면 어떡하나. 자네 때문에 우리 마을이 쑥대밭이 됐다고."

라라는 미안하고 부끄러워서 고개를 들지 못했다. 지네들이 라라에게 분노의 화살을 돌렸다.

"너 때문에 우리 집에 물에 잠겼어. 네가 책임질 거야?"

"집들이 물에 잠긴 것보다 곰팡이가 급속도로 퍼지는 게 더 큰 문제야. 너 때문에 우리 목숨이 위태로워졌다고."

화가 난 지네들이 라라를 둘러싸고 삿대질을 했다. 당장이라도 말리지 않으면 라라에게 심각한 일이 닥칠 듯했다. 바로 그때였다.

"라라 누나는 잘못 없어요. 다 저 때문에 일어난 일이에요. 제가 누나한테 구멍을 메꿀 것처럼 거짓말을 하고 그냥 놔뒀어요."

진리의 말에 모두의 시선이 그쪽으로 향했다. 그나시리온이 앞으로 나서며 말했다.

"네가 진리라는 아이냐? 조그만 녀석이 당돌하구나. 왜 구멍을 메꾸지 않고 그냥 놔뒀지?"

"엄마 병을 고치려고요. 햇볕을 쬐면 곰팡이에 감염된 부위가 낫거든요. 저도 곰팡이에 감염된 적이 있었는데 햇볕을 쬐니 금방 나았어요."

그나시리온은 아무 말 없이 진리를 바라보았다.

"이왕 마을이 물에 잠겼으니 여길 떠나서 햇볕이 잘 드는 곳으로 다 같이 이사를 가는 건 어때요? 그런 곳에 살면 곰팡이 걱정 안 해도 된다고요. 햇볕으로 곰팡이 감염을 치료하는 방법이 있을 거예요."

모두들 진리의 말에 얼빠진 표정이었다. 그나시리온 역시 당황해서 말문이 막혔으나 순간 그의 얼굴에 알 수 없는 두려움, 놀라움 등 다양한 표정이 스쳐 지나갔다.

"진리, 네가 아무리 어린아이라 해도 그런 정신 나간 소리를 하는 게 용서되진 않아. 너로 인해 수많은 지네의 건강이 위협받게 됐다고. 더군다나 우리에겐 햇빛이 얼마나 무서운 존재인지 몰라서 그런 소리를 하는 거니? 햇빛에 노출되면 우리 몸이 비쩍 말라비틀어져 죽는다는 걸 진짜 몰라?"

"저 녀석 머리가 어떻게 된 거 아니야? 아무리 어리다고 해도 저런 쓸데없는 소리를 하다니, 원."

"쟤네 엄마가 곰팡이에 감염돼서 입원했다잖아요. 어린애가 충격을 받아서 머리가 이상해진 거 같아요. 불쌍도 하지."

진리를 욕하는 지네 절반, 불쌍하다고 옹호하는 지네 절반, 웅성웅성 정신이 없다.

이때 조용히 뒤에서 그나시리온의 옷자락을 당기는 지네가 있었다. 대장의 손자 시연이다. 평소 책도 많이 읽고 아는 것도 많은 똑똑한 꼬마 지네였다.

"할아버지, 드릴 말씀이 있어요."

"무슨 말이냐."

"귀 좀 대 보세요."

손자의 귓속말을 들은 그의 얼굴에 알 수 없는 미소가 번졌다.

"자, 모두 조용히 해보게. 저 진리라는 아이에 대해 할 말이 있다."

그가 무슨 말을 할지 모두 귀를 쫑긋 세운다.

"여러분, 혹시 기생충에 감염된 달팽이 얘기를 들어본 적이 있는가? 달팽이 역시 우리와 마찬가지로 햇빛을 싫어하고 그늘지고 축축한 곳에 사는 녀석이지. 근데 달팽이가 파라독섬이라는 기생충에 감염되면 달팽이는 그늘진 곳에서 나와 햇빛이 비치는 높은 곳으로 이동한다. 왜냐하면 그 기생충은 새의 몸에서 알을 낳고 살아야 하는데 그러려면 달팽이가 새에게 잡아 먹혀야 하거든. 달팽이가 어두운 곳에서만 살면 새들의 눈에 뜨이지 않겠지? 그래서 파라독섬은 달팽이를 조정해 새의 눈에 잘 뜨이는 밝은 곳으로 유인한다. 내 생각엔 저 진리라는 녀석도 같은 기생충에 감염된 것 같다. 햇빛을 비정상적으로 좋아하는 걸 보면 말이지."

"그나시리온 님의 말이 맞아. 우리 지네가 햇빛을 좋아한다는 게 말이 돼? 저 녀석은 분명 기생충에 감염됐을 거야."

"맞아, 맞아. 그래서 저 녀석이 천장에 구멍을 뚫고 밖으로 나가려 한 것이구만?"

"하하. 농담이시죠? 전 제 생각대로 행동한다고요. 기생충에 감염되지 않았어요!"

하지만 그나시리온의 말을 들은 지네들에겐 진리의 말이 귀에 들어오지 않았다.

"설마 우리에게 기생충을 옮길 수도 있나요? 저런 녀석이 우리 이웃이었다니."

"기생충이 다른 지네에게 전염될 수 있으니 진리를 격리시켜야 하네. 저 녀석을 병원에 입원시키고 내일 바로 수술에 들어간다. 그래도 기생충을 제거해서 저 녀석을 원래의 모습으로 되돌려 놔야 하지 않겠나."

"맞아, 맞아. 그나시리온 님의 말처럼 저 녀석을 격리시켜야 돼! 우리 마을의 안전을 위해서라도 말이야."

"빨리 저 녀석을 병원으로 옮기자고."

순식간에 지네들이 몰려들어 진리를 들고 병원으로 데려갔다.

"살려줘요! 난 멀쩡하다고요. 엄마, 아빠."

진리가 도착한 곳은 병원의 좁고 외딴 병동이었다.

"저 좀 살려주세요, 의사 선생님. 수술하기 싫어요. 내보내주세요."

"기생충이 너의 뇌를 감염시킨 상황이야. 머리를 갈라서 수술을 해야 기생충을 없앨 수 있어."

"네? 머리를 가른다고요? 그럼 저 죽는 거 아니에요?"

"뭐 운이 나쁘면 죽을 수도 있겠지."

덤덤히 말하는 의사의 말에 진리는 공포에 질렸다.

"전 수술하기 싫다고요! 아빠 좀 만나게 해줘요!"

진리가 난동을 부리자 병원 직원들이 달려들어 그를 붙잡았다.

"마취 주사를 놔야겠다. 이 주사 한 방이면 내일 아침까지 푹 잘 수 있을 거야. 뭐하나, 다들 이 녀석을 꽉 붙잡으라고."

"안 돼, 날 내보내줘!"

하지만 진리는 금세 잡혀서 잠이 들고 말았다.

"휴, 선생님. 이제 진리 녀석이 잠들었습니다. 그런데 정말 이 어린 꼬마가 기생충에 감염된 것이 맞을까요? 만일 기생충에 감염된 것이 아니라면 수술을 진행하는 것이 위험하지 않을까요? 죽을 수도 있다면서요?"

병원 직원 중 하나가 진리가 불쌍했는지 의사에게 조심스럽게 물어본다.

"저 녀석이 기생충에 감염됐는지 여부는 중요하지 않다. 저 녀석은 우리 지네마을을 물에 잠기게 만들었을 뿐만 아니라 햇빛이 비치는 곳에서 살자며 매우 위험한 선동을 했다. 그나시리온 님께선 우리 마을의 안녕과 평화를 위해 저 녀석을 없애야 한다고 하셨지. 자네들은 이 말을 비밀로 간직하고 절대로 아무에게도 말해선 안 되네. 알겠나?"

"아, 네. 알겠습니다."

의사의 으름장에 다들 아무 말도 못 하고 겁에 질린 표정으로 서로를 쳐다본다.

깊은 새벽, 약 기운에 취한 진리가 깊은 잠에 빠져있다. 그때 진리의 방문이 스르르 열리더니 검은 그림자 하나가 미끄러지듯이 쑥 들어온다.

"진리야, 아빠다. 어서 일어나. 정신 차려."

진리의 뺨을 세게 때리자 진리가 가까스로 잠에서 깬다.

"누구야, 졸려 죽겠는데 내 잠을 깨우는 녀석이…"

"넌 내일이면 죽게 생겼는데 잠이 오니?"

"아빠? 내가 여기에 있는 줄 어떻게 알고 왔어요? 좀 빨리 오지 그랬어요."

"이 병원이 네 엄마가 입원한 병원이다. 저녁에 하도 시끄러워 무슨 일인가 봤더니 네가 방에 갇히더구나. 몰래 의사가 하는 이야기도 엿들었다. 넌 내일 수술하면 아마 깨어나지 못할 거야. 여기서 빨리 탈출해야 돼."

"나 기생충에 감염되지 않은 건 아빠도 잘 알죠. 수술 안 해도 된다고 아빠가 의사 선생님한테 잘 설명해주세요."

"기생충에 감염됐는지 안 됐는지가 중요한 게 아니다. 그나시리온은 너를 이 마을에서 없애려고 하고 있어."

"왜요, 마을이 물에 잠기게 만들어서요?"

"그것보다 더 큰 이유가 있다. 네가 햇빛 이야기를 했다면서? 그나시리온은 해를 동경하는 것을 마을의 큰 위협으로 생각하고 있어."

진리의 아빠, 수용이 진리에게 떡갈나무 마을의 탄생 과정을 들려주기 시작했다.

우리 지네들은 항상 어두침침하고 축축한 곳에서 살다 보니 곰팡이에 쉽게 감염된다는 건 너도 잘 알고 있겠지. 이 떡갈나무 마을로 이사 오기 전, 그러니까 내가 너 정도 나이였을 때야. 너의 할아버지, 할머니랑 아빠랑 동생들은 산속 깊숙한 동굴에서 살고 있었어. 그 동굴엔 수많은 지네가 마을을 이루고 있었지.

언제나 그렇듯 비가 오고 난 뒤엔 동굴 안은 축축하다 못해 물로 가득 찼단다. 그럴 때마다 많은 지네가 곰팡이에 감염되고 그들은 죽거나 다리가 잘렸어. 내 동생들도 곰팡이에 의해 다 죽었고 이 아빠 혼자만 남게 됐다. 네 할아버지는 자식들이 죽어 나가는 상황을 도저히 참을 수 없었어. 그 동굴에서는 살 수 없다고 생각했지. 그래서 자신과 뜻이 맞는 지네들을 모아 동굴을 빠져나가 새로운 터전을 만들고자 했어.

그중에 한 지네가 바로 네 할아버지의 친구였던 지금의 그나시리온이란다. 곰팡이에 의해 가족들을 잃은 지네들은 아버지를 따라 새로운 곳으로 모험을 떠나기로 했지. 특별한 목적지는 없었어. 그냥 무작정 곰팡이의 감염을 피하기 위해 발이 가는 대로 그 동굴을 탈출한 거야. 동굴을 떠나기로 한 날, 마을에 살던 지네들의 거의 절반 정도가 아버지를 따라나섰다. 수많은 지네가 아버지를 따라 질서정연하게 동굴을 나서던 그때의 모습은 지금도 잊혀지지 않아. 우리는 모두 곰팡이가 없는 새로운 세상에서 살 수 있다는 기대감에 부풀어 있었지. 하지만 동굴 밖으로 나가본 적이 없던 우리들은 그 여정이 얼마나 위험하고 두려운 것인지 알지 못했지.

한낮에 내리쬐는 햇빛은 우리 몸을 타들어 가게 했다. 곰팡이만큼, 아니 그보다 더 무섭게 우리 목숨을 위협했지. 낮 동안 햇빛에 의해 바짝 말라버린 땅에선 우리는 숨쉬기도 어려웠다. 동굴에서 나온 지 불과 며칠 만에 절반 이상의 지네들이 죽고 말았어. 남은 지네들도 사실 더 이상 목숨을 유지하긴 어려웠지. 우리 모두 이대로 죽는다고 생각할 때쯤 하늘이 도왔지. 비가 내리기 시작한 거야. 힘을 얻은 우리는 여정을 이어갈 수 있었고, 결국 지금 우리가 살고 있는 떡갈나무를 찾을 수 있었다.

떡갈나무는 전에 살던 동굴보다 훨씬 좋은 환경이었어. 촉촉한 습기를 유지할 뿐만 아니라 물도 잘 빠지는 구조여서 비가 오더라도 동굴처럼 물이 많이 고이지 않았지. 그래도 곰팡이 감염을 피할 수 없었지만, 동굴에서 살 때보다는 훨씬 좋은 환경인 건 분명했다. 살아남은 지네들은 자신들이 옳은 선택을 했다고 믿었다. 다만 햇빛에 가족들을 잃은 지네들은 자신들만 이렇게 좋은 환경에서 산다는 것에 대한 미안함과 슬픔, 분노를 가질 수밖에 없었어.

그나시리온도 그렇게 가족들을 다 잃고 혼자만 떡갈나무에서 살게 된 지네였다. 아내와 자식을 모두 잃은 절망적인 상황이었지. 당시 그의 심정이 어땠을지는 짐작조차 할 수 없지만, 그래도 그는 꿋꿋이 그 상황을 이겨냈어. 아니, 이겨낸 것인지 다만 버틴 것인지 알 수 없지만, 시간이 약이라고 그는 어느덧 새로운 가정을 꾸리고 행복하게 살아갔어.

떡갈나무 마을에 정착한 지 어언 십 년이 지났을 때였다. 나도 이제 성인을 바라보는 나이가 됐어. 그 십 년 동안의 삶은 동굴 시절과 비교하면 훨씬 살만한 것이었지. 곰팡이에 감염되는 지네들도 종종 있었지만, 동굴 시절 때보다는 감염의 정도도 훨씬 약했고, 치료를 받으면 목숨을 구하는 경우도 많았어.

다들 이제 곰팡이는 피할 수 없는 존재라 여기고 같이 살아가야 하는 숙명이라 여기게 되었단다. 이 정도로만 감염되고 목숨을 이어갈 수 있다는 것만으로도 감사하고 살았지. 다만 너의 할아버지에겐 곰팡이는 평생에 걸쳐 물리치고 없애야 할 적이었다. 왜냐하면 떡갈나무로 이사 온 후에 내 어머니가 곰팡이에 감염이 되었거든. 다행히 목숨이 위험하진 않았지만, 다리를 쓸 수 없는 상황이었어. 주변에선 그만하길 다행이다, 살아있기만 한 것도 행운이다 했지만, 아버지는 어머니의 다리를 고칠 수 없는 상황에 절망했다. 어떻게든 어머니의 병을 고치려고 했지만 그게 어디 쉽니. 바뀌지 않는 현실 앞에 아버지는 분노했지만, 시간이 지날수록 분노는 무력감으로 비꼈다.

사실 나도 어머니가 아프실 땐 어떻게든 병을 고치는 방법이 있을 거라고 생각하며 병간호를 했지만, 나중에는 현실을 받아들이고 이대로 사는 것이 최선이라고 생각했어. 현실에 적응하는 것도 삶의 한 부분이라 여긴 거지. 하지만 아버지는 현실과 타협할 생각이 없었어. 그럴수록 커지는 좌절감은 아버지를 나약하고 무기력하게 만들었다. 나는 그러한 아버지의 모습을 견딜 수가 없었어.
 "아버지, 이제 어머니의 병을 낫게 할 방법은 없어요. 그냥 이 상황을 인정하고 받아들이세요. 그래야 우리 가족이 더 행복하게 살 수 있다고요. 그것이 어쩌면 어머니를 위한 방법일지 몰라요. 아버지가 이럴수록 나랑 어머니만 더 힘들어지는 거 모르세요?"
 아버지는 순간 증오로 가득 찬 얼굴로 나를 말없이 노려보더니 나의 뺨을 세게 쳤어. 그 순간부터 나는 마음속에서 아버지를 지우기로 했다.

 난 네 할아버지와 말도 섞지 않고 오랜 시간을 보냈어. 그러던 어느 날 아버지가 헐레벌떡 집으로 들어왔어. 유달리 상기된 표정의 아버지를 처음으로 보았어. 아니, 전에 그 표정을 본 적이 있었어. 바로 동굴을 탈출하던 그때 그 표정이었지. 아버지는 나를 쓱 보더니 문을 닫고 방으로 들어갔어. 그 후로 몇 날 며칠을 방에서 꼼짝 않고 나오시질 않더군. 나는 아버지가 걱정됐지만 자존심 때문에 방문을 열고 들어가질 못했어.
 어느 날 밤, 자는 동안에 방문이 열리는 인기척이 나더라. 난 잠에서 깼지만, 아버지와 마주치지 않으려고 자는 척을 했지. 아버지는 자는 내게 와서 뭐라고 중얼거리시더니 내 머리맡에 편지를 놔두고는 집 밖을 나가셨다. 그게 네 할아버지의 마지막 모습이었어.

 다음 날 아침, 편지를 뜯어보니 이렇게 적혀 있었다.
 '아들아, 이제 방법을 찾을 수 있을 거 같다. 그동안 네 엄마 잘 보살펴주렴. 곧 돌아오마.'

난 드디어 아버지가 정신이 나갔다고 생각했어. 그래도 아버지를 찾아야 했기에 여기저기 수소문을 하다가 그나시리온이 생각났지. 초창기 떡갈나무 시절 아버지는 마을의 우두머리였고, 가족을 잃은 그를 진심으로 돌봐주고 챙겨줬어. 아버지가 무기력해진 이후엔 그나시리온이 마을의 지도자가 되었고, 자신이 받았던 은혜를 아버지에게 베풀었다. 그렇기에 아버지가 당연히 그를 찾아가 무슨 얘기를 했을 거라 생각했지.

"그나시리온 아저씨, 안녕하세요. 혹시 제 아버지 보신 적 없으세요?"

"오, 수용이구나. 오랜만이군. 안타깝지만 이제 너의 아버지는 찾지 않는 것이 좋겠다."

"무슨 말씀이세요. 아버지가 어떤 말을 했길래 그러시는 거죠?"

"곰팡이 감염을 치료할 수 있는 방법이 있다고 하더라. 그러면서 자신과 같이 치료법을 찾으러 모험을 떠날 청년 지네 셋을 지원해달라는 거야. 그 치료법을 찾으러 어디로 가냐고 물으니 사막이란 곳으로 간다고 하더군. 사막? 난생처음 들어보는 곳에 간다니. 더군다나 그곳은 햇볕이 강렬하게 내리쬐는 곳이라고 하더라.

난 네 아버지한테 그렇게 위험한 곳을 가려면 혼자 가라고 말했다. 그러자 네 아버지는 나한테 온갖 저주를 퍼붓더니 마을 밖으로 나가버렸다. 너한테 미안한 얘기지만, 그는 단단히 미친 게 틀림없어. 너도 알지? 햇빛이 우리 지네한테 얼마나 위협적인 존재인지. 그런데 그 햇빛으로 가득한 곳을 찾아가서 곰팡이 치료법을 알아오겠다는 것이 말이나 되니? 수용이 네가 이 상황을 받아들이기 힘든 거 안다. 하지만 너한텐 돌봐야 할 어머니가 있지 않니. 아버지 일은 잊고 어머니 병간

호에 전념하렴. 이 아저씨도 힘닿는 데까지 도와줄 테니 걱정 말고. 시간이 지나면 네 아버지도 정신 차리고 다시 돌아올 게다."
 "하지만 아저씨, 아버지가 마을을 떠난 지 얼마 안 됐으니 마을 지네들이 조금만 힘을 합하면 금방 찾을 수도 있잖아요. 아저씨가 지네들에게 도움을 요청해 주시면 안 될까요?"
 그러자 그나시리온이 무서운 표정으로 나한테 말했어.
 "정신 나간 지네를 찾자고 다른 누군가를 희생할 순 없어! 지네마을을 위해선 네 아버지는 돌아오지 않아야 돼. 그런 미친 소리나 지껄이면서 우리 마을을 위험에 빠뜨리는 자는 그 누구도 용서할 수 없다."
 그나시리온이 햇빛을 얼마나 무서워하고 증오하는지는 알았지만 그 정도로 햇빛에 대한 분노가 심한 줄은 몰랐어. 더 이상 도움을 요청하지 못하고 집으로 돌아왔다. 나 혼자 아버지를 찾으러 나가볼까 했지만 사실 겁도 나고, 어머니를 두고 갈 순 없었어. 그저 아버지가 무사하길 빌면서 하루하루를 보냈지.
 얼마나 지났을까. 집 앞으로 한 통의 편지가 왔어. 바로 할아버지가 보낸 편지였지. 할아버지가 살아 있다는 것이 기쁘면서도 한편, 이 편지를 다른 지네한테 들키지 않을까 걱정했어. 혹시 그나시리온에게 이 사실이 알려지면 괜히 나한테도 불통이 튈 것 같았거든. 몰래 숨어서 본 편지에는 다음과 같이 적혀 있었다.
 "뭐, 뭐라고 적혀있었는데요?"
 진리는 자신의 처지도 잊은 채 아빠의 이야기에 푹 빠져 시간 가는 줄 몰랐다.
 "자, 여길 봐라. 이 가방에 든 종이 뭉텅이들이 다 네 할아버지가 보낸 편지들이야. 아빠가 편지를 받은 순서대로 종이에 숫자를 써 놓아서 정리를 해두었지. 이 중 첫 번째 편지를 한번 읽어보렴."

아빠가 건네는 편지를 받아든 그가 머리를 긁적였다.

"저, 아빠 근데요. 저 아직 글을 못 읽어요."

"뭐라고, 학교에서 글자도 안 배웠니?"

"선생님이 가르쳐 주시긴 했는데요, 전 공부가 재미없더라고요. 그래서 글자를 몰라요."

"이런, 내가 네 엄마 병간호를 하느라 너의 학교생활에 너무 무관심했구나."

"그게 뭐 아빠 탓인가요? 내가 공부를 안 한 건데요, 뭐. 너무 걱정마세요. 이번에 학교로 돌아가면 열심히 공부할게요."

"그래. 학교로 돌아갈 수 있으면 좋겠다. 생각이 없는 건지 긍정적인 건지, 원. 편지 줘봐. 아빠가 읽어줄게."

그에게서 편지를 받아든 아빠가 다시 이야기를 들려주려고 할 때였다. 병원 복도에서 웅성웅성 소리가 들렸다.

"병원 지네들이 여기로 오나 보다. 진리야, 어서 침대 밑으로 숨어. 내가 이불을 뒤집어쓰고 너인 척할 테니깐 그때 몰래 문 밖으로 빠져나가."

"아빠, 저 혼자 어디로 가요, 아빠도 같이 가요."

"난 네 엄마를 돌봐야지, 게다가 여기선 우리 둘이 같이 빠져나갈 수가 없다. 그러다간 둘 다 잡히고 말 거야. 내가 지네들을 유인할 테니 얼른 마을 밖으로 나가. 편지에 적힌 대로만 간다면 큰 문제 없을 거다. 할아버지의 마지막 편지엔 분명 햇빛과 같이 살 수 있는 방법이 있다고 했어. 네가 그 방법만 찾을 수 있다면 이 마을로 돌아와 살 수 있을 거다."

"난 이렇게 어리고 글도 못 읽는데 이 편지를 가지고 어떻게 하란 말이에요. 말이 되는 얘기를 하세요."

"넌 여기 있으면 수술 받다가 죽는다. 그리고 이런 상황을 만든 건 너야. 라라의 말을 듣고 구멍만 제대로 메꿨어도 이런 지경에 이르렀겠니. 또 학교에서 글자 공부만 했어도 할아버지 편지에 적힌 대로 길을 나서기에 수월했을 거다. 과거의 너의 행동이 지금 이 상황을 만든 것이니 누구도 탓하지 마라. 아무리 어려도 너의 행동에 책임을 질 줄 알아야 돼. 자, 어서 가렴. 저들에게 잡히면 꼼짝없이 수술대에 오르게 된다."

아빠는 진리 침대에 누워 머리끝까지 이불을 뒤집어쓰고, 진리는 숨죽인 채 침대 밑에 숨었다.

"애야, 마을을 나가면 두 갈래 길이 있는데 할아버지는 사람 사는 마을이 아닌 다른 곳으로 갔다고 했어, 알았지? 너의 길에 행운이 가득하길… 사랑한다, 아들."

"저도 아빠 사랑해요. 꼭 마을로 다시 돌아올게요."

바로 그때, 끼익 병실 문이 열리고 지네 둘이 침대로 다가왔다.

"이 녀석 이불도 뒤집어쓰고 잘도 자는구만, 코도 골고 말이야."

"그러게, 잘 자고 있는지 한 번 확인해 보세."

병실에 들어선 지네가 이불을 들추려고 손을 뻗었다. 그 순간 다른 지네가 막아섰다.

"이보게, 이 녀석 자는 걸 방해하지 마세. 비록 우리 마을에 해를 끼치긴 했지만 이 어린 꼬마가 내일이면 저세상으로 간다는 게 불쌍하지 않나. 오늘 하루 푹 자게 놔두자구."

"그래, 자네 말을 들으니 좀 불쌍하긴 하구만. 알았네."

두 지네가 침대 맡에서 대화하는 동안, 진리는 열려 있는 문밖으로 스르르 미끄러지듯 나갔다.

'할아버지 편지만 있으면 정말 햇빛 아래에서 사는 법을 찾을 수 있을까? 엄마, 아빠를 위해서라도, 그리고 내가 이 마을에서 살 수 있으려면 꼭 그 방법을 찾아야 할 텐데. 더군다나 글도 못 읽으니 어쩐담. 진작 공부 열심히 해둘걸.'

불안과 걱정을 안고 진리가 할아버지의 편지 가방을 꼭 맨 채 떡갈나무 마을을 빠져나갔다.

'아빠가 사람들이 사는 마을로 가지 말라고 했는데 어디로 가야 하는 거지? 일단 이 길을 따라가다 보면 두 갈래 길이 나오겠지, 거기 가서 생각하자. 그런데 마을 밖으로 나오니 공기가 상쾌하네. 또 내일은 내가 제일 싫어하는 월요일인데 학교에 안 가도 되잖아? 갑자기 기분이 좋아지는걸?'

새로운 모험을 떠나서 신이 나는지 그는 콧노래까지 부르며 가벼운 발걸음으로 길을 나섰다. 얼마나 걸었을까, 아빠가 이야기한 두 갈래 길이 나왔다. 왼쪽 길에는 '부엉이 마을'이라고 쓰인 표지판이 있었고, 오른쪽 길에는 표지판이 없었다.

'저건 뭐라고 쓰인 거지? 사람 사는 마을이라는 건가 아니라는 건가, 아리송하네. 사람 사는 마을이라면 분명 무슨 표시를 해 뒀을 거야. 그러니 표지판이 있는 곳이 사람 마을이라는 거지. 따라서 오른쪽 길로 가야 된다는 거야. 난 참 똑똑하다니깐.'

그가 확신에 차서 오른쪽 길로 씩씩하게 발걸음을 옮겼다. 산 밑으로 이어진 길은 어느 순간 푹신한 흙길에서 딱딱한 아스팔트 길로 바꿰었다. 한참 동안 아스팔트 길이 이어지자 진리는 금방 지쳤다.

'무슨 길이 이렇게 딱딱해? 돌로 만들어진 길인가? 근데 돌길치고는 너무 평평한데? 그리고 이 길에서 걸으면 숨쉬기가 힘들어. 땅이 너무 뜨겁잖아.'

그때 갑자기 하늘에서 커다란 쇠 집게가 내려오더니 그를 순식간에 낚아챘다.

"이건 뭐야, 살려줘."

뱀, 지네 등을 잡는 땅꾼 아저씨가 그를 잡아 주머니 속에 넣으며 중얼거렸다.

"너무 조그만 녀석이라 약으로나 쓸 수 있을까 모르겠네. 일단 이 녀석이라도 잡아 봐야지."

그도 들었다. 지네를 햇볕에 말리면 관절통에 좋다는 이야기가 있어서 사람들이 지네를 잡다 약으로 쓴다는 얘기를. 주머니에 갇힌 그는 겁도 나지만 한편으로는 잘됐다 싶기도 했다.

'더운데 걷느라 힘들었는데 잘됐다. 그늘에서 낮잠이나 자야겠다.'

땅꾼이 뭔지 알 턱이 없는 그는 태연하게 주머니 속에서 낮잠을 잤다.

"김 씨 아저씨, 안녕하세요. 오늘 많이 잡으셨나요?"

"웬걸, 조그만 새끼 지네 하나 밖에 못 잡았네. 길가에 있길래 잡긴 했지만 이렇게 작아서야."

"아저씨, 제가 한 번 봐도 돼요?"

"되고말고. 여기 주머니 속에 있네."

땅꾼 아저씨와 얘기를 주고받던 청년이 주머니 속에 손을 쑥 넣어 자고 있는 그를 꺼냈다.

"조그만 녀석이 귀엽네요. 아저씨, 이 지네 제가 사도 될까요?"

"지네가 귀엽다니 특이하구만. 그 녀석을 뭔 돈 주고 팔겠나. 그냥 가져가게."

"감사합니다, 아저씨."

이 청년은 마을에서 파충류 체험관을 운영하고 있었다. 아이들에게 파충류를 보여주고 만지는 체험을 제공하는 곳인데, 파충류뿐만 아니라 양서류, 절지동물 등 조그만 동물들을 다양하게 전시해 놓은 체험관이었다.

"꼬마 지네네. 귀엽게 생겼는걸. 아이들이 좋아하겠어."

청년이 자고 있는 그를 손에 꼭 품고 체험관으로 갔다. 그리곤 유리로 사방이 막혀 있는 조그만 수조 안에 넣고 문을 닫았다. 체험관에는 유리로 만들어진 수조가 여러 개 있었다. 다른 수조에 들어있는 동물들이 그를 빤히 처다본다.

"아직도 자나 보네. 이제부터 여기가 네가 살 곳이다. 먹이 걱정, 잠 잘 걱정 안 해도 되니 여기에서 편하게 지내렴. 얘들아, 친구 왔다. 같이 잘 지내라."

청년이 밖으로 나간 후 그를 본 동물들이 웅성웅성거렸다.

"꼬마 지네가 들어왔네. 저 녀석은 밖에서 살다 온 녀석인 것 같은데."

"맞아. 우리처럼 여기서 태어난 게 아니라 야생에서 살다 온 지네야. 근데 여기에 왜 들어온 걸까?"

"얼마 전 사막관에서 살던 지네 하나가 죽었지 않은가. 그 녀석 대신에 들어온 거 같구만."

"같은 지네이긴 한데 생김새나 색깔은 좀 다른 거 같아."

동물들이 시끄럽게 떠드는 소리에 그가 잠에서 깼다.

"낮잠 한번 잘 잤네. 근데 여기는 어디지? 푹신한 흙도 깔려 있고, 마실 물에 밥까지 있네. 일단 음식을 먹어두고 남은 건 가방에 싸 가야겠다."

하루 종일 배가 고팠던 그가 게걸스럽게 음식을 먹었다. 다른 동물들은 조용히 숨죽인 채 진리의 행동을 보고 있었다. 음식을 배불리 먹은 그가 가방을 싸들고 밖으로 나가려 했다.

"쾅."

"아얏, 이게 뭐야! 머리에 혹 났잖아."

유리가 뭔지 모르는 진리는 아무것도 없는 줄 알고 밖으로 나가려다가 그만 유리에 쾅 부딪히고 말았다. 숨죽이고 그를 지켜보고 있던 동물들은 혹이 난 그를 보고 신나게 웃었다.

"하하하, 저 녀석 좀 봐. 유리가 뭔지도 모르나봐."

"크크, 머리 좀 아프겠는걸."

그가 주위를 둘러보니 사방에 수많은 동물이 있었다.

"여기가 도대체 어디야? 그리고 저렇게 희한하게 생긴 동물들은 대체 뭐지?"

진리가 주위가 들릴만큼 중얼거렸다.

"임마, 희한하게 생기다니. 여기서 너보다 신기하게 생긴 동물은 없어. 게다가 저렇게 다리가 많은 녀석이 또 어디 있담? 흐흐."

동물들이 새로 들어온 그를 놀리기 시작했다.

"자, 모두들 조용히 해. 너희보다 어린 꼬마를 놀리는 게 부끄럽지도 않나?"

그의 옆 수조에 사는 개구리가 한마디 하자 모두 조용해졌다. 사람

엄지손가락 한마디 정도 되는 크기에 온몸은 노란색으로 뒤덮인 귀여운 개구리였다. 조그만 개구리 한마디에 동물들이 조용해지니 진리는 이 상황이 신기했다.

"노란 개구리야, 고마워. 넌 조그만 데도 참 씩씩하구나. 나랑 친구 할래?"

"뭐? 하하, 네가 이 몸이 누구신지 모르는 모양이구나. 내 앞 수조에 놓여 있는 나에 대한 설명 좀 읽어봐."

"난 아직 글을 못 읽어."

"음, 아직 꼬맹이라 글도 못 읽나 보군. 나로 말할 것 같으면 지상 최강의 독을 가지고 있는 독화살개구리다. 키는 작지만 내 독으로 뱀, 악어 등 커다란 동물들 쓰러뜨리는 건 일도 아니지. 여기 있는 동물들 중에 내가 최강이다. 그리고 내가 너보다 나이도 훨씬 많다고. 앞으로 누나라고 불러."

진리는 이렇게 조그만 개구리가 강력한 힘을 가졌다는 사실이 믿기지 않는다. 이리둥절한 그에게 독화살개구리가 물었다.

"그런데 넌 어떻게 여기에 오게 됐지?"

진리가 그동안의 상황을 설명하며 할아버지에게 받은 첫 번째 편지를 꺼내 독화살개구리에게 보여줬다. 유리벽을 사이에 두고 독화살개구리가 편지를 읽기 시작했다.

아들아, 아무 말도 없이 떠나는 나를 용서해라. 네 엄마 병을 고칠 수 있다는 희망을 안고 이 마을을 떠난다. 며칠 전 마을 밖에서 먹이를 찾다가 낯선 새들의 습격을 받았다. 재빨리 근처 바위 밑으로 숨어서 새들의 공격을 피할 수 있었지. 새들은 부리로 바위를 밀쳐 내려고 용을 썼지만 맘대로 안 되자 화를 참지 못해 씩씩거리며 말하더군.

"저 지네 녀석은 분명 맛이 없을 거야. 이렇게 습한 곳에서 사는 지네라 살도 무를 테고."

"맞아, 사막에 사는 지네처럼 바삭거리거나 고소하진 않을 거라고. 저런 녀석은 차라리 안 먹는 게 나아."

"이번 겨울에 더운 사막으로 가면 맛있는 사막 지네나 먹어보자."

그 새들은 아마 계절에 따라 여기저기 옮겨 다니는 철새였나 봐. 근데 사막이란 더운 곳에 지네가 산다는 소리를 하잖아. 분명 그곳에 사는 지네를 만나면 태양과 함께 살 수 있는 방법을 알게 될 것이다. 사막이 어디인지, 얼마나 먼 곳인지 알 수 없지만 난 드디어 평생 찾아다니던 삶의 목표를 이룰 수 있을 거 같다. 하루라도 빨리 마을을 떠나 사막에 가겠다는 생각을 하니 이 편지를 쓰는 지금도 너무 흥분되는구나. 앞으로 사막을 찾아가는 여정 동안 너에게 종종 편지를 쓰마. 그럼 이만.

"너희 할아버지가 사막 지네를 찾아 길을 떠났고, 넌 할아버지의 편지를 가지고 사막으로 가는 중이었군?"

"근데 난 편지를 읽지 못한 채 그냥 마을을 떠났어요. 이 편지 내용대로 진짜 사막에 사는 지네가 있어요?"

편지의 내용을 처음 들은 진리는 눈이 휘둥그레지며 물었다.

"우리가 사는 이 체험관에도 사막 지네가 있었지. 근데 얼마 전 죽고 말았어. 넌 그 지네를 대신해 아마 이곳에 잡혀 들어온 거 같구나."

"아, 조금만 일찍 여기에 왔더라면 그 사막 지네를 만나볼 수도 있었겠네요."

"그 녀석을 만났더라도 아마 햇빛과 함께 사는 방법을 찾진 못했을 거야. 나를 비롯해 여기 사는 동물들은 전부 새끼 또는 알 상태로 이 체험관에 와서 태어났거든. 우리에게는 이 유리 상자 속 세상이 전부야. 그 사막 지네도 여기서 태어났을 뿐 사막이 어딘지도 몰랐을 테지."

"그렇군요. 그럼 여기서 나가는 방법을 알려주세요. 전 얼른 사막을 찾아가야 해요."

이때 어디선가 크고 우렁찬 목소리가 들려왔다.

"어이 꼬마, 여기서 나갈 수는 없어. 네 옆에 있는 커다란 문을 보라고. 그 문을 열 수나 있을 거 같냐? 그리고 여기도 꽤 살만한 곳이야. 굳이 힘들게 사막을 찾아갈 바엔 여기서 맛있는 음식을 먹으면서 잠도 마음대로 자고 편하게 지내는 게 훨씬 좋지. 안 그런가? 여러분?"

몸을 납작하게 땅에 붙이고 심술궂은 표정을 짓고 있는 팩맨개구리였다. 입은 얼굴 크기에 비해 상당히 크고, 눈 위에는 뿔처럼 뾰족한 돌기가 있어서 언뜻 보면 눈썹을 씽그린 화난 표정이었다.

"맞아, 나도 밖에 나가본 적은 없지만 여기만큼 편한 곳이 또 어디 있을까. 사람 아이들 구경 올 때 귀여운 표정 지으며 웃어주면 돼. 아이들이 만져주면 기분 좋은 듯 가만히 있으면 되고. 그 일만 하면 여기에서 평생 아무 걱정 없이 살 수 있어."

"더군다나 넌 독 있는 지네라 주인아저씨가 널 아이들이 만지지 못하게 할 거라고. 아이들 비위 맞추는 수고로운 일조차 안 해도 돼. 그냥 그 상자 안에서 빈둥거리며 놀기만 하면 된다고."
 개코도마뱀, 콘스네이크 등 여러 체험관 동물들이 여기저기서 떠들어댔다.
 "정말 여기에서 빠져나갈 방법이 없어요? 평생 여기서 살아야 하는 거예요?"
 "내가 여기 살면서 상자 밖으로 탈출한 동물은 단 한 번도 본 적이 없어. 그만 포기하고 우리랑 잘살아보자. 넌 밖을 자유롭게 돌아다녔던 녀석이라 여기 생활이 답답하겠지만 조금만 적응하면 금세 여기가 마음에 들걸."
 독화살개구리가 그를 부드럽게 달랬다.

 모두가 잠든 새벽, 진리는 엄마, 아빠 생각에 흐느껴 울었다.
 "엄마, 아빠. 나 이제 여기서 평생 살아야 되나 봐요. 엄마 병도 고치고, 우리 가족이 오순도순 행복하게 살고 싶었는데 이젠 엄마, 아빠 얼굴도 못 보겠네요."
 "저 녀석 밤새 울기만 하네. 재수 없게 시리. 이거 원 시끄러워서 잠을 잘 수가 있나. 조용히 못 해."
 잠을 설친 팩맨이 화가 나 소리를 꽥 지른다.
 "팩맨, 내가 달래 볼 테니 그만 화 풀고 잠이나 자라구."
 독화살개구리가 우는 그를 대신해 나섰다.
 "내가 여기서 나갈 수가 있으면 저 녀석 한입에 먹어 치우는 건데. 운 좋은 줄 알라고 꼬마 녀석."
 그 말을 들은 독화살개구리가 팩맨을 쩌려보자 팩맨이 머쓱해하며 잠자리로 돌아갔다.

"꼬마야, 네가 계속 울면 다른 동물들이 다 잠에서 깨잖아. 울고 싶으면 잠에 방해 안 되게 조용히 울렴."

"저 꼬마라고 부르지 마세요. 제 이름은 진리에요. 앞으론 진리라고 불러주세요."

그가 눈물을 훔치며 말했다.

"이름? 너 이름은 지네 아니야? 내 이름은 독화살개구리이고."

진리가 황당하다는 듯 독화살개구리를 쳐다본다.

"독화살개구리가 여러 마리 있다고 해보세요. 다들 독화살개구리라고 부르면 누가 누구인지 모르겠죠? 그래서 이름을 다르게 붙여주면 서로를 쉽게 구별할 수 있다구요."

"아, 그게 이름이라는 거구나. 여기선 독화살개구리가 나 하나라 이름이 필요가 없다고."

"그렇겠네요. 그래도 예쁜 이름이 있으면 좋잖아요. 나중에 독화살개구리들이랑 같이 살게 되면요."

"그렇긴 하지만, 내가 다른 독화살개구리들이랑 살 수나 있겠니? 평생 여기서 살 텐데."

"다른 독화살개구리들이랑 살 수 있다면 여길 빠져나갈 거예요?"

"여기 생활이 편하기는 하지만 매번 똑같은 일상이라 지겹고 따분해. 나도 나랑 같은 개구리들과 같이 살고 싶어. 난 맹독이 있어서 다른 동물들과 어울릴 수도 없고, 사람 아이들도 나를 만지지 못하거든. 나만 이 세상에서 혼자 떨어져 있는 느낌이야. 근데 여기서 나갈 수 없으니 별 수 없지, 뭐."

"나랑 여기서 나가게 되면 꼭 누나 친구들을 찾길 바랄게요. 미소 누나."
"내가 왜 미소 누나니?"
"웃는 모습이 예뻐서 미소 누나라고 부르기로 했어요."
"내가 웃는 모습이 예쁘긴 하지, 호호."
그의 칭찬에 기분 좋아진 미소가 활짝 웃는다.

다음 날 아침이 되자 동물들이 관람객들을 맞이할 준비를 한다.
"자, 오늘은 일요일이다. 어린이 관람객이 많이 올 거야. 다들 서둘러 준비하자고."
팩맨의 말에 동물들이 부지런히 거울을 들여다보며 단장을 한다. 그가 물끄러미 이 광경을 지켜본다.
"미소 누나, 다들 뭐하는 거예요?"
"사람 아이들이 우리를 구경하러 오니 다들 예쁘게 꽃단장하는 거지."
"왜 사람들한테 잘 보여야 하는데요?"
"사람들이 많이 와야 우리 주인아저씨가 돈을 많이 벌거든. 그래야 우리가 맛있는 음식을 먹고 여기서 살 수 있지. 주인아저씨가 돈이 없으면 우리를 키울 수가 없어. 그러면 우리를 버리게 될 거야."
"여기 사는 동물들도 나름 고민이 있군요. 편하게만 사는 줄 알았는데."
"편한 환경에서 산다고 해도 아무런 걱정도 없이 사는 동물은 없을 걸. 다 나름대로의 고민거리는 있게 마련이지."
뾰로통하고 무서운 표정의 팩맨이 거울을 보며 억지로 웃는 연습을 하는 모습에 그는 그만 웃음을 터트렸다.

"하하하, 저것 좀 봐. 저 아저씨는 웃어도 무섭게 생겼네. 누가 아저씨를 좋아하겠어요?"

"뭐라고? 저 꼬마 녀석이 함부로 말하는 것 좀 봐. 내가 여기서 나갈 수만 있으면 바로 잡아먹을 텐데. 분하다. 꼬맹이, 너 가만 안 둔다."

"진리야, 남이 들었을 때 기분 나빠할 만한 이야기를 그렇게 함부로 하면 되니? 상대방의 마음을 헤아리면서 말을 해야지."

그러자 팩맨이 갑자기 닭똥 같은 눈물을 흘리며 서럽게 울기 시작했다.

"내가 거울 보며 그렇게 웃는 표정을 연습해도 단 한 번도 날 만져 보려는 아이는 없었어. 내가 이렇게 무섭게 생겨서 그런 거야?"

갑작스러운 팩맨의 울음에 동물들이 당황했다.

"사실 우리 모두 아이들이 왜 팩맨을 만지기 싫어하는지 알고 있었거든. 하지만 팩맨이 상처받을까 봐 아무도 그 이유를 말하진 않았지. 진리 네가 처음으로 그 얘기를 꺼낸 거야. 저 녀석, 생각보다 마음의 상처가 컸나 봐."

"아저씨, 미안해요. 상처 줄 생각은 없었는데. 언젠가 아저씨를 좋아하는 사람도 나타날 거예요. 힘내요."

"그 언젠가가 도대체 언제야? 여기 살면서 평생 그런 일은 없을 거라구."

팩맨이 화를 내며 자신의 동굴 안으로 쏙 들어갔다.

"팩맨 저 녀석 맨날 큰소리 뻥뻥 치더니 생각보다 여린 편이었네. 이봐, 오늘은 동굴에서 나오지 말고 쉬라구."

동굴로 숨은 팩맨을 뒤로 하고 동물들은 거울을 보며 치장을 하고 웃는 표정을 연습했다. 그때 체험관 문이 끼익 열리더니 주인아저씨와 한 무리의 어린이들이 들어왔다.

"어린이 여러분, 여기 있는 동물들 재밌게 구경해요. 몇몇 동물들은 손 위에 올려놓고 사진도 찍을 수 있으니 원하는 동물 있으면 아저씨한테 얘기해요. 알았죠?"

"네."

어린이들이 여기저기 흩어져 제각기 원하는 동물들을 구경한다.

"여기 봐, 새끼 지네도 있네?"

"아유, 새끼라도 징그럽다. 저 다리 많은 것 좀 봐."

진리를 구경하던 아이들이 금세 다른 곳으로 눈을 돌렸다.

'칫, 내가 뭐 어때서? 나 이래 봬도 마을에선 꽤 귀여운 편이었다고.'

진리 옆의 독화살개구리 미소를 보고 아이들이 한마디씩 한다.

"와, 이 노란색 개구리 좀 봐. 크기도 내 엄지손가락만 하네. 너무 귀엽다."

"한번 만져보고 싶다. 아저씨, 이 개구리 손에 올려놓고 사진 찍어도 돼요?"

"절대 안 된다. 그 개구리는 맹독이 있어서 만지면 큰일 나. 대신 도마뱀들 중에서 만져도 되는 종류들이 있으니 다들 그쪽으로 가자꾸나."

아저씨의 말에 아이들이 도마뱀들이 모여 있는 곳으로 우르르 몰려갔다.

"누나, 인기 꽤 많네요. 괜히 부럽네."

그가 시무룩한 표정으로 미소에게 말을 건넨다.

"내가 이 체험관에서 인기 순위로만 따지면 1, 2위를 다투지. 호호."

"누나만큼 인기 많은 동물은 또 누군데요?"
"저기 좀 봐. 개코도마뱀 주위에 아이들이 잔뜩 몰려있지? 귀여운 외모에 부드러운 피부를 가지고 있어서 아이들이 서로 만지려고 난리야. 그래서 사진 찍으려는 아이들에게 항상 둘러싸여 있지. 인기가 많아서 그런지 저 녀석 엄청 거만하다고."
"근데 개코도마뱀 아저씨는 왜 도망을 안 가요? 나라면 아이 손에 올라가는 순간 얼른 도망갈 텐데?"
"쟤가 왜 도망을 가겠니? 여기만큼 살기 좋은 곳이 없는데. 주인아저씨가 개코도마뱀은 특별히 신경 써서 맛있는 것도 많이 주고 집도 예쁘게 꾸며주는걸. 더우면 부채질해줘, 추우면 난로 틀어줘, 얼마나 편하게 사는데."
"팩맨 아저씨가 거울 보며 웃는 연습한 이유가 있었군요. 아저씨한테 더 미안해지네."
순간, 그의 머리를 스쳐가는 좋은 아이디어가 떠올랐다.
"누나, 여기에서 탈출할 수 있는 방법이 생각났어요. 나랑 사진 찍으려는 아이가 있을 거 아니에요? 여기 주인아저씨가 날 꺼내서 아이 손에 올려놓는 순간 얼른 도망가면 돼요. 어때요?"
"뭐 좋은 방법이긴 하지만…"
"하지만요?"
"내가 여기 살면서 지네를 만지려는 아이는 한 번도 못 봤어."
"나도 팩맨 아저씨처럼 매일 웃는 연습할 거예요. 그럼 언젠간 나랑 사진 찍고 싶어 하는 아이도 있을 거라구요."
"그래, 행운을 빌게."
미소가 안쓰러운 표정으로 그에게 대답했다.

하루, 이틀, 일주일이 지나도 진리를 거들떠보는 아이들은 없었다. 매일 웃는 표정을 연습하다가 지친 진리가 풀이 죽었다.
 "누나, 사람 아이들이 절 쳐다보지 않아요. 아무리 웃는 표정을 지어도 말이에요. 여기서 나가려면 더 연습해야 할까요?"
 "내 생각엔 그건 좋은 방법이 아닌 것 같아."
 "그럼 누나 말은 여기서 나갈 수 있는 다른 방법을 찾으란 건가요?"
 "네가 여기 체험관 유리 수조에 갇히기까지의 과정을 한번 돌이켜봐. 여기에 어떻게 오게 됐지?"
 "음, 길을 걷다가 누군가에게 잡혀서 여기에 오게 됐지요."
 "아니, 그보다 훨씬 전의 상황부터 생각해봐."
 "훨씬 전이라. 처음엔 기생충에 감염됐다고 누명을 써서 병원에 갔었어요. 그다음에 아빠가 날 도와주셔서 지네마을을 탈출하게 되었지요. 그 후에 사람에게 잡혀서 이 유리 상자 안에 들어왔어요."
 "그래. 여기에 갇히게 될 때까지 너 스스로 선택하고 행동한 적이 있니?"
 "…"
 "다른 이들에게 너의 삶을 맡기면 결국 그 끝은 지금과 같은 유리 수조 안이야. 물론 나를 비롯한 여기 있는 동물들은 이 수조 안에서 태어나고 자라왔으니 여길 벗어날 생각을 하질 않지. 하지만 이곳이 너를 옭아매는 담벼락으로 여겨진다면, 여기에서 나가 자유롭게 살고 싶다면, 너 스스로의 힘으로 여길 빠져나갈 방법을 찾아야 해. 탈출 방법까지도 다른 누군가에게 의존한다면 그 결말은 지금과 같을 거야."

"그렇지만 여기서 내가 할 수 있는 일이 뭐가 있을까요? 나 혼자서는 도무지 빠져나갈 방법을 찾지 못하겠다구요."

"그럼 여기서 사는 수밖에 별 수 있니? 여기서 사는 것도 적응만 하면 나쁘지 않아. 아니, 오히려 더 좋을 수도 있다구."

한편 지네마을에 새로운 아침이 밝았다. 진리를 담당하는 의사가 주위를 둘러보며 이야기한다.

"이제 그 녀석을 수술실로 데려오게. 머리를 갈라서 정말 기생충이 있는지 한번 보자구."

전날 진리를 담당했던 지네 둘이 병실로 그를 데리러 갔다.

"이 녀석 아직도 이불을 덮어쓰고 자고 있구만. 자, 꼬맹아, 이제 수술할 시간이다. 얼른 수술실로 가자."

이불을 확 들추자 그 안에 누워있던 진리의 아빠가 모습을 드러냈다.

"어이쿠, 이게 누구야? 그 꼬맹이가 하루 만에 이렇게 커졌다고?"

"이, 이보슈. 당신은 도대체 누구요? 누구길래 이 침대에 누워있는 겁니까?"

"난 진리의 아빠요. 진리는 이미 이 마을을 빠져나갔으니 더 이상 진리를 찾지 마시오."

"큰일이구만. 어서 빨리 의사 선생님을 모시고 오게. 내가 여길 지키고 있을 테니."

그나시리온의 귀에 진리의 탈출 소식이 전해졌다.

"어린아이 감시도 못 하다니 이 바보 같은 녀석들. 그 아비라는 녀석을 당장 이리 데려와."

직원들에게 끌려온 진리 아빠가 그나시리온을 마주했다.
"오랜만이네요."
"아니, 넌 수용이 아니냐?"
"맞습니다. 제가 진리 아빠입니다."
"네 애비가 사라진 이후로 처음 보는구나. 꼬마 녀석 왠지 익숙한 느낌이더라니 이고의 손자였어. 피는 못 속이는군."
"어째서 내 아들을 죽이려 한 겁니까? 그 어린 녀석이 뭘 얼마나 잘못했다구요?"
"난 진리를 죽이려 하지 않았네. 병을 고쳐주려고 한 것뿐이지."
"거짓말 마세요. 제가 똑똑히 들었습니다. 수술은 핑계일 뿐 진리를 죽이려 한 것 다 안다고요."
"허허, 자네가 단단히 오해하고 있군. 이봐, 의사 양반. 내가 자네한테 그 아이를 죽이라고 시키던가?"
"아, 아니요. 그럴 리가요. 수술 꼭 성공해서 아이를 살리라고 하셨습니다."
의사가 기어들어가는 목소리로 대답했다.
"나를 너무 오랜만에 보니 내가 어떤 지네인지 잊어버렸나? 난 그런 냉혈한이 아닐세."
"제 아버지한테 한 행동을 보면 당신은 충분히 그러고도 남아요."
"네 아비? 그 미친 지네? 아직도 그때 일로 나한테 원한을 가지고 있나?"
"미친 지네라뇨, 말조심하세요. 당신이 그때 구조대만 보냈어도 아버지를 찾을 수 있었어요."
"자네도 알다시피 당시 이고는 정신이 나가 있었네. 난 마을 지도자

로서 미친 지네 찾자고 구조대를 희생할 순 없었어. 자네 아버지가 나와 같은 입장이었어도 같은 선택을 했을 걸세."

"정말 배은망덕하군요. 누구 덕에 이 마을에 정착해 살 수 있었는지 생각해보세요."

"그래, 덕분에 이 떡갈나무 마을에 살게 됐지. 전에 살던 동굴보다 훨씬 좋은 환경인 건 확실해. 하지만 나도 그 대신 커다란 대가를 치렀다네."

"그게 제 아버지 때문인가요? 아버지 때문에 당신 가족들이 죽은 건 아니잖아요?"

"아무것도 모르면 그 입 닥쳐."

흥분한 그나시리온의 모습을 처음 본 지네들이 깜짝 놀라 벌벌 떨었다.

"그날 나와 네 애비 사이에 무슨 일이 있었는지 알기나 해? 내가 마을을 위해 하는 행동 모두 네 아비한테 배운 거야. 네 아들을 없애려는 것도 모두 다 마을을 위한 거라고."

"이제야 본심을 드러내는군요. 모두들 똑똑히 봤죠? 제 아들을 죽이려 한 살인자예요."

겁에 질린 주변의 지네들이 서로의 얼굴만 멀뚱멀뚱 쳐다본다.

"휴, 너무 흥분했군. 밖에 아무도 없나?"

그의 말에 군사 대장 지네가 들어왔다.

"군사들을 시켜 이 녀석을 지하 감옥에 가두게. 아 참, 자네 아버지는 영영 마을로 돌아오지 못할 걸세. 죽었든지 죽지 않았든지 말이야. 뭐 하나, 얼른 이 녀석을 끌고 가."

"뭐, 뭐라고? 아버지에 대해서 뭔가 알고 있지? 이 나쁜 녀석아. 날

놔 줘. 난 아내를 돌봐야 한다고. 날 놓으라고 이 자식들아!"
 "저 집안과는 악연이 틀림없어. 할아버지, 아들에 손자까지. 그건 그렇고, 의사 양반. 이번 일에 대해 알고 있는 자들은 당신과 이 직원들뿐인가?"
 "네 저희만 알고 있습니다. 그 누구에게도 말하지 않았습니다. 염려 마십시오."
 "암, 그래야지. 다행이구만. 군사 대장, 이들을 데려가서 몸을 조각낸 후에 새 먹이로 주게. 그러게 환자 관리를 잘했어야지."
 "네? 아, 안 됩니다. 살려주세요."

 소란스러운 상황이 끝나고 그나시리온 혼자 방 안에 남았다.
 "분명 여기 어딘가 있을 텐데. 아 여기 있군."
 책상 서랍을 뒤적여 편지 한 통을 찾아낸다.
 "이고의 마지막 편지. 진리 그 꼬마 녀석도 지 할아버지를 따라 사막으로 갈 테고. 이 녀석을 어떻게 하지?"
 "그나시리온 님, 말씀하신 대로 지네들을 처리하고 왔습니다."
 갑작스런 군사 대장의 등장에 당황한 듯 그나시리온이 서둘러 편지를 숨겼다.
 "오, 그, 그래. 수고했네."
 "도망친 진리라는 녀석, 제가 군사들을 풀어 잡아 올까요?"
 "일단 그 녀석의 행방을 확인한 후 군사들을 보내도 늦지 않아. 우선 그 꼬마가 어디로 가는지 뒤를 밟았으면 좋겠는데 말이야."
 "그럼 혹시 라라라는 지네를 아십니까? 그나시리온 님이 홍수의 책임을 물었던 바로 그 지네 말입니다."

"기억나지. 그 지네를 이용하자는 건가?"

"맞습니다. 그 일 이후 지네들의 미움을 받아 마을에서 쫓겨날 위기에 처했습니다. 그 상황을 이용해 보시지요."

"좋은 생각일세. 라라의 집으로 안내하게."

"아무도 없나?"

문은 굳게 닫혀있고 창문엔 두꺼운 커튼이 쳐져 있어 안이 보이지 않았다.

"이봐, 라라. 집 안에 있는 거 다 안다네. 그나시리온 님이 할 말이 있으시다고."

그 소리에 커튼이 살짝 열리면서 겁에 질린 라라의 얼굴이 보인다.

"여긴 어쩐 일이세요? 절 마을에서 쫓아내려고 오셨나요?"

"자세한 건 얼굴 보며 이야기하세. 문을 열어보게나."

라라가 잠시 망설이더니 문을 열어준다.

"집에 불도 안 켜고 지내고 있었나? 또 이 냄새는 뭐야? 쓰레기로 가득하군."

"죄송합니다. 시도 때도 없이 지네들이 몰려와 마을에서 나가라고 소란을 부려요. 그래서 집에 없는 척 지내고 있어요."

라라가 울먹이며 대답했다.

"사정이야 딱하지만 본인 행동에 책임을 져야 하네. 안 그런가?"

그나시리온의 단호한 말투에 라라의 얼굴이 굳었다.

"그래서 이 마을에서 나가라는 건가요? 제발 쫓아내지 마세요. 마을에서 나가면 어디서 사나요."

"내 말 한마디면 마을에서 살 수 있지. 다만 조건이 있네."

"그게 뭔가요? 마을에서 살 수만 있다면 뭐든지 할게요."
"진리와는 어떤 사이인가? 꽤 친했다며?"
"진리가 혼자 집에 있는 시간이 많아 제가 종종 돌봐줬어요. 진리 아빠의 부탁도 있었구요. 친동생처럼 여긴 아이였어요."
"좋아, 그 정도 사이면 꼬마 녀석이 의심하진 않겠군. 진리가 마을에서 탈출했다."
"네? 병원에 입원한 것 아니었나요? 지금 어디 있어요?"
"그건 아직 몰라. 자네가 할 일은 진리를 찾아서 그 애가 어디로 가는지 나에게 보고하는 걸세. 내가 자네를 보냈다는 건 말하지 말고."
"진리를 데려오는 게 아니고요? 진리 아빠가 걱정할 텐데요?"
"마을에서 살고 싶으면 내가 시키는 대로만 해, 알겠나? 이대로 마을에서 쫓겨나고 싶은 건 아니겠지?"
"아, 아닙니다. 말씀대로 할게요."
"이번 일만 잘 마무리하면 평생 마을에서 걱정 없이 지낼 수 있도록 해주겠네. 그럼 당장 마을 밖으로 나가서 진리를 찾아봐. 어서."
짐을 싸는 라라의 손이 바르르 떨린다. 서둘러 집을 나서는데 군사 대장 지네가 라라를 멈춰 세웠다.
"이봐, 이번 일 제대로 처리해, 알겠나? 실수가 있을 경우 진리 아빠처럼 감옥에 가둘 테니 그리 알라고."
"네? 알겠어요. 실수 없도록 하겠습니다."
힘없이 떠나는 라라의 뒷모습을 보며 그가 이야기한다.
"자, 이제 진리 엄마만 처리하면 되겠군."
"그건 걱정마십시오. 곰팡이가 온몸으로 퍼져 의식 불명 상태라고 합니다. 신경 끄셔도 됩니다."

"그래? 그거 잘됐네. 그럼 이제 맘 편히 진리의 소식을 기다리기만 하면 되겠군."

모두가 잠든 새벽, 진리의 유리 수조 안에서 희미한 신음이 들린다.
"끙끙, 아무리 밀어도 꿈쩍도 않네. 힘이 더 세지면 열 수 있을까? 안 되겠다. 운동을 해야지. 팔 굽혀펴기, 시작! 하나, 둘, 세엣. 아이고, 더 이상은 무리야."
지친 진리가 유리벽에 등을 대고 앉았다.
"팔 굽혀펴기를 백 번 정도 할 수 있으면 문을 열 수 있지 않을까? 하루에 하나씩만 더 늘려 가면? 음, 백 빼기 삼은?"
잠시 고민하더니 바닥에 막대기 세 개를 그었다.
"백 개가 될 때까지 열심히 해보자!"
다음 날, 그다음 날, 진리는 매일 팔 굽혀펴기를 연습했다. 남들이 보면 놀랄까 봐 고요한 새벽에만 운동했다. 낮에는 혹시나 하는 생각에 미소 짓는 연습을 하지만, 어린이들은 진리를 거들떠보지 않았다. 그렇게 하루하루가 지나갔다.
"미소 누나, 혹시 나 달라진 거 없어요?"
"글쎄, 잘 모르겠네. 키라도 좀 컸나?"
"제 팔 좀 보세요. 알통 생긴 것 같지 않아요?"
"완두콩만 한 알통이 생긴 것 같기도 하고. 호호."
'칫, 아직 멀었나 보네.'
백 일이 지나자 진리의 팔이 몰라보게 달라졌다.
"어머, 진리야. 이제 알통이 좀 보이네. 언제 이렇게 운동했니?"
"하하, 저 이제 팔 굽혀펴기 백 개나 할 수 있다고요."

"운동 열심히 했구나. 근데 알통 만들어서 뭐하려고?"

"여기서 나가려고요. 밤에 다들 자면 문 여는 거 보여드릴게요. 모두에겐 비밀로 해주세요."

"아, 그, 그래. 이따 보여줘."

모두가 잠들고, 진리가 미소를 깨운다.

"누나, 일어나 보세요."

"무슨 일이니?"

"낮에 얘기한 대로 문 여는 거 보여드릴게요. 잘 보세요."

그가 하나둘 준비 운동을 하더니 문 앞에 섰다.

"자, 내가 이날을 위해 백 일간 팔 굽혀펴기를 연습했다. 이따위 문 여는 건 아무것도 아니야!"

그가 온 힘을 다해 문을 밀었다.

"영차영차, 조금만 더."

하지만 문은 꼼짝도 않는다.

"어, 이럴 리 없는데. 좀 더 세게."

여전히 요지부동이다.

"이게 어떻게 된 거지? 왜 안 열리는 거야?"

미소는 끙끙대는 진리가 안쓰럽다.

"진리야, 그 문은 부수지 않는 한 열리지 않아. 팔 굽혀펴기를 만 개 할 수 있대도 문을 열 순 없을 거야."

"만 번이면 얼마나 더 해야 하는 건데요?"

"백 번을 백 번 해야 해."

"내가 얼마나 열심히 연습했는데, 그래도 한참 부족하다는 거야? 안 돼. 이럴 순 없어. 나 여기서 나가야 해. 나가야 한다구."

며칠째 진리는 수조 구석에 웅크리고 있다. 멍한 눈빛으로 밖을 바라본다.

"진리야, 몸은 괜찮니? 밥 잘 챙겨먹어야 해. 어디 아픈 건 아니고?"

"네. 괜찮아요."

"불쌍한 것. 현실을 깨닫고 여기 생활에 적응해야 할 텐데."

미소는 진리가 걱정되었다. 잠시 후, 주인아저씨가 동물들에게 줄 먹이를 챙겨왔다.

"꼬마 지네가 요즘 아픈가? 통 움직이질 않네? 먹이도 별로 안 먹었고."

버튼을 눌러 수조 문을 연 후 먹이를 진리 수조 안에 넣어준다.

"밥 부지런히 먹어라. 지금처럼 계속 아프면 널 갖다 버리고 다른 지네를 데려올 거니까."

그는 아저씨의 말을 듣고도 별 반응이 없다. 아저씨가 떠난 후 미소가 말힌다.

"주인아저씨 말 들었지? 그렇게 맥 빠진 상태로 있어선 안 돼. 여기 사는 동물들은 아프면 바로 버려지는 신세야. 너도 빌빌대면 언제 쓰레기통으로 갈지 몰라."

"알았어요."

하지만 다음 날이 되어도 그는 여전히 같은 자세로 바깥만 바라보았다. 주인아저씨가 버튼을 눌러 문을 열더니 진리를 툭툭 건드린다.

"이 녀석 상태가 안 좋은걸. 내일까지만 지켜봐야겠다. 지네를 또 어디서 구한담."

"진리야, 제발 정신 차려. 이러다 내일이면 죽어. 우선 살고 봐야 할 거 아니야!"
 하지만 그는 아무런 대꾸가 없다.
 "모두들 가만히 보고만 있을 거야? 진리한테 뭐라고 말 좀 해봐!"
 "우리라고 뭐 별 수 있나? 그저 지켜볼 수밖에."
 "이렇게 편한 곳에도 적응 못 한다면 어디 다른 곳에 가서도 살 수 나 있겠어? 미소 너도 그만 포기해."
 개코도마뱀의 말에 미소는 화가 났다.
 "저, 저 녀석. 뚫린 입이라고 함부로 말하는 것 좀 봐. 여기서 인기 좀 있다고 막말해도 되는 거야?"
 시끌벅적 소란한 와중에도 진리는 미동도 하지 않고 한 곳만 바라본다. 그의 눈은 아저씨가 눌렀던 버튼을 향해 있다. 눈으로 버튼의 전선을 따라가니 전선이 수조 천장의 전등과 연결되어 있는 것을 발견한다. 갑자기 진리가 재빠르게 움직이기 시작했다.
 "진리야, 드디어 정신을 차렸구나. 그런데 왜 벽을 타고 올라가니?"
 천장에 도착한 진리가 대롱대롱 매달려 있는 전등을 향한다. 그러더니 전등에 달려있는 전선을 이빨로 자른다. 전선 겉의 고무는 쉽게 잘렸다.
 "됐어, 생각보다 금방 자를 수 있겠는걸."
 고무를 벗기니 전선 안의 구리가 나왔다. 진리가 이빨을 구리에 대는 순간 '지지직' 소리와 함께 스파크가 튀며 전등이 깨졌다.
 "으아아!"
 감전된 진리가 비명을 지르며 바닥으로 떨어졌다. 깨진 유리 조각들이 공중에서 비처럼 쏟아졌다.
 "진리야 괜찮니? 진리야. 정신 차려! 몸에 유리까지 박혔잖아? 진리야."

 모두들 넋이 나간 표정으로 진리를 쳐다본다. 하지만 진리는 축 처진 채 움직이지 않았다. 한참 동안 적막이 흘렀다.

 "나랑 티격태격했지만 나름 귀여운 녀석이었는데. 안타깝지만 이젠 힘들겠어. 좋은 곳으로 가거라."

 팩맨이 한마디 던지고 동굴로 들어갔다.

 "목숨까지 버려가며 이 좋은 곳에서 탈출하려 하다니. 쯧쯧. 감지덕지하며 살아도 모자랄 판에 말이야. 죽어도 싸다, 싸."

 "맞아. 본인이 자초한 일이야. 불쌍해 할 필요도 없다고."

 개코도마뱀의 말에 다른 동물들이 맞장구를 친다.

 "다들 잠이나 자러 가자고. 그나저나 저 수조엔 어떤 녀석이 새로 들어오려나."

 하나둘, 퇴장하고 이제 남아있는 동물은 미소와 진리뿐이다.

 "진리야, 죽은 거 아니지? 어서 일어나 봐."

 진리의 대답 대신 미소의 울음소리가 메아리 되어 돌아왔다.

 바람이 살랑살랑 부는 날, 진리가 엄마 아빠와 함께 소풍을 왔다. 시원한 버드나무 그늘 아래에서 도시락을 나눠 먹는다.

 "우와, 밖에서 먹으니 더 맛있어요."

 "진리가 잘 먹으니 기분이 좋은걸. 많이 먹으렴."

 "네, 다 먹고 이 근처에서 놀아도 돼요?"

 "되고말고. 하지만 그늘 밖으로 나가면 안 된다. 햇빛을 쐬면 위험한 거 알지?"

 "알겠어요. 그늘 안에서만 놀게요."

그가 놀거리를 찾아 버드나무 주변을 서성인다. 떨어진 나뭇잎 사이사이에 동그란 조약돌들이 보인다.

"귀여운 돌들이 많네. 집에 가져가서 놀아야지."

하나, 둘, 돌을 줍다 보니 어느새 그늘 가장자리까지 왔다.

"어이쿠, 하마터면 그늘 밖으로 나갈 뻔했네."

그때 햇빛에 반짝반짝 빛나는 예쁜 돌이 진리의 눈에 뜨였다.

"와, 저 돌 예쁘다. 꼭 가져가고 싶은데 그늘 밖에 있네. 저걸 어떻게 줍는담."

주변을 살펴 기다란 나뭇가지를 줍는다. 그늘 밖으로 나가지 않도록 조심하면서 엎드린 채 나뭇가지를 길게 뻗는다.

"아, 조금만 더 하면 닿을 거 같은데, 조금만 더."

하지만 나뭇가지는 간발의 차로 닿지 않았다.

"아이, 약 올라. 팔만 더 길었어도."

그늘 안에서 턱을 괴고 반짝이는 돌을 골똘히 바라본다. 돌의 속삭임이 들린다.

"어서 나에게 와. 뭘 망설이니?"

"난 햇빛에 닿으면 위험해. 이 그늘 밖으로 나갈 수 없어."

"햇빛에 닿으면 어떻게 되는데?"

"어른들 얘기로는 몸이 뜨거워지면서 죽는대."

"그들도 진실을 몰라. 두려운 말들로 너를 옭아매는 거라고. 지금 있는 곳에서 한 걸음만 앞으로 내딛어봐. 그럼 새로운 세상으로 나아갈 수 있어."

"정말?"

"한 발짝이야. 단 한 발짝."

진리가 고개를 들어 그늘 밖 세상을 본다. 그곳은 모든 것에서 빛이 난다. 모든 것이 살아 움직인다. 모든 것이 햇살이라는 실로 이어져 있다.

"여긴 네가 생각하는 것처럼 무서운 곳이 아니야. 한 걸음만 나와 봐. 이 따뜻한 햇볕을 느껴봐."

"정말 너 말 믿어도 돼? 괜찮겠지? 딱 한 발짝만 나가볼게."

진리가 조심히 한 발짝 내밀어 본다. 따뜻한 햇볕이 발끝에 느껴진다. 발에 닿은 햇살이 피가 되어 온몸을 구석구석 돈다. 온기가 발끝에서 배, 가슴을 거쳐 머리까지 전해진다. 딱딱했던 몸이 온기로 인해 말랑말랑 녹는다. 따스함이 이마로 모이더니 원을 그리며 점점 커진다. 눈앞이 환해지면서 빛이 쏟아져 들어온다.

"아악, 눈부셔."

"축하해. 이제 나를 만날 시간이야."

진리가 눈을 번쩍 떴다. 이마가 간질간질하더니 팝콘 터지듯 갈라진다. 갈라진 틈 사이로 머리를 쑥 내밀자 몸이 미끄덩 빠져나왔다. 그가 뒤를 보니 유리 조각이 박힌, 힘없이 축 처진 허물이 있다.

"저, 저 껍질이 나였단 말이야?"

주변을 둘러본다. 유리벽에 기대 삼든 미소, 잘리다 만 천장의 전선, 여기저기 흩어져 있는 유리 조각들. 그 중 진리의 몸을 꿰뚫었던 날카로운 유리 조각에 눈길이 머문다. 반짝반짝 빛나는 유리 조각, 꿈에 나왔던 빛나는 돌, 꿈속의 돌?

진리가 가까이 다가가 유리 조각을 살펴본다. 너였구나. 반가워. 진리가 허물에 박힌 유리 조각을 빼서 천장으로 올라간다. 구리 전선에 슬쩍 유리를 대보니 다행히 전기가 통하지 않았다. 유리를 톱 삼아 전선을 자르기 시작했다.

"끼익, 끼익…"

요란한 소리에 잠든 동물들이 깼다.

"진리가 살아있다."

모두 넋 놓고 톱질하는 진리를 바라봤다. 여러 가닥의 전선이 하나 둘 잘리더니 마침내 전선이 두 동강 났다. 전시관의 모든 유리 수조는 하나의 전선으로 연결되어 있었다. 전선이 끊기는 순간 모든 유리 수조 내 조명이 꺼졌다. 전기로 움직이던 문들도 동시에 움직였다.

"덜커덩."

모든 수조의 문들이 열렸다. 동물들이 두리번거리며 서로의 눈치를 본다. 발이 얼어붙은 듯 한 마리도 움직이지 않는다. 진리가 유리 조각을 들고 바닥으로 내려왔다. 모두 숨죽인 채 진리를 지켜본다. 문 앞에 진리가 멈췄다. 손에 든 유리 조각을 바라본다.

'너 때문에 죽을 뻔도 했지만 덕분에 여기서 탈출하게 됐어. 고마워.'

진리가 유리 조각을 가방에 넣고 한 발짝 앞으로 내딛는다. 누군가에게 잡혀 들어온 문을, 혼자의 힘으로 나간다. 상쾌한 공기가 온몸을 감싼다. 풍선처럼 두둥실 날아갈 듯하다. 시원한 공기를 한숨 가득 머금고 진리가 주변을 둘러보았다. 모두 넋이 나간 표정으로 진리를 바라보고 있다.

"여러분, 저 탈출했어요."

그가 머리 위로 양손을 흔들며 말했다.

"문이 언제 닫힐지 몰라요. 모두 빨리 수조 밖으로 나오세요."

아무런 대답도, 아무런 움직임도 없다.

"이상하다. 왜 아무도 안 나오지?"

진리가 머리를 긁적이며 미소 앞으로 갔다.

"누나, 누나도 안 나올 거예요?"

얼빠진 미소가 대답했다.

"어? 어 그래. 나갈까? 아, 아니 잠시 생각 좀 해보고."

"누난 뭐가 걱정이에요? 지상 최강의 독을 가졌잖아요. 그 어느 동물도 누나를 건드리지 못할 거예요."

"그, 그건 그렇지만…"

"같이 가요. 누나도 여기서 지내는 게 따분하다면서요. 바깥세상엔 재밌는 일들이 많을 거예요. 어서요."

진리가 손을 내밀었다.

"너 나 만지면 죽어."

"네? 아, 맞다."

그가 얼른 손을 뒤로 감춘다.

"그래, 가지. 난 최강의 독을 가진 독화살개구리님이시다. 겁날 게 없다구."

미소도 수조 바깥으로 나왔다.

"자, 또 우리랑 같이 가실 분 없어요?"

진리가 주위를 둘러본다.

"팩맨 아저씨! 아저씨도 같이 가요."

"나? 내가 왜? 난 관심 없으니 너희들이나 가."

"바깥세상엔 아저씨를 귀여워해 줄 동물들이 있을 걸요? 만나보고 싶지 않아요?"

"나, 나를 귀여워 해 준다고?"

"그럼요. 아저씨를 똑 닮은 개구리도 만날 수 있을 거예요."
"나랑 닮은 개구리?"
팩맨이 거울을 보며 씩 미소를 지어본다.
'이런 내 모습을 좋아해 주는 동물이 있단 말이야?'
"너 날 속인다면 잡아먹을 거야. 알았어?"
"네, 걱정마세요. 반드시 아저씨 친구들도 만날 거예요."
팩맨도 진리 일행에 합류한다.
"또 여기서 나갈 분 없어요?"
"너희들 여기서 나가면 분명 후회할 거다. 바깥세상엔 분명 무서운 동물들이 득실거릴 거라고. 밖에 나가면 니들은 아마 하루 만에 잡아먹힐걸? 크크, 배불리 먹고 등 따뜻하게 지낼 수 있는 곳에서 도대체 왜 나가려는 건지."
"개코 말이 맞아. 뭣 하러 위험을 무릅쓰고 여길 나가겠어? 어서 이 문이나 닫자고."
다른 동물들은 나갈 마음이 없다. 오히려 문을 닫으려고 낑낑 댔다.
"어이, 꼬마. 어디로 가는지 알고 있는 거냐?"
팩맨이 의심스러운 말투로 물어본다.
"할아버지 편지를 보면요, 일단 부엉이 마을로 가야 해요."
진리가 체험관 창문을 내다보며 손가락으로 저 멀리 가리켰다.
"저기 산 보이죠? 저 깊은 숲속에 부엉이 마을이 있어요. 어서 가요."
창문 틈으로 진리 일행이 빠져나갔다.
"모두들 안녕. 모험을 마치고 집에 가는 길에 꼭 다시 올게요."

2

 한밤중, 진리 일행이 산을 오른다. 셋 모두 수조 안에 갇혀 있던 터라 가파른 산길을 조금만 걸어도 숨이 턱턱 막혔다.
 "누나, 아저씨, 좀 쉬었다 가요. 힘들어요."
 "그래, 저 나무 밑에서 쉬었다 가자."
 셋이 나무에 기대어 한숨 돌린다.
 "어디까지 가야 되니?"
 "두 갈래 길이 있는데 거기에 표지판이 세워져 있었어요. 거기에 부엉이 마을로 안내하는 글이 쓰여 있을 거예요."
 "근데 진리 넌 왜 사람 마을로 왔니? 글을 못 읽어서?"
 "네. 글을 읽었다면 진작 부엉이 마을로 갔을 거예요."
 "그래도 글을 못 읽어서 우리를 만나게 됐잖아. 어찌 보면 운이 좋은 거 아니겠어?"
 "그런가요?"
 그가 멋쩍게 웃었다.
 "운이 좋다고? 힘들어 죽겠구만. 어이, 꼬마. 내 친구들은 언제 만나는 거냐?"

"아저씨 친구들이요? 전 팩맨개구리들이 어디 사는지 모르는데요?"
"뭐? 나한테 거짓말한 거냐? 가만 안 두겠어."
"제가 언제 거짓말했어요? 아저씨 친구들을 오늘 만난댔어요? 언젠가 만날 거라고 했죠."
"이 자식이 어디서 꼬박꼬박 말대꾸야. 혼 좀 나 볼래?"
"자자, 그만해. 팩맨, 너는 어린애하고 싸우는 게 부끄럽지도 않니?"
"저 녀석 때문에 이 고생이잖아. 개코 말을 들을걸. 편히 뒹굴뒹굴하며 맛난 음식 먹고 있을 텐데. 으, 화가 난다, 화가 나!"
"그럼 다시 산을 내려가든가. 혼자 갈 수 있겠어? 겁보 녀석."
"뭐, 뭐라고? 으, 분하다. 독만 아니어도 주먹 한 방에 날려 버리는 건데."

팩맨이 미소를 흘기더니 이내 자리로 돌아가 누웠다.
"별것도 아닌 게 까불고 있어. 자, 다들 한숨 자고 가자구. 다들 푹 쉬어."
"메롱, 팩맨 아저씨. 누나 고마워요."
모두 피곤했는지 눕자마자 코를 골며 잠이 들었다.

한참 지났을까, 서늘한 밤바람에 미소가 잠에서 깼다.
"으, 춥다. 뭐 덮을 거 없나."
눈 비비며 일어나 나뭇잎을 찾으러 서성였다. 그때 미소의 눈에 보름달이 들어왔다. 미소가 무언가에 홀린 듯 절벽 가까이 다가갔다.
"진리야, 일어나 봐. 저게 뭐야? 하늘에 떠 있는 하얀색 동그란 거?"
"저거요? 보름달이에요. 아? 누나는 달 처음 봐요?"
"어. 처음 봐. 날개도 없는 게 어떻게 하늘을 날고 있지? 환하게 빛도 나고. 너무 예쁘다."

미소가 달에게 한발 한발 다가가 손을 뻗었다.

"누나! 그만 가요! 거기 낭떠러지예요! 멈춰요!"

"조금만 더 가까이 가면 잡을 거 같아. 조금만 더! 으악!"

미소가 그만 절벽 밑으로 떨어졌다.

"안 돼, 누나."

진리가 절벽에 다가가 밑을 내려다보니 미소가 한 손으로 튀어나온 돌을 잡은 채 매달려 있었다.

"누나 조금만 기다려요. 금방 구해줄게요! 아저씨, 주변에 긴 막대기 없어요?"

"어두워서 그런가 안 보여."

"그럼 제가 가진 유리 조각으로 나뭇가지를 잘라주세요."

"알았다. 좀 기다려봐."

"나 떨어진다. 힘이 점점 빠져."

"안 되겠다. 아저씨! 내 몸을 잡아주세요. 허리 숙여서 손으로 끌어올릴게요."

"진리야, 안 돼. 내 손을 만졌다간 독이 퍼져서 죽어."

그 말에 진리가 재빨리 손을 뺀다.

"더 이상은 못 버티겠어."

"누나, 조금만 더 버텨요."

'감전돼도, 유리 조각에 찔려도 살아남았어. 독 좀 퍼진다고 설마 죽을까.'

"으으, 이젠 무리야."

"안 돼."

미소가 떨어지려는 순간 진리가 재빨리 미소의 손을 잡았다.
"아저씨! 빨리 잡아 당겨주세요."
"알았어. 영차 영차…"
미소를 무사히 절벽 위로 끌어 올렸다. 모두 기진맥진해 땅바닥에 철퍼덕 누웠다.
"누나, 다행이에요."
"고마워, 진리야. 덕분에 살았어. 근데 너 괜찮아? 어디 아픈 데 없고?"
진리가 손을 살펴보며 말했다.
"네. 별 이상 없어요."
"그래? 몸이 따끔거리거나 뜨겁거나 팔이 끊어질 것 같다거나 숨이 안 쉬어진다거나 뭐 그런 건 없어?"
"멀쩡한데요?"
"이, 이상하다. 내 독에 닿기만 해도 고통에 몸부림치다가 죽는데? 어떻게 된 거지?"
"아니 애가 살아있으면 다행이지 꼭 죽기를 바라는 것 같구만."
"그런 게 아니라…"
"독화살개구리가 아니라 그냥 개구리 아니야? 호호."
"뭐? 나한테 혼나볼래?"
"혼 좀 내주셔, 크크. 쪼끄만 게 독만 없으면 넌 아무것도 아니야. 덤빌 테야?"
'분하다. 도대체 난 누구지? 독화살개구리가 아니었어?'
우악스러운 팩맨의 행동에 미소는 꿀 먹은 벙어리가 되었다.
"자, 이제부터 내가 대장이다. 모두 내 말 잘 들어. 알았나?"

"누나, 그냥 개구리면 어때요? 오히려 독개구리가 아니라 무섭지 않아서 좋은데요?"

"…"

"자, 이제 가요. 팩맨 아저씨, 출발해요."

"대장이라 부르라고 했지? 이번 한 번만 봐준다. 에헴. 자, 출발하자."

팩맨이 뒷짐 지고 턱을 치켜든 채 진리 앞으로 나선다. 미소가 축 처진 어깨로 터덜터덜 그 뒤를 따른다.

부엉이 마을을 가리키는 표지판을 지나 한참을 걷자 부엉이 숲이 나왔다. 산길 양쪽으로 소나무들이 빽빽하게 서 있었다. 달빛은커녕 햇빛도 간신히 들어올 정도로 하늘이 가려져 있다. 숲에서 스산한 바람이 훅 불어온다. 멀리서 '꾹꾹' 부엉이 우는 소리가 들린다. 진리 일행은 숲 입구에서 얼어붙었다.

"꼬마야, 정말 여기로 가야 되는 거냐?"

잔뜩 긴장한 팩맨의 이마에서 식은땀 한 방울이 또르르 흘렀다.

"네, 아빠가 부엉이 마을로 가라고 하셨어요. 할아버지 편지 읽어볼까요? 누나가 편지 좀 찾아주세요."

미소가 편지꾸러미에서 '부엉이 마을'이라고 쓰인 편지를 찾아 읽는다.

"아들아, 잘 지내니? 난 건강히 잘 있다. 최근 무사히 부엉이 마을을 통과했어. 아기 부엉이를 도와주었더니 글쎄 아빠 부엉이가 날 태워주었단다. 난생처음 하늘도 날아봤어. 대단한 경험이었지. 어찌된 일인가 하면 말이다. 부엉이 숲을 지나가는데 검은 평평한 돌 위에 하얀 공이

데굴데굴 구르더라고. 가까이 가보니 아기 부엉이가 둥지에서 떨어지면서 돌에 다리를 부딪힌 거야. 다리를 삐었길래 나의 독을 나뭇잎에 묻혀서 다친 부위에 대 주었지. 알다시피 우리 지네의 독이 관절통에 효과가 좋거든. 금세 낫더구나. 아빠 부엉이가 감사의 의미로 날 태워서 부엉이 숲 끝까지 데려다주었다. 역시 남을 도와주면 복을 받…"

미소가 읽던 편지를 탁 접고 말했다.

"이 아기 부엉이를 찾아 도움을 받든가 아니면 우리 힘으로 부엉이 숲을 지나야겠네."

"이 숲은 우리끼리 지나가긴 너무 위험해. 그 부엉이를 찾아야겠어."

"좋아요, 아저씨. 그럼 아기 부엉이를 만나 봐요. 그런데 어떻게 찾죠?"

"일단 검은 평평한 돌을 찾아야 해. 그 근처 나무에 아마 부엉이 둥지가 있을 거야. 문제는 말이야."

"문제가 뭔데요, 누나?"

"그 아기가 이젠 어른이 됐겠지. 아기 때 일을 기억할까? 아니면 다른 둥지로 이사 갔을 수도 있고."

"일단 검은 돌부터 찾아봐요. 그다음 일은 그때 가서 생각하자구요."

"잘못하면 우리가 잡아먹힐지도 몰라. 난 겁 따윈 없었는데 말이야, 지금은."

"우리 셋이 힘을 합치면 부엉이쯤은 물리칠 수 있어요. 출발하자구요."

"넌 걱정이 없어서 참 좋겠다."

진리 일행이 숲 안으로 들어갔다. 빽빽한 나뭇잎 사이로 군데군데 햇살이 비친다. 살랑이는 바람에 숲 내음이 실려온다.

"음, 수조 안에선 맡아본 적 없는 신선한 공기 냄새군. 후압."

팩맨이 힘껏 가슴을 부풀려 공기를 한가득 마신다.

"아저씨, 여유 부리지 말고 빨리 검은 돌 찾아봐요."

"대장이라고 부르라니깐, 이 녀석아."

팩맨이 진리 머리를 쥐어박을 듯 덤빈다.

"자, 자. 그만하고 얼른 돌을 찾아야 해. 내가 길 왼쪽 나무 밑을 살필 테니 너희 둘은 길 오른쪽을 주의 깊게 봐."

"에헴, 무슨 소리. 내가 대장이니 나 혼자서 충분하다고. 너희 둘이 왼쪽을 살펴. 내가 오른쪽이다."

"에휴, 그러서. 진리야, 나랑 왼쪽 나무들을 살펴보자."

셋이 숲속 깊이 들어가면서 나무 밑을 샅샅이 훑었다. 한참을 걸어가도 검은 돌은 보이지 않았다.

"누나, 꽤 오래 걸었는데 돌이 보이지 않아요. 설마 지나친 건 아닐까요?"

"이 숲의 돌들은 대부분 황토색이야. 아마 검은 돌이 있었으면 눈에 금방 띄었을 테지. 좀 더 찾아보자."

해가 뉘엿뉘엿 지기 시작했다. 노랗던 햇살이 오렌지색으로 바뀌었다. 부엉이 울음소리가 곳곳에서 늘려왔다.

"큰일이다. 부엉이들이 활동할 시간인가 봐. 빨리 둥지를 찾지 않으면 부엉이들과 싸우게 될 거야."

미소가 다급한 목소리로 말했다.

"누나, 저 위를 봐요. 저기 저 새가 부엉이인가 봐요. 엄청 크네요."

커다란 날개를 펼치고 소리 없이 날던 부엉이가 근처 나뭇가지에 앉

지네의 꿈

왔다. 큰 눈을 부라리며 고개를 빙글빙글 돌린다.

"먹이를 찾고 있나 봐. 조용히 해. 들키겠어. 얼른 나뭇잎 밑으로 숨자."

진리와 미소가 낙엽을 이불 삼아 덮었다. 빼꼼히 고개만 내밀어 주위를 살폈다. 그새 나뭇가지 앉아 있던 부엉이가 사라졌다.

"누나, 부엉이가 없어졌어요. 이제 나가도 돼요."

"안 돼. 아마 근처 어딘가에서 우리가 움직이는지 지켜보고 있을 거야. 입 틀어막고 가만히 있어."

"언제까지 이러고 있어야 해요? 답답해 죽겠네."

얼마나 지났을까, 멀리서 조용조용 발걸음 소리가 다가왔다. 바스스 낙엽 부스러지는 소리가 진리 귀에 들렸다.

"뭔가가 다가와요. 어떻게 해요? 얼른 도망가요?"

"가만히 죽은 듯 있어. 여기서 움직였다간 바로 잡혀."

근처에서 나던 발걸음 소리가 멈췄다. 진리와 미소가 눈이 동그라진 채 서로를 쳐다봤다. 숨소리마저 멈췄다. 그때 갑자기 누군가 낙엽을 확 들췄다. 놀라자빠진 진리가 비명을 지르려는 찰나 큰 손이 진리 입을 막는다.

"쉿! 조용히 해. 내가 검은 돌을 찾았어. 소리 내지 말고 날 따라와."

팩맨이 손짓하며 자신을 따르라는 시늉을 한다. 진리와 미소는 안도한 표정으로, 그러나 긴장된 발걸음으로 팩맨을 쫓아간다.

길 건너편 나무 밑에 검고 평평한 돌이 있다. 진리가 고개를 들어 나무 기둥을 눈으로 따라간다. 중간에 커다란 구멍이 있다. 부엉이 둥지였다.

"저긴가 봐요. 어서 올라가요."

셋이 나무를 기어올라 구멍 안으로 들어갔다. 둥지 안에 폭신한 풀이 깔려있었다. 따뜻하고 아늑한 집이다.

"이제 살았네. 아저씨, 어떻게 된 거에요?"

"내가 검은 돌을 막 찾은 후 너희를 부르려 했지. 근데 니들이 허겁지겁 낙엽 밑으로 숨더라고. 주변을 보니 부엉이 한 마리가 너희들 뒤쪽으로 몰래 날아가 여기저기 살피더라. 너희가 만약 그 자리에서 움직였더라면 바로 잡혔을 거야. 난 돌 뒤에 숨어서 부엉이가 다른 곳으로 날아갈 때까지 기다렸다가 너희를 구해준 거야. 어때? 이쯤이면 대장이라 불릴만하지?"

팩맨이 어깨를 으쓱한다.

"우와, 아저씨 덕분에 살았네요. 최고."

진리가 엄지를 치켜들었다. 그때 그의 발밑이 들썩거렸다. 풀 밑에서 잠들어 있던 아기 부엉이가 깨어났다.

"되게 시끄럽네. 엄마 왔어요?"

아직 아기이지만 팩맨의 세네 배 정도 되는 덩치에 날카로운 부리와 발톱을 가지고 있다. 셋은 처음 마주하는 부엉이의 모습에 소스라치게 놀랐다.

"엄마, 엄마! 아직 안 오셨나? 응? 이것들은 뭐야? 엄마가 밥 먹으라고 잡아 왔나? 지네, 노란 개구리, 그리고 기분 나쁘게 생긴 개구리도 있네. 이건 엄청 맛없겠다. 엄마는 지네를 안 잡는데 웬일이지? 잘됐다. 처음으로 지네를 먹어보겠네. 친구들 중에서 나만 지네 못 먹어봤는데. 오늘은 너부터 먹어주마."

아기 부엉이가 진리 쪽으로 슬슬 다가왔다.

"자, 잠깐! 혹시 다친 부엉이를 치료해 준 지네 이야기 들어본 적

지네의 꿈

있어?"

"아니, 들어본 적 없는데. 이 녀석이 어디서 수를 쓰려고."

당장이라도 진리를 잡아먹으려고 성큼성큼 걸어왔다. 다급해진 그가 유리 조각을 꺼냈다.

"다, 다가오지 마. 나도 가만히 있진 않겠다."

그가 유리 조각을 두 손으로 쥔 채 떨리는 목소리로 아기 부엉이를 위협했다.

"푸하하, 조그만 녀석이 장난감으로 뭘 어쩌려고. 에잇!"

아기 부엉이가 날개를 휘둘러서 유리 조각을 멀리 날려 버렸다.

"아얏, 이게 뭐야! 피잖아? 이 녀석이."

유리 조각에 날개를 다친 부엉이가 흥분해 달려들었다.

"아저씨, 어떻게 좀 해 봐요. 대장이라면서요."

팩맨은 특유의 심술궂은 표정으로 식은땀만 뻘뻘 흘렸다. 그때 미소가 앞으로 나섰다.

"나, 난 독화살개구리, 아니 독화살개구리였던 몸이다. 어디 덤, 덤벼 볼 테냐?"

하지만 아기 부엉이의 날갯짓에 미소가 저 멀리 튕겨져 나갔다.

"누, 누나, 괜찮아요?"

"으윽, 난 괜찮아."

"날 다치게 한 지네 녀석, 이리 와. 당장 삼켜버리겠다."

진리를 잡으려고 부리로 콕콕 쪼아댔다. 그는 이리저리 피하면서 유리 조각을 집으려고 했다.

"진리 살려!"

그때 푸드덕 날개 소리가 나더니 부엉이 한 마리가 둥지 안으로 날아왔다.

"엄마 왔다. 저녁으로 쥐 잡아 왔어. 뭐야? 집안이 엉망진창 됐잖아. 그새를 못 참고 말썽을 부린 거냐?"

엄마 부엉이가 죽은 쥐를 바닥에 털썩 내려놓으며 말했다.

"엄마, 내가 그런 게 아니에요. 저기 좀 봐요. 엄마가 잡아 온 먹이들이 집안을 난장판으로 만들어 놨어요."

"먹이? 오늘 잡은 먹잇감은 이 쥐가 전부인데? 어디 보자. 지네잖아? 난 지네는 안 먹는데. 게다가 처음 보는 개구리들도 있네?"

엄마 부엉이가 커다란 눈을 부라리며 진리 코앞까지 다가갔다. 식은 땀이 삐질삐질 나지만, 진리가 용기를 내어 말을 걸었다.

"아, 안녕하세요? 저는 진리라고 해요. 할아버지의 편지에 있던 아기 부엉이를 만나러 왔어요."

진리가 가방에서 주섬주섬 할아버지의 편지를 꺼내 부엉이에게 건넸다. 눈알을 굴리며 진리를 한참 쳐다보던 부엉이가 편지를 받아들었다. 진리가 뒷걸음치며 미소와 팩맨이 있는 집구석으로 갔다. 엄마 부엉이가 편지를 읽더니 말을 꺼냈다.

"그래서 이분의 손자가 바로 너라는 거니?"

"네. 그 편지를 쓴 분이 제 할아버지예요. 혹시 그분을 아시나요?"

"알다마다. 나 어릴 적 내 다리를 고쳐준 분이지. 할아비지는 잘 계시고?"

"전 할아버지를 본 적이 없어요. 아빠한테 얘기 듣기론 사막에 가셨다가 돌아오지 않으셨대요."

"저런, 무사하셔야 할 텐데. 난 그분에 대한 고마움 때문에 평생 지네를 먹어본 적이 없단다. 그런데 너희는 이곳에 어쩐 일이지?"

지네의 꿈 65

"할아버지를 찾으러 사막에 가야 해요. 그러려면 이 부엉이 숲을 지나야 하거든요. 우리의 힘으로 이 숲을 지나가기엔 힘들 것 같아서 도움을 청하러 왔어요."

"용케도 잘 찾아왔구나. 내가 받은 도움, 당연히 갚아야지. 내가 뭘 도와주면 될까?"

"이 부엉이 숲 끝까지 우리를 태워다 줄 수 있으세요?"

"내 아버지도 그분을 등에 태워 숲 끝까지 모셔다드렸지. 그런 부탁쯤이야 식은 죽 먹기야."

"감사합니다. 그런데 저희 세 명이 다 탈 수 있을까요?"

"세 명이 동시에 내 등에 타긴 힘들어. 좁아서 아마 떨어질 거야."

"아, 그런가요."

"찾다 보면 좋은 방법이 있겠지. 일단 오늘은 푹 쉬어. 집이 좁지만 너희가 지내기엔 충분할 거야."

"엄마. 저 녀석들이랑 같이 지내라고요? 싫어요. 게다가 저 지네 녀석이 내 날개를 이렇게 만들었다고요."

아기 부엉이가 상처 난 날개를 엄마에게 보여준다.

"아, 아니 제가 일부러 상처 나게 한 게 아니고요, 다만 절 보호하려고 그런 건데."

엄마 부엉이가 진리와 아기 부엉이를 번갈아 쳐다보더니 아기 부엉이 머리를 콩 쥐어박는다.

"예끼, 이 녀석아. 네가 잡아먹으려고 하다가 다친 거로구만. 그만 화 풀고 서로 화해해. 엄마가 맛있는 먹이들 잡아 올 테니까 쟤네들 잡아먹을 생각 마. 알았지? 쟤네들 괴롭히면 엄마가 가만 안 둔다. 그럼 난 좀 더 사냥하러 나갔다 올 테니 싸우지 말고 잘 지내고 있어라.

저녁으로 이 쥐고기 먹고 있어."

엄마 부엉이가 주의를 주고 둥지 밖으로 날아갔다. 아기 부엉이는 아직 분이 안 풀려서 씩씩거렸다.

"으, 너희들. 엄마만 아니었어도 한입에 다 잡아먹는 건데. 특히 너, 지네 녀석. 날개의 상처는 잊지 않겠다. 언젠가 복수하겠어."

그리곤 보란 듯이 팩맨 덩치만 한 쥐를 입안에 욱여넣고 통째로 꿀떡 삼켰다. 그 광경을 본 셋의 얼굴이 하얗게 질렸다.

"음, 배부르니 또 잠이 오는군. 난 더 잘 테니 니들은 저쪽 구석에 찌그러져 있어. 또 한 번 내 잠을 방해하면 아까 그 쥐처럼 될 줄 알아."

셋은 조용히 구석으로 가 바닥에 깔린 풀 위에 누웠다. 어느새 아기 부엉이의 드르렁 코 고는 소리가 들렸다. 셋은 아기 부엉이가 깰까 봐 숨죽여 말했다.

"그 녀석, 성격 한번 괴팍하구만. 쪼끄만 녀석이."

"아저씨, 가만히 보고만 있으면 어떡해요. 큰일 날 뻔했잖아요."

"내가 얼마나 무서운 표정으로 저 녀석을 째려보고 있었는지 알아?"

"그건 아저씨 평소 표정이잖아요. 힘 약한 미소 누나도 나섰다구요."

"뭐? 힘 약한?"

"이제 미소 니도 인정할 긴 인정해. 넌 이제 그냥 개구리야."

"…"

"자, 이제 조용히 하고 자자. 그래도 내가 검은 돌을 찾은 덕에 무사히 오늘 밤을 지나게 되지 않았나?"

"어휴, 뻔뻔한 팩맨 아저씨."

다음 날 아침이 되었다.

밤새 사냥하느라 지친 엄마 부엉이가 둥지에 돌아와 몸을 누인다. 푸드덕 날갯소리에 미소가 잠에서 깼다. 엄마 부엉이가 자는 것을 확인한 후 조용히 진리와 팩맨을 깨운다.

"어서 일어나, 아침이야."

"벌써 일어날 시간이에요? 조금만 더 잘게요."

"안 돼. 부엉이가 자기 시작했어. 방해하지 말고 어서 둥지 밖으로 나가자. 팩맨도 빨리 깨워."

셋은 조용조용 둥지 밖으로 나갔다. 나무 밑의 평평한 검은 돌 위에 빙 둘러앉았다.

"부엉이들은 아침에 자나 봐요?"

"그런가 봐. 지금부터 해지기 전까지 부엉이들이 잘 테니 밖에 돌아다녀도 안전할 거야."

"그나저나 어떻게 하면 우리 셋이 한번에 부엉이 등에 탈 수 있을까요?"

"내가 생각해본 게 있는데 말이야, 한번 볼래?"

미소가 근처에서 하얀 돌을 가져오더니 검은 돌 위에 쓱쓱 그림을 그렸다.

"잘 봐. 우리가 전에 살던 수조 알지? 그것처럼 네모난 상자를 만드는 거야. 그다음 상자 위쪽으로 기다란 줄을 연결하는 거지. 그 줄을 부엉이 목에 매달면, 어때? 하늘을 날 수 있겠지?"

"그 상자를 무엇으로 만들지?"

팩맨이 심드렁하게 대꾸했다.

"이 숲에 사방으로 널린 게 나뭇가지야. 나뭇가지를 이어서 상자를 만들면 돼.”

"와, 좋은 생각이에요. 어서 상자를 만들어 봐요.”

"쳇, 과연 그렇게 쉽게 될까.”

"아저씨, 투덜대지 말고 한번 해봐요. 별다른 생각도 없잖아요.”

"괜히 헛수고나 할까 봐 그러지.”

"그럼 투덜이는 빠지셔. 진리야, 나랑 나뭇가지 모으러 가자.”

"뭐? 투덜이? 내가 여기선 대장이라고. 대장이 빠져선 되겠어? 같이 가.”

셋이 부지런히 나뭇가지를 주워 왔다. 모아온 나뭇가지를 평평한 검은 돌 위에 놓고 일정한 크기로 잘랐다. 진리의 유리 조각으로 자르니 일이 한결 수월했다.

"선선한 그늘 밑에서 두런두런 앉아 있으니 꼭 소풍 온 것 같아요.”

쩍쩍 산새 소리, 졸졸 시냇물 소리, 나뭇잎 사이로 스며드는 햇살, 평화로운 광경이다.

"수조에서 탈출한 이후 처음으로 편안하네. 바깥세상의 햇볕은 참 따뜻해. 수조 안의 차가운 형광등과는 달라.”

"그건 동의. 다만 맛있는 음식 대신 비릿한 날벌레들을 먹는 건 고역이란 말이야.”

팩맨이 새빠르게 혓바닥을 내밀어 파리를 집아먹었다.

"지네마을에서 살 때 처음으로 엄마, 아빠랑 소풍 갔었어요. 그때도 지금처럼 시원한 나무 그늘 밑이었죠. 엄마, 아빠가 보고 싶어요.”

진리가 금방이라도 울음을 터트릴 듯했다. 당황한 미소와 팩맨이 서로를 쳐다본다. 분위기를 바꾸려고 미소가 얼른 진리에게 물었다.

"근데 왜 너희 집 천장에 구멍을 뚫은 거야? 결국 그 일 때문에 여기까지 오게 된 거잖아."
 진리가 갑자기 눈이 초롱초롱해지더니 신나서 이야기했다.
 "제 다리가 곰팡이에 감염됐었어요. 병원 가기 무서워서 엄마, 아빠에겐 비밀로 했죠. 소풍날 엄마 아빠 몰래 그 다리에 햇빛을 쬐여봤거든요? 근데 금방 간지럼이 낫는 거예요."
 "지네들이 무서워하던 햇빛이 곰팡이 치료법이었다?"
 "네. 그래서 엄마 다리를 낫게 하려고 집 천장에 구멍을 뚫었어요. 햇빛이 잘 들어올 수 있게요."
 "엄마를 위한 행동이 엄마랑 헤어지게 만들었구만."
 팩맨이 혀를 차며 혼자 중얼거렸다.
 "엄마를 위하는 마음이 기특하다만, 난 사막까지 같이 갈 생각은 없어. 난 내 동료인 팩맨개구리들을 만나면 더 이상 널 따라가진 않을 거야, 알았어?"
 "알았어요. 미소 누나도 여행 도중 친구들 만나면 저랑 같이 안 가도 돼요."
 "그, 그래."
 '난 내가 누군지도 모르는걸.'
 "자, 이제 나뭇가지도 충분히 모았어요. 이제 어떻게 할까요, 누나?"
 "나뭇가지를 서로 연결해서 상자 모양으로 만들어야 돼. 그러려면 질기고 긴 풀을 밧줄처럼 잘라서 나뭇가지들을 묶어야지."
 "알겠어요. 근처에서 풀을 가져올게요."
 셋이 부지런히 일하는 사이 어느덧 노을이 졌다. 부엉이들이 사냥을 시작하기 전에 셋은 얼른 나무 둥지로 들어갔다.
 "어딜 갔다가 이제 오니?"

엄마 부엉이가 상냥하게 물었다. 옆에선 아기 부엉이가 진리를 노려보고 있다. 진리는 화난 아기 부엉이의 시선을 애써 외면하며 대답했다.

"우리 셋이 들어갈 수 있는 상자를 만들고 있어요. 상자가 완성되면 아주머니가 목에 상자를 걸고 우리를 태워주시면 돼요."

"오호, 내 등에 셋이 타긴 힘드니 상자를 만들어서 너희를 나르면 되겠군. 좋은 생각이야. 그런데 상자가 너무 무거우면 안 된다. 오래도록 비행해야 하니 최대한 가벼워야 돼."

"네, 꼭 명심할게요."

"그럼 난 사냥하러 갔다 오마. 리오, 너 쟤네들 괴롭히지 말고 얌전히 있어. 알았지?"

"알았어요. 엄마는 나만 뭐라 그래. 맛있는 거나 많이 잡아 와요."

아기 부엉이 리오가 투덜거렸다. 진리 일행은 하루 종일 일을 한 탓인지 매우 피곤했다. 허겁지겁 이부자리를 펼치며 잘 준비를 한다. 리오가 사나운 눈을 하고 그 모습을 지켜보았다. 미소가 흘깃 리오를 보더니 조용히 말했다.

"쟤 또 화났나 봐. 눈 마주치지 말고 어서 자자."

셋이 이불 속으로 들어가려는 찰나 리오가 소리쳤다.

"야, 너희들. 자지 말고 일어나 봐."

셋은 긴장한 표정으로 리오를 쳐다보았다.

"내가 니들 봐주는 거 알지? 특히 지네 녀석, 내가 너 벼르고 있다. 조심해. 여차하면 엄마 말이고 뭐고 한입에 잡아먹을 테니깐."

그리곤 진리 일행을 겁주려고 먹이로 놓인 개구리를 통째로 집어삼킨다.

"저 녀석, 우리를 겁주려고 먹는 모습을 매일 보여줄 건가 봐. 또 봐도 무섭네."

팩맨이 두 눈을 질끈 감았다.

"자, 봤지? 니들을 한입에 먹어 치우는 건 일도 아니야. 조심하라고. 근데 크흠. 큼. 목에 뼈가 걸렸나."

리오가 연신 헛기침을 했다.

"아, 켁켁. 목구멍이 아파. 물, 물 어디 있어."

허겁지겁 물을 들이켜 보지만 여전히 뼈가 목구멍에 걸려 있다.

"컥컥, 살려줘. 숨쉬기 힘들어. 헉, 헉…"

진리가 후다닥 리오에게 달려가 손으로 리오 입을 열었다.

"안 돼, 진리야. 위험해."

미소가 말릴 틈도 없이 그가 리오의 목구멍 안으로 머리를 들이밀었다.

"어두워서 안 보여. 더 깊숙이 들어가야겠어."

어느새 진리의 몸 전체가 리오 안으로 들어갔다. 미소는 진리가 잡아먹히지 않을까 걱정되어 소리쳤다.

"야, 너 절대 입 닫으면 안 돼."

리오가 식은땀을 흘리며 입을 벌린 채 고개를 조심히 끄덕였다. 잠시 후, 리오 입에서 진리가 꼬물꼬물 기어 나왔다.

"휴, 겨우 찾았네. 이렇게 긴 뼈가 걸려 있었어."

그가 목구멍에 걸렸던 개구리 뒷다리 뼈를 보여줬다. 리오가 큼큼 목을 가다듬으며 말했다.

"이제 살겠네. 그런데 어떻게 내 목구멍으로 들어갈 생각을 했지? 내가 잡아먹을 수도 있단 생각은 안 했어?"

"그냥 널 도와야겠다는 마음뿐이었어. 이제 내가 상처 낸 일은 잊는 거다. 알았지?"

진리가 덤덤히 대꾸하곤 이부자리 안으로 들어갔다. 리오가 말없이 그를 지켜보았다.

다음 날 아침, 엄마 부엉이가 둥지로 돌아오는 소리에 셋이 잠에서 깼다. 셋이 둥지 밖으로 내려가 따끈한 돌 위에 앉았다. 팩맨이 진리에게 물었다.

"어이, 꼬마. 어제는 용감했다. 무슨 생각으로 그런 거야?"

"아무 생각 없었는데요? 그냥 몸이 움직였어요."

"뭐? 그 위험한 일을 아무 생각 없이 했다고? 정신이 나갔구만."

"자자, 그만해. 진리 덕분에 그 부엉이 녀석이 우리를 그만 괴롭히지 않겠어? 잘했다, 진리야."

"헤헤, 고마워요."

"그럼 다시 상자를 만들어볼까? 부지런히 만들어서 얼른 이 마을을 벗어나자구."

"네, 상자 재료를 구해올게요."

진리가 씩씩한 목소리로 대답하며 근처 풀숲으로 들어갔다. 길고 든든한 풀을 찾아 유리 조각으로 잘랐다. 열심히 일하다 보니 금세 풀들이 수북이 쌓였다.

"일단 이 풀들을 옮겨 놓고 오자. 영차."

풀들을 한 아름 안고 옮기는데 풀 위에 조그만 벌레가 있다.

"넌 누구니? 개미처럼 생겼네. 미안하지만 이 풀에서 내려가 줄래?"

"난 개미가 아니야. 그리고 이건 내가 먹던 풀이야. 안 내려갈래."

"저기 다른 풀들도 많잖아. 이건 내가 가져가야 해."

"그래도 싫어."

진리가 슬슬 약이 오른다.

"너 내 말 안 들으면 강제로 옮길 거야. 쪼끄만 녀석이."

"후훗. 날 함부로 만졌다간 큰코다칠걸? 용기 있으면 한번 건드려 보시지?"

벌레의 도발에 그는 머리끝까지 화가 났다.

"이 녀석이. 만졌다, 어쩔래? 아악!"

그가 벌레를 건드리자 벌레가 노란색 독을 발사했다. 진리의 손이 불에 덴 듯 따끔거렸다. 벌레가 씩 미소를 지으며 풀숲으로 사라졌다.

"진리 살려! 너무 아파!"

그의 비명을 들은 미소와 팩맨이 달려왔다.

"무슨 일이야? 손이 왜 이래?"

진리의 손등이 부풀며 물집이 생겼다.

"어떤 벌레 녀석이 나한테 독을 발사했어요. 저 풀 위에 있어요."

진리가 가리킨 풀 위엔 어느새 벌레가 사라지고 없었다.

"내가 얼른 그 녀석을 잡아 올게. 기다려. 팩맨은 진리 상처 좀 봐줘."

"누나, 조심해요."

미소가 벌레를 잡으러 풀숲으로 들어갔다. 팩맨은 진리를 데리고 근처 시냇물로 갔다.

"자, 물에 씻어봐. 좀 낫지?"

"네, 찬물에 담그니 아픈 게 사라지는 것 같아요."

"멋대로 행동하니 종잡을 수가 없는 녀석이군. 아마 그 손의 흉터는 없어지지 않을 거 같다."

"힝, 내 손."

"오늘은 무리하지 말고 쉬자. 상자는 내일 만들고."

둘은 검은 돌 위로 돌아가 미소를 기다렸다. 한참 후 미소가 돌아왔다. 흡족한 미소를 띠며 불룩한 배를 두드린다.

"누나, 어떻게 된 거에요?"

"풀숲으로 들어가니 벌레 여러 마리가 모여 있더라고. 자기네들끼리 낄낄대며 웃길래 무슨 소리인가 엿들었더니 지네 무찌른 이야기를 하잖아. 괘씸해서 내가 몇 놈 잡아먹었지."

"네? 잡아먹었다고요? 누나 배 안 아파요?"

"멀쩡한데? 생각보다 맛있더라고."

"신기하네."

"오늘은 이쯤하고 둥지로 돌아가자."

엄마 부엉이가 셋을 반갑게 맞아주었다.

"진리 네가 내 아들을 구해줬다면서? 고맙다. 우리 가족은 매번 지네에게 신세를 지네."

"하하. 별 거 아니에요."

그가 쑥스러운 듯 머리를 긁적였다.

"근데 신리 손이 왜 그러니? 어디 다쳤어?"

그가 낮에 있었던 일을 이야기했다.

"그 벌레는 아마 남가뢰라는 녀석일 거야. 여왕개미를 닮지 않았니?"

"네 맞아요. 좀 큰 개미인 줄 알았어요."

"남가뢰는 풀을 먹고 독을 만들어. 조그만 녀석이지만 독이 꽤 따끔하다고."

지네의 꿈 75

"네. 엄청 아팠어요. 조그만 녀석이라고 깔보다가 그만…"
"조심하렴. 숲에 사는 동물들 함부로 건드리지 말고."
"네, 조심할게요."
"그럼 난 오늘도 사냥하러 간다. 내일 보자."
엄마 부엉이가 떠난 후 리오가 진리에게 다가간다.
"또 왜? 날 괴롭히려고?"
진리가 주춤하자 리오가 수줍게 뭔가 건넸다. 잘게 자른 쥐고기였다.
"어젠 고마웠어. 너 먹기 편하라고 내가 제일 좋아하는 쥐고기를 자른 거야."
"우웩, 난 쥐고기 안 먹어."
그러자 리오의 표정이 점점 찌그러지더니 끝내 울음을 터트렸다.
"내 선물을 무시했어."
팩맨이 진리의 옆구리를 쿡 찔렀다.
"넌 왜 이리 눈치가 없냐. 그럴 땐 싫어하는 선물이라도 고맙게 받아야지."
"받기 싫은 건데 어떻게 해요."
그의 목소리가 점점 작아졌다.
"리오야, 선물 고마워. 나랑 팩맨은 쥐고기 좋아해. 맛있게 먹을게. 뭐해, 팩맨. 어서 먹자."
"뭐, 뭐? 아, 그, 그래. 나도 쥐고기 좋아해. 하하. 잘 먹을게."
팩맨이 미소를 째려보며 억지로 쥐고기를 먹었다. 리오가 그 모습을 보곤 기분이 좋아졌다.
"맛있지? 다음에 또 줄게."

진리는 그 사이에서 어색한 표정을 짓다가 이내 이불 속으로 들어갔다.

다음 날 셋이 검은 돌 위에서 열심히 상자를 만들었다. 잘게 자른 나뭇가지를 얼기설기 연결하다 보니 상자와 비슷한 모양이 되어 간다.

"이제 조금만 더 만들면 되겠어요."

진리가 신이 나서 떠든다.

"빨리 만드는 것보다 튼튼하게 만드는 것이 훨씬 중요해. 특히 팩맨은 무거워서 상자 바닥이 푹 꺼질 수도 있거든."

"뭐? 내가 무거워봤자 얼마나 무겁다고. 쳇."

"자, 그럼 잠시 쉬었다가 마저 할까. 난 밥 좀 먹고 올게."

"누나 어디 가는데요?"

"어제 그 남가뢰라는 녀석들 있지? 걔네들 좀 먹고 오려고."

"걔네들이 맛있어요? 누나도 참 특이하네."

"내 입맛엔 맞아. 그럼 이따 보자."

미소가 사라진 후 진리와 팩맨은 돌 위에 누워 쉰다.

"몸도 뜨끈하니 졸음이 쏟아지네. 한숨 자 볼까."

진리가 눈을 감으려는데 나무에 붙은 무당거미가 눈에 뜨였다.

"아저씨, 저기 좀 봐요. 거미가 나무 기둥에 거미줄을 치고 있어요."

"알을 낳을 자리를 마련하나 보다. 배가 불룩한 걸 보니 말이야."

"그런가 보네요. 힘내요. 거미 아줌마."

한참 시간이 지난 후 미소가 부른 배를 두드리며 돌아왔다. 낮잠 자는 둘을 깨웠다.

"얘들아, 일어나. 다시 상자 만들어야지."

진리가 눈을 비비며 일어났다.

"하암. 잘 잤다. 어? 거미 아줌마가 주황색 알을 낳았어요."

"알들이 포동포동하니 귀엽네. 이제 꽁무니에서 거미줄을 만들어 알들을 감쌀 건가 봐."

무당거미가 부지런히 움직이며 거미줄로 알들을 덮는다.

"자, 우리도 열심히 일해 볼까."

셋도 부지런히 상자를 만들기 시작했다. 저녁쯤 되자 거미 알집도, 상자도 완성됐다.

"이제 다 됐어요! 얼른 부엉이 아줌마에게 가져가요."

진리가 둥지에 들어가며 소리쳤다.

"아줌마, 상자 완성됐어요."

"오, 대단한걸? 이 정도면 너희 셋이 타도 충분하겠어. 그럼 오늘 시험 삼아 상자를 목에 메고 한번 날아볼까?"

"와, 신난다."

셋이 상자 안에 들어가고, 엄마 부엉이가 상자에 걸려 있는 줄을 목에 걸었다.

"음, 생각보다 무거운걸."

그 말에 진리와 미소가 팩맨을 쳐다본다. 팩맨이 흐음 헛기침을 한다.

"그럼 이제 날아보자. 다들 꽉 잡아."

엄마 부엉이가 둥지 밖 나뭇가지에 올라가 날개를 펼쳤다. 그리곤 아래로 떨어지며 날갯짓을 하자 공중으로 날아올랐다.

"하늘을 날고 있어요, 엄청 빨라요."

"그런데 점점 밑으로 떨어지는데? 원래 위로 올라가야 하는 거 아니야?"

"그러게. 이러다 추락하겠어."

엄마 부엉이가 그 말을 들었는지 있는 힘껏 날갯짓을 했다. 간신히 위로 날아오른 뒤 한 바퀴 동그라미를 그리며 원래 출발했던 둥지로 돌아왔다.

"휴, 겨우 돌아왔네. 이걸 목에 메고 날긴 어렵겠는걸. 너무 무거워."

"왜 다들 날 쳐다보는 거야? 내가 무거워서 그런 게 아니라 상자가 무거운 거라고."

팩맨이 손사래를 치며 말했다.

"상자가 튼튼해야겠지만 이보다 훨씬 가벼워야 해. 부엉이 숲 끝까지 날아가려면 지금의 절반 정도 무게는 돼야 할 거다."

"처음부터 다시 만들어야 한다고요?"

진리가 시무룩한 목소리로 대답했다.

"진리야, 넌 유리 수조에서도 탈출한 몸이야. 이 정도 가지고 포기하면 되겠어?"

미소가 그를 달랬다.

"맞아. 너희는 다시 가벼운 상자를 만들 수 있을 거야. 내가 주는 고기 먹고 힘내."

리오가 자신이 먹으려고 남겨뒀던 쥐고기를 진리에게 건넸다. 그가 그 고기를 빤히 보다가 한 입 베어 물었다.

"생각보다 맛있다. 고마워. 이거 먹고 힘낼게."

리오가 그의 말에 씩 웃음 지었다.

다음 날, 셋이 검은 돌 위에 모여 의논을 했다.

"가벼운 상자를 어떻게 만들죠?"

"이 상자를 만드는 데 사용된 나뭇가지 수를 절반으로 줄여야 해. 일단 상자를 부수고 다시 만들어보자."

"그럼 상자 사이의 틈이 커질 텐데. 팩맨 너는 덩치가 커서 괜찮지만 나랑 진리는 자칫하면 틈 사이로 빠질 수 있다고."

"그럼 무게를 줄이는 다른 방법이 있어?"

미소도 딱히 좋은 생각이 떠오르진 않는다.

"우선 내 방법대로 해봐. 너희들이 최대한 상자를 꽉 잡고 타면 되잖아. 밧줄로 팔과 나뭇가지를 묶던가."

"그래요, 한번 팩맨 아저씨 방법대로 해봐요."

셋은 기존 상자를 부수고 다시 만들기 시작했다. 한참 동안 상자 만들기에 열중하다 기진맥진한 진리가 드러누웠다.

"아이고, 힘들다. 조금만 쉬었다 해요."

누워서 하늘을 바라보던 진리의 눈에 완성된 거미 알집이 들어왔다. 멍하니 알집을 바라보는데 조그만 벌레들이 알집 위에서 꼬물거린다.

"누나, 아저씨. 벌써 새끼 거미들이 태어났나 봐요."

"그럴 리가, 하루 만에 새끼가 태어날 리 없는데?"

"제가 한번 가서 보고 올게요."

말릴 새도 없이 진리가 나무 위로 올라갔다.

"야 이 녀석아. 오지랖 그만 부리고 얼른 내려와. 괜히 남의 알집 건드렸다가 봉변당할라."

진리가 팩맨의 말에 아랑곳하지 않고 거미 알집으로 다가갔다.

"안녕, 너희는 아기 거미들이니? 음, 거미처럼 생기진 않았네?"

"휴, 재수 없게 들켰네. 우리에게 신경 끄고 네 할 일이나 하셔."

조그만 벌레가 주위를 두리번거리더니 거미 알집으로 쏙 들어갔다.

"어어, 어딜 들어가는 거야. 이리 나와."

그가 벌레를 찾으려고 거미 알집을 둘러싼 거미줄을 파헤쳤다. 바로 그때였다.

"이놈! 네가 내 알을 몰래 훔쳐 먹는 도둑놈이었구나. 가만두지 않겠다."

엄마 무당거미가 몰래 숨어 있다가 진리 앞에 나타났다.

"어떤 도둑놈이 작년에 내가 낳은 알들을 다 먹어 치웠지. 이번에도 그 녀석이 나타날까 봐 알을 낳고 몰래 숨어 있었다. 네 녀석이 바로 그 도둑놈이었군. 죽은 내 알들을 위한 복수다."

엄마 무당거미가 꽁무니에서 거미줄을 쏴 그를 꽁꽁 묶었다.

"아줌마, 살려주세요. 전 알을 훔친 도둑이 아니에요. 어느 조그만 벌레가 알집으로 들어가길래 그 녀석을 찾은 거예요. 정말이에요."

그가 겁에 질려 애원했다.

"그런 뻔한 거짓말을 믿을 줄 알고? 넌 내 먹이가 되어야겠다. 내 독 이빨 맛이나 봐라."

"악, 안 돼요!"

"잠깐만요. 나도 봤어요. 조그만 벌레기 알집으로 들어갔디고요."

미소가 나무 밑에서 다급한 목소리로 외쳤다.

"뭐야? 저 조그만 개구리는. 조금만 기다려. 넌 이 지네 다음으로 먹어주마."

"아줌마, 나도 봤어요. 우리를 한번 믿어 봐요."

팩맨도 나서서 거든다.

지네의 꿈 81

"이 녀석들이! 정말 내 알집으로 벌레들이 들어갔다는 거냐? 만약 거짓말이면 어쩔 거냐?"

"아줌마, 그럼 그땐 절 잡아먹어도 돼요. 믿어주세요."

진리가 확신에 찬 목소리로 대답했다.

"음, 어차피 널 잡아먹는 건 시간문제니 한번 믿어보도록 하지."

"네. 저기 저 조그만 구멍 주변을 살살 파헤쳐 보세요."

꽁꽁 묶여 있는 진리가 턱으로 알집을 가리켰다.

"어디 보자. 이 조그만 구멍 안으로 벌레가 들어갔다고?"

엄마 무당거미가 알들을 건드리지 않도록 조심조심 거미줄을 들춰 봤다. 자세히 보니 흰색의 작은 벌레가 주황색 알에 주둥이를 꽂고 알즙을 빨아 먹고 있었다.

"아, 맛있다. 갓 태어난 신선한 거미알처럼 맛있는 것도 없지."

"이 녀석들, 내 알들을 먹다니. 너희들은 죽은 목숨이다."

엄마 무당거미가 분노에 차서 벌레들을 향해 거미줄을 발사했다.

"아악, 언제 엄마 거미가 왔지? 안 들킨 줄 알았는데? 사마귀붙이 애벌레 살려."

"흑흑, 몇몇 알들은 이미 죽었구나. 그래도 나머지 알들을 살릴 수 있겠네. 좀 더 촘촘히 알집을 감싸야겠다."

엄마 거미가 신중하게 거미줄로 알집을 꽁꽁 둘렀다.

"꼬마 지네, 미안하다. 내가 괜한 오해를 했네. 덕분에 많은 알을 지킬 수 있었어. 고마워."

엄마 거미가 진리를 묶었던 거미줄을 풀어줬다.

"알 도둑을 찾아서 다행이에요. 건강한 아기 거미들이 태어나길 바랄게요."

진리가 뿌듯한 미소를 지었다. 그가 엄마 거미와 인사를 하고 나무 밑으로 내려오니 팩맨이 핀잔을 준다.
"남의 일에 함부로 끼어들지 말라고. 죽을 뻔했잖아."
"그래도 궁금한 걸 어떡해요."
"아니야, 잘했어. 덕분에 수많은 아기 거미들을 살렸잖니."
미소의 말에 진리는 기분이 좋아졌다.

셋은 다시 완성된 나뭇가지 상자를 들고 부엉이 둥지로 돌아갔다.
"아줌마, 상자 다시 만들었어요."
"전보다 가벼워졌네. 이 정도면 너희 셋이 타도 충분히 들 수 있겠어. 한번 타 봐."
셋이 상자에 들어간 후, 엄마 부엉이가 상자의 끈을 목에 걸어본다. 그러자 '우지끈' 하고 상자 바닥이 부서졌다. 진리가 바닥으로 떨어졌다.
"아얏, 이번 상자는 너무 약한가 보네요."
"상자 무게는 이쯤이면 되겠어. 부서지지 않게 튼튼히 만들어 봐."
"가벼우면서 튼튼하게요? 그게 가능할까요?"
"엄마, 내가 날 수 있게 되면 저랑 같이 상자를 날라요."
"리오, 네가 날 수 있으려면 시간이 한참 걸릴 거다. 게다가 무거운 걸 매달고 나는 건 더 어려운 문제야. 균형을 잘 잡는 건 나에게도 어려운 일이란다."
엄마의 반대에 리오는 시무룩했다.
"리오, 그래도 생각해줘서 고마워."
진리의 말이 기분 좋아진 리오가 개구리 뒷다리를 탁 던졌다.

"너희 먹어. 난 개구리 뼈가 목에 걸린 이후로 개구리 고기는 쳐다보기도 싫어."

"고마워, 잘 먹을게. 누나, 아저씨, 같이 먹어요."

"나도 개구리인데 어떻게 이걸 먹을 수 있겠어?"

팩맨이 리오 눈치를 보면서 조용히 중얼거렸다.

"그냥 먹는 척이라도 해요. 제가 다 먹을게요."

그리곤 진리가 리오 보란 듯이 큰소리로 이야기한다.

"아, 참 맛있다. 개구리 뒷다리 고기는 참 맛있어. 뼈도 길어서 손으로 들고 뜯기도 편하단 말이야. 어, 그래. 바로 그거야. 개구리 뼈."

그가 개구리 고기를 먹다가 갑자기 소리쳤다.

"이 뼈로 네모 상자를 만들면 어때요?"

"오, 좋은 생각이네. 뼈는 단단하면서도 가볍거든."

미소가 맞장구친다.

"그렇다면 둥지 밑 나무 주변에 떨어진 펠렛을 찾아봐. 우리 부엉이들은 소화가 안 되는 동물의 뼈나 깃털을 토해내는 습성이 있거든. 그걸 펠렛이라고 부르는데 그 안에 뼈들이 잔뜩 들어 있을 게다."

"네, 부엉이 아줌마. 고마워요."

다음 날, 진리 일행이 나무 주변에서 펠렛을 찾는다. 나뭇잎과 흙에 가려 쉽게 찾지 못했다.

"도대체 어떻게 생긴 거야? 설마 이 똥처럼 생긴 건 아니겠지?"

팩맨이 투덜거리며 나뭇가지로 갈색 덩어리를 쿡쿡 찔렀다.

"아저씨, 막대기로 잘 부셔 봐요. 그게 펠렛일 수도 있어요."

"으, 똥이나 뒤지고 있고. 이게 뭐하는 짓이야."

팩맨이 코를 부여잡고 엉거주춤한 자세로 덩어리를 뒤적였다.
"어? 뭔가 딱딱한 게 들어있다."
그 말을 들은 진리가 부리나케 달려와 맨손으로 덩어리를 주물럭 거렸다.
"이봐, 뭐하는 짓이야. 더럽게. 너 오늘 나한테 접근 금지야."
팩맨의 말에 아랑곳하지 않고 진리가 펠렛에서 뭔가를 꺼냈다.
"이것 봐요! 동물의 뼈에요. 똥처럼 생긴 이게 펠렛인가 봐요. 생각보다 냄새도 안 나고 깨끗한데요?"
"기절하겠구만. 냄새까지 맡고."
"팩맨, 그만 꿍얼거리고 진리 좀 도와줘. 되게 깔끔한 척 하는구만. 냄새를 맡아보니 이건 똥이랑 달라. 손으로 만져도 되겠어."
미소가 손으로 펠렛을 들더니 팩맨 얼굴로 가져간다.
"으악, 팩맨 살려."
"히히. 깔끔 떨기는. 이걸 시냇가로 가져가서 물에 씻어보자."
"나랑은 정말 안 맞는다니깐."
시냇물에 펠렛을 조심조심 씻으니 딱딱한 뼈가 나타났다.
"드디어 기다란 뼈를 발견했군. 어서 펠렛들을 주워 시냇물로 가져와. 내가 깨끗이 씻을게."
"대장에게 명령하다니. 이번엔 봐준다. 난 손으로 저길 만지는 건 도저히 못 하겠거든."
하루 종일 펠렛을 주워 물에 씻으니 제법 많은 뼈가 모였다. 모은 뼈들을 돌 위에 올려놓고 햇빛에 말린다.
"며칠만 더 수고하면 충분하겠는데요."
나무 위에서 알을 지키던 엄마 무당거미가 진리의 목소리를 듣고 말을 걸었다.

"너희는 뭘 하려고 하루 종일 뼈를 모으니?"

"아, 거미 아줌마. 안녕하세요. 우린 이 뼈로 상자를 만들 거예요."

"상자? 별 특이한 녀석들 다 보네. 뼈로 상자를 만들다니."

"우리에겐 중요한 일이거든요. 아줌마 알들은 모두 건강해요?"

"응, 덕분에 알에서 깨어날 날이 얼마 안 남았단다. 다 꼬마 지네 네 덕분이야."

"괜히 뿌듯하네요."

며칠 후, 까만 돌 위에 하얀 뼈가 수북이 쌓였다. 진리 일행이 길이에 따라 뼈들을 나누었다.

"이제 뼈는 충분해. 비슷한 길이의 뼈들끼리 묶어서 상자를 만들어 보자고."

미소의 말에 진리가 대답했다.

"네. 뼈를 묶는 건 지난번처럼 풀들을 이용하면 되지요?"

"응. 근처에서 풀들을 꺾어오자."

매끈하고 기다란 풀들을 가져와 뼈끼리 연결했다. 있는 힘껏 매듭지어 묶었다.

"누나, 여기 좀 보세요. 힘주어 묶었는데도 풀이 미끄러져 내려요."

"이 녀석아, 네가 힘이 약해서 그런 게야. 내가 해보마."

팩맨이 이 악물고 풀로 뼈를 꽁꽁 묶었다.

"아저씨가 묶어도 마찬가지인데요? 조금만 힘줘도 밑으로 흘러내려요."

"아, 알겠다. 나뭇가지는 표면이 거칠어서 풀로 잘 묶을 수 있었는데 이 뼈들은 너무 매끈해서 풀이 고정이 안 되고 흘러내리네."

미소의 말에 진리가 풀이 죽었다.

"힘들게 뼈를 모았는데 이 방법도 틀린 거예요?"

"뼈들을 고정할 다른 방법이 필요해."

셋이 돌 위에 앉아 머리를 맞댄다. 한참을 생각해도 뾰족한 수가 없다. 미소가 말했다.

"일단 각자 흩어져 숲속을 뒤져보자. 뼈를 고정할만한 다른 재료가 있는지 찾아봐야지. 저녁에 둥지에서 봐."

셋이 며칠 동안 숲속을 돌아다녔지만 별다른 성과가 없었다. 모두 점점 지쳐갔다.

"안 되겠다. 팩맨, 네가 살을 빼는 수밖에. 무게를 줄이려면 그 방법밖에 없어."

"뭐? 내가 무거워봤자 얼마나 무겁다고. 괜히 나한테 시비야."

"야, 너만 없었어도 진작 상자 타고 하늘을 날아갔다고."

"그럼 나 빼고 니들만 가. 치사한 녀석들."

매일 반복되는 둘의 싸움에 진리도 지쳤다. 바람 쐬러 조용히 둥지 밖으로 나갔다.

"언제쯤 이 숲을 빠져나갈 수 있을까. 위험하더라도 그냥 걸어서 가야 하나."

돌 위에 모아 둔 뼈들을 보며 한숨을 쉰다. 그때 엄마 무당거미가 그의 앞에 나타났다.

"꼬마 지네, 한참 찾았네. 요즘 통 안 보이길래 걱정했는데."

"안녕하세요, 아줌마. 무슨 일인데 저를 찾으셨어요?"

"내 아이들이 얼마 전 알에서 태어났단다. 네가 내 아이들을 구해줬으니 인사를 하는 게 당연한 도리지. 얘들아, 이리 오렴. 너희들을 구해준 분이야."

"안녕하세요."

수십 마리의 새끼 거미들이 우글우글했다. 근심이 가득한 진리가 기어가는 목소리로 대답했다.

"안녕, 얘들아. 반가워."

"왜 이리 힘이 없니? 무슨 일 있어?"

엄마 거미가 그를 걱정하며 물어보았다.

"실은 말이죠."

그가 그동안의 자초지종을 설명했다.

"뼈를 서로 연결할 재료를 구하지 못했다? 그 문제라면 내가 도울 수 있겠는걸?"

"어떻게요?"

그의 눈이 동그래졌다.

"내 거미줄로 돌돌 묶으면 돼."

"아줌마, 뼈를 아주 튼튼히 묶어야 해요. 가느다란 거미줄로 묶어봤자 금방 끊어질 거예요."

그가 한숨을 푹 쉬었다.

"얘가 뭘 모르네. 거미줄이 얼마나 튼튼한데. 가는 거미줄을 여러 겹으로 뭉치면 강철보다 더 세다고. 게다가 끈적거려서 매끈한 뼈에도 착 붙을걸. 흘러내리지도 않고 말이야."

"정말이에요? 믿어도 돼요?"

"그럼. 날 한번 믿어 봐. 지금 당장 상자를 만들어보자고."

진리가 얼른 부엉이 둥지로 돌아가 미소와 팩맨을 불렀다.

"둘이 그만 투덕거리고 밖으로 나와 봐요. 뼈로 된 상자 만들 수 있어요!"

"뭐라고?"

셋이 평평한 돌 위에 모였다. 거미줄로 뼈를 연결한다는 말에 미소와 팩맨이 반신반의했다.

"아줌마, 우리를 도와주려는 건 고맙지만 이건 시간 낭비예요. 눈에 잘 보이지도 않는 거미줄로 어떻게 뼈들을 묶는단 말입니까?"

팩맨이 심드렁한 표정으로 말했다.

"일단 나를 믿고 만들어보기나 합시다. 나중에 깜짝 놀라지나 마요."

셋이 뼈를 들고 있자 엄마 거미가 이음새 부위에 거미줄을 칭칭 감아 뼈들을 단단히 고정했다.

"한번 힘줘서 확인해 봐요. 얼마나 튼튼한지."

셋이 달라붙어서 흔들어 봐도 고정된 뼈가 움직이지 않았다.

"우 외, 엄청 단단해요. 이 정도면 부서지지 않는 상자를 만들 수 있겠어요."

"거봐, 내 말이 맞지? 자, 얘들아. 너희들도 이리 와서 엄마를 도와주렴."

"네, 엄마. 우리도 거미줄을 뽑아낼게요."

조그만 아기 거미들도 능숙하게 거미줄을 만들었다. 수십 마리의 거미들이 달라붙어 일을 하니 어느새 상자가 완성되었다. 거미줄에 햇빛이 반사되어 상자가 반짝반짝 빛이 난다.

"이렇게 튼튼하고 예쁜 상자를 만들다니. 거미 아줌마, 고마워요."

진리가 울먹이며 감사를 표했다.

"내 아이들 목숨값에 비하면 이건 아무것도 아니지. 이번엔 꼭 성공하길 바랄게. 얘들아, 가자."

진리 일행이 거미 가족과 인사를 하고, 뼈 상자를 부엉이 둥지로 옮겼다. 때마침 엄마 부엉이가 잠에서 일어나 사냥 나갈 준비를 하고 있다.

"여기 보세요. 우리가 뼈로 상자를 만들었어요."

"오, 드디어 완성했구나. 과연 가벼우면서도 튼튼할지. 일단 목에 걸어 볼까. 목에 매달 줄은 어디 있지?"

"여기 있어요. 거미줄로 만들어서 잘 안 보여요."

"거미줄? 별 희한한 재료로 만들었구나. 별로 강해 보이진 않는데."

엄마 부엉이가 목걸이 줄처럼 길게 늘어진 거미줄을 뒷목에 걸었다.

"상당히 가벼운데? 이 정도면 팩맨이 열 명은 타도 되겠어. 무게는 합격. 이제 너희들 타 봐."

셋이 뼈 상자 안으로 들어갔다. 바닥 위에서 붕붕 뛰어도 끄떡없다.

"이 정도면 부서질 일은 없겠어. 아주 멋진 상자를 만들었는걸."

엄마 부엉이의 말에 셋은 서로를 쳐다보며 씩 웃는다.

"오늘은 시험 비행을 해보자. 다들 꽉 잡아."

엄마 부엉이가 하늘 높이 날아올랐다. 달에 닿을 듯 솟구치더니 갑자기 방향을 바꿔 크게 원을 그렸다. 두세 바퀴 돈 후 사뿐히 둥지로 돌아왔다.

"날갯짓하는데 힘이 별로 안 들어. 숲 끝까지 날아가는데 문제없겠다."

"야호, 드디어 부엉이 숲을 통과한다."

"근데 너희들, 이 숲을 지난 다음엔 어디로 가야 하는지 아니?"

"음, 할아버지 편지를 꺼내 볼까요? 지난번 읽다 만 그 편지요."

미소가 편지를 찾아서 읽기 시작했다.

"여기부터 읽으면 되겠네. '아빠 부엉이가 감사의 의미로 날 태워서 부엉이 숲 끝까지 데려다주었다. 역시 남을 도와주면 복을 받는다는 옛말은 틀리지 않았어. 하지만 숲을 지난 후의 여정은 너무나 힘들었다. 드넓은 들판엔 날 잡아먹으려는 동물들이 득실댔어. 수많은 죽을 고비를 넘기고 운이 좋게도 비둘기 우체국을 찾을 수 있었다. 이제 여기서 한숨 돌리고 다음 여정을 준비하는 중이다. 그럼 다음 편지를 쓸 때까지 잘 있거라.' 이렇게 씌어 있네."

"무서운 동물들이 득실댔다, 이거 산 넘어 산이구만."

팩맨이 걱정스러운 듯 한숨을 쉬었다.

"부엉이 아줌마, 비둘기 우체국이 어디 있는지 아세요?"

"정확한 위치는 모르고 이 숲에서 동남쪽 방향인 것만 알고 있어."

"동남쪽이 어느 방향이에요?"

"동쪽은 해 뜨는 곳, 남쪽은 이 숲과 반대 방향. 그러면 동남쪽은 그 두 방향의 중간이야."

"어느 쪽인지 감이 안 잡혀요. 이 숲엔 비둘기 우체국 없어요? 거기 가서 물어보면 가르쳐 줄 텐데."

"예전엔 비둘기 우체국이 있었지. 근데 어느 부엉이 녀석이 배가 고픈 나머지 편지를 나르던 비둘기를 잡아먹었어. 그 이후 비둘기들이 이 숲으로 들어오지 않아."

"진리야, 걱정 마. 이 누나만 믿으라고. 어느 방향인지 대충 감 잡았어."

"오, 역시 누나는 똑똑하다니깐."

"자, 그러면 내일 밤 출발한다. 모두들 푹 자고 먹을 것들 준비해놔. 그럼 난 사냥하러 간다."

"네, 잘 다녀오세요. 그럼 난 이만 잘게요. 누나, 아저씨 잘 자요. 좋은 꿈 꾸세요."

진리가 들뜬 표정으로 잠자리에 든다.

"똑똑똑."
"누군가?"
"접니다. 그나시리온 님. 라라가 쓴 편지가 도착했습니다."
"그래? 얼른 들어오게."

군사 대장이 편지를 들고 커다란 책상 앞에 앉아 있는 그에게 다가갔다.

"오랫동안 연락이 없길래 죽은 줄 알았더니 용케 살아 있었군. 어디 한번 편지를 읽어볼까."

그가 편지를 뜯고 읽기 시작했다.

'안녕하세요. 저 라라에요. 부엉이 숲을 지나 들판에 있는 비둘기 우체국에 도착했어요. 중간 중간 만나는 동물들, 곤충들에게 물어봐도 진리를 봤다는 이는 아무도 없어요. 저도 여기까지 오느라 죽을 고비를 숱하게 넘겼는데 진리처럼 어린아이가 여기까지 오는 건 불가능해 보여요. 진리에겐 안됐지만, 이미 누군가에게 잡아먹히지 않았을까요. 저도 이제 진리를 찾아 헤매는 건 도저히 못 하겠어요. 그만 마을로 돌아가면 안 될까요? 전 나름 최선을 다했어요. 부탁드립니다.'

"멍청한 것. 아직도 못 찾았다니!"

그는 편지를 구겨 쓰레기통으로 던졌다.

"그만 돌아오라고 하는 게 어떨까요. 라라 말대로 그 꼬마 녀석이 아직까지 살아있진 않을 것 같습니다."

군사 대장의 말에 그는 한참을 쏘아본다. 군사 대장이 주눅이 들어 땅바닥으로 고개를 떨궜다.

"라라에겐 다음 우체국으로 이동하라고 편지를 쓰게. 좀 더 진리를 찾아보라고 말이야. 그리고 자네, 밑의 부하들을 시켜 진리를 찾아봐, 어서!"

"분부대로 하겠습니다."

군사 대장이 나간 후, 그나시리온이 중얼거렸다.

"그 꼬마 녀석은 분명히 살아 있다. 지 할아비를 닮아서 아주 질긴 놈이거든."

그러더니 책상 서랍을 뒤져 편지 한 통을 꺼내 읽었다.

"이고의 마지막 편지."

'아들아, 난 천신만고 끝에 사막에 도착했다. 이곳의 태양은 우리 동네와는 비교도 안 될 정도로 뜨겁다. 한낮의 땡볕에 노출되면 바로 죽을지도 몰라. 그래서 밤에 이동하든가 아니면 오아시스라고 불리는 샘물 주변의 나무 그늘 아래에서 지내야 한다. 놀라운 건 이 불구덩이 같은 곳에 사는 지네가 정말로 있다! 실제로 사막 지네가 있을지 반신반의하며 여기까지 왔는데 그들을 만날 수야. 이들은 햇볕에 노출돼도 끄떡없어. 그러니 곰팡이에 감염될 리 없지. 이들에게 햇볕에 닿아도 끄떡없는 껍질을 가질 수 있는 방법에 대해 물어봤다. 허나 그런 방법을 아는 사막 지네는 없었어. 나보고 사막 지네로 다시 태어나는 게 더 빠를 것이라고 농담까지 하더군. 하지만 이곳의 우두머리 사막 지네를 만나 새로운 껍질을 얻는 방법을 알게 되었다. 문제는 이 방법이 너무 위험해 자칫하면 모든 기억을 잃어버릴지도 모른다는 점이다. 난 사막에 남아 다른 안전한 방법이 있는지 찾아볼 것이다. 가족에 대한 모든 기억까지 잃어가면서 새로운 껍질을 얻고 싶진 않으니깐. 그럼 다시 편지하마.'

편지를 덮으며 그는 중얼거렸다.

"지금까지 이고가 돌아오지 않은 건 기억을 잃어버렸거나 또는 죽었거나 둘 중 하나겠지. 내가 쓴 방법이 효과가 있었어. 하지만 만에 하나 진리가 이고를 만나 여기로 데려온다면? 정말 상상하기도 싫군. 이고가 살아있는지 이번 기회에 확실히 확인해야겠어."

진리 일행이 출발하기로 한 밤이 되었다. 리오가 고기를 잘게 나누어 그에게 줬다.

"진리야, 쥐고기 먹기 좋게 잘랐어. 가다가 배고플 때 먹어."

"마침 도시락 준비하려고 했는데 잘 됐다. 고마워."

진리가 고기와 유리 조각, 편지가 든 가방을 뼈 상자에 넣었다.

"자, 이제 다들 준비됐죠?"

"나야 챙겨갈 짐도 없고 몸만 가면 돼. 팩맨도 마찬가지고."

"상자도 이상 없고 이제 부엉이 아줌마만 기다리면 되겠네요. 그럼 출발 전 마지막으로 할 일이 있어요."

"그게 뭔데?"

"미소 누나랑 팩맨 아저씨랑 화해하는 거요. 둘이 싸우고 난 후 한 마디도 안 하던데요?"

"말은 똑바로 하자. 난 싸운 게 아니라 일방적으로 당한 거라고. 내 외모 때문에."

"내가 언제 네 외모 가지고 괴롭혔냐? 방법이 없으니 살 빼보라고 한 거지."

"자자, 그만하시고요, 이번엔 미소 누나가 먼저 사과하세요. 팩맨 아저씨가 상처받았을 거예요."

"아, 그래. 미안하다, 팩맨."

"아저씨도 사과받아주세요. 누나가 할 수 있는 모든 방법을 다 해보자는 뜻에서 그랬다는 걸 아시잖아요."

"그건 그렇지. 그럼 그 사과 받지. 나도 화내서 미안했다."

"누구 하나라도 없었으면 이 상자를 만들 수 있었겠어요? 우리가 힘을 합쳤기 때문에 가능했던 거라구요."

"그 말이 맞아. 진리, 너 많이 컸는데? 이젠 꼬맹이 취급하면 안 되겠어."

미소가 흐뭇한 듯 미소 지었다. 마침 엄마 부엉이가 푸드득 소리를 내며 둥지로 돌아왔다.

"모두들 떠날 준비됐니? 오늘 밖에 나가보니 날씨가 아주 좋아. 바람도 잔잔한데다 구름도 없고 보름달까지 떠서 멀리까지 잘 보인다구. 먼 거리 비행하는 데 아무 문제 없겠어."

"네! 준비 마쳤어요. 이제 출발해요!"

셋이 뼈로 만든 상자 안으로 들어갔다. 상자 밖에서 리오가 문을 닫아주며 마지막 인사를 했다.

"잘 가, 진리야. 무사히 사막에 도착하길 바라. 돌아오는 길에 우리 집 꼭 들러야 해, 알았지?"

리오가 눈물을 글썽거렸다.

"그동안 잘 챙겨줘서 고마워. 꼭 다시 올게."

"자, 인사 다 했으면 이제 출발한다."

엄마 부엉이가 상자에 달린 거미줄을 목에 걸었다. 그리곤 둥지 밖 나뭇가지로 올라가 날개를 펼쳤다.

"꽉 잡아."

셋이 뼈 기둥을 붙잡고 긴장된 표정으로 서로를 쳐다본다. 엄마 부엉이가 나뭇가지를 강하게 박차고 나가면서 푸드득 날갯짓을 했다. 땅과 수평을 유지하며 숲속을 날았다. 요리조리 나뭇가지들을 피했다.

"나무들 위로 올라가 날아야겠다. 자칫하면 나뭇가지에 걸리겠어."

엄마 부엉이가 방향을 위로 틀어 가속했다. 갑작스런 방향 전환 탓에 셋은 균형을 잃고 상자 구석으로 나뒹굴었다.

"아이쿠, 내 머리야."

"미안하다, 진리야. 조금만 참아."

엄청난 가속도 때문에 진리 얼굴이 찌그러졌다. 강한 바람이 진리의 콧구멍을 막아 숨쉬기도 힘들 지경이다.

"진리 살려."

미소와 팩맨도 거의 기절하기 직전이다. 잠시 후, 살갗을 찌르던 바람이 잔잔해졌다. 진리가 살포시 눈을 떠보니 어느새 발밑으로 나무들이 보인다.

"아줌마, 이제 우리가 숲 위를 나는 거예요?"

"그래, 이젠 바람을 타고 살살 날아가면 돼. 잘 참았다."

"야호, 이제 살았다."

엄마 부엉이가 날개를 펴고 미끄러지듯 하늘을 활공한다. 진리의 숨구멍을 막던 바람이 이젠 얼굴을 부드럽게 간질였다.

"누나, 아저씨. 저 밑에 봐요. 우리가 자주 가던 시냇가에요."

시냇물이 흐르는 곳으로 시선을 움직이니 넓은 들판 사이를 흐르는 강이 나타났다. 지평선과 연결된 강물에 달빛이 비치며 하얗게 부서졌다.

"와, 보름달이다. 전에 산에서 봤던 것보다 훨씬 크고 예쁘네."

미소가 넋을 잃고 보름달을 쳐다보았다.

"누나, 또 설마 달 잡으려고 뛰어내리는 건 아니죠?"

"얘가 놀리긴."

"하하. 그날이 생각나네. 내가 대장이 된 날."

"넌 아직도 대장 타령이냐?"

"누나, 그냥 팩맨 아저씨 대장으로 해줘요. 불쌍하잖아요."

"뭐라고? 이 녀석이?"

팩맨이 진리를 쥐어박으려다 피식 웃는다. 셋은 서로를 보며 낄낄댄다. 온 세상을 내려다본 날, 달빛이 세상을 감싼 날, 진리는 처음으로 이들이 가족처럼 느껴졌다.

3

평화로운 긴 비행이 끝나고 엄마 부엉이가 들판에 내려앉았다. 상자 속 진리 일행이 문을 열고 밖으로 나왔다.
"아줌마, 정말 멋진 비행이었어요. 감사해요."
"상자가 가벼워서 힘들이지 않고 날 수 있었단다. 이제 비둘기 우체국으로 가는 거지?"
"네, 동남쪽 방향으로 가보려고요."
"그동안 너희가 힘을 합쳐 여기까지 오지 않았니? 우체국 찾는 일도 쉽게 해낼 거다."
"네, 반드시 우체국을 찾을게요."
"그럼 행운을 빈다. 돌아오는 길에 꼭 우리 집에 들러야 한다. 알겠지? 그럼 안녕."
엄마 부엉이가 날아올라 숲으로 사라졌다. 풀로 뒤덮인 넓은 들판에 셋이 덩그러니 남았다.
"여기서 해가 뜨기 전까지 쉬었다 가자."
미소의 말에 셋은 들판 위에 누웠다.
"여긴 기댈 곳도 없고 사방이 뻥 뚫려 있네요."

"어디서 어떤 동물이 튀어나올지 몰라. 긴장을 늦춰선 안 돼."

"아저씨, 겁주지 마요."

"겁주려는 게 아니라 항상 조심하자는 거지."

"자, 다들 눈 좀 붙여. 해 뜨면 바로 이동할 거야."

"어이, 내가 대장인 걸 잊었나. 내가 할 말을 가로채다니. 해 뜨면 움직인다, 알았나?"

셋이 눈을 감고 잠을 청했다. 서걱서걱 풀 소리가 자장가처럼 들린다. 미소와 팩맨은 금세 곯아떨어졌다. 하지만 진리는 걱정 반, 기대 반에 쉽사리 잠들지 못했다.

'이곳은 온통 들풀뿐이야. 어디가 어딘지 분간이 안 돼. 과연 우체국을 금방 찾을 수 있을까.'

"진리야, 일어나. 동이 트고 있어."

"누나, 조금만 더 자면 안 돼요? 저 걱정하느라 밤샜어요."

"무슨 소리야? 나랑 팩맨은 아까 일어나 해 뜨길 기다리고 있었다고. 네가 제일 오래 잤어."

진리가 눈을 비비적대며 하품했다.

"저기 좀 봐, 해 뜨는 아침 하늘, 참 예쁘지?"

미소가 가리키는 곳에 해가 고개를 빼꼼히 내밀고 있다. 어스름 하늘이 주황색으로 번져간다.

"저곳이 동쪽이야. 부엉이 숲이 북쪽이니까 남쪽은 그 숲에서 일직선을 쭉 그은 반대 방향이지. 우리가 갈 동남쪽은 그 중간 방향이다, 이거야."

미소가 어깨를 으쓱하며 말했다.

"역시 누나는 모르는 게 없다니깐. 그럼 출발해요."

며칠 동안 걸어가도 같은 풍경만 펼쳐졌다. 진리 일행보다 키 큰 풀들이 들판을 덮다 보니 앞도 잘 보이지 않았다.

"누나, 이 방향으로 걸어가면 돼요? 계속 같은 곳만 빙빙 도는 것 같아요."

"이젠 부엉이 숲도 안 보여. 처음 방향에서 조금만 벗어나도 완전히 다른 곳으로 가게 된다고. 미소, 대책이 있는 거야?"

"일단 지금 방향으로 쭉 가는 수밖에 없어. 다른 수가 없잖아."

"너무 무책임한 거 아니야? 처음엔 그렇게 자신감 넘치더니."

"그럼 네가 앞장서. 네가 대장이라며. 이럴 때 대장이 나서야 하는 거 아니야? 말만 앞세우지 말고."

"뭐, 뭐라고? 나랑 해보자는 거야?"

"그만 싸워요. 둘이 화해한 지 얼마나 됐다고 또 싸워요."

둘이 흥분을 가라앉히지 못하고 씩씩거렸다.

"여기 사는 동물을 만나면 길을 물어봐요."

"이 넓은 곳에서 방향을 아는 동물이 있겠어? 헛수고라고."

"넌 대장이란 녀석이 매사 부정적이냐? 잔말 말고 계속 걷기나 해."

"이 녀석이 정말."

"자자, 팩맨 아저씨, 일단 이 방향으로 가 봐요. 딱히 방법이 없잖아요."

"이런 녀석들이랑 같이 가는 내가 바보지."

"근데 누가 방구 뀌었어요? 어디서 똥 냄새가 나요."

"난 아니야."

"나도."

진리가 뒤를 돌아보니 동그란 똥 덩어리가 데굴데굴 굴러오고 있었다.

"저기 봐요. 누가 똥을 굴리고 있어요."

가까이 다가가니 조그만 벌레가 낑낑대며 똥 구슬을 굴리고 있다.

"안녕하세요, 아저씨. 뭐 좀 물어봐도 돼요?"

"이봐, 힘들어 죽겠는데 말 시키지 말라고. 그리고 거긴 내 엉덩이야."

"아차, 죄송해요."

자세히 보니 벌레가 물구나무를 서서 뒷다리로 똥을 굴린다. 진리가 바닥에 엎드려서 벌레의 얼굴을 보며 말을 걸었다.

"혹시 길을 가르쳐 주실 수 있어요? 우린 이 들판에 처음 왔는데 길을 잃었어요."

"길 찾는 거야 내 전문이지. 대신 조건이 있어."

"정말 길 가르쳐 주실 거예요? 뭐든지 할게요."

"이 똥을 내 집까지 옮겨주면 가르쳐 주지."

"알겠어요. 누나, 아저씨! 이리 와보세요."

"어휴, 똥 냄새가 진동하네. 무슨 일이야?"

"팩맨 아저씨, 이 똥을 굴려야 돼요."

"뭐? 이 똥을 만지라고? 난 절대 못해."

"똥 구슬 아저씨가 길을 알려준대요."

"이봐, 난 똥 구슬 아저씨가 아니라 쇠똥구리야."

"이 녀석이 길을 안다고? 우리를 부려 먹으려고 거짓말하는지 어떻게 알아?"

"못 믿겠으면 너희 갈 길을 가. 난 바빠서 이만."

"아저씨, 미안해요. 구슬을 옮겨줄게요. 대신 약속 꼭 지키셔야 해요."

진리와 미소가 팔을 걷어붙이고 똥 구슬을 굴린다.

"팩맨 아저씨, 어서 도와줘요. 똥이 꽤 무거워요."

"으, 미치겠구만. 당신 거짓말하면 가만 안 둬!"

팩맨이 한 손으로 코를 막고 고개를 돌린 채 똥을 만진다.

"옳지, 잘한다. 계속 그 방향으로 굴려."

쇠똥구리가 앞장서서 방향을 안내한다. 진리 일행이 똥 구슬을 한참 동안 굴리지만 도무지 쇠똥구리 집은 나오지 않았다.

"아저씨, 어디까지 가야 돼요? 아직 멀었어요?"

"자, 그럼 다들 멈추고 잠시 쉬어. 방향이 맞나 확인하고 가자."

쇠똥구리가 똥 구슬 위로 올라가더니 태양을 마주 보고 두 발로 섰다.

"앞이 안 보일 땐 고개를 들어 하늘을 봐. 그곳에 답이 있어."

쇠똥구리가 양쪽 옆구리에 팔을 올린 채 한참 동안 태양을 바라봤다. 그러더니 한쪽 팔로 방향을 가리키며 말했다.

"바로 저쪽 방향이다. 다시 출발."

어느덧 해가 지고 달이 떴다. 어두운 밤에도 달빛 별빛에 기대어 열심히 똥 구슬을 굴렸다. 온몸이 똥으로 땀으로 범벅이 되었다.

"다들 고생 많았다. 똥 구슬은 여기에 두면 돼."

드디어 쇠똥구리 집에 도착했다. 셋은 온몸에 힘이 빠져 바닥에 누운 채 거친 숨을 헐떡였다.

"어디 이 똥 한번 먹어 볼텨? 수고했으니 한 입씩 허락하도록 하지."

"아, 아니에요. 대신 우체국으로 가는 길을 알려주세요."

"우체국이 어디 있는지는 나도 몰라. 한 번도 가본 적이 없는걸."
"뭐라고? 이 녀석이 우리를 속인 거야?"
"어허, 입 큰 개구리 녀석, 성질도 급하긴. 그 대신 별을 보며 방향을 찾는 방법을 알려주지. 우체국이 어느 쪽 방향인지는 아나?"
"네, 동남쪽이라고 했어요."
"동남쪽이라, 어디 보자."
쇠똥구리가 똥 구슬 위로 올라가 별을 보더니 손가락으로 어딘가를 가리켰다.
"바로 저쪽이야."
"아저씨. 진짜 그 방향 맞아요? 어떻게 하늘만 보고 방향을 알 수 있어요?"
"난 낮에는 해, 밤에는 별을 보고 방향을 찾지. 그러니 멀리 떨어진 곳의 똥을 정확히 집으로 가져올 수 있는 거라고."
"대단해요, 그럼 어서 별 보는 법을 알려주세요."
"그렇다면 꼬마, 어서 똥 위로 올라와 봐."
진리가 똥 구슬 위에서 밤하늘을 올려보았다.
"저기 저쪽 하늘을 봐. 밝은 별 7개가 국자 모양으로 놓여 있지?"
"네. 3개 별이 국자 손잡이, 4개 별이 국자 머리 모양이에요."
"옳지, 잘 찾았어 국자 머리 맨 앞의 첫 번째 별과 두 번째 별을 지선으로 이어 봐."
"네, 이었어요."
"그다음 직선의 윗 방향으로 그 간격의 다섯 배만큼 떨어진 곳을 찾아."
"다섯 배만큼 위로 이동하면? 아, 거기에 밝은 별이 있어요."

"그래, 쉽게 찾았지? 그 별이 바로 북쪽을 가리키는 북극성이야. 북극성은 제자리에서 거의 움직이지 않아 북쪽 방향을 찾는 데 아주 유용해."

"그럼 북극성이 북쪽이면 동남쪽은 어떻게 찾죠?"

"그건 내가 알아. 북극성을 바라보고 양팔을 좌우로 뻗었을 때 오른팔 방향이 동쪽, 뒤통수 방향이 남쪽이야. 그 중간이 동남쪽이고. 맞죠, 아저씨?"

"조그만 개구리가 아주 똑똑하구만. 맞아. 북쪽만 알면 다른 방향도 쉽게 찾을 수 있지."

"그럼 언제 어디서든 방향을 알 수 있겠네요! 고마워요, 아저씨."

"이건 우리 쇠똥구리만 아는 비밀인데 특별히 가르쳐 준 거다. 그럼 목적지까지 잘 가거라."

"안녕히 계세요, 아저씨."

쇠똥구리와 헤어지고 진리가 북극성을 보며 양팔을 옆으로 뻗는다.

"오른팔은 동쪽, 뒤통수는 남쪽, 중간은 동남쪽, 오른팔은 동쪽, 뒤통수는 남쪽, 중간은 동남쪽."

진리가 신이 나 멜로디에 덧붙여 종알댔다.

"이젠 의심 없이 길을 간다. 며칠이 걸리든, 몇 달이 걸리든 상관없어."

미소가 담담히 읊조렸다. 팩맨도 하늘을 바라보며 조용히 발걸음을 옮겼다.

진리 일행이 동남쪽으로 움직였다. 주변이 온통 풀로 뒤덮인 풍경은 그대로이다. 며칠 동안 걸어도 같은 광경만 반복된다. 하지만 이젠 아무도 걱정하지 않는다. 길이 보이지 않아도 이미 마음 안에 있다.

"쇠똥구리 아저씨를 만난 지 얼마나 됐어요, 누나?"

"열흘 좀 넘었어. 이제 슬슬 보름달이 되어 가고 있으니 말이야."

"우체국이 꽤 머네요. 쉬지 않고 걸어도 나올 기미가 없으니."

"그래도 방향을 알고 가니 한결 마음이 편하지?"

"네, 아무리 걸어도 힘든 줄 모르겠어요. 바로 그곳에 우체국이 있다는 걸 아니까요."

"맞아, 난 같은 풍경도 즐기게 됐어. 어제 봤던 풀이랑 오늘 본 풀이랑 모양이 어디가 다른지, 색깔은 어떻게 다른지 비교도 하면서 말이야."

"어이구, 두 분 참 대단하네. 난 걷느라 온몸이 다 쑤시는데. 힘든 내가 비정상이구만."

"아저씨, 놀리지 마요. 저도 다리에 알 배겼어요."

"팩맨이 하는 말이 다 그렇지, 뭐. 너무 신경 쓰지 마."

"난 오늘은 못 걷겠다. 여기서 자고 가야지."

"같이 여기서 쉬었다 가요. 내가 다리 주물러 줄까요?"

"됐어. 꼬마 녀석에게 그런 도움 받긴 싫다."

"나도 손 힘 세다고요."

"모두 여기서 자고 출발하자. 푹 쉬어야 내일 또 많이 걷지."

미소의 말에 셋이 풀밭에 누웠다.

"풀벌레 소리, 바람 소리에 잠이 절로 오네요. 참 좋다."

"풀벌레 소리는 들리는데 바람 소리는 안 들리는 걸? 진리 너 참 귀도 밝다."

"누나, 이 소리 안 들려요? 쉬이익 하는 바람 소리요."

"바람 소리는 안 들리는데? 잠깐, 이 소리 말하는 거야? 쉬익쉬익 하는 소리?"

"네, 맞아요. 이거 바람 소리 아니에요?"

"팩맨, 너도 이 소리 들려? 어디서 들어본 소리 같지 않아?"

"체험관에서 살 때 들어봤어. 가만있어 보자. 이 소리는."

팩맨과 미소가 한참 생각하다가 동시에 외쳤다.

"뱀이다."

말이 끝나기 무섭게 진리 등 뒤에서 살모사가 튀어나왔다. 커다란 입을 벌린 채 진리에게 달려들었다.

"캬악!"

"진리 살려!"

"뒤돌아보지 말고 뛰어!"

셋이 꽁무니에 불붙은 양 정신없이 도망갔다. 하지만 아무리 힘껏 달려도 살모사를 따돌릴 수 없었다.

"더 이상 못 달리겠어요. 어떻게 해요?"

"진리야, 좀 더 힘내. 팩맨! 진리를 부탁한다."

"누나, 뭐하려고요?"

달리던 미소가 갑자기 멈췄다.

"진리야, 꼭 사막에 무사히 도착, 아악!"

살모사가 미소를 한입에 꿀꺽 삼켰다.

"안 돼, 누나. 기다려요, 내가 구해줄게요."

팩맨이 되돌아가려는 진리를 붙잡고 잡아당겼다.

"한 마리 더 있어, 빨리 뛰어."

"안 돼요, 누나 구해야 돼요."

"저기 갔다간 너도 잡아 먹혀! 일단 살고 봐야지."
"누나, 흑흑."
그때 또 다른 살모사가 혀를 날름거리며 공격했다.
"어딜 도망가, 캬악!"
"안 되겠다. 난 이쪽으로 도망갈 테니 진리 넌 반대편으로 가. 이대로 가단 둘 다 잡아 먹혀."
"여기서 헤어지자고요?"
"어쩔 수 없어. 하나라도 살아야지. 하나 둘 셋 하면 흩어지는 거다."
"싫어요, 같이 가요. 나 혼자 어떻게 가요."
"이제 우체국이 어느 방향인지 알잖아. 우리 꼭 다시 만나자, 알았지? 그럼 하나, 둘, 셋!"
팩맨이 진리와 반대 방향으로 뛰어갔다. 뒤따르던 살모사가 고민하더니 팩맨을 쫓아간다.
"기왕이면 통통한 녀석을 먹어야지."
진리가 숨도 안 쉬고 도망갔다. 정신없이 뛰다보니 살모사 소리가 들리지 않았다. 흘끗 뒤를 보니 아무도 없다. 그제야 멈추고 숨을 돌렸다.
"살았다."
진리가 헉헉대며 다리에 힘이 풀려서 주저앉았다. 얼굴이 눈물 콧물로 범벅이 되었다. 멍한 표정으로 한참을 앉아 있다가 옆으로 풀썩 쓰러졌다.
"누나, 미안해요. 날 구하려고 대신 죽다니. 그런데 난 혼자 살겠다고 도망갔어요. 미안해요."

얼굴이 닿은 흙바닥에 눈물이 고인다. 울다가 지친 진리가 정신을 잃었다.

따뜻함을 머금은 바람이 들판에 분다. 그 바람에 진리 얼굴을 가렸던 그늘이 이리저리 움직였다. 가벼운 햇살에 그가 서서히 눈을 떴다. 옆으로 누운 채 초점 없는 눈으로 주변을 본다. 어제와 같은 풍경이다. 싱그러운 태양도 그대로이다. 그가 넋이 나간 표정으로 눈만 감았다 떴다.

얼마나 지났을까, 진리의 시야에 애벌레 한 마리가 들어왔다. 애벌레가 꿈틀대며 기어오다가 그를 보고 화들짝 놀라 멈췄다. 한참 동안 그를 관찰하더니 진리가 움직이지 않자 근처 풀 위로 올라갔다. 이리저리 움직이며 주변을 탐색했다. 그러다 줄기에 매달려 멈췄다. 입에서 가느다란 실을 내뿜어서 줄기에 몸을 고정시켰다. 서서히 껍질을 벗으며 번데기가 될 준비를 했다. 처음부터 이 광경을 지켜보던 진리가 스르르 눈을 감았다.

다음 날, 간질이는 햇살에 진리가 잠에서 깼다. 여전히 움직일 마음이 없다. 눈앞에는 번데기가 대롱대롱 매달려 있다. 번데기도 진리처럼 움직이지 않았다.
'너도 나처럼 움직일 힘도 없구나. 너라도 있으니 위로가 되네.'
며칠 동안 둘 다 미동도 없다. 진리는 서서히 기운을 잃어갔다. 눈 뜰 힘조차 없다. 시야가 점점 흐릿해졌다. 그의 눈이 감기는 순간, 번데기가 갑자기 요란스럽게 움직였다. 자세히 보니 번데기에 파리 한 마리가 앉아 있었다. 번데기가 격렬히 움직이며 파리를 떼어 놓으려

했다. 하지만 줄기에 몸이 고정된 채 움직이다 보니 파리를 쫓아내는 데 한계가 있다. 아무리 애를 써도 파리는 요지부동이다. 번데기도 포기하지 않았다. 파리가 매달려 있을수록 더욱 힘차게 온몸을 흔들었다. 진리가 감겨가던 눈을 살짝 떴다. 번데기를 보던 눈시울이 붉어졌다. 눈물이 주르륵 흘렀다.

　서서히 몸을 일으켰다. 얼굴에 붙은 눈물 자국을 떼고 번데기에게 다가갔다. 손짓으로 파리를 내쫓았다. 윙 날아가는 파리를 보며 번데기 앞에 털썩 앉았다. 다시 파리가 날아오지 않을까 주변을 둘러보았다.

　'꼬마 지네야, 고마워. 저 파리는 내 몸에 알을 낳으려 했어. 만약 파리를 쫓지 못했다면 내 몸은 구더기의 먹이가 됐을 거야.'

　진리가 가방에서 리오가 준 고기를 꺼냈다. 그리곤 한 입 베어 물었다. 천천히 질겅질겅 씹었다. 온몸의 세포 하나하나가 깨어났다. 배가 불러오자 몸의 긴장이 풀리고 나른했다. 크게 숨을 들이쉰다. 시원한 공기가 가슴을 가득 채웠다. 천천히 숨을 내뱉자 코끝이 따뜻하다. 몸을 일으켜 풀에 맺힌 이슬로 세수했다. 초점 없던 눈에 조금씩 생기가 돈다. 팔을 위로 들고 기지개를 폈다. 굳어있던 몸이 우두둑 깨어난다. 부드러운 흙의 감촉이 발바닥을 타고 올라온다. 바람이 불자 그의 몸이 두둥실 떠오른다. 그와 온 세상이 하나가 된다.

　밤이 되자 낮 동안 번데기 곁을 지키던 진리가 길을 떠날 채비를 했다.

　"번데기야, 난 이제 가야 돼. 계속 지켜주지 못해 미안해. 대신 풀잎으로 잘 가려줄게. 이러면 눈에 띄지 않을 거야."

번데기가 가볍게 몸을 흔들며 인사했다.

"나한테 잘 가라고 인사해 주는 거야? 고마워. 힘내서 갈게."

고개를 들어 밤하늘을 보고 북두칠성 옆의 북극성을 찾았다. 양팔을 벌리고 쇠똥구리 아저씨의 말을 떠올렸다.

"오른팔은 동쪽, 뒤통수는 남쪽, 중간은 동남쪽."

다시 시작이다. 이젠 주변에 아무도 없다. 의지할 곳은 진리 자신뿐이다. 어두운 밤길을 나선다. 엄마, 아빠, 미소, 팩맨, 보고 싶은 얼굴이 눈앞에 아른거린다. 울컥 뜨거운 덩어리가 가슴에서부터 목구멍까지 차올랐다. 침을 꿀꺽 삼키며 뜨거운 감정을 가슴 속으로 밀어 넣는다. 이젠 멀리 보려 하지 않는다. 한 발 한 발 내딛으며 지금 이곳을 느낀다. 다시 여정을 떠날 수 있어서 감사하다.

며칠 동안 걷다 지친 진리가 가방을 내려놓고 쉰다. 탱탱 부은 발을 주무르며 한숨 돌렸다. 풀밭에 팔베개를 하고 누웠다. 바람에 살랑이는 풀들이 서로 부딪히며 소리를 낸다. 바람의 노래를 들으니 눈이 저절로 감겼다.

"야, 너희들 뭐해. 어서 내려와. 할 일이 태산이라고."

"대장, 어떻게 할까요?"

"저 녀석들 강제로 끌어내."

왁자지껄 시끄러운 소리에 진리가 낮잠에서 깼다. 눈을 비비고 주위를 둘러보았다. 개미 떼가 풀 주변에 모여 있었다. 몇몇 개미들이 풀 위로 올라가 매달려 있다. 다른 개미들이 풀에 매달린 개미 무리를 끌어내리려 안간힘을 썼다.

"이 녀석 턱 힘이 보통이 아닌데요, 대장. 아무리 잡아당겨도 안 떨어져요."

"저 녀석들이 미쳤나! 빨리 먹이를 구해야 하는 데 이런 난리를 피우다니."

진리가 개미들의 소동을 가만히 지켜보았다. 턱으로 풀을 꽉 물고 있는 개미를 관찰한다. 어쩐지 눈에 힘이 풀리고 멍한 표정이다. 그가 오래전 기억을 더듬는다.

'지네마을에서 쫓겨날 때 들었어. 어떤 기생충은 자신이 감염시킨 벌레를 높은 곳으로 올라가도록 조종한다고 했지. 다른 동물들의 눈에 띄어서 잡아먹히게 하려고 말이야. 저 개미도 기생충에 감염된 것 같은데?'

그가 자리에서 일어나 개미들에게 다가갔다.

"넌 누구냐?! 우리 개미 군단과 한판 붙겠다는 거냐?"

대장 개미가 그의 앞을 가로 막았다.

"아니요, 전 여러분을 도와 드리려고 왔어요. 옆에서 쭉 지켜봤거든요."

"뭘 도우려고? 저 녀석들을 끌어 내리려고?"

"저 개미들은 기생충에 감염됐어요. 다른 개미들도 기생충에 감염되지 않으려면 접촉을 피해야 돼요. 끌어내리는 걸 멈춰요."

"기생충에 감염됐다고? 그걸 어떻게 믿지?"

"아저씨가 여기 대장이죠? 제가 유리 조각을 드릴 테니 이걸로 저 개미의 배를 갈라 봐요. 그럼 그 안에서 기생충이 쏟아져 나올 거예요."

진리가 개미 대장에게 유리 조각을 건넸다.

"배, 배를 가르라니. 여기 모든 개미들은 나와 형제나 마찬가지다.

나보고 어찌 형제를 죽이라고 하느냐? 난 절대 못 한다."

"어차피 저 개미는 이미 죽은 거나 마찬가지에요. 기생충에 감염되면 살아남을 수 없다구요."

"그, 그래도 어떻게."

"그럼 제가 할게요. 잘 보고 있어요."

진리가 풀에 꽉 매달려 있는 개미에게로 다가갔다. 동료를 끌어내리려던 다른 일개미들이 그를 보더니 뒤로 물러났다. 모든 개미들이 긴장된 표정으로 그를 쳐다본다. 그가 반짝이는 유리 조각을 손에 들고 감염된 개미에게 다가갔다. 어느덧 둘의 거리가 가까이 좁혀졌다. 그가 유리 조각을 개미의 몸에 대려는 순간, 감염된 개미가 갑자기 날카로운 턱을 치켜들고 달려들었다.

"아악, 진리 살려."

다행히 개미의 공격을 피했다. 겁이 난 진리가 유리 조각을 공중에 마구 휘둘렀다. 감염된 개미가 유리 조각에 상처를 입고 흙바닥으로 떨어졌다. 대장 개미를 비롯한 개미 무리가 떨어진 개미 주변에 모였다. 상처 부위에서 무언가가 꾸물대며 기어 나왔다.

"대장, 정말 기생충이 있어요."

"꼬마 지네의 말이 사실이었군. 이토록 많은 우리 형제들이 기생충에 감염되었다니. 이를 어쩐담."

진리가 풀에서 내려와 개미 대장에게 말했다.

"감염된 개미들을 땅에 묻어요. 가급적 만지지 않도록 조심하고요. 마음이 아프겠지만 다른 개미들도 감염되지 않으려면 어쩔 수 없어요."

"그래, 자네 말이 맞다. 모두들 감염된 개미를 만지지 않도록 해라.

그들이 붙어 있는 곳에서 멀찍이 떨어져 풀잎을 잘라라. 감염된 개미가 붙은 풀잎 째로 구덩이에 묻어야 한다. 나머지 개미들은 깊게 구덩이를 파도록 한다, 알겠나?"

"네, 대장."

개미들이 대장의 명령대로 일사불란하게 움직였다. 순식간에 구덩이가 만들어졌다. 감염된 개미들이 붙은 풀잎이 구덩이 안에 차곡차곡 쌓였다. 구덩이 위에 흙을 덮어 땅에 묻었다.

"우리 손으로 형제들을 묻으니 참으로 가슴이 아프구나. 하지만 우리 개미 제국의 안위를 위해선 어쩔 수 없는 결정이었다. 꼬마 지네, 참으로 고맙다. 자네 이름은 뭔가?"

"진리라고 해요."

"진리, 자네를 우리 왕국에 초대하고 싶네. 여왕 폐하도 자네의 활약상을 들으면 참으로 좋아하실 거야. 우리랑 같이 가지 않겠나?"

"네, 같이 갈게요."

진리가 개미들과 함께 개미 왕국으로 갔다. 개미굴 앞에 도달하자 조그만 구멍이 보인다. 수많은 일개미가 구멍을 통해 들락날락했다. 대장 개미가 이들에게 명령했다.

"자, 우리 왕국을 방문한 손님이 오셨다. 굴을 넓혀라."

순식간에 진리가 통과할 수 있는 굴이 완성되었다.

"굴 안에 들어가기 전에 할 일이 있다. 자, 내가 주는 이것을 온몸에 발라."

"이게 뭔데요?"

"우리 개미들의 페로몬이다. 이걸 바르지 않고 굴에 들어갔다간 너의 존재를 모르는 개미들에게 공격받는다. 개미들은 이 페로몬 냄새로

침입자를 구별하거든."

지하로 들어가자 눅눅하고 차가운 공기가 훅 다가왔다. 처음엔 어두운 환경에 아무것도 보이지 않았다. 시간이 지나자 어둠에 적응한 그의 눈에 개미굴의 모습이 들어왔다. 일개미들이 통로 사이를 부지런히 움직이며 먹이를 날랐다. 통로를 따라 수없이 많은 방이 미로처럼 얽혀 있었다. 먹이 창고, 번데기 사육장, 쓰레기장, 경비실, 침실 등 용도에 따라 다양한 방들이 있었다. 진리가 넋 놓고 구경하다가 대장 개미를 놓칠 뻔했다.

"이봐, 내 뒤를 잘 따라와야 돼. 까딱하면 길을 잃는다고."

"땅 밑에 이렇게 복잡한 마을이 있다니."

한참을 지나 개미굴 제일 깊은 곳에 도달했다. 개미 대장이 커다란 방 앞에 멈춰 섰다.

"이제 여왕 폐하께 인사를 드릴 시간이다. 예의를 갖추도록."

방 한가운데 여왕개미가 앉아 있었다. 의자 양 옆에서 일개미들이 살랑살랑 잎사귀 부채를 흔들었다. 여왕개미는 일개미보다 세 배쯤 큰 덩치를 자랑했다. 날카로운 턱은 돌도 부술 정도만큼 크고 강력해 보였다. 여왕개미가 한쪽 턱을 괴고 지그시 진리를 바라보았다. 대장 개미가 여왕개미에게 다가가 그동안의 일을 보고했다. 그 말을 듣던 여왕개미가 가벼운 미소를 지었다.

"진리라고 했나? 어떻게 그토록 용감한 행동을 할 수 있었지?"

여왕개미가 자애로운 목소리로 물어보았다.

"그냥 도움을 줘야겠다는 생각이었어요. 예전에 기생충 이야기를 들었었거든요."

"오, 자신이 가진 지식으로 남을 도울 생각을 하다니. 훌륭하군."

"별 거 아닌데요, 뭘."

"아니다. 처음 본 누군가를 돕는 건 대단히 용기 있는 행동이지. 덕분에 우리 개미 마을에 더 이상 기생충이 퍼지지 않을 수 있었네. 고마워. 혹시 이 개미굴에서 같이 살 생각이 없는가? 자네를 부대장으로 임명하고 싶네."

"말씀은 고맙지만 전 가야 할 곳이 있어요. 죄송합니다."

"그래? 아쉽지만 어쩔 수 없지. 목적지가 어디인가?"

"들판에 있다는 비둘기 우체국이에요. 어디인지 아시나요?"

"들어본 적은 있지만 정확한 위치는 모르네. 며칠 여기서 머무르지 않겠나? 내가 부하들을 시켜서 우체국의 위치를 알아봐주지."

"정말이요? 감사합니다."

"진리에게 아늑한 침실을 내주거라. 여기서 머무는 동안 부족함 없이 대접하도록."

"네, 폐하."

진리가 안내받은 침실은 여왕개미의 방만큼이나 컸다. 그가 푹신한 침대에 몸을 던졌다. 딱딱한 흙바닥에서만 자다가 포근한 침대에 누우니 몸이 스르르 녹는다.

"여긴 내가 살던 지네마을 집보다 더 좋잖아. 천국이 따로 없네."

"똑똑."

"누구세요?"

"음식 가져왔습니다."

문을 열어보니 일개미가 맛있는 진수성찬을 가져왔다.

"용사님께 드리는 식사입니다. 맛있게 드시고 부족한 음식 있으면 언제든 말씀해주세요."

"요, 용사요?"

"네! 지금 우리 마을에 용사님 소식이 쫙 퍼졌는걸요? 빛나는 무기를 획획 휘둘러서 감염된 개미를 단숨에 물리쳤다고요."

시중을 드는 일개미가 신이 나 손짓 발짓하며 진리를 따라한다.

"아, 네네. 전 그 정도로 용감하진 않은데."

진리가 들릴 듯 말 듯 기어가는 목소리로 대답했다.

"그럼 식사 맛있게 하세요."

일개미가 돌아간 후 진리가 화려하게 차려진 음식을 먹는다.

"내가 용사라니. 저들이 진짜 나의 모습을 알면 실망할 거야. 그나저나 이 음식들 정말 맛있는걸. 리오에게 미안하지만 쥐고기보다 백배는 더 맛있어."

맛있는 음식 앞에서 울적함이 금방 사라진다. 그는 들판에 온 이후 처음으로 편안한 밤을 맞이했다.

다음 날 아침, 누군가 그의 방문을 두드렸다. 어제 음식을 갖다 준 일개미였다.

"용사님, 여왕 폐하께서 뵙자고 하십니다. 저와 같이 가시지요. 아참, 여왕님이 용사님의 무기를 보고 싶어 하십니다."

그가 유리 조각을 들고 여왕개미의 방으로 갔다.

"어서 오게. 자네에게 할 말도 있고 확인하고 싶은 것도 있어서 아침 일찍 불렀다네."

"네, 안녕히 주무셨나요? 하실 말씀이 뭔가요?"

"내 부하들이 여기저기 돌아다녔지만 우체국을 찾진 못했네. 며칠 더 기다려 보게나."

진리는 실망했지만 자신을 신경 써 주는 여왕개미에게 고마움을 느꼈다.

"그나저나 자네가 사용한다는 전설의 무기를 보여줄 수 있겠나?"

"전설의 무기요? 이건 그냥 유리 조각인데요?"

여왕개미에게 유리 조각을 내밀었다. 여왕개미는 처음 보는 유리가 신기하기만 하다.

"반짝반짝 빛나면서 투명하고, 날카로우면서 가볍다. 이렇게 신기한 물건은 처음이야."

여왕개미가 유리를 이리저리 살펴보며 감탄했다.

"다만 모양이 투박하구만. 자네처럼 뛰어난 용사에게 어울리도록 다듬어야겠어. 좀 더 날렵하고 세련되게 말이야."

"이 딱딱한 유리를 잘라낼 수 있어요?"

"그럼, 발명가 개미를 찾아가 보게. 그는 무엇이든지 만들어 낼 수 있지. 같이 온 일개미 자네가 길을 안내하라."

진리가 멋대로 생긴 유리 조각을 들고 시종 일개미와 함께 발명가 개미를 찾아갔다.

"오오, 용사님을 뵙게 되어 영광입니다. 무슨 일로 나를 찾아오셨습니까?"

"이 유리 조각을 멋있는 칼 모양으로 만들어 주신 수 있나요?"

"처음 보는 물건이네요. 어디 보자, 거친 돌로 문질러 다듬고 개미산으로 필요 없는 부분을 녹인다면 칼 모양으로 만들 수 있겠습니다."

"개미산이요?"

"네, 우리 개미들은 몸에서 산을 내뿜습니다. 이를 개미산이라고 부르지요. 저는 개미산을 농축시켜 고농도의 산을 만들어 낼 수 있습니다. 이것으로 돌도 녹일 수 있어요."

"우와, 대단해요. 돌까지 녹이다니."

"제게 며칠 시간을 주시면 멋진 칼을 만들어 드리겠습니다. 다만 실례가 안 된다면 부탁을 하고 싶습니다."

"무슨 부탁이요?"

"쓰다 남은 유리 조각을 제게 주실 수 있을까요?"

"얼마든지요. 마음껏 쓰세요."

"정말 감사합니다. 용사님은 마음도 넓으시군요. 그럼 칼이 완성되면 용사님께 갖다 드리겠습니다."

"용사님, 그럼 묵었던 방으로 다시 가실까요?"

시종 개미가 진리를 안내한다. 그와 함께 있어서 신이 난 모양이다. 그의 옆에서 종알종알 쉬지 않고 말을 건다.

"용사님은 태어날 때부터 용감했어요? 전 겁이 많아서 매번 친구들에게 놀림 받아요. 검술은 언제 배웠어요? 제게 가르쳐 주실 수 있어요? 용사님의 검술만 배우면 누구든 물리칠 텐데. 언제쯤 저도 용사님처럼 용감한 전사가 될 수 있을까요?"

진리가 얼이 빠져서 대답을 얼버무렸다.

"아, 그게."

"아 참 내 정신 좀 봐. 제가 말이 좀 많죠? 궁금한 건 못 참는 성격이라. 용사님, 제가 우리 마을 구경시켜드릴까요? 절 따라오세요."

진리가 대답도 하기 전에 시종 개미가 진리를 여기저기 끌고 다닌다.

"여긴 유치원이에요. 어린 개미들이 수업 받는 곳이랍니다. 전 여기 졸업한 지 얼마 안 됐어요. 여긴 훈련장이에요. 군사 개미들이 무술을 연마하는 곳이죠. 저도 어서 이곳에 들어가고 싶은데 아직 어려서 안 돼요. 용사님은 몇 살이에요? 보아하니 나이도 나랑 얼마 차이 날 것 같진 않은데. 어떻게 어린 나이에도 용감할 수가 있죠?"

시종 개미의 수다에 진리가 지쳐갈 때쯤 개미 알이 모여 있는 방에 도착했다.

"여긴 보육원이에요. 알과 번데기를 돌보는 곳이죠. 일개미들이 알도 핥아주고 갓 태어난 개미에게 음식도 먹여줘요. 온도랑 습도도 알맞게 조절되고요. 저도 여기에서 태어났답니다. 자, 그다음 방을 보러,"

"잠깐만요. 개미 알 주변을 서성이는 저 곤충은 뭐예요?"

"어디요? 킁킁, 아무 냄새도 안 나는데?"

"냄새만 맡지 말고 알 가까이 가 봐요. 크기는 개미랑 비슷한데 다르게 생겼어요."

진리와 시종 개미가 알 근처로 다가갔다. 조그만 귀뚜라미가 개미 알에 주둥이를 꽂고 빨아 먹고 있었다.

"맛있다. 역시 갓 나온 신선한 개미 알이 제일 맛있다니깐."

"이 녀석, 넌 누구냐! 개미 알을 훔쳐 먹는 도둑놈아!"

진리가 재빨리 귀뚜라미의 뒤를 덮쳤다. 꼼짝없이 잡힌 귀뚜라미가 두 손을 싹싹 빌었다.

"아아, 지네다. 죄, 죄송합니다. 앞으론 절대 알을 훔쳐 먹지 않겠슴니다. 살려주세요!"

"어서 대장을 불러오세요. 제가 이 녀석을 붙잡고 있을게요."

"네? 네, 어서 모셔올게요."

시종 개미가 놀란 표정으로 후다닥 방을 나갔다. 잠시 후 대장 개미와 그의 부하 개미 여럿이 보육원으로 들어왔다.

"알을 훔쳐 먹는 도둑놈이 어디 있나? 이 녀석이구만! 진리, 이번에도 자네 덕을 보는군. 우리에게 그놈을 넘기게."

대장 개미가 귀뚜라미를 붙잡고 추궁했다.

"네 녀석은 누구냐?"

"저, 전 개미집귀뚜라미라고 합니다. 제발 살려주세요."

"내가 묻는 말에 사실대로 말해라. 그렇지 않으면 넌 죽은 목숨이다."

"네. 사실만을 말하겠습니다."

"어떻게 우리 왕국에 들어왔지? 다른 냄새가 나는 곤충은 금방 들통 날 텐데?"

"그건, 땅바닥에 떨어진 개미 페로몬을 온몸에 발랐습니다."

"페로몬을 발랐다고? 그래서 우리의 감시를 피할 수 있었군. 여봐라, 이 녀석을 당장 감옥에 가둬라."

"네, 대장."

"이 녀석뿐만 아니라 우리 알과 먹이를 훔쳐 먹는 도둑놈들이 여럿 있을 것이다. 냄새에 의존하지 말고 구석구석 샅샅이 조사하라."

개미 왕국의 모든 일개미가 동원되어 왕국의 모든 방, 통로, 심지어 천장까지 낱낱이 뒤졌다. 여기저기에 숨어 있던 개미집 귀뚜라미들이 발견되었다.

"어딜 숨어, 이 도둑놈아."

"여기도 귀뚜라미가 있어요."

어느새 감옥이 개미집 귀뚜라미들로 가득 찼다. 이 소식을 들은 여왕개미가 감옥으로 행차했다.

"이렇게 많은 도둑이 우리 왕국에 기생하고 있었다니. 이들 손에 죽어간 수많은 알을 생각하니 눈물이 앞을 가린다. 이 녀석들을 평생 감옥에서 썩게 하라."

"네, 폐하."

"진리, 우리 왕국이 또 한 번 자네에게 빚졌네. 자네의 그 현명한 지혜는 어디서 나오는가?"

"네, 네? 전 그저 본 것을 얘기했을 뿐인데요?"

"겸손함까지 갖췄다니. 자네야말로 모든 이들이 존경할만한 영웅이라네. 자, 진리를 위한 성대한 잔치를 준비하라."

고개를 끝까지 젖혀야 천장이 보이는 커다란 연회장에서 파티가 열렸다. 즐거운 음악 소리가 방안을 가득 메웠다. 흥이 난 개미들이 손을 맞잡고 춤을 춘다. 모두가 즐거운 가운데 진리의 눈앞에 처음 보는 산해진미가 펼쳐졌다.

"자, 영웅님. 이 음식을 드셔보시지요. 아기 공주님만 먹을 수 있는 귀중한 과자입니다. 여왕님께서 특별히 허락하셨습니다."

"이 감로수도 마셔보세요. 우리가 키우는 진딧물에서 나온 달콤한 음료수랍니다. 우리도 없어서 못 먹어요."

일개미들이 진리 앞에 진귀한 음식들을 바쳤다. 처음 느끼는 맛에 그의 정신이 몽롱해졌다.

"세상에 이렇게 맛있는 음식들이 있던 말이야? 난 그동안 뭘 먹고 산 거지?"

눈앞에 놓인 음식들을 허겁지겁 먹는다. 배가 불러오니 아늑하고 나른하다. 눈이 살며시 감기고 얼굴에 저절로 미소가 핀다.

"진리, 음식은 마음에 드나?"

"네. 여왕님. 난생처음 먹어보는 것들이에요. 배불리 잘 먹었습니다."

"자네가 마음에 든다니 기분이 좋군. 내가 부하들과 의논해 봤는데, 자네에게 이곳에서 평생 살 수 있는 특권을 허락하지. 일도 안 해도 되네. 자네만 원한다면 성대한 파티도 매일 열어줄 수 있다네."

대장 개미도 나서서 진리를 설득했다.

"여왕님 말씀처럼 우리와 함께 사는 게 어떤가? 모든 일개미가 자네를 위해 봉사할 것이네. 우체국에 굳이 갈 필요가 있나? 밖은 무시무시한 동물들이 드글거리는 위험한 곳인데. 이 세상 어디든 여기에서의 삶보다 화려하고 편하진 않을 것이네."

이번엔 그의 마음이 흔들렸다. 그가 더듬거리며 대답했다.

"아? 제가 생각할 수 있는 시간을 주시겠어요? 고민해 볼게요."

"얼마든지. 충분한 시간을 줄 테니 결정되면 편하게 얘기해주게."

성대한 파티가 끝난 후 진리가 침실로 돌아왔다. 여전히 아까 먹은 음식이 입안에 맴돌았다. 화려한 조명, 신나는 노래, 향기로운 꽃내음, 즐거운 개미들의 표정, 이 모든 것들이 눈앞에 아른거렸다.

'내가 꿈을 꾼 건가? 이 생활을 매일매일 할 수 있다고?'

부드러운 이불 위에 누웠다. 엄마의 포근한 품처럼 진리를 감쌌다. 침대 속으로 몸이 녹아 들어갔다. 온몸에 힘이 빠지며 눈꺼풀이 닫혔다.

설핏 잠이 들었다가 눈을 떴다. 배불리 먹고 바로 누워서 그런지 속이 더부룩했다. 소화시킬 겸 산책을 나가기로 했다. 방을 나서니 개미 왕국이 조용하다. 밤이 되어서 다들 잠자리에 든 모양이다. 개미굴 입구에 도착하니 입구를 지키던 병정개미가 인사를 한다.

"영웅님, 밤늦게 어디 가시나요?"

"안녕하세요, 산책 좀 하려고요."

"잘 다녀오세요. 밤엔 위험하니 너무 멀리 가진 마세요."

지하 세계에 머물다 땅 위로 올라오니 밤공기가 더욱 시원하게 느껴졌다. 숨을 크게 들이쉬었다. 흐르는 물이 물레방아를 돌리듯 상쾌한 공기가 진리의 심장을 둘러싸고 돈다. 심장 박동이 점점 강해진다. 심장이 만들어내는 전기가 몸 전체에 퍼진다. 짜릿한 흥분이 기분 좋게 온몸으로 번진다. 오랜만에 밤하늘을 올려다보았다. 환한 보름달이 온 세상을 비춘다. 미소, 팩맨과 함께 했던 날들이 떠올랐다.

'미소 누나가 보름달을 참 좋아했는데. 이젠 하늘나라에서 실컷 달 구경하고 있겠지? 아니, 어쩜 달에서 살고 있을지 몰라. 누나, 나 보여요? 달에 산다던 토끼랑 친해졌어요? 누나 덕분에 난 지금껏 잘 지내요. 내 걱정은 안 해도 돼요. 팩맨 아저씨, 아저씨는 무사해요? 만약 살아 있다면 지금 이 달을 보고 있나요? 그 괴팍한 얼굴이 보고 싶어질 줄은 몰랐네요.'

진리가 미소, 팩맨을 떠올리니 금세 눈가가 촉촉해졌다. 눈물을 훔치고 먼 밤하늘로 고개를 돌렸다. 희뿌연 눈에 북두칠성이 들어왔다. 자연스레 북극성을 찾는다. 고인 눈물로 인해 북극성이 하얗게 번져 보였다. 그의 입술이 서서히 움직였다.

"오른팔은 동쪽, 뒤통수는 남쪽, 중간은 동남쪽."

조금 더 크게 말해 본다.

"오른팔은 동쪽, 뒤통수는 남쪽, 중간은 동남쪽."

그가 북극성을 보고 양팔을 벌렸다. 온몸이 심장과 함께 두근두근 진동했다. 귓가엔 둥둥 북소리가 울렸다. 하얗게 번진 북극성이 점점 커지더니 온 시야가 하얀빛으로 가득 찼다. 그 빛이 몸 전체로 번지는 것을 느끼며 밤새도록 그 자리에 서 있었다.

다음 날 아침, 진리가 발명가 개미에게 갔다.
"안녕하세요, 제 유리 조각은 어떻게 됐나요?"
"용사님 오셨군요. 마침 멋진 칼이 완성됐습니다. 자, 어떤가요?"
그가 한 손으로 유리 칼을 들어 올렸다. 반짝반짝 빛이 난다. 날렵하면서 진리의 손안에 꼭 맞았다.
"상상했던 것보다 훨씬 멋져요. 감사합니다."
그가 편지가 든 가방과 유리 칼을 들고 여왕개미를 찾아갔다.
"여왕님, 드릴 말씀이 있어요."
"오, 아침 일찍 무슨 일인가? 짐을 다 챙겨 온 걸 보니 여길 떠나려고?"
"네, 제가 가야 할 길이 있어요. 전 제가 있어야 할 곳도 알고요. 여기 생활이 너무 편하지만 언제까지 머물 수는 없어요. 죄송합니다."
"자네처럼 훌륭한 영웅을 보내야 하다니. 매우 아쉽군."
"전 영웅이 아니에요. 여왕님이 생각하시는 것처럼 용감하지도 않구요, 똑똑하지도 않아요. 전 글도 못 읽고요, 동료를 버리고 도망간 겁쟁이에요. 저를 좋게 봐주셔서 감사했지만 마음 한구석이 계속 불편했어요. 전 그런 아이가 아닌데."
여왕개미가 그 말을 듣더니 따뜻한 목소리로 진리를 위로했다.
"자기 자신을 있는 그대로 솔직히 인정하는 것, 그것이야말로 큰 용기가 필요하네. 그 점만으로도 자네는 충분히 용감하지. 그리고 자네는 스스로에게 너무 야박해. 본인을 믿고 나아가게. 과거가 어떻든 현재의 자네는 내면에 큰 힘을 지녔어. 나에겐 너무나 잘 보이는데 자넨 아직 모르나 보군?"

"…"

"우체국을 찾는 자네 여정에 축복이 함께하길 빌겠네. 자, 그리고 이 페로몬이 든 병을 가져가게. 자네에게 주는 마지막 선물이야."

"페로몬이요? 여길 나가면 이제 쓸모없을 텐데요?"

"이 근방의 다른 개미 왕국들도 다 나의 친척들이 다스리고 있네. 그 페로몬이면 근처 개미들을 불러 모을 수 있지. 어려운 일이 있을 때 분명 도움이 될 걸세."

"감사합니다. 이 은혜 잊지 않을게요."

진리가 떠난다는 소식에 왕국의 모든 개미가 그를 배웅하러 나왔다.

"용사님, 정말 가시게요? 여기서 같이 살아요."

시종 개미가 그를 붙잡고 운다.

"그동안 잘 챙겨줘서 고마웠어요. 다음에 꼭 다시 들를게요. 씩씩한 군사 개미가 되길 바랄게요."

"네, 용사님 말처럼 용감한 군사 개미가 될게요. 항상 건강하세요."

진리가 뒤돌아 손을 흔들며 길을 떠났다. 개미들이 굴 밖에 나와 그가 안 보일 때까지 손을 흔들었다. 그가 따뜻한 햇볕을 받으며 우체국을 향해 출발한다. 며칠 푹 쉬어서인지 발걸음이 유난히 가볍다. 이제 다시 시작이다.

"그나시리온 님, 계십니까?"

지네 군사 대장이 다친 몸으로 그를 찾았다.

"자네 얼굴이 많이 상했군. 무슨 일인가?"

"진리를 찾으라고 명령하신 일 말입니다."

"어찌 됐나?"

"제 부하 중 절반이 죽고 절반은 다쳐서 마을로 돌아왔습니다."

"뭐, 뭐라고? 그럼 여태 진리도 못 찾고 빈손으로 돌아왔다는 건가?"

"네. 부엉이 마을을 지나다가 부엉이들의 공격을 받아서 이 꼴이 되었습니다. 죄송합니다."

"이 바보 같으니라고. 그 꼬맹이 하나 못 찾다니."

"하지만 진리의 소식을 들었습니다. 어느 부엉이가 절 잡고 물어보더군요. 진리를 아느냐고. 본인이 진리 친구라고 했습니다."

"부엉이가 진리 친구라고?"

"네. 진리에 대해 물어보니 부엉이 마을을 떠난 지 한참 되었다고 합니다. 비둘기 우체국으로 간다고 했답니다."

"그럴 줄 알았지. 지 할아비를 닮아서 아주 끈질긴 놈이라니깐. 그리 금방 죽진 않을 거라고. 라라가 우체국에 있다고 했으니 둘이 조만간 만나겠군."

"어떻게 할까요? 부하들을 우체국으로 보낼까요?"

"강하고 빠른 놈들로 추려서 진리의 뒤를 밟도록 해라. 부엉이는 야행성이니 반드시 낮에 이동해야 한다."

"네, 명령대로 하겠습니다. 이번엔 실수 없도록 하겠습니다."

"진리 녀석이 사막에 도착해 지 할아비를 만나는지 확인해야 한다."

"진리 할아버지가 누굽니까?"

"이고다."

"네엣? 이고 님이 진리의 할아버지란 말씀입니까?"

"그래. 자네도 이고에 대한 이야기를 잘 알겠지?"

"그럼요. 이 마을을 만든 분인데요."

"이고가 살아 있는지 궁금하군. 분명 진리는 이고를 만나러 사막에 가는 게 틀림없다."

"네, 그런데 오래전 마을을 떠난 이고 님에게 아직도 볼일이 있으신 겁니까?"

"자네 꽤 건방지군."

그의 서늘한 눈빛에 지네 대장이 움찔했다.

"죄, 죄송합니다. 제가 주제넘었습니다. 용서해 주십시오."

"이고의 생사를 확인한 후엔 진리를 죽이도록. 그 둘이 다신 마을로 돌아오게 해선 안 된다."

오랜만에 걷는 들판이 싱그럽다. 풀의 초록빛을 손으로 느껴본다. 청량한 이슬방울이 손바닥을 간질인다. 새소리를 타고 꽃내음이 실려 온다. 자연이 진리에게 말을 거는 듯하다.

"꼬마 지네야, 꼬마 지네."

생기에 찬 목소리가 진리를 불렀다. 그가 주변을 둘러보지만 아무도 없었다.

"여기야, 여기. 위를 봐."

진리가 고개를 들어 하늘을 봤다. 태양빛에 눈이 부셔 아무것도 보이지 않았다. 그가 경례 자세로 손을 이마에 댔다. 무언가 나풀나풀 날아다닌다. 눈도 찡그려 보지만 머리 위 태양 때문에 알아보지 못했다.

"나를 부른 게 너야?"

"응, 널 찾으려고 오래도록 헤맸어. 넌 내가 누군지 알겠니?"

"아니, 햇빛 때문에 안 보여. 여기로 내려와 줄래?"

목소리의 주인공이 진리 앞의 풀잎 위로 사뿐히 내려앉았다. 흰 날개를 가진 나비였다.

"안녕, 오랜만이야. 얼굴 많이 좋아졌다. 그땐 꾀죄죄하고 삐쩍 말랐었는데. 표정도 죽상이었고. 지금은 많이 밝아졌네. 다행이야."

"전에 날 본 적 있었어? 난 널 처음 보는데?"

"넌 며칠 동안 나랑 같이 있었어. 네가 날 구해주기도 했고."

흰나비가 보일락 말락 미소를 띠며 진리가 자신을 기억해주길 기다렸다. 그가 한참을 고민해 보지만 생각이 나지 않았다.

"들판에서 만난 동물은 뱀, 개미, 번데기밖에 없는데?"

흰나비가 환하게 웃으며 얘기했다.

"기억하고 있네. 나 번데기야, 번데기."

"번데기? 어떻게 번데기가 나비로 될 수 있지?"

진리가 깜짝 놀라 나비를 살살이 뜯어본다. 길고 곧게 뻗은 더듬이, 거울처럼 빛나는 맑고 큰 눈, 잔털이 보송보송한 여섯 개의 다리, 그리고 하얀 솜이불을 펼친 듯 풍성한 날개. 아무리 봐도 흐리멍덩하게 생긴 번데기와는 닮은 구석이 없다.

"번데기랑 많이 다르게 생겼지? 나도 이렇게 멋진 모습으로 변할 줄은 몰랐어. 고마워. 네 덕분이야."

"파리를 쫓아준 거?"

"응. 그 녀석은 내 몸에 알을 낳으려 했어. 네가 도와주지 않았다면 꼼짝없이 구더기의 밥이 됐을 거야."

"그랬구나. 근데 어쩐 일로 날 만나러 온 거야?"

"고맙다는 얘기하려고."

"겨우 그 말 하려고 날 찾았어?"

"겨우라니. 알에서 깨어나 나비가 될 확률이 얼마인지 아니? 백분의 일이야. 그 기적 같은 일을 네가 만들어 준 거라고."

"내가 기적을 만들었다?"

"애벌레 시절부터 위기가 닥칠 때마다 빌고 또 빌었어. 해님, 달님, 별님, 보이는 대로 손이 닳도록 빌었지. 제발 나비가 될 수 있게 도와주세요. 단 하루만이라도 좋으니 나비로 살다 죽게 해주세요. 부탁드립니다. 제 소원을 들어주세요. 나비가 되는 상상을 하며 매일매일 보냈어. 번데기가 되던 날, 태어나서 가장 간절하게 기도했어. 여기까지 오게 해주셔서 감사합니다. 이제 한고비만 남았습니다. 제발, 부디 제발 무사히 나비가 될 수 있게 저를 지켜주세요."

"그때 파리가 나타난 거였구나."

"아무리 몸을 발버둥 쳐도 파리가 꼼짝 않더라고. 눈물이 왈칵 쏟아졌어. 내가 얼마나 어렵게 여기까지 왔는데 이곳에서 죽는 건가 싶었지. 그 녀석이 씩 웃으며 빈정대더라. ―내가 도망갈 거 같아? 어림도 없지. 몸뚱아리 흔드는 것 말곤 할 줄 아는 게 아무것도 없는 녀석이.― 난 너무도 무기력했어. 왜 나에게 이런 시련이 닥치는 걸까. 해님, 제가 얼마나 간절히 기도했는데 제 소원을 안 들어주시나요? 이보다 더 기도를 했어야 됐나요? 도대체 내가 왜 나비가 될 자격이 없는 겁니까?"

흰나비가 한숨을 푹 쉬곤 말을 이어갔다.

"파리가 내 몸에 산란관을 꽂더라. 난 이대로 죽을 수 없었어. 그 녀석이 도망가지 않을 거란 걸 알면서도 내 마지막 힘을 쥐어짜기로 했어. 눈물을 비 오듯 흘리며 몸을 마구 흔들었어. 안 돼! 이렇게 끝날 순 없어! 그때 네가 부스스 일어나서 나에게 다가와 파리를 쫓아냈어. 난 네가 움직이는 걸 본 적이 없어서 당연히 죽은 걸로 생각했지. 근데 죽었던 네가 살아난 거야. 하늘이 내 기도에 감동해서 널 일으켜 내게 보낸 줄 알았어. 근데 하늘이 보낸 천사치고는 얼굴이 엉망인 거야. 눈물 자국도 덕지덕지 붙어 있고. 내 옆에 앉아 음식을 먹는 널 한참 동안 관찰했어. 결론은."

"결론은?"

"넌 천사가 아니라는 것. 하지만 뭐 어때? 내 목숨을 구해줬으니 내게 천사나 마찬가지지. 나비가 되면 어떻게든 널 찾아서 고맙다고 얘기하기로 결심했어."

"나도 너의 간절한 모습을 보고 힘을 얻었어. 네가 아니면 들판에 쓰러진 채 영영 일어나지 못했을 거야. 고마워."

"정말? 나 덕분에 내 천사가 살아났다니. 우린 서로가 서로에게 천사인 거네?"

"그러게. 난 꼬마 지네 천사다."

진리와 흰나비가 서로를 쳐다보며 웃었다.

"꼬마 지네 천사! 넌 어디로 가는 중이니?"

"동남쪽에 있다는 비둘기 우체국을 찾고 있어."

"그래? 내가 같이 가줄까?"

"나야 너랑 같이 가면 좋지. 근데 괜찮겠어? 길이 꽤 멀 텐데."

"걱정마. 바람을 타면 날갯짓 안 해도 멀리멀리 날아갈 수 있어. 애벌레 시절보다 힘도 안 들면서 훨씬 빠르게 갈 수 있다니깐."

흰나비가 진리 위로 날아올라 나풀나풀 춤을 췄다. 진리가 입을 헤

벌리며 부러운 눈빛으로 쳐다보았다.
"자, 내가 위에서 길을 알려줄게. 날 따라와."
흰나비가 공중에서 길을 안내했다. 풀이 듬성듬성 나 있는 편한 길로 진리를 이끌었다. 빽빽한 풀숲 길로 갈 때보다 그의 발걸음이 한결 가벼웠다.

"흰나비야, 이제 해가 저물고 있어. 오늘은 여기에서 쉬었다 가자."
흰나비가 풀잎 위로 내려와 지친 날개를 고이 접었다.
"지네 천사, 너 되게 잘 걷는다. 힘들지 않아?"
"이 정도 가지고 뭘. 전에는 이보다 훨씬 험한 길도 다녔는걸."
진리가 어깨를 으쓱하며 대답했다.
"이렇게 힘든 길을 지금까지 혼자 걸어온 거야? 대단하다."
흰나비의 말에 그가 슬픈 표정으로 생각에 젖었다.
"왜 그래? 무슨 일 있어?"
"사실 나랑 같이 가던 누나, 아저씨가 있었어."
그가 그동안의 일을 이야기했다.
"내가 누나에게 같이 가자고 했거든. 누나가 나랑 떠나지 않고 그곳에 있었다면 아마 지금까지 편하게 잘 살았을 거야. 누나는 나 때문에 죽었어."
흰나비가 조용히 듣더니 진리를 위로했다.
"누나 일은 안됐지만 너무 자책하지 마. 누나는 너랑 모험 떠난 걸 후회하지 않았을 거라 생각해."
"정말 그럴까? 날 원망하진 않을까?"
"그럼. 난 그 누나의 심정이 이해돼. 단 하루라도 진짜 세상에서 살아보고 싶었을 거야."

"진짜 세상?"

"번데기에서 깨어난 날, 나비로 태어난 그날, 하늘을 날면서 알았어. 내가 애벌레로서 살았던 세상 밖에 진짜 세상이 있었다는 걸."

흰나비가 숨을 깊게 들이쉰 후 이야기를 이어갔다.

"울타리 안은 안전하고 편해. 대부분 새로운 세상으로 나갈 생각을 안 하지. 울타리를 넘어간다는 건 진짜 나를 찾겠다는 결정이야. 인생에 대한 책임을 스스로 지겠다는 것, 그 선택에 후회하지 않겠다는 태도지."

"네 말을 들으니 마음이 한결 가벼워지네."

"아마 누나는 너에게 감사했을 거야. 단 하루를 살아도 진짜 세상에서 살 수 있었으니까."

흰나비의 말을 들으니 진리의 가슴을 짓누르던 쇳덩이가 점점 작아진다. '후' 내쉬는 날숨에 죄책감이 녹아 날아갔다.

흰나비와 동행한 지 며칠이 지났다. 주변 풍경이 처음 들판에 왔을 때와 미묘하게 달랐다. 풀숲이 더 빽빽하고 풀들의 키도 더 크다. 이파리 색깔도 초록빛이 더 짙다.

"처음 들판에 왔을 때보다 많이 덥네. 땀도 많이 나고."

진리의 말을 들은 흰나비가 그에게 가까이 다가왔다.

"내 날개로 부채질해줄게. 어때? 좀 시원하지?"

"한결 시원한 걸? 고마워."

"우리가 점점 남쪽으로 내려가다 보니 더워지는 거야. 그만큼 우체국에 가까워지고 있단 뜻이지."

"이제 얼마 안 남았나 봐. 조금만 더 힘내서 가면 되겠어. 혹시 뭔가 보이는 것 없니?"

그 말에 흰나비가 높이 솟아올라 멀리 내다봤다.

"딱히 보이는 건 없어. 저 앞에 개구리 한 마리 보이는 것 빼고."

"개구리? 어? 어떻게 생겼어?"

진리가 흥분해서 말을 더듬었다.

"여기에선 개구리 얼굴이 안 보여. 가까이 가서 보고 올게."

흰나비가 재빨리 개구리에게 날아갔다. 진리의 마음이 콩닥콩닥 뛰었다. 잠시 후 그에게 돌아온 흰나비가 개구리에 대해 이야기했다.

"난 처음 보는 개구리야. 덩치는 좀 큰데 인상이 험상궂게 생겼어. 뭔가에 화가 난 것 같기도 하고."

"앗, 팩맨 아저씨 같아. 그 아저씨는 항상 심술궂은 표정이거든. 흰나비야, 미안하지만 그 아저씨에게 가서 내 얘기를 해줄래? 금방 만나러 간다고 말이야."

"얼마든지. 날 잘 따라와."

진리가 흰나비를 놓치지 않으려 전속력으로 뛰어갔다. 저만치 날아간 흰나비가 개구리를 만났는지 같은 위치에서 빙빙 돌았다.

"아저씨, 팩맨 아저씨. 나 진리에요, 진리."

진리가 눈물을 흩날리며 개구리에게 딜려갔다. 저 멀리 깜짝 놀란 표정을 짓는 개구리가 보인다. 팩맨이다.

"아저씨, 무사했네요."

"너 진리 맞구나. 살아서 만나게 되다니."

둘은 기쁨에 겨워 서로를 얼싸안았다. 팩맨의 눈에도 눈물이 차올랐다. 진리에게 눈물을 들키고 싶지 않은지 먼 산을 바라보며 연신 눈을

지네의 꿈

껌뻑거렸다. 목이 메자 연거푸 헛기침을 했다.

"혼자 여기까지 오다니 대단한데? 꼬맹이?"

"나도 이제 많이 컸다고요. 난 오히려 아저씨 걱정을 했는데요?"

"나 팩맨이야, 팩맨. 이 정도는 눈 감고도 올 수 있다고."

팩맨의 허풍에 진리가 피식 웃음을 터트렸다.

"너랑 여기서 만난 걸 보니 방향을 잘 찾아 왔나 보다. 지금껏 온 방향대로 가면 되는데 말이야, 문제가 있어."

"무슨 문제요?"

진리가 고개를 갸웃했다.

"우리가 가야 하는 방향에 뱀들이 있는 것 같다. 바람이 불어올 때마다 뱀 냄새가 폴폴 나."

"뱀이요?"

진리가 소스라치게 놀랐다.

"여기서 뱀들을 피해 빙 돌아가야 해. 시간이 더 걸리더라도 말이야."

"진리야, 내가 돌아보고 올게."

흰나비가 그의 대답을 듣기도 전에 저 멀리 날아갔다. 한참 후에 돌아온 흰나비가 상황을 알려줬다.

"이 앞에 뱀들이 여기저기 숨어 있어. 왼쪽 오른쪽 두 방향으로도 쭉 가 봤는데 역시 뱀 굴이 곳곳에 있어. 여기가 뱀들이 모여 사는 마을인가 봐. 위험하니 쭉 돌아가야겠는걸."

"거 봐, 내 말이 맞지? 내 코가 귀신이라니깐. 지난번처럼 뱀을 만났다간 뼈도 못 추려. 얼른 뱀들을 피해서 가자."

"제가 하늘에서 안내할게요. 저만 따라오세요."

흰나비가 앞장서서 날아갔다. 팩맨과 진리가 그 뒤를 따랐다. 몇 걸음이나 갔을까, 진리가 갑자기 제자리에 멈췄다.

"왜 그래? 꼬마. 어서 가자고."

"아저씨! 우리 원래 방향대로 가요."

진리가 결연한 표정으로 대답했다. 팩맨이 어이없는 표정으로 그를 타박했다.

"이 녀석이 뭘 잘못 먹었나. 너 제 정신이냐?"

"저 이번엔 도망가지 않을 거예요."

진리가 가방에 꽂혀있던 유리 칼을 꺼냈다. 반짝이는 유리 칼을 본 팩맨이 어이없다는 듯 비웃었다.

"그깟 장난감으로 어쩌려고? 뱀들에게는 씨알도 안 먹힌다고."

진리가 팩맨의 조롱에도 아랑곳하지 않고 유리병을 꺼냈다. 그리고는 자신의 주변에 유리병 안의 액체를 뿌렸다.

"아저씨, 날 믿어 봐요."

잠시 후, 저 멀리 풀숲에서 우수수 소리가 들렸다. 개미 수백 마리가 새까맣게 몰려왔다.

"진리 용사님 아닙니까? 오, 만나 뵙게 돼서 영광입니다. 어쩐 일로 우리를 부르셨습니까?"

대장으로 보이는 개미가 그에게 인사했다.

"안녕하세요. 부탁드릴 것이 있어서 여왕님에게 받은 페로몬을 뿌렸어요."

"그렇군요. 우리 왕국의 여왕님과 용사님이 만났던 여왕님은 자매 사이입니다. 이 근방 개미들은 전부 한 식구나 마찬가지죠. 우리도 용사님에 대한 전설을 익히 알고 있었습니다. 언젠가 용사님께 도움을 드리고 싶었는데 이렇게 기회가 왔군요. 무엇을 도와드리면 되겠습니까?"

"저 앞에 있는 뱀들을 물리쳐야 해요. 도와주세요."

"뱀이라고요? 음, 한 번도 싸워본 적 없는 상대이긴 한데. 잠시만 기다려 주세요."

개미들끼리 쑥덕쑥덕 회의를 한 후 대장 개미가 나섰다.

"용사님의 말씀이라면 그 어떤 것이라도 들어 드리겠습니다. 여봐라, 이 근방의 모든 개미 왕국으로 가서 용사님의 부탁을 전하라!"

"네, 대장."

명령을 받은 개미들이 떠나자 팩맨이 빈정거렸다.

"내가 혀를 한 번 날름거리면 개미 수십 마리 정도는 한입에 먹어 치운다고. 이런 녀석들이 어떻게 뱀을 물리쳐?"

"허허, 개구리 양반. 우리가 수백, 수천 마리가 모이면 어떻게 되는지 아나? 우리가 지나간 길에 남는 건 동물의 시체뿐이다. 개구리든 뱀이든 개미 군단의 공격을 받으면 마치 얼음처럼 녹아 없어지지. 자, 자네가 궁금하면 내가 시범을 보여 줄까?"

대장 개미가 눈을 치켜뜨고 팩맨에게 다가갔다. 팩맨의 이마에서 식은땀이 흘렀다.

"아, 아니. 난 그런 뜻으로 말한 게 아니라."

"조심하는 게 좋을걸. 부하들이 종종 내 말을 안 들을 때가 있단 말이지. 저 녀석들에게 자네 이야기를 해주면 어떻게 될까? 궁금하지 않아?"

대장 개미가 씩 웃으며 팩맨을 툭 치고 지나갔다. 팩맨이 겁에 질린 표정으로 눈알만 데굴데굴 굴렸다.

"대장, 각 왕국의 군사 개미들을 모조리 소집했습니다. 그 수가 만 마리에 가깝습니다."

"오, 엄청난 숫자의 군사들이 모였군. 용사님, 이제 출발 준비를 마쳤습니다. 명령만 내려주십시오."

"저를 위해 이렇게 많은 개미들이 모이다니. 정말 감사해요. 그럼 이제 출발할까요? 팩맨 아저씨, 얼른 이리 와요."

"으, 정말 이 방법밖에 없는 거야? 썩 내키지 않는군."

"용사님과 저 개구리는 뒤쪽에서 따라오시면 됩니다. 별도의 군사들로 호위하겠습니다. 여봐라! 두 분을 안전하게 모셔라."

"대장 개미님, 저도 앞에서 같이 싸울게요."

진리의 말에 주변 모두 깜짝 놀랐다. 대장 개미가 나서서 말렸다.

"용사님, 그러실 필요 없습니다. 우리들만으로도 충분합니다. 그러다 다치시면 어쩌려고요."

"맞아. 어차피 네가 나서봐야 별 도움 안 돼. 나랑 같이 뒤쪽으로 가자."

진리가 팩맨의 말에 고개를 절레절레 흔들었다.

"아저씨, 내 걱정은 안 해도 돼요. 대장님, 팩맨 아저씨만 보호해주세요. 전 대장님과 함께 선두에 서겠어요."

진리가 유리 칼을 땅에 힘껏 내리꽂았다. 그의 단호한 태도에 모두 할 말을 잊었다. 무거운 성석이 흐른다.

"하하, 역시 진리는 용감하다니깐. 나도 같이 앞장설게. 자, 모두 저만 따라오세요."

흰나비가 길을 안내하기 위해 하늘 높이 날아갔다. 진리와 대장 개미가 선두에 서고 수많은 군사 개미들이 그 뒤를 따른다. 마치 거대한 용이 꿈틀꿈틀 땅바닥을 기어가는 모양이다. 빽빽한 개미들의 행렬이 끝도 없이 이어진다.

어느덧 하늘이 어둑어둑하다. 서늘한 밤바람이 진리의 목덜미를 스쳤다. 미소와 헤어진 그날 밤의 바람과 닮았다. 갑작스러운 한기에 소름이 돋는다. 머리칼이 쭈뼛 선다. 유리 칼을 쥔 두 손에 꽉 힘이 들어간다.

"저 앞에 뱀이 보여요. 저 녀석도 우리의 냄새를 맡았나 봐요. 이쪽으로 다가오고 있어요."

흰나비의 말에 모두 전투태세를 갖췄다. 비릿한 뱀 냄새가 바람에 실려 왔다. 쉬익쉬익, 뱀의 거친 숨소리가 점점 커졌다.

"적이 코앞에 있다. 모두 단단히 준비해!"

대장 개미의 말에 군사 개미들이 발걸음을 멈추고 전방을 주시했다. 진리도 유리 칼을 앞으로 뻗어 싸울 준비를 했다. 당장이라도 풀숲에서 무언가 튀어나올 것 같다. 갑자기 뱀의 숨소리가 멈췄다. 쿵쾅쿵쾅 진리의 심장 소리가 귀까지 전해졌다. 한참 동안 적막이 흐른다. 칼을 쥔 진리의 손바닥에 땀이 흥건했다.

"키아악!"

살모사가 뾰족한 독니를 드러내며 개미 군단에게 달려들었다. 뱀의 공격에 개미 군단이 대나무 갈라지듯 둘로 나뉘었다.

"모두 전열을 정비해 뱀을 둘러싸라."

마치 하나의 생명체처럼 개미들이 일사불란하게 움직였다. 갈라진 개미 군단의 머리와 꼬리가 서로 연결되어 뱀을 둥그렇게 포위했다.

"먼지만 한 녀석들이 어디서 잔재주를 부려! 누구부터 먹어줄까?"

당황한 살모사가 혀를 날름거리며 위협했다.

"뱀의 꼬리 쪽에 있는 군사들부터 공격하라!"

뱀의 뒤쪽에 있던 진리와 개미들이 살모사의 꼬리로 올라탔다. 살모사가 재빨리 고개를 돌려 개미들을 떼어 놓으려 했지만 닿지 않았다. 진리와 몇몇 개미들이 뱀의 꼬리를 지나 등과 배 위로 기어갔다. 여기저기서 물어뜯는 개미의 공격에 살모사가 정신을 차리지 못했다.

"앗, 따가워."

뱀의 격렬한 몸부림에 진리가 들썩들썩했다. 그가 떨어지지 않도록 뱀의 등을 꽉 잡고 머리 쪽을 향해 갔다. 뱀의 이마에 도착한 그가 유리 칼을 번쩍 위로 들어 내리쳤다.

"받아랏."

"이건 또 뭐야?"

살모사가 거칠게 머리를 흔들자 진리가 버티지 못하고 땅으로 떨어졌다. 이를 지켜보던 수백 마리의 개미들이 하늘로 손을 뻗어 그를 받았다.

"용사님, 괜찮으세요?"

"전 괜찮아요. 어서 다시 싸우러 가요."

진리의 공격에 충격을 받았는지 뱀의 눈이 점점 풀렸다. 꼿꼿했던 뱀의 목에 힘이 빠졌다. 서서히 머리가 밑으로 내려오다가 바닥에 쿵 머리를 박았다.

"이때다, 모두 총공격."

쓰러진 뱀 위로 개미 군대가 올라갔다. 뱀이 고개를 들어보려 하지만 수많은 개미의 무게를 견딜 수 없었다.

"살모사 살려."

만 마리의 개미들이 뱀을 물어뜯었다. 뱀의 형체가 순식간에 사라지고 뼈만 남았다.

"꺼어억, 잘 먹었다. 뱀고기가 상당히 맛있는 걸?"

"대장, 종종 뱀 사냥합시다. 뱀 녀석 별 거 아닌데요?"

군사 개미들이 만족스러운 표정으로 배를 두드렸다. 대장 개미가 군사 개미 사이를 돌아다니며 격려했다.

"다들 수고했다. 우리 개미들이 힘을 합치면 두려울 게 없지."

"와, 모두들 대단해요. 무시무시한 뱀을 순식간에 물리쳤어요."

진리가 신나서 방방 뛰었다.

"용사님과 우리가 힘을 합쳤기 때문이죠. 덕분에 쉽게 물리칠 수 있었습니다."

대장 개미의 말에 진리의 어깨가 으쓱했다.

"자, 모두들 배를 채웠으면 원래 본인의 자리로 돌아가라. 아직 방심은 금물이다. 이제 단 한 마리 물리쳤을 뿐이다."

군사 개미들이 순식간에 대열을 갖췄다. 진리가 유리 칼을 위풍당당하게 하늘 위로 치켜들었다. 이젠 거칠 것 없이 앞으로 나아간다. 뱀들이 멀리서 개미들의 행렬을 보곤 미리 꽁무니를 뺐다. 어느 누구도 개미 군대에게 감히 덤비지 못했다.

진리 일행과 개미 군대가 유유히 뱀 마을을 통과했다. 어느덧 하늘 가장자리가 붉어지며 아침 해가 떠올랐다. 진리의 마음에 있던 단단한 응어리가 녹아 촉촉한 흙이 되었다. 그 안에서 무언가 톡 터지며 싱그러운 연두빛 싹을 틔운다.

"대장님, 덕분에 무사히 뱀 마을을 지났어요. 감사합니다."

"우리야말로 용사님께 은혜를 갚게 되어 기쁩니다."

진리와 대장 개미가 마주보고 웃었다. 군사 개미들도 덩달아 신이 나 외쳤다.

"용사님 만세! 개미 왕국 만세!"

개미 군대와 헤어진 후 진리 일행이 동남쪽을 향해 출발했다. 이젠 우체국이 멀지 않다는 게 직감으로 느껴졌다. 흰나비가 안내하는 방향으로 부지런히 걸었다. 진리는 팩맨과 옥신각신하면서도 함께 가는 길이 즐겁다.

"진리야, 저기 뭔가가 보여. 얼른 따라와."

신이 난 흰나비가 재빠르게 날아갔다. 흥분되는 가슴을 안고 진리와 팩맨도 헐레벌떡 뛰어갔다. 풀숲을 헤치는 그의 두 손이 바쁘다.

"아저씨, 저기 보세요. 비둘기들이 모여 있어요."

풀숲이 끝나자 뻥 뚫린 공터가 나왔다. 편지를 배달하는 비둘기들로 가득했다. 진리 일행이 나타나자 모두의 시선이 쏠렸다. 부담스러운 눈길을 뒤로 하고 진리가 한 비둘기에게 다가갔다.

"안녕하세요, 우리는 비둘기 우체국을 찾아왔어요."

비둘기가 신기한 듯 그를 위아래로 훑어보았다. 그러더니 날개로 우체국의 위치를 가리켰다.

진리와 팩맨이 문을 열고 우체국으로 들어갔다. 제법 큰 공간에 편지들이 차곡차곡 정리되어 있었다. 한 비둘기가 분주히 움직이며 편지를 분류하는 중이었다. 그러다 진리를 발견하곤 반갑게 인사했다.

"어서 오세요. 비둘기 우체국입니다. 무엇을 도와드릴까요?"

인자한 비둘기의 표정에 진리의 마음이 놓인다.

"안녕하세요. 전 부엉이 숲 너머 지네마을에서 왔어요. 진리라고 해요."

그리고는 가방에서 할아버지의 편지를 꺼내 비둘기에게 건넸다.

"혹시 이 편지를 쓴 지네를 아세요? 제 할아버지예요."

비둘기가 돋보기를 부리 위에 걸치고 편지를 읽었다. 편지와 진리 얼굴을 왔다 갔다 번갈아 쳐다보았다.

"네가 이고의 손자구나. 할아버지와 참 많이 닮았네. 꽤 오래전 우리 마을에 머물렀었지. 할아버지의 발자취를 쫓아 온 게냐?"

"네, 할아버지를 찾아 사막에 가고 있어요."

"오, 사막. 이고도 사막에 간다고 했단다. 아직 할아버지를 못 만난 걸 보니 사막에서 돌아오지 못했나 보군."

"하지만 전 아직 할아버지가 살아 계실 거라고 믿어요. 이 들판을 지나면 사막이 나오나요?"

"아니, 이 들판을 가로지르는 강 너머엔 늪지대가 있단다. 아마 이고도 그 늪지대를 지나갔을걸."

"아직도 사막을 가려면 멀었나요?"

진리가 울상을 지었다.

"나도 사막이 어딘지는 몰라. 여기 사는 비둘기들은 옆 마을에 있는 우체국까지만 편지 배달을 하지. 너무 먼 곳까지 날아가면 무척 힘이 들거든. 이 우체국에선 지네마을과 늪 우체국까지만 편지를 배달하는 식으로 말이야. 네 할아버지의 발자취를 따라가려면 늪에 있는 우체국으로 가야 해."

"결국 비둘기 우체국들을 따라가다 보면 사막이 나오겠네요?"

"맞아, 늪에 있는 우체국 비둘기들이 친절하게 다음 단계를 알려줄 게다. 그 전에 몸을 추스르고 가렴. 여행을 떠나기 전까지 우리 마을에서 푹 쉬어도 돼."

"정말 그래도 돼요?"

"우리 비둘기들이 평화의 상징인 거 알지? 우린 누구든지 열린 마음으로 환영하고 보살핀단다. 지금도 옆 숙소엔 많은 동물이 머무르고 있지."

그때 우체국 문이 벌컥 열리더니 누군가 큰소리로 외쳤다.

"꼬마 지네! 못생긴 개구리! 빨리빨리 다녀야 할 것 아닌가? 왜 이리 늦어?"

어딘가 익숙한 목소리였다. 진리가 뒤돌아 목소리의 주인공을 확인했다. 열려 있는 문 뒤로 강한 햇빛이 들어와 누구인지 분간이 되지 않았다. 진리가 한 발짝, 한 발짝 천천히 다가갔다. 덩치는 조그맣고 온몸이 햇빛을 닮은 듯 샛노랗다. 황금독화살개구리다.

"에엣? 미, 미소 누나?"

어느새 팩맨도 진리 옆에 다가왔다. 팩맨이 눈을 비비며 미소를 쳐다봤다. 둘 다 어안이 벙벙하다.

"아저씨도 보여요?"

"어. 미소가 맞는 것 같아?"

"그런 것 같아요. 아저씨가 가까이 가 봐요."

"싫어. 귀신이면 어떡해? 네가 가봐."

"나도 무섭단 말이에요."

둘이 티격태격하는 사이 미소가 둘에게 다가온다. 얼굴에 환한 웃음을 머금은 채 반가운 표정을 짓는다. 신리와 팩맨은 서로를 끼안고 벌벌 떨었다.

"너희들 원래 이렇게 겁이 많았나? 팩맨은 그렇다 쳐도 진리 너까지 겁쟁이인 줄은 몰랐네?"

미소가 씩 웃으며 둘을 놀리는 투로 말했다.

"어? 우리 이름을 아는 걸 보니 미소 누나가 맞는 거 같은데요? 진

지네의 꿈 143

짜 미소 누나 맞아요?"

"유령인지 진짜인지 살짝 만져 봐."

팩맨의 말에 진리가 벌벌 떨며 조심스럽게 검지손가락을 뻗었다.

"안 돼, 만지지 마. 이번엔 날 만지면 진짜 죽어."

미소의 말에 진리가 재빨리 손가락을 감춘다.

"왜요? 유령이라 만지면 죽는다는 거예요?"

"나 이젠 온몸에 맹독이 있어. 예전의 내가 아니라고!"

미소가 그동안 일어났던 일을 설명했다.

"뱀이 날 한입에 삼킨 거 기억나지? 난 뱀의 목구멍을 통해 산 채로 뱃속에 들어가게 된 거야. 그곳에서 빠져나갈 방법이 없을까 하고 궁리하는데 갑자기 뱀이 구역질을 하며 토를 하더라고. 그 바람에 난 뱀의 입 밖으로 튕겨져 나갔어. 이게 어찌된 일인가 봤더니 그 뱀 녀석이 온몸을 비틀며 고통에 몸부림치더라? 그리곤 마지막으로 몸을 부르르 떨더라고. 그러더니 죽었어."

"근데 처음엔 누나에겐 독이 없었잖아요. 내가 누나를 구하기 위해 손을 잡았을 때도 아무 이상 없었다고요."

"그치. 그 말이 맞아. 내가 수조에서 살 때, 그리고 탈출한 지 얼마 안 됐을 때 그땐 나에게 독이 없었어. 독은 그다음에 만들어진 거야."

"독이 생겼다고요?"

"그래. 어떻게 독이 내 몸에서 만들어졌을까 생각해봤거든. 답은 먹이였어."

"먹이?"

"인간이 준 먹이는 내 몸에서 독을 만들지 못해. 그들이 날 안전하게 기르기 위해 만들어 낸 음식이거든. 반면에 자연에 있는 먹이들은 대부분 그 자체로 약한 독을 가지고 있어. 그것들을 먹으면 내 몸이 맹독을 만들어내는 거야. 남가뢰 기억나지? 너에게 독을 발사했던 곤충 말이야. 난 그 곤충을 정말 맛있게 먹었거든. 내 몸은 본능적으로 알고 있었어. 맹독을 만들어내는 방법을. 난 내 생각이 맞는지 다시 한 번 확인해 보고 싶었지. 죽은 살모사에게 다가가 독니에 묻어 있는 독을 핥아먹었어. 그랬더니 번개에 맞은 것처럼 온몸이 찌릿했어. 뱀의 독보다 훨씬 강한 독이 만들어져 내 피부 곳곳에 스며들었지. 난 다시 태어났어. 지상 최강의 독을 가진 황금독화살개구리로 말이야!"

"진짜 미소 누나 맞네요. 누나가 나 대신 죽었다는 생각에 얼마나 마음이 아팠는지 알아요? 이렇게 살아 있다니 꿈만 같아요."

진리가 닭똥 같은 눈물을 펑펑 흘렸다. 미소도 연신 눈물을 훔쳤다.

"나도 너희를 다신 못 만나면 어쩌나 걱정했어. 그래도 진리 널 믿었단다. 어떻게든 여길 찾아올 줄 알았지."

"뭐야? 나 팩맨이 여길 찾아올 거란 건 못 믿었다 이거야?"

툴툴거리는 팩맨에게 미소가 손을 쑥 내밀었다.

"그 심술궂은 얼굴도 오랜만에 보니 반갑네. 환영의 악수나 할까?"

"뭐, 뭐라고?"

"하하. 농담이야, 농담. 긴장 풀라고, 팩맨 대장."

미소의 장난에 신리가 픽 웃음을 터뜨렸다.

"근데 누나는 우리가 이곳에 온 줄 어떻게 알았어요?"

"저 멀리서 흰나비가 날아오는 걸 봤지. 왠지 좋은 소식이 있을 것 같다는 예감이 들더군. 그래서 재빨리 우체국으로 와 봤어."

"누나가 촉이 좋네요. 신기하다."

"자, 그럼 내가 머무는 우체국 옆 숙소로 가자. 진리 너에게 소개시켜 줄 누군가 있어."

"누구요?"

"따라와 보면 알아."

진리, 미소, 팩맨이 우체국 밖으로 나섰다. 진리를 기다리고 있던 흰나비가 나풀나풀 날아왔다.

"진리야, 드디어 도착했네. 고생했어."

"네 덕분에 여기까지 올 수 있었어. 고마워. 넌 이제 어디로 갈 거니? 갈 곳 없으면 우리랑 같이 갈래?"

그의 말에 흰나비가 고개를 절레절레 저었다.

"난 이 들판에서 할 일이 있어. 나비로 다시 태어난 이유 말이야."

"그게 뭔데?"

"나중에 네가 이 들판으로 돌아오면 알게 될 거야. 우리 그때 다시 만나자."

"그래. 아쉽지만 건강히 잘 있어."

"넌 나의 유일한 친구란다. 평생 널 못 잊을 거야. 안녕. 행운을 빌게."

흰나비가 날갯짓으로 작별 인사를 했다. 저 멀리 날아가는 흰나비를 보니 진리의 눈에 이슬이 맺혔다.

"너무 슬퍼하지 마. 헤어짐이 있으면 만남도 있는 법. 너흰 어떤 모습으로든 다시 만나게 될 거야. 그럼 어서 숙소로 가자."

미소가 진리를 위로하며 우체국 옆 건물로 데려갔다. 어느 조그만 방 앞에 멈춰 섰다.

"똑똑."

잠시 후 문이 살짝 열리더니 누군가 조심스러운 목소리로 대답했다.

"누, 누구세요?"

"나예요, 미소. 당신이 찾던 진리가 바로 여기 있어요."

"지, 진리요? 진리가 왔다고요?"

의문의 동물이 반가운 마음에 문을 벌컥 열었다. 진리가 상대방을 알아보곤 눈이 동그래졌다.

"라라 누나? 누나가 여기 왜 있어요?"

진리는 라라가 반갑지만 한편으론 어리둥절했다.

"진리야, 살아 있었구나. 흑흑."

라라가 맨발로 뛰어나와 그를 부둥켜안고 울었다. 그가 한동안 멍하니 서 있다 이내 지네마을 생각이 났다. 보고 싶은 엄마, 아빠 생각에 얼굴이 금방 일그러졌다.

"누나, 우리 엄마, 아빠는 잘 있어요? 날 찾진 않아요?"

"어? 어…"

당황한 라라가 말끝을 흐렸다.

"엄마는 병원에서 퇴원했어요? 아빠는 나 대신 잡혀가진 않았고요?"

라라는 진리 아빠가 감옥에 갔다는 소식을 전할 수 없어 거짓말을 했다.

"어. 두 분 다 건강히 잘 계셔."

"휴, 다행이다. 근데 누나는 왜 여기에 있어요?"

"그나시리온이 날 지네마을에서 쫓아냈어. 홍수의 원인이 나 때문이래."

"나쁜 그나시리온, 날 죽이려 하더니 누나마저 내쫓고 말이야. 가만두지 않겠어! 누나 미안해요. 나 때문에 누나가 이런 일을 당하다니."

"아니야, 그날 꼼꼼히 확인하지 않은 건 내 잘못이야. 아무튼 네가 무사해서 정말 다행이야.”

“누나, 내가 반드시 누나를 마을에서 살 수 있게 해줄게요.”

“고마워, 이젠 제법 꼬마 티를 벗었는걸? 많이 컸다.”

라라가 진리의 머리를 쓰다듬는다.

“저 한 번 허물을 벗었어요. 그 이후로 몸이 부쩍 커졌어요.”

“그랬구나. 우리 지네들은 평생 두 번 허물을 벗지. 이제 진리도 한 번만 더 허물을 벗으면 되겠네.”

팔짱을 낀 채 대화를 듣던 미소가 헛기침을 하며 끼어들었다.

“방해해서 미안한데 라라 씨에게 궁금한 것이 있어서요.”

“뭔데요?”

“마을에서 쫓겨났다고 했는데 어쩌다 이곳까지 온 거죠? 여긴 지네 마을에서 꽤 멀리 떨어진 곳인데?”

“그, 그건, 정처 없이 떠돌다 보니 여기까지 오게 됐어요.”

“그래요? 그럼 또 한 가지, 저랑 처음 만났을 때부터 진리에 대해 이것저것 물어보셨잖아요? 꼭 진리를 찾아야 하는 것처럼 말이에요. 무슨 이유라도 있나요?”

미소는 꿀먹은 벙어리처럼 아무 말도 못 했다.

“이봐, 미소, 자넨 너무 야박해. 둘이 친했으니깐 당연히 찾을 수 있는 거지, 안 그래요?”

팩맨이 라라 편을 들었다.

“네? 마, 맞아요. 진리는 제 친동생이나 마찬가지에요. 제가 항상 돌봐줬거든요.”

“미소 누나, 라라 누나에게 너무 뭐라 하지마요. 마을에서 쫓겨난 불쌍한 처지라고요.”

"아니, 난 그저 궁금해서 그랬지."
"하하, 원래 저 친구가 좀 까칠한 면이 있죠. 라라 씨가 이해하세요."
"네, 전 괜찮아요."
"이제 슬슬 배도 고픈데 식사나 하러 가죠, 진리야 가자."
팩맨의 말에 진리, 라라가 따라나선다. 미소가 의심의 눈초리로 라라의 뒷모습을 쳐다보았다.

진리 일행이 식탁에 빙 둘러앉아 식사를 했다. 진리는 오랜만에 미소, 라라를 만나 기분이 좋았다. 침을 튀겨가며 손짓 발짓으로 그동안의 경험담을 이야기했다. 라라는 진리의 이야기에 크게 놀라기도 하고, 눈물을 흘리기도 하고, 환한 웃음을 짓기도 했다. 미소도 진리의 목소리에 귀 기울이지만 가끔씩 라라에게 슬쩍 눈길을 주며 라라의 표정을 관찰했다.
"그렇게 이 우체국에 도착한 거랍니다."
"우와, 믿기지 않아. 이렇게 멋진 모험을 했다니. 모두 대단해요!"
진리와 팩맨이 서로를 보며 뿌듯한 웃음을 터트렸다. 미소는 표정 없이 라라를 쳐다보았다. 라라가 미소와 눈이 마주치자 무안한 듯 얼른 고개를 돌렸다.
"자, 그럼 내일부터 다시 여행을 시작해야지?"
미소의 말에 진리가 할아버지의 편지를 꺼냈다. 미소가 편지들을 살피더니 당황한 표정을 지었다.
"이런, 편지들이 눅눅해졌잖아. 글씨가 번져서 알아볼 수가 없네."
"다행히 비둘기 아줌마가 할아버지가 간 곳을 알려주셨어요. 늪 우체국으로 가면 돼요."

"그럼 그곳으로 가는 지도를 달라고 부탁드려야겠다."

"네. 제가 말씀드릴게요. 라라 누나는 어떻게 할 거에요?"

"나도 같이 갈래. 마을에서 쫓겨나서 어차피 갈 곳도 없고."

미소가 정색하며 말을 받아쳤다.

"라라 씨, 다시 한번 생각해봐요. 앞으로의 여정도 매우 험난할 거예요. 이 비둘기 마을에서 지내는 편이 훨씬 나을 걸요?"

이번엔 라라도 지지 않고 미소를 똑바로 쳐다보며 말했다.

"저도 이 우체국에 오기까지 온갖 고생을 겪었어요. 여러분처럼 나도 충분히 해낼 수 있다고요."

"전 찬성입니다. 일행이 더 늘어나면 좋죠, 안 그래? 진리야?"

"네, 저도 라라 누나가 같이 가는 데 찬성이에요."

나머지 둘이 동의하자 미소도 어쩔 수 없다는 듯 고개를 절레절레 흔들었다.

"제가 미리 경고했습니다. 같이 가는 대신 우리 일정에 누를 끼치지 않았으면 좋겠네요."

미소가 언짢은 듯 먼저 자리를 떴다.

"저 녀석은 오늘따라 더 까칠하네? 뭘 잘못 먹었나."

"라라 누나, 너무 신경 쓰지 마요. 미소 누나는 원래 배려가 깊은 성격이에요. 누나가 위험한 길을 간다고 하니 걱정돼서 저러는 거예요."

"그래. 같이 지내다 보면 나에게 점점 마음을 열겠지. 난 괜찮아."

"누구랑 비교되게 참 착하신 분이셔. 하하."

팩맨이 미소가 나간 쪽을 돌아보며 말했다. 진리는 먼저 일어선 미소가 마음에 걸렸다. 밖으로 나가보니 미소가 심각한 표정으로 팔짱을 끼고 있었다.

"누나, 라라 누나에게 왜 그래요? 둘이 무슨 일 있었어요?"

"진리야, 내가 괜히 이러는 게 아니야. 내 말 좀 들어 봐. 내가 우체국에 도착했을 때, 이미 라라 씨는 비둘기 마을에 머무른 지 오래였어. 이런저런 얘기를 해보니 신기하게도 널 잘 안다는 거야. 네 생각도 나고 해서 라라 씨에게 친절히 대해줬지. 라라 씨는 처음 만났을 때부터 뭔가에 불안해했어. 난 라라 씨가 지네마을에서 쫓겨났단 얘기를 듣고 충분히 그럴 수 있다고 생각했지. 근데 어느 날 라라 씨 앞으로 편지가 왔어. 라라 씨가 그 편지를 읽더니 불안 증세가 더 심해진 거야. 난 라라 씨가 걱정돼서 그 편지의 내용을 물어봤지만 입을 꾹 다물고 아무 말도 않더군."

"그런 일이 있었군요."

"그런데 이번에 널 만났을 때 라라 씨 표정이 뭔가 이상했어. 그동안의 불안, 걱정이 한꺼번에 사라진 얼굴이야. 널 만나야만 되는 어떤 이유가 있는 것이 분명해."

"그야 날 만나 반가워서 그런 거죠."

"아니야, 단순히 반갑다는 감정뿐만이 아니야. 뭔가 꿍꿍이가 있다고."

"누나, 내가 라라 누나를 잘 아는데 누나 엄청 착해요. 그런 걱정은 안 해도 된다고요."

"넌 모르는 뭔가가 있어, 뭔가가."

4

진리의 아빠, 수용이 지하 감옥에 갇힌 채 몇 달이 흘렀다. 수용이 처음 감옥에 들어왔을 땐 꺼내 달라 고래고래 소리치고 창살을 부술 듯 마구 흔들었지만, 꼼짝할 수 없는 현실에 점점 힘이 빠졌다.

"아무도 없어요?"

매일매일 칠흑 같은 어둠 속에서 다른 죄수들을 불러 봐도 아무런 대답이 없었다. 이 지하에 몇 달째 혼자 있다는 사실을 알지만, 이 질문을 하는 것이 하루도 거르지 않는 습관이 되었다. 아무것도 보이지 않는 철창 밖을 무심히 바라보다 감옥 구석에 몸을 웅크리고 앉았다. 어쩌다 여기에 오게 되었는지 믿기지 않았다.

"진리야, 무사히 잘 지내지? 아빠가 널 얼마나 보고 싶어 하는지 아니? 여보, 몸은 괜찮아졌어요? 내가 돌봐줘야 하는데 미안해요."

눈앞에 사랑하는 가족의 얼굴이 아른거렸다. 손을 뻗어 잡아 보지만 신기루처럼 사라졌다. 무릎에 얼굴을 파묻고 오열했다. 아들과 아내를 그리워하는 마음이 점점 아버지에 대한 분노로 바뀌었다. 아버지가 그나시리온과 사이가 나쁘지만 않았어도 자신이 이곳에 갇히게 되진 않았으리라 생각했다.

"아버지! 당신 때문에 내가 이 모양 이 꼴이 됐어요! 가족들을 내팽개치고 사막으로 도망가니 좋습디까? 그럼 죽었는지 살았는지 소식이라도 보내야 할 것 아닙니까? 당신의 괴팍한 성격 때문에 우리 가족 모두 그나시리온과 적이 되고, 결국 당신의 아들과 손자가 온갖 고생을 하고 있다고요. 죽었으면 영혼이라도 나타나 얘기해보세요! 이 이기적인 지네 같으니! 당신은 내 아버지도 아니야."

미친 듯이 울부짖으며 아버지에 대한 분노를 쏟아냈다. 한참을 소리 지르다 힘이 빠져 바닥에 털썩 누웠다. 수용의 거친 숨소리만이 빈 감옥에 메아리처럼 울렸다.

"자네 아버지 이름이 뭔가?"

창살 너머로 모기처럼 작은 목소리가 들렸다. 수용은 잘못 들었나 싶어 얼른 창살 근처로 가 여기저기 둘러보았다.

"누구 있어요?"

숨죽이고 귀를 기울이니 다시 한번 가래 끓는 노인의 목소리가 들렸다. 집중하지 않으면 들리지 않을 정도로 작은 목소리였다.

"켁켁. 아버지 이름이 뭐냐고."

"당신은 누군데 남의 아버지 이름을 물어봅니까? 그리고 내가 누군가를 찾을 땐 아무 말 없다가 이제 와서 말을 거는 건 무슨 이유죠?"

아버지 얘기에 예민해진 수용이 화가 나 쏘아붙였다. 한참 동안 콜록콜록 기침 소리만 나더니 힘겨운 목소리가 들렸다.

"지금도 겨우 말을 할 수 있을 정도로 내 건강이 좋지 않아. 내 마지막 힘을 짜내 자네에게 말을 거는 걸세. 혹시 자네 아버지가 이고인가?"

"마, 맞아요. 당신이 그걸 어떻게 알죠?"

지네의 꿈 153

수용이 소스라치게 놀라며 되물었다.

"가족을 두고 사막으로 간 지네, 그나시리온이 그토록 무서워하고 증오하는 지네, 이고 밖에 없지."

정체불명의 노인이 그렁그렁 쇳소리를 내며 힘겹게 이야기를 이어 갔다.

"자넨 이고가 어떻게 되었는지 모를 테지?"

"네, 중간중간 편지를 받았는데 언젠가부터 아무런 연락이 없었습니다."

"이고는 사막에 무사히 도착했다네. 사막에서 자네에게 편지를 보냈어. 콜록콜록."

"전 그 편지를 받지 못했는데요. 어르신이 그걸 어떻게 아시죠?"

"왜냐하면, 내가 그 편지를 그나시리온에게 갖다 줬거든."

"뭐, 뭐라고요?"

진리 일행이 비둘기 마을을 떠나기로 한 날이 되었다. 해가 뜨자마자 진리가 잠자리에서 일어났다. 새로운 곳으로 모험을 떠날 생각에 진리의 심장이 뛰기 시작했다.

"다들 일어나세요. 벌써 아침이에요. 빨리 출발해야죠."

부산한 진리 덕에 하나 둘 잠에서 깼다.

"저 녀석은 아침부터 호들갑이야. 간만에 늦잠 좀 자나 했더니."

팩맨이 단잠을 깨운 그에게 투덜댔다.

"팩맨 말이 맞을 때도 있네. 진리야, 너무 이른 거 아니니. 좀 더 자자."

미소의 투정에 진리가 정색했다.

"누나, 아저씨. 우리 셋이 함께 여행하는 건 정말 오랜만이잖아요. 전 너무 설레는데요? 게다가 라라 누나까지 같이 가잖아요. 우리가 라라 누나한테 모범을 보여야죠. 어? 근데 누나가 없네? 아침 일찍부터 어딜 갔지?"

그 말에 갑자기 미소가 이불을 헤치고 벌떡 일어났다.

"내가 찾아볼게. 너희는 출발할 준비하고 있어."

미소가 잽싸게 문밖으로 나섰다. 비둘기 마을 여기저기로 돌아다니며 라라를 찾았다. 그 시각 라라는 우체국 안에서 몰래 편지를 쓰고 있었다.

'저 라라에요. 들판의 비둘기 우체국에서 편지 보내요. 드디어 진리를 만났어요. 작은 개구리, 큰 개구리랑 함께 사막을 향해 출발해요. 다음 목적지는 정글에 있는 늪 우체국이래요. 저도 함께 그곳으로 가요. 제게 지시 사항이 있으면 늪 우체국으로 편지 보내세요. 저, 이번 일만 잘 마무리되면 지네마을에서 살 수 있는 거죠? 다음 편지엔 꼭 확답을 주세요. 하루빨리 마을로 돌아가고 싶어요. 그리고 언제까지 진리에게 비밀로 해야 하나요? 진리를 속이는 게 마음 편치 않아요. 그냥 지금이라도 진리를 설득해 마을로 돌아가…'

"라라 씨, 여기서 뭐해요?"

어느새 미소가 라라에게 다가와 라라의 어깨 너머로 고개를 내밀었다.

"어머, 깜짝이야!"

라라가 다급하게 온몸으로 편지를 가렸다.

"새벽부터 일어나 편지를 쓴 거예요? 다들 라라 씨를 찾아요. 이제 출발할 시간이에요."

"아, 네? 네. 비둘기 아줌마! 여기요. 편지 보낼게요. 지네마을로요."

라라가 쓰다 만 편지를 봉투에 넣고 얼른 비둘기에게 건넸다.

"뭐가 그리 급해요? 그리고 내가 이곳에 있으면서 라라 씨가 편지 쓰는 거 처음 보네요? 꼭 누군가에게 보고하는 것 같은데?"

미소가 뭔가를 아는 듯한 표정을 지으며 라라를 슬쩍 떠 본다.

"남이 편지를 쓰든 말든 무슨 상관이에요? 그리고 더 이상 내 일에 참견하지 마세요. 불쾌하네요."

라라가 미소에게 톡 쏘아붙이곤 급히 자리를 떴다. 라라의 뒷모습을 보며 미소가 비둘기에게 말을 걸었다.

"그 편지 읽어봐도 될까요?"

"안 됩니다. 손님이 맡긴 편지는 본인 외에 그 누구도 열어볼 수 없습니다."

단호한 비둘기 말에 미소가 머쓱한 표정을 지었다.

"네. 알겠습니다. 그럼 혹시 늪 우체국으로 가는 지도를 주실 수 있나요? 저희 오늘 출발해요."

"지도는 얼마든지 드리지요. 자, 여기 있습니다. 무사히 도착하길 바랍니다."

미소가 지도를 가지고 오니 진리 일행이 어느덧 출발 준비를 마쳤다. 미소가 라라와는 눈도 마주치지 않고 진리와 팩맨을 불렀다.

"늪 우체국으로 가는 지도야. 이번엔 다음 목적지 위치를 아니 좀 더 수월하게 갈 수 있겠지?"

"네, 우리 셋에 라라 누나까지 있으니 쉽게 도착할 거예요."

진리가 라라를 돌아보며 씩 웃었다. 라라가 어색한 미소로 답했다.

"그런데 이젠 누가 대장이에요? 미소 누나가 가장 강력하지 않아요?"

"한번 대장은 영원한 대장인 거 몰라?"

"그래, 네가 대장해. 난 그런 거 관심 없다고."

팩맨은 다시 대장 노릇을 할 수 있어서 신이 났다. 문밖을 나서며 외쳤다.

"나를 따르라!"

진리 일행이 비둘기 마을을 떠나 남쪽으로 출발했다. 날씨는 무덥고 햇빛은 강렬하다. 덤불 그늘 사이로 비치는 햇빛이 바람에 흔들린다. 진리가 엄마, 아빠와 함께한 봄날의 소풍을 떠올렸다. 열심히 걸어가는 미소, 팩맨, 라라의 뒷모습을 보니 부모님처럼 든든하다.

"자, 모두 멈춰. 커다란 강이 있어."

맨 앞에 있던 팩맨이 말했다. 진리가 풀숲을 헤치고 고개를 내밀자 거대한 물줄기가 보였다.

"이렇게 큰 시냇물은 처음 봐요."

미소가 지도를 펴서 현재의 위치를 파악한다.

"강을 건너려면 다리가 있어야 하는데 이 지도엔 다리가 보이지 않아."

"비둘기들은 날아서 강을 건너니 다리가 필요 없지. 그래서 지도에 다리 표시를 하지 않았을 거야."

"팩맨 아저씨, 그럼 강가를 따라 쭉 내려가 봐요."

진리 일행이 일렬로 서서 강가를 따라 걸었다. 한참을 걸어도 다리가 보이지 않았다. 모두 강가에 있는 나무에 등을 기대고 앉아 한숨을 돌렸다.

"정말 다리가 없는 건 아닐까요?"
라라가 근심 가득한 표정을 지었다.
"정 그렇다면 배라도 만들어야죠."
미소가 담담히 대꾸했다.
"내게 좋은 생각이 있어. 지도에 그려진 강을 봐봐. 가장 폭이 좁은 곳 있지? 일단 그곳으로 가는 거야. 그래야 배를 만들더라도 그나마 쉽게 건널 수 있지 않겠어?"
"오, 팩맨 아저씨, 대장답네요."
"팩맨이 머리 쓰는 건 처음 보네. 좋아, 팩맨 말대로 해보자."
며칠 동안 걸어서 강폭이 제일 좁은 곳에 도착했다. 하지만 여전히 강 건너편 땅이 아득히 보일 정도로 강폭이 넓다.
"이 강엔 다리가 없나 봐. 어쩔 수 없이 배를 만들어야 해."
미소의 의견에 라라가 반대했다.
"이 넓은 강을 작은 배로 건너는 건 무리에요. 시간이 걸리더라도 강 주변을 빙 둘러봐서 다리를 찾아야 해요."
미소가 그 말에 얼굴을 찌푸렸다.
"여기 가장 폭이 좁은 곳에도 다리가 없잖아요. 이 강엔 다리가 없는 거라고요."
"더 밑으로 내려가면 다리가 있을지 어떻게 알아요?"
라라가 쏘아붙였다.
"한참 걸었다가 다리가 없으면 어쩌려고요? 시간 낭비, 체력 낭비라고요. 그럴 힘으로 지금 당장 배를 만들겠어요."
미소가 라라를 노려보며 대답했다.
"누나들, 그만 싸워요. 다 같이 힘을 합쳐야 강을 건널까 말까인데 싸우면 어떡해요."

진리의 말에 미소와 라라가 얼굴이 빨개졌다.

"진리가 제일 어른스럽구만. 하하. 그러지 말고 다수결로 결정하는 게 어때? 나랑 진리가 둘 중 마음에 드는 의견을 선택할게."

"좋아요"

"나도 좋아. 다수결로 하지. 진리는 누구 말이 마음에 드니?"

하지만 진리가 미소의 말에 대답하지 않고 어딘가를 뚫어지게 바라보았다. 그가 무언가에 홀린 듯 강물로 다가갔다.

"다들 저길 봐요! 뭔가가 물 위를 걷고 있어요!"

진리가 먼 곳을 손가락으로 가리켰다. 모두들 그의 옆으로 다가와 그가 말한 방향을 쳐다보았다.

"저기? 정말 뭔가가 물 위에서 움직이네?"

라라의 눈이 휘둥그레졌다.

"뭔가를 타고 가는 것 같아."

"저 멀리 우리 쪽 강가로 다가오고 있어요. 놓치기 전에 얼른 저쪽으로 가요."

진리의 말에 모두들 발걸음을 서둘렀다. 가까이 가보니 덩치가 새끼돼지만 한 동물이 둥둥 떠다니는 나무토막 위에서 강가로 뛰어내렸다. 그리곤 나무토막에 손을 흔든 후 풀숲으로 유유히 사라진다.

"저기요, 잠깐만 기다려요."

진리가 있는 힘껏 소리쳤다. 엉덩이를 실룩거리며 걷던 동물이 그 소리에 뒤를 돌아보았다.

"나? 나를 부른 거야?"

부리나케 동물 앞으로 뛰어온 진리 일행이 무릎에 손을 짚고 몸을 수그린 채 숨을 헐떡였다.

"네. 저 멀리서 아저씨를 보고 뛰어왔어요."

진리가 숨을 고르며 동물에게 말을 걸었다. 가까이서 보니 얼굴이 꼭 쥐를 닮았다. 덩치는 크지만 순둥이 같은 표정을 짓고 있다.

"나한테 무슨 볼일이 있나 보군. 하하."

동물이 자신에게 말을 거는 것이 기쁜 듯 환하게 웃었다.

"아저씨, 어떻게 저 강을 건넜어요? 아까 그 나무토막을 타고 온 거에요?"

"나무토막? 아, 하하. 뒤를 돌아서 저길 보라구."

진리 일행이 강 쪽으로 돌아보았다. 커다란 통나무가 물에 반쯤 잠긴 채 물살을 가르며 나아간다.

"어떻게 나무가 헤엄을 치죠?"

"저건 나무가 아니라 악어야. 눈만 물 밖으로 내놓고 헤엄치는 악어. 하하."

"네? 악어요?"

미소와 팩맨이 소스라치게 놀란다.

"파충류 전시관에 있던 그 악어? 엄청나게 무시무시한 동물인데?"

"아저씨가 악어를 타고 강을 건넜다고요? 아저씨를 잡아먹지 않고요?"

미소가 이해할 수 없다는 듯 고개를 갸웃했다.

"하하. 악어가 무서운 동물이긴 하지. 하지만 날 잡아먹진 않아. 그 녀석은 나랑 친구거든."

쥐를 닮은 동물이 자랑스러운 듯 코를 쩡끗했다.

"그게 어떻게 가능하지?"

미소의 혼잣말을 들었는지 그 동물이 친절하게 설명했다.

"난 카피바라야. 커다란 쥐라고 보면 돼. 우린 엄청난 친화력으로 다양한 동물들과 친하게 지내지. 심지어 초식 동물을 잡아먹는 동물과도 말이야. 하하."

"대단하네요, 아저씨! 그럼 우리도 악어를 탈 수 있어요?"

진리의 말에 미소, 라라, 팩맨 모두 손사래를 쳤다.

"악어를 탄다니 말도 안 돼! 우리 모두 잡아먹히고 말 거야."

"팩맨, 독화살개구리인 나는 예외로 해두자. 그래도 나 역시 악어를 타긴 싫다고."

모두들 반대하자 진리는 시무룩했다.

"하하. 방법이 아예 없는 건 아니지. 나처럼 악어랑 친구가 되면 태워줄지도 몰라."

"어떻게 악어랑 친해질 수 있어요?"

"악어를 즐겁게 해주면 돼. 아까 날 태워준 악어 이름이 카이인데, 나 때문에 태어나서 처음 웃었다고 했어. 하하."

"아저씨가 어떻게 웃겼어요?"

"내가 재밌는 춤을 췄지. 한번 볼래?"

카피바라가 통통한 엉덩이를 좌우로 흔들며 춤을 췄다.

"잉덩이를 왼쪽, 오른쪽, 왔다갔다 흔들이! 검지손가락을 펴고 이쪽저쪽, 하늘로 찔러찔러. 앗싸, 신난다. 뒤로 돌아 엉덩이로 이름 쓰기."

카피바라가 흥에 넘쳐 몸을 흔들었다. 이를 지켜보는 진리 일행이 자연스레 함박웃음을 터트렸다.

"아저씨, 너무 웃겨요. 이런 춤이면 누구든 즐거워하겠는데요?"

"가장 중요한 점이 있어. 바로 신나는 표정으로 춰야 한다는 거야."

저 뒤쪽에 있는 개구리 친구. 그런 뚱한 표정으로 춤을 추면 안 돼요, 안돼. 하하."

"난 원래 이 표정이라고요."

지적받은 팩맨이 입술을 쭉 내밀었다.

"나랑 카이랑 내일 이곳에서 만나기로 했어. 난 이 들판에서 볼일 보고 내일 집으로 가야 하거든. 내가 올 때까지 춤 연습 열심히 해요. 신나게, 즐겁게 즐기라고. 그거면 충분해. 그럼 내일 봅시다, 하하."

카피바라가 모두에게 인사하고 풀숲으로 사라졌다.

"정말 춤 연습을 해서 악어를 탈거야? 그게 가능해?"

팩맨이 당황스럽다는 듯 고개를 절레절레 저었다.

"그냥 다리를 찾아 강 밑으로 더 내려가 봐요. 무섭게 악어를 어떻게 타고 가요?"

라라도 팩맨의 의견에 동조했다.

"한 번 춤 연습해봐요. 재미도 있고 힘도 안 들잖아요. 만약 악어가 안 태워주면 그때 가서 다른 방법을 찾아봐요."

진리가 신이 나서 카피바라의 춤을 췄다. 옆에 있던 미소도 슬슬 그의 동작을 따라했다.

"이거 재밌는데? 다 같이 해봐. 힘들이지 않고 강을 건널 수 있으면 좋잖아?"

팩맨과 라라가 서로를 쳐다보더니 어쩔 수 없다는 듯 한숨을 쉬었다.

"춤추는 건 질색인데. 게다가 난 웃는 표정을 잘 못 한다고."

팩맨이 예전 체험관에서 지낼 때, 거울을 보며 웃는 연습을 했던 기억을 떠올렸다. 진리에게 놀림을 받아 울었던 생각에 몸서리쳤다. 진리가 팩맨이 가진 마음의 상처를 알아차리고 위로의 말을 건넸다.

"팩맨 대장, 내가 그때 아저씨 놀려서 미안해요. 근데 아저씨, 그거 알아요? 아저씨 웃을 때 생각보다 귀여워요. 그렇죠? 누나?"

그가 눈을 찡긋하며 미소와 라라를 쳐다본다.

"아? 그, 그래. 팩맨. 너 웃을 땐 나름 봐줄만 하다고."

"팩맨 씨 웃는 모습은 정말 멋져요."

갑작스런 칭찬에 멋쩍은지 팩맨이 연신 헛기침을 했다.

"멋있을 것까지야. 그럼 밑져야 본전이니 다 같이 춤 연습이나 해볼까."

칭찬에 으쓱해진 팩맨이 신나게 춤을 추기 시작했다. 팩맨의 통통하고 동글동글한 몸매가 카피바라의 귀여운 춤과 잘 어울린다.

"우와, 대장. 카피바라 아저씨만큼 잘 추는데요? 타고난 춤꾼 아니에요?"

진리가 띄워주자 팩맨이 더더욱 흥이 오른다. 팩맨이 땀을 뻘뻘 흘리며 큰소리로 구호를 외친다.

"다 같이 엉덩이 돌려, 돌려. 손가락 찔러, 찔러. 더욱더 힘차게. 돌려, 돌려. 찔러, 찔러."

카피바라를 만나는 날까지 진리 일행이 열심히 춤 연습을 했다. 이젠 네 명의 호흡이 제법 잘 맞는다. 볼일을 마친 카피바라가 진리 일행을 만나러 왔다.

"여러분, 춤 연습 열심히 했나요? 내가 한 번 봐줄게요. 자, 하나, 둘, 셋, 넷."

카피바라의 구령에 맞춰 다들 몸을 흔들었다. 모두 최대한 즐거운 표정을 짓는다.

"오, 모두 잘 추는군요. 덩달아 나도 신나요. 하하. 이 정도면 내 친구도 좋아하겠는걸요."

진리 일행이 안도의 한숨을 쉬었다.

"그런데 여러분, 주의할 점이 있어요."

"그게 뭔데요?"

"카이가 어떤 말을 하든, 어떤 행동을 하든 무서워하면 안 돼요. 그게 다 여러분을 시험하는 것이니깐요."

"예전에 아저씨에겐 어떤 테스트를 했는데요?"

진리의 질문에 카피바라가 침을 튀기며 신나게 이야기했다.

"자신의 이빨 사이에 낀 음식물을 빼달라고 했어요."

"네엣, 그걸 어떻게 해요? 죽을지도 모르는데."

라라가 겁에 질린 목소리로 대꾸했다.

"아저씨, 저도 예전에 부엉이 목구멍에 걸린 가시를 뺀 적 있어요!"

"어린이 지네가 꽤 용감하군. 하하. 카이 그 녀석이 원래 괴팍해요. 게다가 카이는 자신을 무서워하는 동물과는 친구가 될 수 없다고 생각해요. 그건 진정한 친구 사이가 아니니까요. 카이와 처음 사귀긴 어렵지만 그와 한 번 친구가 되면 카이는 끝까지 우정을 유지하는 녀석이에요. 아주 의리 있는 친구죠."

"모두 긴장해야겠어. 어떤 식으로 우릴 겁줄지 모르니."

미소가 입을 굳게 다물며 비장한 표정을 지었다.

"이제 슬슬 카이가 올 때 됐는데. 아, 저기 오네요. 내가 이야기한 것 잊지 말아요. 웃는 표정 유지하기, 무서워하지 않기, 알았죠?"

커다란 악어가 물 밖으로 눈만 내민 채 헤엄쳐 왔다. 진리 일행이

다가오는 악어를 보자 온몸의 털이 쭈뼛 섰다. 모두 최대한 여유 있는 표정을 지으려 노력했다. 다들 눈빛에 겁이 가득한 상태로 입만 웃는다. 강가에 다가온 악어가 진리 일행을 보자 갑자기 멈췄다. 그리곤 강물에 몸을 담근 채 물 위에 동동 떠 있는 눈으로 진리 일행을 관찰했다. 데굴데굴 굴러가는 커다란 초록색 눈자위, 그 한가운데 위아래로 가늘게 찢어진 검은 눈동자. 보기만 해도 오금이 저린다.

"지금이라도 도망가야 하는 거 아니야?"

겁에 질린 팩맨이 팔꿈치로 진리 옆구리를 찌르며 속삭였다. 하지만 모두 얼어붙어서 아무 말도 하지 못했다.

"모두 여기서 잠깐 기다려요. 얼른 카이에게 갔다 올게요. 안녕, 카이! 날 데리러 여기까지 왔구만. 고맙네."

카피바라가 첨벙첨벙 물속으로 들어갔다. 카이에게 다가가 뭐라고 종알종알 이야기한다. 둘이 한참을 이야기하는 동안 카이의 시선은 진리 일행에게서 떠나지 않는다. 진리가 어색한 웃음을 지으며 카이에게 손을 흔들었다. 이윽고 대화를 마친 카피바라가 진리 일행에게 왔다.

"여러분, 카이가 말하길, 자신을 즐겁게 해준다면 저 건너편 강가까지 데려다준대요. 하하, 잘됐죠? 근데 재미가 없으면 여러분을 한입에 잡아먹겠다네요. 하하. 하지만 걱정 마요. 저 녀석이 괜히 겁주려고 하는 말이니까요."

카피바라가 태연히 카이의 말을 전달했다. 모두 얼굴이 하얗게 질렸다.

"저 쥐 녀석에게 속은 거 아니야? 진작 도망갔어야 했는데."

"팩맨 아저씨, 이미 도망가긴 늦었어요. 최선을 다해 춤을 춰 봐요."

진리도 겁이 나지만 티 내지 않으려 노력했다.

"자, 그럼 시작합시다. 하나, 둘, 셋, 넷."

카피바라 구령에 맞춰 진리 일행이 몸을 흔들었다. 열심히 연습했건만 모두들 처음부터 버벅거렸다. 몸이 굳어 말을 듣지 않는다. 카이의 싸늘한 시선이 내리꽂힌다. 진리 일행의 얼굴엔 억지웃음도 사라지고 이마엔 식은땀이 가득했다. 보다 못한 카피바라가 진리 일행 앞에 나섰다.

"전부 왜 이리 긴장했어요? 카이 말은 신경 쓰지 말고 지금은 춤추는 것만 집중해요. 자, 밝은 미소를 지으며 날 따라 해요. 엉덩이를 씰룩씰룩, 손가락을 찔러찔러, 앗싸, 신난다."

카피바라의 열정적인 춤사위에 모두의 긴장이 조금씩 풀렸다. 점점 서로의 호흡이 맞는다. 진리도 어느덧 카이의 존재를 잊은 채 춤에 몸을 맡긴다.

"좋아요, 바로 이거야."

카피바라도 신이 나는지 땀을 뻘뻘 흘리며 덩실덩실 춤을 췄다. 다 같이 춤에 몰두해 있는데 갑자기 카이가 물속에서 몸을 일으켰다. 카피바라도 한입에 삼킬 만큼 거대한 덩치였다. 물을 뚝뚝 흘리며 진리 일행 쪽으로 한 걸음 한 걸음 다가왔다. 모두 커다란 카이의 몸집에 놀라 아무 말도 못 했다.

"친구, 이들의 춤 솜씨가 어때? 하하. 나만큼이나 잘 추지?"

카이가 아무런 대꾸도 하지 않은 채 성큼성큼 팩맨에게 다가갔다. 가뜩이나 심술궂은 표정의 팩맨이 긴장을 하니 더욱더 괴상해 보였다.

"넌 춤추기 싫어? 억지로 추는 것 같은 표정인데?"

"아, 아닙니다. 제 표정이 원래 이렇습니다."

팩맨이 식은땀을 뻘뻘 흘리며 대답했다.
"너 혼자 춰 봐. 날 신나게 해주지 못하면 넌 죽은 목숨이다!"
"아, 네? 네, 네."
팩맨이 안절부절못하자 둘의 앞으로 진리가 나섰다.
"카이 아저씨, 안녕하세요. 전 진리라고 해요."
"난 너한테 볼일이 없는데?"
싸늘한 카이의 대답에 진리가 멋쩍은 표정을 지었다.
"그게 다름이 아니라, 팩맨 아저씨랑 따로 얘기 좀 하고 와도 될까요?"
카이가 무표정하게 진리를 빤히 보더니 고개를 끄덕였다. 그가 카이에게 감사를 표하고 팩맨을 풀숲으로 데려갔다. 카피바라와 미소, 라라도 같이 따라 왔다.
"아저씨! 정신 차려요!"
진리가 팩맨의 뺨을 가볍게 쳤다. 하지만 여전히 팩맨은 얼이 빠져 있었다.
"난 무서워서 도저히 춤을 출 수가 없어. 몸이 움직이질 않아."
팩맨의 목소리가 벌벌 떨렸다.
"대장! 혹시 악어가 아저씨를 잡아먹으려고 덤비면 내가 나설게요. 걱정 마요."
진리가 유리 칼을 꺼내며 비장한 표정을 지었다. 그 말에 팩맨이 어이없다는 듯 피식 웃었다.
"고작 장난감 칼로 어떻게 악어를 무찔러? 악어에겐 자신의 이빨 크기밖에 안 되잖아. 황당하네."
"어? 대장 웃었다. 좀 긴장이 풀렸어요?"

옆에 있던 미소도 진리 말을 거들었다.

"저 칼에 내 피부의 독을 묻혀서 공격하면 되지."

"뱀 한 번 무찔렀다고 기고만장하네. 악어가 뱀보다 훨씬 큰데 네 독이 효과가 있겠어? 어림도 없지."

"내 독을 무시하네. 한 번 보여줘?"

미소와 티격태격하는 사이 팩맨의 긴장이 한결 가라앉았다. 카피바라가 진리 일행의 대화를 유심히 듣더니 한마디 했다.

"개구리 양반, 용감한 친구들을 뒀네요. 부럽습니다. 하하. 친구들을 믿고 한 번 신나게 춤 춰 봐요."

"그러다 정말 잡아먹히면요?"

"카이가 진짜 잡아먹진 않을 겁니다. 괜히 겁주는 거라니깐요. 하하. 날 믿어 봐요."

팩맨이 주변의 응원에 힘을 얻었다. 심호흡을 한 번 한 후 풀숲을 헤치고 나와 카이 앞에 섰다. 눈을 감고 머릿속으로 춤추는 과정을 그려본다. 춤추며 즐거워하는 자신의 모습을 상상한다. 상상이 현실처럼 생생하게 느껴진다.

"자, 그럼 팩맨개구리의 신나는 댄스 시작합니다. 하나, 둘, 셋, 넷."

팩맨이 눈을 감은 채 카피바라의 구령에 맞춰 몸을 흔들었다. 뒤에서 지켜보던 진리 일행이 팩맨의 통통한 엉덩이가 움직이는 걸 보고 웃음을 터트렸다. 힘을 얻은 팩맨이 더욱더 춤에 집중했다. 춤에 몰두하는 이 순간 팩맨에게 두려움은 없다. 살짝 눈을 떠 본다. 앞에 커다란 카이가 있지만 더 이상 무섭지 않았다. 어느덧 눈앞의 카이가 사라지고, 강물과 풀숲도 사라지고, 오직 춤추는 팩맨 자신만이 남았다. 자연스럽게 팩맨의 얼굴에 미소가 피어났다.

"참으로 신나는 춤이군. 카피바라 너만큼이나 춤을 잘 추는 걸?"
 카이가 흡족한 웃음을 터트렸다. 지켜보던 진리 일행이 뛰쳐나와 팩맨에게 달려갔다.
 "팩맨 대장 만세! 난 아저씨가 해낼 줄 알았다구요!"
 진리의 환호성에 팩맨의 정신이 돌아왔다. 카이의 흐뭇한 표정을 보니 해냈다는 안도감이 밀려왔다.
 "어이, 자네를 겁줘서 미안하네. 이렇게 즐거운 건 참으로 오랜만이야."
 카이가 팩맨에게 사과의 의미로 손을 내밀었다. 팩맨이 카이의 손가락을 잡고 위아래로 흔들며 악수했다.
 "카이 아저씨! 이제 우리를 태워주실 거죠?"
 진리의 말에 카이가 고개를 끄덕였다.
 "모두들 내 등에 타. 건너편 강가로 데려다주지."
 진리 일행이 서로를 보며 환하게 웃었다. 팩맨이 괜스레 어깨를 으쓱했다.

 카이의 등 위로 카피바라와 진리 일행이 올라탔다. 미소는 카이 등 위에 나뭇잎을 깔고 그 위로 폴짝 뛰었다. 카피바라가 그 광경을 흥미로운 듯 지켜봤다.
 "모두들 떨어지지 않게 조심해! 그럼 출발한다."
 카이가 부드럽게 강물로 미끄러져 들어갔다. 눈과 등만 물 밖에 내놓고 유유히 헤엄을 친다. 물결에 흔들리지 않는 편안한 자세를 유지한다.
 "우와, 카이 아저씨 수영 솜씨가 보통이 아니네요?"

지네의 꿈

진리가 감탄하자 카피바라가 신이 나서 설명했다.

"카이는 땅과 물, 어디든지 자유롭게 움직일 수 있지. 정글의 제왕이라 부를 만해. 하하."

"카이 아저씨만큼 크고 강한 동물은 처음 봤어요!"

그러자 카피바라가 그의 귀에 대고 속삭였다.

"사실 정글엔 악어만큼 힘센 동물들도 많아. 카이 앞에선 악어가 최강의 동물이라고 말해 줘야 해. 하하."

"네, 알겠어요."

그가 숨죽여 대답했다.

"어때요, 여러분?! 악어 등을 타고 강을 건너는 느낌이?"

카피바라의 질문에 미소가 대답했다.

"물 위를 걷는 것 같아요. 정말 멋져요."

"이게 다 나 덕분인 걸 잊지 말라구, 에헴."

팩맨의 거드름에 미소가 손사래를 쳤다.

"저 녀석, 잘난 체는 알아줘야 돼."

"하하, 두 분은 같은 개구리면서 항상 티격태격하는군요. 재밌어요. 하하. 근데 노란개구리 님은 강력한 독을 가졌나 보죠? 아까 대화할 때도 독이 있다고 했고, 지금도 카이 위에 나뭇잎을 깔고 앉은 걸 보니 말이에요."

"네, 맞아요. 전 황금독화살개구리에요. 제 독으로 무시무시한 뱀도 물리쳤답니다."

"오호, 그렇군요. 이 정글에 독화살개구리들이 살고 있어요. 미소 씨와 비슷하게 생겼지만 색깔이 다르답니다. 노란색 독화살개구리는 미소 씨가 처음이에요."

"네? 여기에 내 동료들이 살고 있다고요?"

미소가 깜짝 놀라 외쳤다.

"네. 깊은 정글 속에서 살지요. 미소 씨와 같은 종류의 개구리인지 확인해보세요. 하하."

미소가 정글을 샅샅이 탐험하리라 다짐했다.

"혹시 제 동료들은 이 정글에 없나요?"

팩맨이 카피바라에게 간절한 표정으로 물어봤다.

"하하. 팩맨 씨 같이 생긴 개구리는 본 적이 없네요. 하지만 걱정 말아요. 이곳엔 셀 수 없을 정도로 다양한 동물들이 사니까요. 팩맨 씨 동료도 이 정글 어딘가에 틀림없이 있을 겁니다."

기대로 부풀었던 팩맨의 얼굴에 실망이 가득했다. 어느덧 카이가 맞은편 강가에 도착했다. 카피바라와 진리 일행이 폴짝 뛰어 땅으로 내려왔다.

"카이 아저씨, 고마워요. 덕분에 무사히 강을 건넜어요."

진리가 감사의 인사를 전했다.

"나도 너희들 덕분에 즐거웠다. 강을 건널 일이 있으면 언제든 날 찾아와."

카이가 작별 인사를 하며 스르르 강물 속으로 사라졌다.

"자, 이제 비둘기 우체국을 찾아가요! 카피바라 아저씨도 그동안 감사했어요!"

진리가 인사하자 카피바라가 머뭇거렸다.

"나도 너희랑 같이 가면 안 될까? 하하."

카피바라의 말에 진리 일행이 서로를 쳐다보며 당황해했다.

"아저씨도 비둘기 우체국에 볼일 있어요?"

"아니, 그런 건 아니고 다만 너희들과 같이 있으면 재밌을 것 같아서. 하하."

"난 좋아요! 대장이랑 누나들 생각은 어때요?"

"나도 찬성."

"나도."

"나도 좋아."

모두 흔쾌히 승낙하자 카피바라가 신이 났다.

"야호! 내가 이 정글에 대해선 빠삭하다고. 모두들 내 등에 타요. 편안하게 안내하겠습니다. 하하."

"아저씨, 힘들지 않겠어요?"

"힘들긴. 너희들 덩치면 백 마리가 타도 끄떡없어. 하하. 미소 씨는 나뭇잎을 깔고 앉아요. 하하."

진리 일행이 카파바라 등에 올랐다. 뒤뚱거리는 카피바라에서 떨어지지 않으려 모두들 엉덩이에 힘을 준다.

"아저씨는 어떻게 만나는 동물들마다 전부 친하게 지내요?"

"하하. 글쎄? 항상 웃는 얼굴을 해서 그런가? 근데 나도 친하게 지내지 못하는 동물이 하나 있어."

"그 동물이 누군데요?"

"재규어란 녀석인데 항상 카피바라를 잡아먹으려고 안달이거든. 그 녀석을 만나지 않길 기도하자. 하하."

정글엔 하늘 높이 치솟은 나무들이 우거져 있다. 빽빽한 나뭇잎이 하늘을 가려 한낮에도 태양을 보기 어렵다. 주변은 온통 나뭇잎과 풀의 싱그러운 초록색, 나무줄기와 흙의 촉촉한 갈색으로 이뤄져 있다. 숨을 들이쉴 때마다 습한 공기가 가슴을 채운다. 여기저기서 새 소리,

이름 모를 동물 소리가 잔잔히 들려온다. 진리는 처음 경험하는 더위와 습도에 적잖이 놀랐다.

"라라 누나, 여기 너무 덥지 않아요?"

"맞아, 얼른 이곳을 지나갔으면 좋겠어."

라라가 연신 손부채를 팔랑였다.

"난 여기가 마음에 드는 걸? 공기도 상쾌하고 온도도 딱 맞아."

미소는 자신의 고향에 온 것처럼 마음이 푸근하다.

"나도 마찬가지야. 여기에선 내 친구들을 만날 수 있을 것 같군."

팩맨도 처음 경험하는 정글의 환경이 낯설지 않다.

"하하, 지네 친구들도 이곳에 적응하면 금방 정글이 마음에 들 겁니다. 나무들이 내뿜는 신선한 공기만 들이마셔도 기분이 좋아지니까요. 하하."

"나도 더운 것 빼고는 마음에 들어요. 무서운 동물만 안 나타난다면야."

"그건 걱정할 필요가 없어. 하하. 대부분의 동물들은 나랑 친하거든. 게다가 너희에겐 아주 강력한 독을 가진 미소 씨가 있잖아. 그러니 다른 동물들을 쉽게 물리칠 수 있지."

"제 독으로 다른 동물들을 어떻게 무찔러요?"

"아, 그건 방법이 있지요. 정글에 사는 사람들은 독화살개구리의 독을 화살촉에 발라 사냥감에게 쏩니다. 그럼 독화살을 맞은 동물은 금세 죽고 말지요. 미소 씨도 활과 화살을 만들어 봐요. 하하."

"활과 화살?"

"아저씨, 그럼 여기 정글에선 아저씨랑 미소 누나만 있으면 무서워할 게 없네요?"

지네의 꿈 173

"하하, 동물뿐만 아니라 위험한 식물도 있어. 어떤 식물은 너처럼 작은 벌레나 곤충을 잡아먹지."

"네? 식물이 나를 잡아먹는다고요?"

"신기하지? 그래서 아무 식물이나 만지면 안 돼. 게다가 정글엔 무시무시한 늪이 군데군데 있단다."

"늪이 뭔데요?"

"축축한 진흙으로 이뤄진 땅인데, 다리가 빠지게 되면 탈출하기 힘들어. 항상 발밑을 조심히 살피고 걸어야, 이런, 큰일 났네. 하하."

"왜 그래요?"

"너랑 대화하다가 정신이 팔려서 그만 땅바닥을 안 보고 걸었네. 늪에 빠진 것 같아. 하하."

"네? 늪에 빠졌다고요?"

진리가 카피바라 등 위에서 밑을 내려 보니 땅이 온통 질퍽한 진흙으로 되어 있었다. 카피바라의 다리가 점점 밑으로 잠겼다. 진리 일행 모두 공포에 질려 얼굴이 하얗게 변했다.

"내 등 위에서 가만히 있어요. 늪에 빠졌을 땐 최대한 움직이지 않아야 천천히 빠지거든요."

"그럼 여기서 가만히 있으면 어떻게 빠져나가요?"

라라가 다급한 목소리로 외쳤다.

"다른 동물들이 우릴 발견하길 기다려야지요."

"만약 발견 못 하면요?"

"아, 그것까진 생각 못 했네요. 하하."

천하 태평한 카피바라의 대답에 모두들 경악했다.

"우리끼리 방법을 찾아봐요. 팩맨 아저씨, 대장은 뭐 좋은 생각 없어요?"

"아무 생각도 안 나. 이대로 죽는 건가."

팩맨이 머리를 감싸 쥐고 괴로워했다.

"살려줘요."

라라가 두려움에 울음을 터트렸다. 평소 냉철하게 상황을 파악했던 미소도 동료들이 공포에 질리자 머릿속이 하얗게 되었다.

"어떻게 해야 하지? 어떻게 해야 해?"

모두 넋이 나가 있을 때 진리가 주변을 살폈다. 늪 가장자리까지의 거리를 어림잡아 계산했다.

"미소 누나, 팩맨 대장, 혹시 저곳 땅까지 점프할 수 있어요?"

"내가 아무리 점프 잘하는 개구리라지만 저기까진 무리야."

"난 팩맨보다 덩치가 작아 뜀박질 거리가 더 짧아. 나도 안 되겠어."

"어쩌지. 여기에서 꼼짝없이 있어야 하나."

진리가 말하는 동안 카피바라의 다리가 서서히 늪 속으로 빨려들어 갔다.

'좋은 방법이 없을까? 이러다가 곧 늪으로 빠지겠어!'

진리의 머리도 온통 두려움으로 가득 찼다.

"뿌웅."

그때 갑자기 카피바라가 방귀를 꼈었다. 지독한 방귀 냄새에 모두들 코를 감싸 쥐었다.

"여러분, 미안해요, 하하. 나도 모르게 나왔어요."

카피바라의 넉살에 모두들 두 손 두 발 든다.

"이 아저씨는 걱정되지도 않나 봐."

미소가 절레절레 고개를 저었다.

"게다가 냄새는 어찌나 심한지. 쇠똥구리가 굴리던 똥 냄새만큼 지독해."

팩맨도 미소의 말에 맞장구쳤다. 대화를 듣던 진리의 머리에 뭔가 번갯불처럼 스쳐갔다.

'쇠똥구리 아저씨? 맞아! 아저씨가 그랬지. 답이 없을 땐 하늘을 보라고.'

그가 재빨리 고개를 들어 하늘을 보았다. 우람한 나무들이 이곳저곳으로 두꺼운 가지를 뻗고 있었다. 나뭇가지엔 덩굴들이 머리카락처럼 매달려 밑으로 내려와 있었다.

"위에 좀 봐요! 기다란 덩굴이 있어요."

마치 하늘에서 밧줄이 내려온 모습이다. 진리가 덩굴을 잡으려 뛰어 보지만 손으로 덩굴을 잡기엔 한참 부족했다.

"팩맨 아저씨, 한 번 잡아 봐요."

팩맨도 점프해 보지만 손에 닿지 않았다.

"아저씨, 그럼 나를 목말 태워줘요."

팩맨이 진리를 어깨 위로 올린 후 서서히 일어났다. 그가 팩맨의 양어깨 위에 앉아 손을 뻗지만 덩굴을 잡기엔 아직 모자랐다.

"안 되겠다, 어깨를 밟고 일어서는 수밖에 없겠어."

그가 팩맨의 머리를 짚고 서서히 엉덩이를 떼었다. 밑에서 지켜보던 미소가 다급히 외쳤다.

"진리야, 그만해. 헛디디면 늪으로 빠질 거야."

그가 아랑곳하지 않고 팩맨에게 부탁했다.

"대장! 나 안 무거워요? 어깨를 밟고 일어설 테니 내 발목을 잡아 줘요."

"알았다. 너 정도 몸무게면 버티기 충분하다고. 내 걱정은 하지 마."

그가 서서히 구부러진 무릎을 폈다. 균형을 잡으려는 그의 다리가 벌벌 떨렸다. 팩맨의 머리를 짚은 채 엉덩이를 뒤로 빼고 천천히 일어났다. 구부정한 허리를 펴고 양팔을 벌려 조심히 균형을 잡는다. 신중히 덩굴을 향해 팔을 뻗어본다. 하지만 아슬아슬하게 손이 닿지 않았다.

"손이 안 닿아요. 점프해야겠어요."

미소가 그 말에 목소리를 높였다.

"안 돼, 실수해서 덩굴을 잡지 못하면 늪으로 빠진다고. 조금만 더 기다려 보자. 지나가던 동물이 구해줄지 몰라."

"아저씨 다리가 조금씩 늪으로 들어가고 있잖아요. 지금 아니면 기회가 없어요."

"그래도 아직 시간이 있어. 늪에 빠지는 속도가 느려졌으니 얼마간 버틸 수 있다고. 라라 씨도 진리 좀 말려 봐요."

라라의 머릿속에 온갖 생각들이 스쳐 갔다.

'혹시 진리가 실수로 늪에 빠져서 죽게 되면? 그럼 지네마을로 돌아갈 수 있지 않을까? 더 이상 탐험을 할 필요가 없잖아? 그나시리온도 진리가 죽은 사실을 알면 나를 받아줄 거야. 아니, 내가 도대체 무슨 생각을 하는 거지? 진리가 죽길 바라는 거야? 으, 그런 끔찍한 생각을 하다니. 하지만 어서 집으로 돌아가고 싶다고. 여기저기 떠돌아다니는 생활도 이젠 지긋지긋해! 마음 편하게 쉬고 싶어. 야, 라라! 아무리 그래도 진리가 죽길 바라는 건 너무 한 것 아니야? 넌 양심도 없니? 진리가 죽으면 평생 죄책감에 시달리지 않겠어?'

상념에 빠진 라라의 입에서 불현듯 이런 말이 튀어나왔다.

지네의 꿈 177

"진리야, 넌 할 수 있어. 한번 점프해 봐. 난 널 믿어."

라라도 자신이 뱉은 말에 흠칫 놀랐다. 미소가 라라를 노려보며 쏘아붙였다.

"아니, 라라 씨는 진심으로 하는 얘기에요? 그러다 진리가 죽으면 어떻게 하라고요?"

이미 엎질러진 물이라 라라도 지지 않고 대꾸했다.

"진리가 할 수 있으니 그런 말을 한 게 아니겠어요? 미소 씨는 왜 안 될 거란 부정적인 생각만 하죠?"

"뭐라고요? 본인이 살자고 그렇게 쉽게 얘기해도 돼요?"

"나만 살자고 이러는 게 아니잖아요! 다 같이 살려면 이 방법밖엔 없다고요!"

둘이 서로 으르렁거리자 진리가 큰소리로 둘을 말렸다.

"둘 다 그만해요. 라라 누나 말대로 난 할 수 있어요. 날 믿어 봐요."

진리의 말에 둘이 싸움을 멈추고 그를 쳐다봤다.

'개미 여왕님이 그랬어. 난 내가 생각하는 나보다 훨씬 강하다고. 난 할 수 있어.'

진리가 입을 굳게 다물고 머리 위의 덩굴을 응시했다.

"셋 하면 뛸게요. 하나, 둘, 셋."

그가 무릎을 구부렸다가 용수철처럼 몸을 쫙 폈다. 어깨가 빠질 정도로 팔을 힘껏 쭉 뻗었다. 미소, 팩맨, 라라 모두 그를 넋 놓고 바라보았다. 카피바라도 고개를 들어 그를 응원했다.

"하하, 꼬마 지네. 힘내."

그가 붕 떠서 날아가다 밑으로 가라앉으려는 순간 덩굴을 낚아챘다.

"잡았어요."

덩굴을 잡은 진리가 위로 기어 올라갔다. 수많은 다리들 때문에 덩굴을 타고 오르는 것은 식은 죽 먹기였다.

"와, 진리야. 대단해."

미소가 환호했다. 지켜보던 라라도 어색한 미소를 띤 채 박수를 쳤다.

"잘했어. 난 네가 해낼 줄 알았어."

미소가 흘끗 라라를 쳐다보았다. 라라가 자신의 생각을 들키지 않으려 최대한 자연스럽게 웃었다. 덩굴을 타고 올라간 진리가 나뭇가지에 도착했다. 나뭇가지 끝에 덩굴이 돌돌 감겨 있었다. 묶여 있는 덩굴을 한 바퀴 풀자 덩굴이 길어지며 카피바라의 등 근처까지 내려갔다.

"모두들 덩굴을 잡을 수 있겠어요?"

"어, 이 정도면 충분해. 어서 올라가자."

팩맨이 앞장서 덩굴을 타고 그 뒤를 라라, 미소가 따라갔다. 모두 무사히 나뭇가지 위로 올라갔다.

"진리, 네 덕분에 살았다. 들판에서 헤어진 이후 많이 컸네."

미소가 뿌듯한 표정으로 진리를 칭찬했다. 그가 멋쩍어서 머리를 긁적였다.

"별 거 아니에요. 이게 다 라라 누나의 응원 덕분인걸요."

그의 말에 라라가 어색하게 웃었다.

"그나저나 카피바라 아저씨를 어떻게 구하죠?"

"우리 힘으로 저 아저씨를 끌어내는 건 불가능해. 다른 동물에게 도움을 요청하는 수밖에."

미소의 말에 모두가 고개를 끄덕였다.

"우선 덩굴을 밑으로 내려서 카피바라 아저씨가 붙잡을 수 있도록 해요. 더 빠지지 않게요."

"진리야, 잠깐. 다른 덩굴을 밑으로 내려야 돼. 내가 타고 올라온 덩굴엔 내 독이 묻어 있거든."

"그러네요. 그럼 옆에 있는 이 덩굴을 풀어서 밑으로 내려보내요."

미소를 제외한 나머지가 힘을 합쳐 나뭇가지에 엉켜있는 덩굴을 풀었다. 금세 카피바라의 얼굴 근처로 덩굴줄기가 내려갔다.

"아저씨, 그 덩굴 잡을 수 있어요?"

진리가 크게 외치자 카피바라가 고개를 들어 근처의 덩굴을 찾는다.

"난 다리가 늪에 빠져서 밧줄을 붙잡을 수 없지. 하지만 입으로 물면 돼."

"우리가 아저씨를 구해 줄 동물을 찾아볼게요. 그동안 아저씨는 늪에 더 이상 빠지지 않도록 그 덩굴을 꽉 물고 있어요. 알았죠?"

"고맙다. 이 숲 근방에 원숭이들이 살아. 그들도 내 친구들이지. 내 이름을 대면 분명 나를 구하러 올 거야."

"알겠어요. 금방 원숭이들을 데려올게요. 아저씨 이름이 뭔데요?"

"포이야, 포이. 하하."

팩맨이 앞에 나서 대장 노릇을 한다.

"자, 한 명이 여기서 포이를 지켜보고 나머지 셋은 원숭이를 찾으러 갑시다. 여기 남고 싶은 분?"

"저요. 제가 여기 남을게요."

라라가 재빨리 손을 들었다. 미소가 찌릿 눈을 흘겼다.

"좋아요. 그럼 라라 씨가 여기 있어요. 우린 원숭이를 찾으러 출발하자."

정글의 나무들이 빽빽이 붙어 있어 나뭇가지들이 서로 뒤엉켜 있었다. 진리 일행이 나뭇가지 사이를 뛰어다니며 이곳저곳으로 움직였다.

"빨리 찾아야 할 텐데. 시간이 없어."

모두 급한 마음으로 원숭이를 찾지만 눈에 뜨이지 않았다. 진리가 이곳저곳 둘러보면서 뛰다가 무언가에 쿵 부딪혔다.

"아야, 이게 뭐야?"

자세히 보니 온몸이 연두색인 새가 나뭇가지에 앉아 있었다. 주변 나뭇잎 색과 비슷해서 쉽게 눈에 띄지 않았다.

"앗, 새였잖아? 나뭇잎인 줄 알았네. 죄송한데 잠시 비켜주실 수 있을까요? 급한 일이 있어서요."

"여기 사는 지네랑 다르게 생겼네. 무슨 일인데 그리도 서두르니?"

"포이 아저씨를 구하기 위해 원숭이를 찾아야 해요."

진리가 그동안의 상황을 간략히 설명했다.

"포이? 그 수다쟁이가 늪에 빠졌다고?"

"네. 포이 아저씨를 아세요?"

"그럼. 이 정글에서 포이 친구가 아닌 동물은 아마 없을걸. 얼른 나를 포이 있는 곳으로 안내해. 내가 도와줄게."

"근데 새 아줌마 혼자 힘으론 아저씨를 못 끌어 올려요."

"일단 나를 그곳으로 안내해 봐. 다 방법이 있다고."

그가 의심쩍은 눈으로 미소, 팩맨에게 눈짓을 보냈다. 둘 다 조용히 고개를 끄덕이며 새의 말을 들어보자고 했다.

"알았어요. 절 따라오세요."

진리 일행이 라라가 지키고 있는 나뭇가지로 새를 안내했다. 포이가 새를 보자 반갑게 인사한다.

"앵무새 앵앵이 아닌가. 반가워."

"으이구, 조심 좀 하지. 기다려 봐. 내가 얼른 원숭이들을 불러 볼게."

앵앵이가 목소리를 다듬더니 큰소리로 원숭이 흉내를 냈다.

"다들 모여라. 비상사태다. 시간이 없다. 빨리 소리 나는 이곳으로 모여."

앵앵이의 목소리가 정글 숲으로 퍼져 나갔다. 잠시 후, 후드득, 푸드득, 나뭇잎 소리가 요란하게 들리면서 원숭이 떼가 바람처럼 몰려들었다. 어느덧 나무 주변이 원숭이들로 가득 찼다.

"무슨 일이야."

"저기 좀 봐. 앵앵이 아니야?"

"또 우리 흉내를 냈구만. 이깟 장난에 속다니."

흥분한 원숭이들이 팔을 위아래로 흔들며 씩씩거렸다.

"이봐, 이번엔 정말 중요한 일이야. 흥분을 가라앉히고 저 밑을 보라고. 우리 친구 포이가 늪에 빠졌어."

앵앵이의 말에 원숭이들이 나무 밑을 쳐다보았다. 싱글벙글 웃고 있는 포이가 보인다.

"원숭이 친구들도 와주었군. 어서 날 구해줘. 점점 밑으로 빠지고 있다고."

"진짜 포이가 늪에 빠졌네. 근데 저 녀석은 왜 웃고 있지? 장난치는 거 아니야?"

"쟨 맨날 웃고 있잖아. 시간 끌지 말고 어서 포이를 구해."

앵앵이가 지시하자 원숭이들이 나뭇가지로 모여 덩굴을 붙잡았다.

"포이 아저씨, 입으로 덩굴을 물어요."

진리의 말에 포이가 덥석 덩굴을 물자 원숭이들이 힘을 합쳐 덩굴을 끌어 올렸다.

"영차, 영차. 포이 녀석 엄청 무겁네. 모두 힘내!"

원숭이들이 낑낑대며 덩굴에 매달렸다. 점차 포이의 다리가 진흙탕 속에서 빠져나왔다. 포이가 늪에서 빠져나온 다리로 덩굴을 움켜잡고 입을 뗐다.

"하하. 빠져나왔네. 여러분, 잠깐."

포이가 갑자기 멈추라는 신호를 보냈다.

"나를 나뭇가지 위로 올리면 그다음엔 어떻게 거기에서 내려오지? 난 나무를 못 탄다고. 하하."

그 말에 원숭이들이 하던 일을 잠시 멈췄다. 앵앵이가 좋은 생각을 알려줬다.

"그 덩굴을 앞뒤로 세게 흔들어. 너희 원숭이들이 덩굴을 타고 나무 사이를 건너갈 때처럼 말이야. 제일 높이 치솟았을 때 포이가 손을 놓으면 저 멀리 땅까지 날아가지 않겠어?"

"포이가 우리 같은 원숭이도 아닌데 그게 가능할까? 포이! 앵앵 말 들었어?"

"어. 들었어. 한번 해볼게. 실수하면 또다시 늪에 빠질 텐데, 또 구해 줄 거지? 하하."

원숭이들이 덩굴을 잡고 세게 흔들었다. 포이가 시계추처럼 위아래로 왔다 갔다 움직였다.

"너무 재밌다. 근데 조금 무서운걸. 하하."

"포이, 이제 덩굴에서 손을 떼!"

"그럼 이제 손 놓는다. 날아간다. 내가 하늘을 난다."

하늘 높이 치솟은 그가 너털웃음을 지으며 양팔을 위로 뻗었다. 한참을 날아간 그가 토실토실한 엉덩이로 땅에 착륙했다.

"아이쿠, 엉덩이 아파. 그래도 목숨은 건졌네. 하하."

모두 나무에서 내려와 그에게 다가갔다.

"아저씨, 이제 살았어요."

"진리야 고맙다. 네 덕분이야. 그리고 여기 있는 모두, 고마워. 하하."

"포이, 이번이 벌써 몇 번째 늪에 빠진 거야. 항상 발밑을 조심하라고."

앵앵이가 고개를 절레절레 흔들었다. 포이가 머리를 긁적이며 대답했다.

"이젠 늪에 빠질 일은 없을 거야. 그럼 지네, 개구리 친구들, 어서 내 등에 올라타. 다시 모험을 떠나야지."

진리 일행이 포이가 못 미더운 듯 서로를 쳐다보며 쭈뼛거렸다. 다시 포이의 등에 타기 싫은 눈치다. 앵앵이가 주변 분위기를 알아차리고 포이에게 제안했다.

"포이, 내가 네 머리 위에 올라가서 길을 알려주면 어때? 다신 늪에 빠지지 않도록 말이야."

"오, 그거 좋은 생각이군. 다들 괜찮지?"

"좋아요. 아줌마가 길을 안내해준다면 마음이 놓여요."

진리 일행이 포이의 등에 올라탔다. 미소는 포이의 등 위에 올려놓을 나뭇잎을 잊지 않는다. 앵앵이가 포이 머리 위에 올라가 날개를 앞으로 뻗으며 외쳤다.

"자, 그럼 출발."

　수용이 머리에 망치를 맞은 듯 정신을 차리지 못했다. 아버지가 사막에 도착했다고? 근데 사막에서 무슨 일이 있었길래 돌아오지 못한 거지? 그리고 저 노인은 왜 아버지의 편지를 훔친 거야? 수많은 의문이 꼬리에 꼬리를 물고 수용의 머리에 떠올랐다.
　"당신이 내 아버지의 편지를 훔쳤다고요? 그걸 그나시리온에게 갖다 준 이유가 뭡니까?"
　정체불명의 노인이 잠시 침묵하더니 콜록콜록 기침을 하며 목을 가다듬었다.
　"크흠, 그건 그나시리온이 시킨 거라네. 이고가 마을을 떠난 후부터 자네 집을 감시하라는 명령을 받았지. 내가 그에게 이고가 편지를 주기적으로 보낸다는 사실을 보고했어. 콜록, 그랬더니 자네가 편지를 읽기 전에 몰래 편지를 훔쳐 자신에게 가져오라더군. 그가 편지를 읽은 후 다시 자네 집 우체통에 편지를 살그머니 갖다 두었네. 그는 이고의 소식을 다 알고 있었어."
　"괘씸하군요. 남의 편지를 몰래 엿보다니."
　"미안하네. 그의 명령을 어길 수는 없었어. 그의 말은 이 마을에선 법이나 마친가지니깐."
　"그런데 왜 마지막 편지는 그나시리온이 가져간 거죠? 도대체 무슨 내용이길래?"
　"이고가 사막에 도착했고, 거기서 사막 지네가 될 수 있는 방법을 찾았다는 내용이었어."
　"정말 태양빛에 끄떡없는 몸을 가질 수 있다는 게 믿기지 않군요.

난 아버지의 헛된 망상이라고 생각했는데. 그럼 아버지는 사막 지네로 다시 태어난 겁니까?"

 "그건 알 수 없어. 편지에 따르면 사막 지네가 될 수 있는 방법은 매우 위험해서 기억을 모조리 잃어버릴 수 있다더군. 이고는 가족에 대한 기억을 지우면서까지 사막 지네가 되려고 하진 않았어. 사막에 남아 다른 방법은 없는지 찾아보겠다고 했네."

 "그 냉혈한에게도 가족에 대한 추억이 소중했었다니."

 수용이 이고의 의외의 모습을 발견하곤 생각에 잠겼다.

 "자네에게 또다시 용서를 구하고 싶네. 이제부터 내가 하는 말에 너무 놀라지 말게."

 "또 뭡니까?"

 "그 편지를 읽은 후 그나시리온이 나에게 명령했네. 자네의 글씨체를 흉내 내 이고에게 편지를 보내라고 말이야."

 "무슨 편지를 보내려고 그딴 짓을 합니까?"

 "나와 어머니는 이미 당신을 잊었다. 그곳에서 돌아오지 마라. 다시 집으로 돌아온다고 해도 가족으로 받아들이지 않을 것이다. 그러니 사막에서 죽든 기억을 잃든 마음대로 해라, 이렇게 썼네."

 "뭐라고요? 이 나쁜 녀석들! 당신들이 아버지에게 이런 끔찍한 짓을 하고도 무사할 줄 알아. 가만두지 않겠어."

 수용이 고함을 지르며 머리를 감싸 쥐고 털퍼덕 주저앉았다. 눈물이 폭포수처럼 쏟아졌다.

 '아무리 아버지를 미워했지만 그렇다고 당신을 버릴 생각은 단 한 번도 한 적이 없어. 아아, 그 편지를 받고 얼마나 고통스러웠을까.'

 눈물이 흘러 아버지에 대한 증오와 분노로 가득 차 있던 마음 한구석에 닿았다. 눈물이 부드럽게 수용의 마음을 어루만졌다.

"자네에게 죽을죄를 지었네. 그 편지를 쓴 직후 그나시리온은 내 입을 막기 위해 나를 이곳 지하 감옥에 가뒀네. 콜록콜록. 죄 값을 받은 셈이지. 이곳에서 한평생 자네 가족에게 참회하는 마음으로 살았다네. 죽기 전에 자네를 만나 나의 죄를 고백하니 후련하구만. 이젠 죽어도 여한이 없겠어."

얼마나 시간이 흘렀을까, 수용이 눈물을 닦고 마음을 진정시켰다. 수용의 눈에 눈물이 고여 있지만 눈빛은 전보다 부드럽고 맑았다.

"도대체 왜 그나시리온은 아버지를 그토록 미워했습니까? 그 둘은 친한 친구 사이 아니었나요?"

"그는 자네 아버지를 단순히 미워한 정도가 아니었네. 증오하고, 혐오하고, 동시에 두려워하고 복종했지. 그 둘의 사이는 지금의 지네마을이 만들어지기 훨씬 전, 그러니까 동굴에서 생활하던 그 시절부터 시작되네."

노인 지네가 눈을 지그시 감고 과거를 떠올렸다.

"자네는 우리 지네들이 동굴에서 살다가 이곳으로 옮겨왔다는 사실을 아는가?"

"네, 아주 어릴 적이라 자세한 기억은 나지 않지만 동굴에서 살았던 추억이 있습니다."

"추억이라. 우리 세대에겐 동굴에서의 생활은 악몽 그 자체였네. 습한 환경인지라 곰팡이에 감염되기 쉬웠지. 다리가 여러 개 잘려나간 건 어찌 보면 행운이라 할 수 있을 정도로 목숨을 부지하기 어려웠네. 그 시기에 지네 무리를 이끌던 대장이 바로 자네 아버지, 이고였네."

"알고 있습니다. 아버지가 지네들을 이끌고 동굴을 떠났다는 이야기를 들었습니다."

"맞아, 자네 아버지는 용감하고 현명하며 결단력 있는 지도자였네. 모두들 이고를 진심으로 따랐지. 이고가 동굴을 떠나자고 말하자 수많은 지네들이 이고의 뒤를 따르겠다고 나섰네. 비가 많이 내리던 어느 날, 이고는 지네 무리를 이끌고 동굴을 떠났지. 자네도 알다시피 우리 지네들은 태양빛에 약하지 않은가. 그래서 이고가 일부러 비 오는 날을 선택한 거야. 하지만 불행히도 그다음 날부터 비가 그치고 햇빛이 쨍쨍 내리쬐기 시작했어. 우리가 가는 길엔 그늘 한 점 없었기에 강렬한 햇빛을 피하기 어려웠네. 많은 지네들이 탈진해 쓰러졌고, 피부가 딱딱하게 말라가며 죽었어. 특히 몸이 약한 여자들과 아이들이 피해가 많았네."

"그 당시 그나시리온의 아내와 아이도 죽었다고 하더군요."

"맞아. 지금 그의 가족은 이 마을로 이사 온 후 새로 꾸린 걸세. 동굴에서 생활할 때 그는 곰팡이에 의해 많은 자식을 잃었네. 그건 자네 아버지도 마찬가지야. 이고가 필사적으로 동굴을 떠난 것도 자네를 잃지 않기 위해서였네."

"저도 어머니께 얘기 들었습니다. 제 형제들 모두 곰팡이에 죽고 나만 살아남았다고요."

"그나시리온은 마지막으로 살아남은 아이를 위해 아내와 함께 길을 나섰네. 하지만 그의 아내는 곰팡이 감염 때문에 몸이 쇠약했었네. 더군다나 뜨거운 햇빛이 내리쬐자 그 몸으론 고된 여정을 버티기 힘들었어. 그렇게 길 위에서 죽음을 맞이했지. 그나시리온은 눈물을 머금고 갓 태어난 아이를 안은 채 여정을 계속했네. 하지만 아이도 얼마 안 가 그의 품 안에서 서서히 죽어갔어."

"안타까운 일이군요. 하지만 그의 가족이 죽게 된 것이 아버지 탓은 아니지 않습니까."

"이고 탓은 아니지. 그나시리온이 이고를 증오하게 된 건 그다음의 일 때문이라네."

"무슨 일이 있었나요?"

"그의 말에 따르면 그 아이는 죽지 않았었어. 이고가 그 아이를 죽였네."

"네?"

"그 아이가 거의 죽기 직전의 상황이었던 것은 맞네. 그나시리온은 울면서 이고를 찾아갔지. 아이를 살릴 방법이 없겠냐고."

"이고는 그나시리온과 그 아이의 상태를 살펴봤지. 아이는 가망이 없어 보였고 그도 기력이 떨어져 있어 위험한 상황이었네. 이고가 말했지. 그 아이는 살릴 수 없으니 포기하고 너만이라도 살아야 한다. 하지만 그는 아이를 포기할 수 없었어. 자신이 죽는 일이 있더라도 이 아이를 끝까지 품에 안고 가겠다고 울부짖으며 말했네. 그러자 이고가 한참 동안 말없이 그나시리온을 바라봤지.

그때 이고의 눈빛을 난 지금도 잊을 수 없어. 뭐랄까, 모든 감정이 한순간에 스쳐 지나간다고 해야 하나. 동정, 연민, 분노, 두려움 등등. 그러다가 그 모든 감정이 하나로 섞이자 그의 눈빛이 허옇게 빛났어. 모든 것을 꿰뚫어 보는 눈빛, 모든 것을 품에 안은 눈빛, 그러면서 어떠한 감정도 느껴지지 않는 눈빛, 어찌 보면 따뜻하고 달리 보면 차가운 눈빛. 그 순간 이고가 사라지고 다른 존재가 된 느낌이었지.

그 존재가 지그시 그나시리온을 바라보더니 느닷없이 그의 뺨을 세게 때리는 거야. 그리곤 당황한 그에게서 아이를 뺏은 뒤 냅다 풀숲으로 던졌네. 그리곤 얼빠진 그의 뒷덜미를 붙잡고 강제로 끌고 갔지. 그는 이고의 팔을 붙잡고 저항했지만 이미 지칠 대로 지친 그가 이고의 팔을 뿌리치긴 힘들었지. 이고는 울며불며 애원하는 그를 마치 인형처럼 땅바닥에 질질 끌며 걸었어. 악귀 같은 이고의 모습을 본 다른 지네들은 이고의 기에 눌려 말 한마디 못 하고 그의 뒤를 따랐네. 어찌 보면 그 일 덕분에 다른 지네들도 악착같이 목숨을 부지하려 애썼을 거야."

"그런 일이 있었군요."

"그나시리온이 이고에게 가진 감정이 어떤 것인지 이젠 이해할 수 있겠나? 이고는 겨우 목숨을 건진 지네들을 이끌고 죽은 떡갈나무 안에 마을을 건설했네. 지금 이곳은 동굴과 비교하면 습도 조절이 훨씬 용이했어. 자연히 곰팡이에 감염될 확률도 현저히 떨어졌고 설령 감염이 되었다고 해도 전보다 쉽게 고칠 수 있었어. 떡갈나무 마을에서의 삶은 짧은 시간 내에 안정됐지."

"마을 초창기엔 아버지와 그나시리온의 관계가 어땠나요?"

"이고가 마을을 다스린 초반에는 둘의 사이가 괜찮았어. 겉으로 보기에 그랬을지 모르지만. 그는 이고를 증오하면서도 두려워했고 심지어 경외감까지 느꼈거든. 감히 이고의 말에 토씨 하나 달지 못하는 그런 관계였지. 이고도 과거의 행동이 미안했는지 그를 특별히 더 잘 챙겨주고 새로운 가족을 만들 수 있도록 많은 도움을 줬네. 그러던 어느 날 이고의 아내, 그러니깐 자네의 어머니가 곰팡이에 감염되었네. 물론 자네가 더 잘 알 테지만 그때부터 이고가 변하게 됐어."

"맞습니다. 아버지는 어머니가 아픈 상황을 견디지 못했어요. 비록 어머니 다리 몇 개를 잘라야 했지만, 옆에서 잘 보살피면 충분히 생활할 수 있었습니다."

"총명하고 결단력 있는 지도자였던 이고가 광기에 지배당하는 건 순식간이었네. 목숨을 걸고 완성한 이곳의 삶에서 또다시 가족이 곰팡이에 감염되는 상황을 지켜볼 수 없었던 거야. 이고는 그나시리온에게 마을 관리를 맡기고 곰팡이를 물리칠 수 있는 방법을 찾아 헤맸네."

"그 무렵 아버지는 정신이 나간 것처럼 보였습니다. 가족도 내팽개친 채 집에 들어오지 않는 나날이 반복됐지요. 저와 어머니도 슬슬 아버지를 포기하는 상황에 이르렀습니다."

"이고 같은 외골수는 무언가에 한 번 빠지면 뒤를 돌아보지 않지. 자네 가족뿐만 아니라 다른 지네들 역시 변해버린 이고를 이상한 눈으로 쳐다보기 시작했네."

"그러던 아버지가 어느 날 편지 한 통을 놔두곤 사막으로 떠났습니다. 태양빛에서도 살 수 있는 지네를 만나러 간다면서요."

"그래. 이고가 마을의 지도자가 된 그나시리온을 찾아와 그 이야기를 했네. 나도 옆에서 이고의 이야기를 들었지. 어느 누가 듣더라도 도저히 믿을 수가 없는 이야기였네. 이고가 그에게 자신을 도와 사막으로 모험을 떠날 군사를 지원해 달라고 했지. 그가 그 제안을 매몰차게 거절하자 이고는 혼자 마을을 떠났다네."

"그 일은 저도 알고 있습니다. 그런데 왜 그나시리온은 빈미치광이가 된 상태로 마을을 떠난 아버지 소식을 궁금해한 거죠? 우리 집 편지까지 훔쳐보며 말입니다. 그토록 미워했던 아버지가 제 발로 마을을 떠났으니 속이 다 시원했을 텐데요. 심지어 아들인 저조차 아버지 소식엔 별 관심이 없었는데 말이죠."

"그에게 그 이유를 정확히 물어보진 않았네. 하지만 짚이는 구석이 있지."

"그게 뭡니까?"

"이고의 눈빛. 이고가 하는 말만 들으면 그는 미치광이였지. 하지만 그의 눈빛만큼은 또렷이 빛나고 있었어. 난 이고의 눈빛을 보고 그나 시리온의 아이가 죽던 바로 그날의 이고를 떠올렸네."

"나도 이고의 눈빛을 보고 그날을 떠올렸는데 그는 오죽할까. 이고가 떠나자 그의 얼굴은 하얗게 질렸네. 난 더 이상 자세히 물어보진 않았지만 그도 나와 같은 생각을 했다는 걸 느낌으로 알 수 있었지. 그는 이고가 미치지 않았다는 걸 알았네. ―예전의 이고가 돌아왔다. 모두들 이고의 말을 허무맹랑한 이야기 취급하더라도 이고는 그것을 실현시킬 수 있다. 정말로 사막에 가서 햇빛에서도 살 수 있는 방법을 찾는 건 아닐까? 만약 그렇게 된다면? 이고가 다시 이 마을의 지도자가 되겠지. 뿐만 아니라 햇빛에 노출되어 살아가야 할 거야. 난 아무리 햇빛에서 살 수 있다 해도 그러긴 죽기보다 싫다. 그날의 끔찍한 기억을 떠올리고 싶지 않아. 게다가 만에 하나 잘못돼서 햇빛에 노출되어 죽을 수도 있잖아? 더 이상 가족을 잃는 고통을 겪을 순 없어!― 아마 그의 심정이 이랬을 거야. 그래서 이고의 행적에 그토록 관심을 가진 걸세. 특히 이고의 마지막 편지를 봤을 땐 그가 얼마나 놀랐겠나? 설령 위험하다고 해도 사막 지네가 될 수 있는 방법을 찾았다니 말이야. 그래서 자네의 필체를 흉내 내 이고에게 편지를 보낸 거지. 그 방법이 효과가 있었던 건 분명해. 여태껏 이고가 돌아오지 않았으니 말이야."

"어르신의 이야기를 들으니 모든 것이 정리됩니다. 어르신이 생각하기에 제 아버지는 어떻게 됐을 것 같습니까?"

"글쎄. 이고 성격이라면 끝장을 보지 않았을까?"

"네, 제 생각도 마찬가지입니다. 사막 지네로 되는 과정 중에 기억을 잃지 않았을까 싶습니다."

수용은 사막에서 기억을 잃은 채 살아가는 아버지를 상상했다. 마음이 저미는 듯 아려왔다.

'진리야, 넌 잘 지내니? 너처럼 어린 녀석이 그 험한 곳까지 갈 수 있을까 걱정이다. 넌 네 할아버지처럼 되지 말고 무사히 마을로 돌아와야 한다, 알았지?'

진리 일행이 포이의 등을 타고 정글 숲을 지나갔다. 앵앵이의 도움으로 손쉽게 늪지대를 통과했다.

"앵앵이 아줌마 덕분에 이젠 마음이 놓여요."

진리가 신이 나 재잘거렸다.

"덜렁이 포이보단 내가 낫지."

"앵앵이의 말이 맞아. 하하. 같이 가니 나도 마음이 편하다."

"근데 하늘이 점점 흐려져요. 비가 올 것 같아요."

"맞아. 구름떼가 몰려오는 걸 보니 곧 엄청난 비가 쏟아질 거야. 얼른 엄마 나무에게 가서 비를 피하자."

"엄마 나무?"

진리가 우체국에서 받은 지도를 펼쳤다. 지도의 한가운데 커다란 나무가 그려져 있었다.

"아줌마, 혹시 이 나무 맞아요?"

"그래, 바로 이 나무야. 이 정글의 상징과도 같은 나무지."

앵앵이의 안내로 나무를 찾아갔다. 얼마 가지 않아 거대한 나무가 나타났다. 포이의 등에서 내린 진리가 고개를 들어 나무를 보았다. 허리를 뒤로 크게 젖혀도 나무 끝이 보이지 않았다. 마치 하늘과 나무가 맞닿아 있는 것처럼 보였다. 진리가 나무 밑동을 끌어안았다. 지네 수백 마리가 몸을 이어야 간신히 나무 밑동을 빙 둘러쌀 수 있는 어마어마한 크기였다.

"세상에 이렇게 큰 나무가 있다니."

"나도 이 나무의 맨 위까지 날아가려면 한참 걸려. 나뭇가지에 앉아서 너 번 쉬어가며 날아야 겨우 꼭대기에 도달하지. 자, 이제 더 신기한 걸 보여줄게. 날 따라와."

앵앵이가 진리 일행을 나무 뒤쪽으로 데려갔다. 나무 밑동에 동그란 구멍이 있었다. 그 안으로 들어가자 나무 안쪽이 뻥 뚫린 커다란 공간이 나타났다.

"우와, 나무에 동굴이 있다니. 믿을 수 없어요."

"이 정글에 사는 동물이라면 누구든 마음 편히 쉬어갈 수 있는 곳이야. 이 안에 머무는 동물들끼린 서로를 공격하면 안 된다는 암묵적인 규칙이 있어. 만약 규칙을 어겼다간 나무의 저주를 받는다는 전설이 있지."

"에이, 세상에 그런 말도 안 되는 전설이 어디 있습니까?"

팩맨이 코웃음을 치자 앵앵이가 정색하며 대답했다.

"이 나무는 보통 나무가 아닙니다. 태초에 이 정글이 탄생하기 전부터 존재한 영험한 나무라고요. 이 정글에 있는 모든 동물, 식물의 어머니나 마찬가지이죠. 그래서 정글의 모든 생물이 이 나무를 엄마 나무라고 부른답니다. 엄마 나무가 자신의 아이들이 서로 잡아먹는 걸 그냥 지켜보진 않겠죠? 머리를 들어 저 위를 보세요."

팩맨이 위를 쳐다보자 커다란 뱀 한 마리가 나무껍질에 대롱대롱 매달려 있었다.

"으악, 뱀이다."

커다란 뱀이 혀를 날름거리며 깜짝 놀란 팩맨을 무덤덤하게 쳐다보았다.

"저 뱀은 정글에서 가장 큰 동물인 아나콘다입니다. 개구리를 잡아먹는 건 일도 아니지요. 그런데 팩맨 씨는 아직 살아 있지 않습니까? 모두 걱정 말아요. 여기서 잡아 먹힐 일은 없으니깐요."

팩맨이 식은땀을 삐질삐질 흘리며 입을 꾹 닫았다.

"이 동굴 안에 있으니깐 엄마 품처럼 포근해요. 아줌마, 이 나무는 몇 살이에요?"

진리가 신기한 듯 주위를 두리번거리며 질문했다.

"전설에 따르면 최소 이천 살은 넘었다고 해."

"이천 살이요?"

진리의 두 눈이 동그래졌다.

"그래. 이 나무가 신기한 능력을 가지고 있을 만하지? 나무에게 소원을 빌면 이뤄준다는 이야기도 있어."

"어떤 소원이든 뭐든지 가능합니까? 그렇다면."

팩맨이 눈을 감고 뭔가 숭얼숭얼했다.

"모든 소원을 다 들어주는 게 아니라 평생 단 하나만 들어줘요. 그래서 최대한 신중히 소원을 빌어야죠. 나도 아직까지 소원을 빌지 못했답니다."

"네? 그렇게 늦게 얘기해주면 어떡합니까? 이미 소원을 빌었는데."

"어쩔 수 없죠. 그래도 그 소원만큼은 확실히 이뤄질 겁니다."

"대장, 무슨 소원을 빌었는데요?"
"비밀이야. 에잇, 좀 더 좋은 소원을 빌걸."
"팩맨, 아까는 전설 같은 건 안 믿는다며?"
미소가 핀잔을 주자 팩맨이 입술을 쑥 내밀며 뾰로통했다.
"여러분, 꽤 오랫동안 여기에서 머물러야 할 겁니다. 정글에선 한 번 비가 시작되면 며칠 내내 하늘이 뚫린 듯 물이 쏟아지거든요. 땅도 엉망진창이 되고 여기저기 늪이 생깁니다. 비가 그치기 전에 움직이는 건 위험해요. 체력을 회복한다 생각하시고 마음 편히 쉬세요."
앵앵이의 말에 모두 땅에 철퍼덕 앉았다.
"지금까지 제대로 쉬지도 못했는데 잘 됐다. 한숨 늘어지게 자야지."
진리가 근처에 있는 나뭇가지를 베개 삼아 누웠다. 턱이 빠질 듯 하품하고 나니 눈물이 핑 고인다.
"진리야, 여유 있을 때 나랑 글자 공부나 하자. 며칠만 열심히 공부하면 웬만큼 글을 읽을 수 있을 거야."
"미소 누나, 알았어요. 대신 오늘은 쉬고 내일부터 해요."
그가 누운 몸을 옆으로 돌리며 귀찮은 듯 대꾸했다.
"녀석, 너 그러다 또 어영부영 넘어가겠지."
"미소 씨, 여기 있는 동안 내가 말한 활과 화살을 만들어 봐요. 하하. 여기저기 나뭇가지들이 널려 있어서 금방 만들 수 있을 겁니다. 하하."
"알았어요. 그럼 포이 아저씨가 활 만드는 것 좀 도와줘요."
"그럼요. 내가 이래 뵈도 손재주가 있답니다. 하하."
미소와 포이가 넓은 나무 동굴을 돌아다니며 쓸 만한 나뭇가지를 주웠다. 팩맨은 진리 옆에 누워 잠을 청하고, 라라는 구석으로 가 몸을 웅크린 채 얼굴을 무릎 사이에 파묻었다.
 '도대체 이 지긋지긋한 정글 생활은 언제 끝나는 거야. 그렇지!? 이 나무에게 소원을 빌어봐야겠다. 밑져야 본전이니깐. 나무 님, 제발 빠른 시일 내에 지네마을로 돌아가게 해주세요, 부탁합니다.'

"대장, 진리 녀석이 과연 이 강을 건넜을까요? 제 생각엔 불가능해 보입니다만."
 진리를 쫓아온 지네 군사들이 정글과 들판 사이의 강에 도착했다. 들판에 있는 비둘기 우체국에서 진리의 행방을 물어가며 이곳까지 찾아 왔다.
 "정글에 있는 우체국을 찾아갔다니 분명 이 강을 건넜겠지."
 "하지만 무슨 수로 이 넓은 강을 건널 수 있단 말입니까? 배를 만들어 건넌다고 하더라도 중간에 강물에 빠졌을 가능성이 높습니다."
 대장 지네가 잠자코 있다.
 "그나시리온 님께 진리가 강물에 빠져 죽었다고 전달하는 것이 어떻습니까? 우리도 무리해서 이 강을 건너다간 대부분 물에 빠져 죽을 겁니다. 여기까지 오는 과정 중에 벌써 절반에 가까운 군사들이 목숨을 잃었다고요! 더 이상 무리한 탐험을 계속할 순 없습니다!"
 군사 대장이 병사 백 마리를 이끌고 진리를 추격한 지 몇 달이 지났다. 우여곡절 끝에 정글 근처까지 다다랐지만, 그 사이 지네 군사는 오십여 마리로 줄어 있었다.
 "자네 말이 맞네. 이리 가까이 와 보게."
 불만을 제기한 부하 지네가 대장에게 다가갔다. 대장이 말없이 부하를 쳐다보더니 갑자기 멱살을 붙잡고 강물로 던졌다.

"안 돼! 지네 살려! 잘못했습니다! 제발 구해주세요!"

강물에 떠내려가는 지네를 보며, 동료 군사들의 얼굴이 공포로 가득했다.

"저 녀석의 말이 맞군. 강물의 속도가 꽤 빨라. 거친 물살을 이겨낼 수 있도록 튼튼한 배를 만들어야 한다. 다들 알겠나?"

대장이 눈을 부라리며 부하들을 훑어보았다. 다들 겁에 질린 채 고개를 푹 숙였다.

"큰 소리로 대답하지 못할까? 너희들도 강물에 던져주랴?!"

대장의 불호령에 모두들 정신이 번쩍 든다.

"아, 아닙니다. 당장 튼튼한 배를 만들겠습니다."

"좋다. 배를 세 척 만들어 강을 건넌다. 모두의 목숨이 달린 일이니 최선을 다해 강력하고 튼튼한 배를 만들어야 한다! 뭣들 하나? 꾸물대지 말고 당장 배를 만들 나무를 구해와!"

대장의 말에 군사들이 부리나케 사방으로 흩어졌다.

"진리를 찾기 전엔 그 누구도 마을에 돌아갈 수 없다."

5

　며칠 동안 이어지던 빗줄기가 사그라졌다. 나무 동굴에 울리던 빗소리가 점점 줄어들었다. 진리가 동굴 밖으로 슬쩍 머리를 내민다. 머리에 빗방울이 닿으니 간질간질하다.
　"이제 곧 비가 그칠 것 같아요."
　그의 말에 모두 고개를 내밀어 하늘을 본다. 새까맣던 하늘이 연한 회색빛으로 변했다.
　"그러게. 슬슬 출발 준비를 해야겠다. 진리야, 나랑 글자 공부한다더니 결국 하나도 못 했네."
　"미안해요, 누나. 난 공부 생각만 하면 왜 이리 몸이 쑤시는지 모르겠어요. 밖에서 신나게 돌아다니는 게 체질인가 봐요."
　진리가 섬연쩍은 듯 실실 웃었다.
　"하하. 그 나이 땐 실컷 노는 게 남는 거다."
　"포이 아저씨도 어렸을 땐 공부 싫어했어요?"
　"그럼. 지금도 싫어하지. 그래서 난 아직도 글자를 못 읽어. 하하."
　"어쩐지 아저씨랑 나랑 통하는 구석이 많다고 느꼈어요."
　"어이구. 둘 다 자랑이다. 이제 내일이면 해가 뜰 테니 오늘밤 푹 자고 내일 출발한다."

"알겠어요. 앵앵이 아줌마."

다음 날 아침, 맑은 하늘을 배경으로 진리 일행이 길을 떠났다. 며칠 푹 쉬어서인지 다들 얼굴에 생기가 넘쳤다. 포이가 연신 콧노래를 흥얼거리며 앞으로 나아갔다.

"포이! 앞에 조심해! 늪지대라고!"

그의 머리 위에 올라탄 앵앵이가 그의 귀를 잡아당기며 경고했다.

"어이쿠, 또 빠질 뻔했네. 하하. 앵앵이 고마워."

"앵앵이 아줌마가 없었으면 큰일 날 뻔했어요."

"미안하다, 진리야. 하하. 좀 더 조심할게."

비가 온 지 얼마 되지 않아 공기가 촉촉했다. 상쾌한 공기를 들이마시며 진리가 지도를 펼쳤다.

"엄마 나무에서 그리 멀지 않은 곳에 우체국이 있어요. 이번 정글 여행은 금방 끝나겠는데요?"

"설레발은 금물이야. 어떤 일이 일어날지 아무도 모르거든."

"팩맨 아저씨는 걱정도 참 많다니깐요. 아, 맞다. 모두들 나무에게 소원 빌었어요?"

미소, 팩맨, 라라 모두 동시에 대답했다.

"어, 소원 빌었지."

"이를 어쩌지? 나만 소원을 못 빌었네."

"지금이라도 나무로 돌아갈래?"

"아니에요, 미소 누나. 나 하나 때문에 돌아갈 순 없어요. 집으로 돌아갈 때 들르면 돼요."

"녀석, 많이 컸다니깐."

미소의 코끝이 찡해 온다.

"근데 여긴 지금껏 보아온 나무들 대신 예쁜 꽃들이 많네요."

진리가 포이의 등에서 내려 길가에 핀 꽃으로 다가갔다. 주황색, 보라색, 빨간색, 수박 껍질 무늬 등 다양한 색깔의 꽃이 화려하게 폈다. 앵앵이가 진리에게 날아와 설명했다.

"이건 꽃이 아니고 잎사귀들이 꽃처럼 포개진 거야. 브로멜리아드라고 하는 식물이지."

"색깔이랑 모양이 너무나 멋있어요."

"이파리가 포개진 한가운데 오목한 구멍이 있지? 그곳에 마실 물을 저장하지. 그 구멍 안을 잘 찾아보면 신기한 동물이 살고 있을지도 몰라. 미소 씨도 얼른 내려와서 함께 찾아봐요."

"물구멍에 동물이 산다고요?"

미소가 얼른 다가와 진리와 함께 동물을 찾는다. 팩맨과 라라도 포이 등에서 내려와 그 뒤를 따랐다.

"여긴 아무것도 없고, 여기도 아무것도 없고. 미소 누나, 뭘 좀 찾았어요?"

"아니, 나도 아무것도 못 찾겠는 걸? 어디 보자. 어이쿠! 이게 뭐야?"

미소가 소스라치게 놀라며 뒤로 벌러덩 넘어졌다. 잎사귀에서 떨어져 엉덩방아를 찧었다.

"이, 이건, 나랑 똑같이 생겼잖아!"

진리가 얼른 잎사귀로 올라와 미소가 발견한 동물을 뚫어지게 쳐다보았다.

"누나랑 똑같이 생겼어요. 색깔만 다르고요."

미소와 생김새는 같지만 온몸이 파란색으로 뒤덮여있고 군데군데 검은 반점이 있는 개구리였다. 잠이 깨 화가 났는지 자신을 놀라게 한 진리를 쳐다보며 위협했다.

"넌 뭔데 내 잠을 방해해! 저리 안 비켜. 내 독에 죽고 싶냐?"

개구리가 달려드는 시늉을 하자 진리가 깜짝 놀라 땅바닥으로 철퍼덕 떨어졌다. 파란 독화살개구리가 땅에 주저앉은 진리와 미소를 번갈아 보았다. 그러다 미소의 얼굴에 시선이 고정되었다.

"아니, 다, 당신도 독화살개구리? 그런데 온몸이 노란색이야?"

파란 독화살개구리가 미소를 보고 입을 다물지 못했다. 한참 동안 무언가를 생각하더니 별안간 어디론가 뛰어갔다.

"대왕님! 큰일 났어요!"

파란 독화살개구리가 큰소리로 외치며 진리 일행의 반대쪽으로 길을 따라 달려갔다. 길 양 옆에 핀 수많은 브로멜리아드에서 조그만 개구리들이 하나둘 조심스럽게 얼굴을 내밀었다. 그 수가 수백 마리에 달했다. 모두 진리 일행에게서 눈을 떼지 않는다. 그들의 눈빛은 낯선 침입자를 경계하는 듯 날카롭고 차갑다.

"미소 누나. 누나 친구들인가 봐요."

"그런가 봐. 근데 생각보다 날 반기진 않는데?"

미소가 긴장한 얼굴로 주위의 개구리들을 훑어보았다.

"오, 이런. 난 미소 씨의 친구들을 소개해주려고 한 건데. 예상 외로 미소 씨를 싫어하네."

앵앵이가 미안한지 고개를 긁적이며 말끝을 흐렸다. 잠시 후 어디론가 사라졌던 파란 개구리가 저 멀리서 뛰어왔다. 그 뒤에서 다른 독화살개구리가 따라온다.

"대왕님, 저기에요."

대왕이라 불리는 독화살개구리가 진리 일행 앞에 멈췄다. 그의 몸통은 불타오르는 듯 시뻘겋다. 네 개의 다리는 푸른색과 보라색을 섞어 놓은 빛깔이다. 마치 피가 통하지 않아 썩어가는 것처럼 오싹해 보인다. 대왕개구리의 카리스마에 진리 일행이 바짝 얼어붙었다. 미소도 긴장했지만 지지 않으려는 듯 눈에 힘을 주고 대왕개구리를 노려보았다. 보이지 않는 살벌한 기운이 주변을 감쌌다. 대왕개구리가 미소에게 시선을 고정한 채 가볍게 손짓했다. 그러자 수백 마리의 독화살개구리들이 잎사귀에서 뛰쳐나와 잽싸게 진리 일행을 에워쌌다.

　"하하, 꼼짝없이 갇혔네. 이 녀석들을 건드리지 않도록 조심해. 잘못하면 죽는다고. 하하."

　포이의 말에 팩맨과 라라가 겁을 먹고 얼른 포이 등으로 올라갔다. 진리가 냉랭한 분위기를 깨보려고 쭈뼛거리며 대왕개구리 앞에 나섰다.

　"안녕하세요, 대왕개구리 님? 이쪽은 미소 누나라고 해요. 대왕님과 같은 독화살개구리에요. 여기 있는 개구리들이랑 똑같이 생겼죠? 하하."

　대왕개구리가 그의 말에 아무런 대꾸도 하지 않았다. 주변의 개구리들도 한마디도 하지 않고 조용히 미소만 쳐다보았다.

　"난 황금독화살개구리, 미소라고 해요. 당신들도 나와 같은 독화살개구리인가요?"

　미소가 용기를 내어 당차게 질문했다. 그 말을 들은 대왕개구리가 천천히 입을 뗐다.

　"그쪽이 우리와 똑같이 생긴 건 맞지만, 색깔이 전혀 다른 걸? 주위를 둘러봐. 똑같은 색을 가진 개구리가 있는지."

대왕개구리의 말처럼 모두 미소와 다른 색깔의 개구리였다. 파랑, 주황, 빨강 개구리, 검정색에 하늘색 줄무늬 개구리, 갈색 바탕에 흰 줄무늬 개구리 등등 다채로운 개구리들이 있지만 미소처럼 샛노란 개구리는 없었다.

"자네가 독화살개구리인지 확인할 수 있는 방법이 있어. 바로 내 독을 견딜 수 있는지 시험해 보는 거지. 독화살개구리끼린 서로의 몸이 닿아도 아무런 반응이 없거든. 만약 당신이 독화살개구리가 아니라면 내 손에 닿자마자 죽을 걸세."

대왕개구리가 검지손가락을 앞으로 쫙 내민 채 미소에게 천천히 다가갔다. 한 발짝, 한 발짝 걸어와 미소의 팔에 손가락을 찌르려고 했다. 미소가 긴장된 표정으로 침을 꼴깍 삼켰다. 옆에 있던 진리가 다급하게 그 앞을 막아섰다.

"잠깐만요, 이건 너무 위험해요. 혹시라도 누나가 잘못되면 어떡해요! 독화살개구리란 걸 증명할 다른 방법이 있을 거예요."

미소가 진리에게 뒤로 물러서라는 손짓을 했다.

"걱정 마, 진리야. 누나에겐 아무 일도 없을 거야."

미소가 결연한 표정으로 대왕개구리를 쳐다보면서 가볍게 고개를 끄덕였다. 잠시 멈췄던 대왕개구리가 서서히 다가왔다. 진리가 더 이상 쳐다볼 수 없어서 손으로 눈을 가렸다. 미소도 눈을 감고 결과를 기다렸다.

"푹."

대왕개구리의 손가락이 미소의 어깨를 찔렀다. 진리가 눈을 가린 손가락을 살짝 펴고 그 틈으로 미소를 보았다. 손가락에 찔린 미소가 미동도 없이 그대로 서 있었다.

"누나, 괜찮아요?"

미소가 천천히 고개를 돌려 진리를 바라보았다. 그리곤 씩 웃는다.

"난 괜찮아. 아무렇지도 않은걸."

대왕개구리가 놀란 표정으로 한 발짝 물러났다. 주위를 둘러싼 수백 마리의 독화살개구리들이 긴장이 풀린 듯 가벼운 탄성을 질렀다.

"우리와 같은 독화살개구리였어."

"맞아. 전설로만 전해진 바로 그 황금독화살개구리야!"

주변이 웅성웅성했다. 여기저기서 '전설 속 개구리' 란 이야기가 들려왔다.

"미소 누나가 전설에 나오는 황금독화살개구리래요. 대단해요."

신이 난 진리가 폴짝폴짝 뛰었다. 주변의 독화살개구리들이 미소에게 몰려왔다.

"당신이 바로 최강의 독을 가진 황금독화살개구리군요."

"전설 속 이야기인 줄 알았는데 이것이 실제로 일어나다니."

"어디 있다가 이제야 나타난 겁니까? 이젠 당신이 우리들의 왕입니다."

"내가 전설 속 개구리라고요?"

어리둥절한 미소에게 대왕개구리가 무리를 헤치고 다가왔다.

"모두들 조용."

대왕개구리의 고함에 주위가 순식간에 조용해졌다.

"색깔이 노랗다고 전설의 개구리라 인정할 수 없다. 전설 속 황금독화살개구리는 매우 강력한 독을 가지고 있다고 했다. 그러니 나와의 대결을 통해 자네의 독을 시험해야겠다."

"시합?"

"활쏘기 대결을 하겠다. 화살에 자신의 독을 묻혀 어떤 동물을 쓰러 뜨릴 수 있는지 겨루는 것이다. 어때? 자신 있나?"

대왕개구리가 씩 비웃으며 미소를 깔봤다. 미소의 표정이 굳어졌다.

'아직 한 번도 내 독을 시험해 본 적이 없는데. 기껏해야 뱀 한 마리 잡은 게 전부인걸.'

진리가 긴장한 미소에게 다가가 말을 걸었다.

"난 알아요. 누나가 이길 거라는 걸."

"어째서?"

"누나는 이곳까지 오는 동안 다양한 곤충들을 먹었잖아요. 이 정글에서만 살아온 개구리들은 평생 구경도 못한 곤충들 말이에요."

"그건 그렇지."

"그러니 누나야말로 최강의 독을 가진 게 분명해요. 걱정 마요."

진리가 눈을 찡긋하며 미소에게 힘을 준다.

'진리 말이 맞아. 난 산과 숲, 들판, 정글, 온갖 곳을 돌아다니며 별의별 곤충들을 먹어왔다. 이곳에서만 지낸 개구리와는 달라. 좋아, 난 나를 믿는다.'

미소가 당당하게 대왕개구리 앞에 나섰다.

"좋다, 너의 결투 신청을 받아주겠다."

"오호, 제법 패기가 있군. 나를 꺾는다면 자네에게 내 왕위를 물려주 도록 하지. 그럴 일은 없을 테지만 말이야. 푸하하."

대왕과 미소가 길 위에 서서 정글 숲을 바라보았다. 진리 일행과 독 화살개구리들이 그 뒤로 멀찍이 떨어져 둘의 대결을 지켜본다.

"전설은 전설일 뿐이지. 저 노랑이가 우리 대왕님을 감히 이길 수 있겠어?"

"그건 모르는 소리. 엄마 나무의 예언은 단 한 번도 틀린 적이 한 번도 없다고."

"그 예언을 직접 들었다는 개구리를 본 적이 없네. 그냥 여기저기 떠도는 이야기일 뿐이라고."

여기저기서 독화살개구리들끼리 서로 자기 말이 맞다고 싸운다. 심판으로 나선 파란독화살개구리가 손을 번쩍 들고 조용히 하라는 신호를 보낸다.

"자자, 모두 집중하세요. 이제 두 개구리의 대결을 시작합니다."

우레와 같은 박수 소리가 터져 나왔다. 진리도 흥분된 마음을 가라앉히려고 있는 힘껏 박수를 쳤다. 목이 바짝 타들어갔다.

"대결 방법은 이렇습니다. 각자의 독을 묻힌 화살로 동물을 맞힙니다. 더 크고 강한 동물을 쓰러뜨리는 자가 승리합니다. 그리고 각 동물 당 한발의 화살만 맞혀야 합니다. 알겠습니까?"

미소가 비장한 표정으로 고개를 끄덕였다. 대왕개구리가 심판에게 말했다.

"심판 양반, 다른 동물을 타고 활을 쏘는 건 괜찮소?"

"그거야 상관없습니다."

대왕개구리가 검지, 엄지손가락을 동그랗게 말아 입술에 갖다 대고 큰 소리로 휘파람을 불었다. 그러자 저 멀리서 커다란 들개 한 마리가 먼지바람을 일으키며 뛰어왔다.

"오, 나의 친한 친구. 무슨 일로 나를 불렀나?"

"저 노란 개구리와 독화살 대결을 펼치게 됐네. 자네의 도움이 필요해."

"오랜만에 자네와 함께 사냥을 나가는군. 이거 흥분되는걸? 호호."

들개가 끈적끈적한 침을 질질 흘리며 미소를 노려보았다. 들개의 공포스러운 표정 때문에 미소의 어깨가 움찔했다. 그녀가 지지 않으려고 큰소리로 외쳤다.

"나도 함께할 동물을 부르겠어요. 포이 아저씨! 도와줘요!"

그녀가 뒤를 돌아보며 포이를 찾았다. 포이가 어리둥절한 표정으로 한 발짝 나섰다.

"나? 나를 타고 사냥을 하겠다고? 하하."

모두의 시선이 포이에게 쏠렸다. 그러더니 누가 뭐랄 것도 없이 웃음이 터져 나왔다.

"포동포동 카피바라가 뛸 수나 있겠어?"

"맞아. 잡아먹히지나 않으면 다행이겠네. 보나 마나 대왕님의 승리야."

포이가 머리를 긁적이며 미소에게 말했다.

"나를 믿어주는 건 고마운데, 다시 생각해보는 게 어때? 난 별로 도움이 안 될 거야. 난 느린데다가 사실 겁도 많거든. 하하."

"아저씨, 그건 걱정 마세요. 아저씨가 내게 활을 만들어 줬잖아요. 이 활과 내 독이면 정글에 사는 어떤 동물들도 쓰러뜨릴 수 있어요. 사냥할 동물 근처까지만 가주시면 돼요. 느린 건 아무 상관없어요."

"그렇다면, 좋아! 내가 도와주지. 하하."

포이의 등에 나뭇잎을 깔고 미소가 올라탔다. 들개 옆에 포이가 나란히 섰다.

"이봐, 친구. 대결이 끝나면 저 카피바라를 잡아먹어도 되겠나? 통통하니 아주 먹음직스럽게 생겼는걸. 호호."

"자네 마음대로 하게나."

들개가 포이를 보며 군침을 흘렸다. 사나운 들개의 눈빛에 포이의 몸이 오들오들 떨렸다.

"포이 아저씨를 괴롭히면 가만 안 두겠다."

미소가 들개에게 화살을 겨냥하며 외쳤다. 들개가 키득키득 웃으며 까칠하게 대답했다.

"네가 어디서 굴러먹다 온 녀석인지 모르나 감히 내 친구를 이길 수 있을 것 같아? 이 정글에서 가장 독이 센 녀석이라고. 이쯤에서 포기하는 게 좋을걸."

미소가 이를 꽉 물고 아무런 대꾸도 하지 않은 채 들개에게서 고개를 돌렸다. 정면을 뚫어질 듯 응시하며 활을 쥔 손에 꽉 힘을 준다.

"자, 이제 대결을 시작합니다. 저 앞의 나무가 보이십니까? 맨 밑에서 세 번째 나뭇가지에 커다란 비단뱀이 매달려 있군요. 저 뱀을 사냥하실…"

심판 개구리의 말이 끝나기도 전에 대왕개구리가 탄 들개가 쏜살같이 튀어 나갔다. 들개의 거친 숨소리가 관중들에게도 전달되었다. 들개 등에 앉아 있던 대왕개구리가 균형을 잡고 일어났다. 한쪽 손에 든 화살을 자신의 배에 문질렀다. 시퍼런 독이 화살촉에 묻었다. 독화살을 활시위에 걸고 한쪽 눈을 감는다. 호흡을 가라앉힌 후 팽팽하게 당겨진 활시위를 놓았다. 독화살이 비단뱀의 이마 한가운데 정확히 명중했다. 깜짝 놀란 비단뱀이 자신을 공격한 대왕개구리를 발견했다. 커다란 입을 벌리며 대왕개구리를 공격하기 위해 나무를 타고 내려왔다. 대왕개구리와 들개는 미동도 없이 그 광경을 지켜보았다. 잠시 후 비단뱀이 격렬하게 몸을 비틀었다. 몹시 고통스러운지 날카로운 비명을 지르며 침을 줄줄 흘렸다. 독이 온몸으로 퍼지자 비단뱀이 나무 막대기처럼 딱딱하게 굳었다. 빳빳하게 들었던 고개를 땅으로 쿵 떨어뜨렸다. 더 이상 뱀이 움직이지 않는다. 심판 개구리가 비단뱀에게 다가가 상태를 확인한다.

"비단뱀이 죽었습니다. 대왕님, 사냥 성공."

숨죽이고 있던 관중들이 일제히 환호했다. 대왕개구리가 뒤를 돌아 손을 흔들었다. 호탕하게 웃으며 개선장군처럼 천천히 제자리로 돌아왔다.

"역시 대왕님의 독은 천하무적이군요. 그럼 다음은 미소 개구리 차례입니다."

미소가 비장한 표정으로 사냥감을 찾는다. 심판 개구리가 무언가를 발견했는지 큰 소리로 외쳤다.

"비단뱀이 있던 곳에서 왼쪽으로 쭉 따라가면 나무를 오르는 아나콘다가 보입니다. 비단뱀보다 덩치가 세 배 가량 커 보입니다. 미소 선수, 도전하겠습니까? 아니면 좀 더 작은 동물을 발견할 때까지 기다려도 좋습니다."

"도전하겠어요."

주위가 술렁였다. 대왕개구리가 미소를 쳐다보며 차가운 웃음을 흘렸다.

"이봐, 저 정도 뱀이면 내가 탄 들개도 한 입에 잡아먹어 치운다고. 자네 독으론 어림도 없어. 내 독화살을 최소 다섯 번 정도 맞아야 겨우 기절할 정도야. 망신당하지 말고 다른 동물이 나타나면 그때 도전해."

미소가 대꾸도 하지 않은 채 포이를 재촉했다.

"아저씨, 달려요."

포이가 엉덩이를 씰룩이며 앞으로 나아갔다. 들개의 달리기 속도와 비교하면 마치 거북이처럼 느리다.

"저 엉덩이 좀 봐."

"저렇게 느려서 어째? 까딱하면 아나콘다에게 잡아먹히겠어."

주변의 비웃음에도 아랑곳하지 않고 미소와 포이가 아나콘다에게 다가갔다. 관중들이 실컷 웃고 떠들며 미소와 포이를 조롱했다. 대왕개구리와 들개도 어이없다는 듯 허탈한 표정이다.

"이거 원 보나 마나 싱겁게 끝나겠군. 아나콘다가 저들을 잡아먹는 거나 지켜보자고."

대왕개구리의 조롱을 뒤로 하고 포이가 아나콘다 근처에서 멈췄다. 다행히 아직 아나콘다가 미소와 포이를 발견하진 못했다. 미소가 화살에 자신의 독을 묻혔다. 샛노란 독이 화살 끝에서 번쩍였다. 미소가 아나콘다에게 신중히 화살을 겨눈다. 미소가 활을 처음 쏴보는 터라 자세가 영 불안하다. 활을 잡은 팔이 부들부들 떨렸다. 더 이상 버티지 못하고 급하게 활시위를 놓았다. 아나콘다의 머리를 겨냥한 독화살이 빗나갔다. 독화살이 아나콘다의 몸통을 살짝 스치고 지나갔다. 뭔가를 눈치챈 아나콘다가 재빨리 뒤를 돌아보았다. 혀를 날름거리며 둘을 쳐다본다. 포이가 공포에 질려 몸이 굳었다. 미소도 동상처럼 그 자리에 얼어붙었다.

"누나, 아저씨. 빨리 도망쳐요."

진리가 다급하게 소리치며 미소에게 뛰쳐나갔다. 그제야 정신을 차린 미소와 포이가 슬금슬금 뒷걸음을 쳤다.

"캬악!"

아나콘다가 거대한 입을 벌리며 위협했다. 그러다 갑자기 아나콘다의 눈이 가운데로 몰리면서 시선이 몽롱해졌다. 나무를 감고 있던 몸에 힘이 스르륵 풀리더니 땅바닥으로 쿵 떨어졌다. 그리곤 전혀 움직이지 않았다. 갑작스런 상황에 미소와 포이, 그리고 이를 지켜보던 관중들 모두 어안이 벙벙했다. 잠시 후, 심판 개구리가 조심스럽게 아나콘다로 다가갔다. 아나콘다의 몸을 여기저기 살펴보더니 양손을 머리 위로 흔들며 외쳤다.

"아나콘다가 죽었습니다. 미소 개구리 사냥 성공."

가뜩이나 볼록한 개구리들의 눈이 더더욱 튀어나왔다. 모두 입을 벌린 채 할 말을 잃었다. 숨 막히는 적막을 깬 건 진리였다.

"미소 누나가 이겼다. 이제 누나가 독화살개구리의 왕이에요."

진리가 만세를 부르며 미소에게 달려갔다. 여전히 미소가 어리둥절한 표정으로 뻣뻣하게 서 있었다.

"내가 이긴 거야?"

"심판 아저씨, 미소 누나가 이긴 거 맞죠? 빨리 판정을 내려주세요."

진리의 재촉에 심판 개구리가 헛기침을 했다. 대왕개구리 쪽을 쓱 보더니 얼른 얼굴을 돌리고 큰 소리로 외쳤다.

"이번 대결의 승자는 바로 미소…"

그 순간 대왕개구리가 얼른 심판 앞으로 나서며 이의를 제기했다.

"잠깐, 이번 결과를 받아들일 수 없소."

대왕개구리가 죽은 아나콘다를 샅샅이 살펴본 후 말을 이어갔다.

"저 노랑개구리가 쏜 화살이 아나콘다에 맞았다는 증거가 있소?"

"아나콘다의 몸에 희미한 상처가 나 있습니다."

심판의 말에 대왕개구리가 가까이 다가가 상처를 관찰했다.

"이렇게 미약한 상처로 인해 아나콘다가 죽는다는 게 말이 되나? 모두 이리 모여서 내 말이 맞는 지 틀린 지 확인해 보아라."

모든 독화살개구리들이 모여 아나콘다를 이리저리 살폈다. 대왕개구리의 말처럼 아나콘다의 몸은 미세한 상처를 제외하곤 깨끗했다.

"아무리 봐도 화살에 맞은 것 같진 않은데?"

"맞아. 저렇게 작은 상처로 아나콘다가 죽는다는 건 도저히 믿을 수 없어."

"원래 병약했던 아나콘다가 때마침 나무에서 떨어져 죽은 게 아닐까?"

그러자 심판 개구리의 마음도 흔들리기 시작했다.

"네, 그러니까 미소 선수가 쏜 화살이 아나콘다를 스쳤는지 확실하진 않군요. 그럼 이번 대결은 무효로 하겠습니다."

"네? 분명히 제가 쏜 화살이 아나콘다를 스쳤다고요!"

미소가 억울하다는 듯 주먹으로 가슴을 쳤다.

"모두가 인정할 수 있는 결과가 아니면 받아들일 수 없습니다. 그럼 두 선수 모두 원래 자리로 돌아가 주세요."

심판 개구리의 단호한 어투에 미소가 고개를 절레절레 흔들며 대결 장소로 돌아갔다. 대왕개구리가 안도의 한숨을 내쉬며 미소 옆에 섰나. 이젠 대왕개구리와 들개의 표정에 웃음기가 사라졌다.

"절대 만만히 보면 안 되겠어."

심판 개구리가 전방을 주시하며 다음 사냥감을 찾는다. 어디선가 높고 날카로운 울음소리가 들렸다.

"갸르릉 캬오!"

온몸의 털이 쭈뼛 서게 만드는 예리한 소리가 관중들의 귓등을 파

고들었다. 갈색의 커다란 동물이 숲속에서 모습을 드러냈다. 관중 개구리들이 일제히 외쳤다.

"퓨마다!"

그르렁거리던 들개가 갑자기 조용해졌다. 힘이 잔뜩 들어간 눈이 스르르 풀린다. 대왕개구리가 그런 들개를 재촉했다.

"친구, 어서 출발하자."

"글쎄, 썩 내키지 않는군. 무섭다는 건 아니지만."

"날 믿게. 퓨마를 죽이진 못해도 기절시킬 순 있을 걸세. 그럼 돌진한다."

들개가 앞으로 뛰쳐나갔다. 처음의 패기는 온데간데없고 마치 도살장에 끌려가는 모습이다. 대왕개구리가 그런 들개를 재촉하며 간신히 퓨마 근처에 도착했다. 둘은 풀숲에 몸을 숨기고 퓨마가 지나가길 기다렸다.

"이때다. 내 화살을 받아라."

대왕개구리의 화살이 퓨마의 이마 한가운데 적중했다. 화가 난 퓨마가 날카로운 송곳니를 드러내며 대왕개구리와 들개에게 돌진했다.

"들개 살려!"

겁먹은 들개가 꽁지에 불붙은 양 부리나케 도망갔다. 대왕개구리도 들개 등에서 떨어지지 않으려 안간힘을 썼다.

"이 녀석들, 멈추지 못할까. 가만두지 않겠다."

퓨마가 들개의 꼬리를 물기 위해 입을 꽉 다물었다. 들개가 간신히 피했지만 퓨마를 따돌리기엔 역부족이었다.

"좀 더 힘내! 다음번엔 잡히겠어."

대왕개구리가 뒤를 돌아보며 다급하게 외쳤다. 금방이라도 퓨마의 송곳니가 들개의 엉덩이에 닿기 직전이다.

"안 돼!"

대왕개구리가 긴박하게 비명을 지르는 순간, 퓨마의 속도가 점점 느려졌다. 퓨마가 갑자기 멈춰서 숨을 헐떡이더니 스르르 눈을 감곤 그 자리에 풀썩 쓰러졌다. 들개도 멈춰 서서 혓바닥을 길게 내빼곤 한숨 돌린다. 심판 개구리가 퓨마에게 다가와 상태를 확인했다.

"퓨마가 기절했습니다! 아슬아슬한 순간이었지만 역시 대왕개구리님의 독은 강력하군요!"

모든 개구리들이 손에 고인 땀방울이 튀길 만큼 격렬히 박수를 쳤다. 여기저기서 환호성이 터져 나왔다.

"정글의 맹수 퓨마를 단 한 방에 쓰러뜨리다니, 대단해."

대왕개구리가 의기양양한 표정으로 손에 든 활을 치켜들었다.

"하하, 어떠냐? 난 퓨마도 무찌르는 정글의 왕이다."

대왕개구리가 위급했던 적이 언제였냐는 듯 거만한 표정으로 미소를 깔봤다. 미소가 입술을 앙다물고 무심하게 눈길을 피했다.

"이제 미소 선수가 이기려면 퓨마보다 강력한 동물을 쓰러뜨려야 합니다. 이 정글에서 그런 동물은 딱 하나 있지요. 바로."

"재규어."

심판 개구리의 말에 관중 개구리들이 일제히 한목소리로 외쳤다.

"재규어?"

처음 들어보는 이름에 미소가 고개를 갸웃했다.

"하하, 재규어는 이 정글에서 가장 강한 동물이야. 퓨마보다 두 배 정도 클 걸? 게다가 뾰족하고 강한 이빨로 악어의 두개골을 단숨에 뚫어 버리지. 아나콘다도 잡아먹는다니 말 다 했지? 따라서 나 포이는 이번엔 빠질게, 하하."

"아저씨, 이번엔 정확히 재규어의 이마를 명중시킬게요. 아까 아나콘다 봤잖아요. 제 화살이 살짝 스치기만 해도 죽는걸요."

"하하, 글쎄. 사실 나도 정확히 못 봤는걸."

미소와 포이가 티격태격하는 순간 '그르렁' 하는 소리가 땅을 통해 전달되었다. 소리인지 진동인지 구분이 안 되는 낮은 소리가 반복적으로 들렸다.

"지진이 난 건가요? 땅이 살짝 흔들리는 것 같아요."

미소가 심판 개구리와 포이를 둘러보며 말했다. 둘 다 초점이 없어진 눈으로 아래턱을 쫙 벌리고 있었다.

"포이 아저씨? 왜 그래요?"

당황한 미소가 대왕개구리로 시선을 옮겼다. 대왕개구리와 들개 역시 멍한 표정으로 꼼짝 않고 서 있었다. 뒤쪽의 관중 개구리들도 넋이 나갔다. 하늘에서 날갯짓을 하던 앵앵이도 땅으로 철퍼덕 떨어졌다. 진리 일행을 제외한 모든 동물이 돌처럼 굳었다. 주위를 둘러보던 진리가 당황한 표정으로 미소에게 다가왔다.

"이게 어찌된 일이죠? 모두들 정신을 잃었어요."

"분명 저 소리 때문인 것 같은데? 다시 한번 잘 들어봐."

진리가 귀를 쫑긋 세우고 집중한다. '그르렁' 낮고 묵직한 소리가 땅을 통해 울렸다. 서늘한 기운이 다리를 타고 등으로 올라왔다. 목덜미와 뒤통수가 시큰했다. 어깨가 딱딱하게 굳는다. 온몸의 근육이 마비된 듯 저릿하다.

"누나, 나도 갑자기 몸이 말을 안 들어요. 예전에 수조에서 전기에 감전됐을 때와 비슷한 느낌이에요."

"나도 마찬가지야! 번개에 맞으면 이런 느낌일까?"

미소가 정신을 부여잡고 소리가 들려오는 곳을 주시했다. 하지만 아무것도 보이지 않았다.

"어디에서 소리가 들려오는지 알 수가 없어. 도대체 이 소리의 정체가 뭐야?"

그때 갑자기 '크아악' 하는 금속성의 날카롭고 예리한 소리가 귓구멍을 관통했다. 이 소리에 얼어 있던 모든 동물이 정신을 차렸다.

"재규어가 나타났다."

재규어의 저음 소리는 상대방을 얼어붙게 만들고 고음의 울음소리는 먹잇감을 공포에 빠뜨린다. 대왕개구리와 들개도 얼른 관중 속으로 숨었다. 모든 동물이 도망가기 바쁘다. 포이가 겁에 질려 달아나려는 걸 미소가 얼른 막았다.

"아저씨! 재규어 근처까지만 데려다주세요. 그다음은 제가 알아서 할게요. 부탁이에요."

"나, 너무 무서워서 발걸음이 안 떨어지는걸."

"날 근처에 내려주고 아저씨는 여기로 돌아와도 돼요."

"알았어. 그럼 난 얼른 돌아갈 거다."

포이가 무거운 발걸음을 떼고 천천히 재규어에게 다가갔다. 가까이 갈수록 포이의 눈동자가 커지고 다리가 후들거렸다. 때마침 '그르렁' 땅을 울리는 저음의 울음소리가 들려왔다.

"이거 큰일 났네. 다리가 말을 듣질 않아. 더 이상 못 움직이겠어."

"왜 그래요? 이렇게 가만히 있다가 재규어에게 들키면 큰일이에요."

"하지만 저 소리만 들으면 온몸이 굳는다고. 내 마음대로 안 돼."

"그럼 이 근처 풀숲에라도 숨어 있어요. 저 혼자 재규어에게 갈

지네의 꿈

게요."

"그러고 싶지만 정말 다리가 안 떨어져."

"이제 재규어가 코앞에 있어요. 저기 좀 봐요. 재규어가, 재규어가? 어? 재규어가 없어졌어요."

"없어진 게 아니고 풀숲에 숨었나 봐. 우리를 발견한 거야. 난 이제 꼼짝없이 죽었다."

미소가 두 눈을 부릅뜨고 찾아봐도 재규어는 보이지 않았다. 귀를 쫑긋 세워 봐도 풀잎을 스치는 바람 소리만 들린다. 킁킁 코를 벌름거려 보지만 바람의 방향 때문에 재규어의 냄새가 나지 않았다.

"소용없어. 재규어가 몸을 숨긴 이상 그를 찾긴 불가능해. 어디선가 우리에게 천천히 다가오고 있을 거야. 이것 봐. 온몸에 닭살이 돋았잖아. 내 몸은 본능적으로 아는 거야. 죽음이 다가오는걸."

공포에 질린 포이가 주절주절 말을 쏟아냈다. 미소는 그 말에 아랑곳하지 않고 주변을 찬찬히 살폈다. 화살촉에 자신의 독을 묻히고 활에 장전했다. 활시위를 끝까지 잡아당겨서 언제든지 화살을 쏠 준비를 마쳤다. 그 순간 바람의 방향이 갑자기 바뀌면서 피비린내가 미소의 코끝을 스쳤다. 미소가 재빨리 냄새가 나는 방향으로 몸을 돌리는 순간 무언가가 풀숲에서 튀어나왔다.

"재규어다!"

포이의 비명과 동시에 미소가 반사적으로 활시위를 놓았다. 달려드는 재규어의 두 눈 사이에 정확히 화살이 명중했다. 번개처럼 돌진하던 재규어가 순간 휘청하더니 무릎이 꺾였다. 달리던 속도를 이기지 못하고 땅바닥에 턱과 배를 댄 채 주르륵 미끄러졌다. 미소가 숨죽이고 재규어에게 다가갔다. 재규어가 눈을 반쯤 감고 혓바닥을 길게 내민 채 거친 숨을 몰아쉬었다. 미소의 독 때문에 경련이 일어나는지 부르르 온몸을 떨었다. 멀리서 지켜보던 심판 개구리가 상황을 파악하기 위해 재규어에게 접근했다. 재규어가 초점 없는 눈을 희미하게 뜬 채 침을 질질 흘리고 있었다.

"놀랍습니다. 미소 선수의 화살 한 방에 정글의 왕 재규어가 기절했습니다! 미소 선수의 승리입니다."

"만세! 미소 누나가 이제 왕이다!"

진리가 깡충깡충 뛰며 소리를 질렀다. 대왕개구리와 들개, 그리고 관중 개구리들이 숨죽이고 천천히 재규어에게 다가갔다.

"이럴 수가, 재규어가 뻗었잖아?"

"믿을 수 없어. 이렇게 강력한 독을 가진 개구리가 있다니."

"전설이 이루어졌다! 황금독화살개구리 전설이 사실이었어."

"황금개구리 만세, 미소 여왕님 만세."

미소는 지금의 상황이 믿기지 않는 듯 어리둥절한 표정을 지었다. 독화살개구리들이 미소를 둘러싸고 헹가래를 쳤다. 미소가 공중으로 높이 날아올랐다.

'정글 나무의 전설이 맞았어. 진짜 내가 누구인지 알려달라고 소원을 빌었었지. 나는 독화살개구리들의 왕이었어.'

미소와 대결을 벌친 개구리가 미소 앞에 무릎을 꿇었다.

"당신이야말로 전설 속 독화살개구리가 틀림없습니다. 이제 우리들의 왕이 되어 주십시오."

자신의 머리 위에 있던 왕관을 벗어 미소에게 바쳤다. 그녀가 잠시 머뭇거리다가 왕관을 두 손으로 받치고 머리 위에 썼다.

"와, 미소 여왕님 만세!"

개구리들이 그녀를 떠받치고 행진을 했다. 이를 지켜보던 진리의 눈시울이 붉어졌다.

새로운 여왕을 맞이하는 성대한 잔치가 열렸다. 높고 평평한 돌 위에 알록달록 꽃으로 꾸며진 왕의 의자가 놓여 있었다. 미소가 어색한 표정으로 의자에 앉았다. 독화살개구리들이 화려한 음식들을 그녀의 앞에 갖다 놓았다.

"맛있게 드세요, 여왕 폐하."

"음식이 아주 맛있어요. 제 친구들도 잘 챙겨주세요."

진리 일행도 개구리들의 극진한 대접을 받았다. 모두들 식사를 마치고 뿌듯한 표정으로 배를 두드린다.

"근데 궁금한 것이 있어요. 여러분이 전설 속 황금독화살개구리를 기다린 이유가 뭔가요?"

식사를 마친 미소가 주위를 둘러보며 말했다. 그중 한 개구리가 나서서 이야기를 들려주었다.

"우리 독화살개구리들은 비록 크기는 작지만 강력한 독 덕택에 스스로를 보호할 수 있었습니다. 그런데 몇 년 전 이 정글에서 보지 못했던 새로운 거미가 나타났습니다. 그들에겐 우리의 독이 통하지 않았습니다. 우린 속수무책으로 그들에게 잡아 먹혔지요. 그 결과 우리 독화살개구리의 숫자는 절반으로 줄었습니다. 지푸라기라도 잡는 심정으로 우리 중 누군가가 정글의 신성한 나무에게 해결책을 알려달라고 간청했습니다. 그때 나무에게 들었던 내용이 바로 황금독화살개구리가 거미로부터 우리를 구해준다는 것이었습니다. 여왕님이 바로 그 이야기의 주인공이십니다."

"그럼 내 독이 그 거미들에게 통할지 시험해 봐야겠군요."
"여왕님의 독을 조금만 주시면 우리 개구리 군사들이 출동해 거미와 싸우고 오겠습니다."
그 말에 미소가 자신의 독을 그릇에 담았다.
"감사합니다. 그럼 이 독을 화살에 묻혀 거미들을 제압하고 오겠습니다."
"꼭 거미들을 무찌르고 오길 바랍니다. 그리고 혹시 비둘기 우체국이 어디에 있는지 아시는 분 있나요? 지도엔 여기에서 그다지 멀지 않은 것으로 보이는데요."
"우체국은 우리 개구리 마을 바로 뒤쪽에 있습니다. 오늘은 밤이 깊었으니 내일 날이 밝는 대로 우체국으로 모시겠습니다."
그 말을 들은 라라의 두 눈이 반짝였다. 미소가 라라를 쓱 보고는 얼른 고개를 돌렸다.
"알겠습니다. 내일 안내해주세요. 그럼 오늘 파티는 이쯤에서 마무리합시다. 나와 내 친구들을 숙소로 안내해주세요."
"여왕님은 따로 모시겠습니다. 친구분들을 편안히 모실 테니 걱정하지 마십시오."
"저도 친구들이랑 같이 있고 싶은데요?"
"누나, 우리는 신경 안 써도 돼요. 여왕님은 특별히 멋진 곳에서 주무셔야죠."
진리가 눈을 찡긋하며 괜찮다는 신호를 보냈다.
"아? 그래. 그럼 내일 보자. 모두들 잘 자요."

"미소 누나 진짜 멋있지 않아요? 저렇게 큰 재규어를 한 방에 물리치다니 말이에요."

잠자리에 누운 진리가 허공에 활 쏘는 시늉을 한다. 신이 나서 입으로 '슉슉' 화살 소리를 냈다.

"미소가 처음엔 분명 독이 없었는데 말이야, 언제 저렇게 강력한 독을 갖게 된 거지?"

"팩맨 아저씨, 이젠 대장 자리를 미소 누나에게 넘겨줘야 하는 거 아니에요?"

"미소가 우리랑 같이 모험을 떠나야 대장 자리를 주던가 하지. 미소가 우리랑 같이 떠나겠어? 이젠 자신의 동료들도 만났고 게다가 그들의 왕까지 됐잖아. 나라도 평생 여기에서 살겠다."

"그건 미처 생각하지 못했네요. 미소 누나랑 헤어질 때가 된 건가. 아저씨는 나랑 같이 갈 거죠?"

"분명히 말하지만 난 다른 팩맨개구리들을 만날 때까지 너와 같이 갈 거야. 너무 서운해하지 마."

"알아요. 나도 아저씨가 빨리 친구들을 만나길 바란다고요."

"진리야, 난 너랑 끝까지 갈 거야. 알지?"

"네. 전 라라 누나가 있어서 든든해요. 햇빛에서 살 수 있는 방법만 찾으면 금방 마을로 돌아갈 수 있을 거예요."

진리가 종알종알 떠드는 사이 포이와 앵앵이는 이미 잠이 들었다. 진리도 하루 종일 긴장했던 터인지 눈꺼풀이 점점 무거워진다.

"그럼 누나, 아저씨, 저 먼저 잘게요."

모두들 곯아떨어진 새벽, 누군가 잠자리에서 부스스 일어났다. 라라였다. 살금살금 발소리를 낮추고 몰래 문 밖으로 나섰다.

'이 마을 바로 뒤편에 우체국이 있다고 했지? 분명 내게 온 편지가

있을 거야. 어디로 가야 하나?'

새벽녘이지만 밤하늘의 달과 별빛 때문에 길을 알아볼 수 있었다. 길바닥의 나뭇잎을 밟아 소리 나지 않도록 주의하면서 우체국을 찾았다.

'저기 있다.'

멀지 않은 곳에 우체국이 있었다. 라라가 살짝 벌어진 창문 틈으로 스르륵 몸을 밀어 넣었다. 편지가 쌓인 무더기에서 자신의 편지를 찾아 읽기 시작했다.

'라라, 한동안 자네 소식이 없어서 죽은 줄 알았네. 다행히 진리를 만나 이렇게 소식을 전해주다니 대견하군. 자네가 무사히 이번 일을 마치고 마을로 돌아오기만 하면 늙어 죽을 때까지 편히 살 수 있도록 하겠네. 게다가 진리를 잡으러 군사들을 보냈으니 얼마 안 있으면 그들을 만나게 될 거야. 조금만 더 힘내게.'

'그나시리온 님이 웬일로 부드러운 말투를 쓰시지? 게다가 마을로 돌아가면 평생 걱정 없이 살 수 있게 해준다고?'

라라의 눈빛이 초롱초롱 빛난다. 살짝 다문 입 꼬리가 위로 슬며시 올라간다.

'진리를 속이는 것에 대해 양심의 가책을 느끼지 말게. 진리 아비는 평생 감옥에서 지낼 것이고, 에미는 병세가 심각해서 목숨이 위태로운 상황이야. 그 녀석이 마을로 돌아온다 한들 정상적인 생활이 가능하겠는가? 자네는 자신의 미래만 고민하면 되네. 알겠지? 진리를 군사들에게 넘기기만 하면 자네 일은 끝이라 이 말일세. 자네는 똑똑하니 현명한 판단을 하리라 믿네. 다음 장소로 이동하게 되면 그동안의 상황을 편지 써서 보내게. 그럼 이만.'

생기 있던 라라의 표정이 싸늘하게 바뀌었다. 잠시 무언가 생각하더니 편지를 고이 접어 허리춤에 감췄다. 그리곤 살그머니 우체국을 빠져나왔다. 무더운 정글이지만 새벽녘 공기는 서늘했다. 라라가 팔짱을 낀 채 몸을 웅크리고 숙소로 돌아갔다. 숙소 근처에 다다를 무렵, 어디선가 검은 그림자가 불쑥 튀어나왔다.

"어머, 누구세요?"

"라라 씨야 말로 새벽에 어딜 돌아다니나요?"

라라의 귀에 익숙한 목소리였다.

"미소 씨는 여기 무슨 일이죠?"

상대가 미소인 것을 알아차리곤 라라가 퉁명스럽게 받아쳤다.

"저 위에서 내려오는 걸 보니 새벽부터 우체국에 간 모양이죠? 라라 씨가 분명 남들 몰래 우체국을 찾아가리라고 예상했지만 이렇게까지 빨리 갈 줄이야. 쯧쯧."

미소가 고개를 좌우로 흔들며 비꼬듯 혀를 찼다. 라라도 참지 못하고 버럭 소리를 질렀다.

"내가 어딜 가든 무슨 상관이에요?"

"편지 내용을 숨기려고 남들 몰래 우체국에 간 거 아니에요? 만약 떳떳하다면 허리춤의 그 편지를 나한테 보여줘요."

미소가 한 발자국 앞으로 나서며 팔을 뻗었다. 갑작스런 미소의 행동에 라라가 순간 움찔했다.

"이거 왜 이래요?"

당황한 라라가 살짝 뒤로 물러났다. 미소가 아랑곳하지 않고 라라에게 한 발짝 더 다가왔다.

"뭐야? 당신! 독으로 날 죽일 셈이야?"

"난 라라 씨를 해칠 마음이 전혀 없어요. 하지만 편지를 빼앗으려 하다가 실수로 라라 씨를 건드릴 수도 있겠죠?"

미소가 표정 없는 얼굴로 천천히 다가갔다. 라라가 식은땀을 흘리며 뒷걸음질 쳤다. 라라의 눈동자가 바쁘게 움직였다.

"잠깐! 이제 그만 다가와요! 내가 편지 내용을 말해줄게요!"

"그걸 어떻게 믿죠? 당신이 거짓말할 수도 있는데? 그냥 편지를 보여줘요."

"그건 안 돼요. 나도 사생활이 있다고요! 대신 솔직하게 편지 내용을 말해줄게요."

미소가 라라를 빤히 쳐다보더니 뒤로 물러났다.

"그럼 어디 말해 봐요. 편지 내용이 무엇인지."

미소가 팔짱을 끼고 실눈을 뜬 채 라라를 노려보았다. 라라가 침을 꿀꺽 삼키더니 편지의 내용을 말했다.

"진리 부모님의 상황이 좋지 않아요. 아버지는 감옥에 갇혔고 어머니는 병세가 위독해서 언제 돌아가실지 몰라요."

"네? 진리는 어머니 병을 고치기 위해 사막에 가려는 건데? 그럼 진리에게 빨리 이 사실을 말해야 하지 않아요?"

"안타깝긴 하지만 지금 진리가 마을로 돌아간다 해도 어머니 병을 고칠 수 있는 건 아니잖아요? 진리가 사막에 가서 방법을 찾고, 미을로 돌아갈 때까지 어머니가 기적적으로 살아있길 바라야죠."

"얘기를 듣고 보니 그게 더 낫겠네요. 그럼 진리에겐 이 사실을 비밀로 해야겠네요?"

"맞아요. 그래서 내가 기를 쓰고 편지 내용을 들키지 않으려고 했던 거예요."

"그랬군요, 불쌍한 진리."

미소가 눈물을 훔치는 순간 근처 풀숲에서 나뭇잎 밟는 소리가 들렸다. 둘이 동시에 소리가 난 쪽으로 고개를 돌렸지만 어두운 터라 아무것도 보이지 않았다. 더 이상 움직임이 없어지자 둘은 다시 대화를 이어갔다.

"정말 그 내용이 전부 맞죠?"

"그렇다니깐요. 이젠 더 이상 나를 의심하지 않았으면 좋겠네요."

"알겠어요. 그럼 일단 이 일은 우리 둘만 알고 있는 걸로 해요."

"좋아요. 꼭 비밀 지켜요."

미소와 라라가 각자의 숙소로 돌아갔다. 다른 동물들이 깨지 않도록 라라가 숨죽이고 자신의 이불로 조용히 들어갔다.

다음 날 아침이 밝자 모두들 기지개를 펴며 잠자리에서 일어났다.

"아주 개운한 아침인걸. 오랜만에 정신없이 푹 잤네."

"더 잘 수 있었는데 배고파서 깼네. 아침은 언제 먹나."

팩맨이 주린 배를 쓰다듬으며 하품했다. 때마침 미소가 보낸 개구리가 찾아왔다.

"아침 식사가 준비됐습니다. 여러분, 미소 여왕님이 계신 곳으로 가시지요."

모두 눈을 비비적거리며 개구리 뒤를 쫓아갔다. 개구리가 안내한 식당에 이미 미소가 도착해 있었다.

"모두들 잘 주무셨나요? 근사한 아침 식사를 준비했다고 하니 맛있게 드세요."

"미소 여왕님 만세. 하하. 잘 먹겠습니다."

"포이 아저씨, 놀리지 마요. 그냥 미소라고 불러요."

미소의 얼굴이 벌게졌다. 모두 한바탕 웃는다.

"근데 진리는 어디 갔어요?"

미소가 의아해하며 진리를 찾는다. 그러고 보니 진리만 자리에 없다.

"어? 이상하다. 아까 따라온 거 아니었어?"

"아직 자고 있는 거 아니야?"

팩맨의 말에 미소가 의자에서 벌떡 일어났다. 미소가 앉아 있던 의자가 뒤로 쿵 쓰러졌다.

"내가 확인하러 가볼게요. 먼저 식사하고 계세요."

미소가 다급한 표정으로 식당 밖으로 나갔다. 라라도 덩달아 자리에서 일어나 미소 뒤를 쫓아갔다.

"왜 이리 호들갑이야. 어련히 알아서 오겠지. 자, 그럼 배불리 먹어볼까?"

미소와 라라가 진리를 찾아 나섰다. 둘이 아무 말 없이 눈빛만 주고받는다. 숙소를 향한 발걸음이 점점 빨라지더니 결국 뛰기 시작했다. 숨을 헐떡이며 숙소 앞에 도착했다. 벌컥 문을 열고 진리를 찾지만 보이지 않는다. 둘이 낭황한 표정으로 서로를 마주 본다.

"어제 새벽에 숙소로 들어왔을 때 진리 없었어요?"

"어두워서 진리가 있는지 없는지 못 봤어요. 조용히 침대로 들어가느라 진리를 확인할 겨를도 없었고요."

"이상하다, 도대체 어디로 간 거야?"

둘이 숙소 주변을 샅샅이 훑어봐도 진리를 찾을 수 없었다. 미소가 슬슬 조바심이 났다.

"안 되겠어요. 개구리들에게 부탁해야겠어요."

미소가 다급히 자신의 숙소로 돌아가 독화살개구리들을 소집했다.

"여러분, 제 친구 진리 아시죠? 어젯밤에 진리가 사라졌어요. 여러분께 부탁합니다. 정글 숲을 샅샅이 뒤져 진리를 찾아주세요."

"네! 여왕님! 분부대로 하겠습니다."

독화살개구리들이 미소의 명령대로 진리를 찾기 시작했다. 미소와 라라, 팩맨, 포이, 앵앵이도 주변 정글 숲을 샅샅이 뒤져보지만, 진리의 흔적은 보이지 않았다. 해가 저물자 모두들 기진맥진해 숙소로 돌아왔다.

"이 녀석 도대체 어디로 간 거야? 어젯밤 분명히 나랑 떠들다가 먼저 잠들었는데?"

팩맨이 근심 섞인 목소리로 투덜댔다.

"어제 진리에게서 이상한 점 못 느꼈어?"

"글쎄, 평소와 다른 점은 없었는데? 침대에서 너의 활 쏘는 모습을 흉내 내면서 까불거렸단 말이지. 그 이후론 곯아떨어졌어."

"그럼 어젯밤과 오늘 아침 사이에 사라졌단 말이네. 새벽에 무슨 일이 있었나?"

미소가 어제 새벽의 일들을 떠올렸다.

'라라 씨가 우체국에 갈 걸 예상하고 새벽에 깼어. 한발 늦게 라라 씨를 만났지. 진리 숙소 근처였어. 라라 씨와 약간 실랑이를 했고 그 다음에 편지 내용을 들었단 말이야. 그게 전부인데, 맞아! 라라 씨와 얘기 도중 풀숲에서 뭔가 바스락거리는 소리가 들렸어. 설마 진리? 우리가 나눈 얘기를 다 들었던 거야?"

미소가 당황한 눈빛으로 라라를 밖으로 불러냈다.

"어제 우리가 얘기할 때 풀숲에서 무슨 소리 못 들었어요?"

"소리요? 아, 뭔가 움직이는 소리가 들리긴 했는데. 어머! 혹시 거기에 진리가 있었어요? 그럼 우리 얘기를 다 들었겠네요?"

라라가 눈을 동그랗게 뜨고 양손으로 얼른 입을 가렸다.

"쉿, 다들 듣겠어요. 나도 그게 진리인지 몰라요. 다만 진리가 우리 얘기를 들은 게 맞다면 진리는 지금 어디 있을까요?"

"아마 집으로 돌아가려고 하지 않을까요? 엄마를 만나려고요."

"그렇겠네요. 그럼 얼른 강으로 가봐야겠어요."

진리가 세상모르고 잠을 자고 있다. 그러다 뭔가에 잠이 깼는지 스르륵 자리에서 일어났다.

"하마터면 잠자리에 오줌 쌀 뻔했네. 화장실이 어디 있지?"

진리가 졸린 눈을 비비적거리며 터덜터덜 화장실을 찾았다. 볼일을 마친 그가 잠자리로 돌아가는데 밖에서 수군수군 말소리가 들렸다.

"한밤중에 누가 시끄럽게 얘기 중인 거야?"

달빛에 비친 실루엣을 보니 미소와 라라였다. 가만히 보니 둘 사이의 분위기가 심상치 않다.

"둘이 싸우는 거야?"

진리가 숨죽이고 둘 근처로 다가갔다. 풀숲에 숨어 몰래 둘 사이의 대화를 엿들었다.

'라라 누나가 우체국에 갔나 보네. 저 누나는 새벽부터 편지를 가져오다니. 지네마을에 몰래 숨겨둔 남자 친구가 있는 거 아니야? 히히.'

진리가 입을 가리고 키득키득 웃었다.

'어라? 편지에 내 얘기도 있는 것 같은데?'

자신의 이름이 언급되자 진리가 귀를 쫑긋 세우고 집중했다. 웃음기 가득했던 그의 얼굴이 점점 어두워졌다.

'아빠는 감옥에 있고 엄마는 돌아가시기 직전이라고? 이게 어떻게 된 거야?'

진리가 균형을 잃고 비틀거렸다. 근처의 나뭇잎을 밟아 부스럭 소리가 났다. 미소와 라라가 소리 나는 곳으로 고개를 돌렸다. 진리가 재빨리 무릎을 구부려 몸을 웅크렸다. 두 손으로 입을 가리고 터져 나오는 울음을 막았다.

'엄마가 곧 하늘나라로 간다고? 안 돼! 엄마 얼굴도 못 보고 이렇게 보낼 순 없어!'

하염없이 눈물이 흘렀다. 땅바닥에 얼굴을 파묻고 흐느꼈다. 쪼그린 채 한참을 울고 나니 미소와 라라가 보이지 않았다. 진리가 자리에서 일어나 뛰기 시작했다.

'엄마! 조금만 기다려요. 제가 얼른 마을로 갈게요. 그때까진 살아 계셔야 해요.'

눈물을 흩뿌리며 전속력으로 달렸다. 아직 어두운 밤이라 앞이 잘 보이지 않았다. 돌부리에 이리저리 차이며 수십 번 넘어졌다. 온몸에 진흙이 덕지덕지 묻은 채로 뛰고 또 뛰었다. 거친 숨이 목구멍을 막았다. 그렇게 한참을 달리니 눈앞이 점점 흐려졌다. 발이 서로 엉키면서 앞으로 고꾸라졌다. 얼굴이 온통 진흙으로 범벅이 되었다. 한참 동안 고개를 땅에 묻고 꺼이꺼이 울었다.

'더 이상 뛰지 못하겠어. 어떡하지? 이 상태로 언제 지네마을로 돌아간담? 그 전에 엄마가 돌아가시겠어.'

눈물로 시야가 흐릿해진 진리가 엎드린 채 고개를 옆으로 돌렸다. 그의 눈에 희뿌연 거대한 무언가가 들어왔다.

"저건, 전설의 나무?"

진리가 있는 힘을 다해 몸을 일으켰다. 나무에게 한 발짝 한 발짝 다가가 동굴 안으로 들어갔다. 힘이 빠진 진리가 쓰러지듯 등을 땅에 대고 누웠다.

"나무 님, 정말 한 가지 소원은 무조건 들어주시나요? 제발 한 번만이라도 엄마를 보고 싶어요. 이렇게 부탁할게요. 우리 엄마를 살려주세요."

간절히 기도하던 진리의 목소리가 점점 줄어들었다. 기도하며 맞잡은 두 손이 스르르 풀려 땅으로 풀썩 떨어졌다.

"진리야, 일어나. 벌써 아침이야."

누군가가 진리를 흔들며 깨웠다. 진리가 스르르 눈을 떴다. 희미한 형체가 점점 또렷해졌다.

"아, 아빠?"

깜짝 놀란 진리가 튀어 오르는 개구리처럼 몸을 일으켰다. 진리 아빠가 덩달아 눈이 동그래졌다.

"이 녀석, 악몽이라도 꿨나 보네. 얼른 일어. 오늘 엄마 아빠랑 아침 일찍 놀러가기로 했잖아."

진리가 눈을 비비며 주위를 돌아보았다. 난생 처음 보는 집이었다. 그동안 살았던 지네마을의 집과는 사뭇 다른 느낌이었다.

"이게 어떻게 된 거지? 꿈인가?"

부엌에선 눈에 익숙한 누군가가 바쁘게 요리를 하고 있었다. 진리가 그 뒷모습을 가만히 지켜보았다. 익숙한 실루엣이 완성된 요리를 그릇에 담고 뒤를 돌아 식탁으로 향했다.

"엄마."

진리가 까무러치듯 소리를 질렀다. 진리 엄마가 따뜻한 미소를 지으며 진리를 바라보았다.

"일어났니? 어서 아침 먹으렴. 빨리 준비해야지. 이러다 늦겠다."

진리의 턱이 빠질 지경이다. 엄마의 얼굴을 빤히 쳐다본다. 건강하고 생기 넘치는 엄마의 모습이다. 넋이 나간 진리를 뒤로 하고 엄마 아빠가 식탁 의자에 앉았다. 둘이 진리를 지그시 바라보았다.

"언제까지 그러고 있을 거니? 아직 잠이 안 깼나 보네?"

정신 못 차린 진리가 귀엽다는 듯 엄마가 싱긋 웃었다. 아빠도 덩달아 웃음을 터트렸다.

"하하. 빨리 오지 않으면 아침 식사는 없다."

진리가 정신을 차리고 서서히 몸을 일으켰다. 창문을 가린 커튼 사이로 밝은 햇살이 비쳤다. 진리가 햇살이 살랑이는 마룻바닥을 밟으며 식탁으로 움직였다. 의자에 앉아 엄마의 얼굴을 보니 코끝이 찡하다.

"엄마, 맞죠?"

엄마가 걱정된다는 듯 진리의 이마에 손을 얹는다.

"열이 나진 않는데? 어디 아픈 건 아니지?"

엄마의 손길은 햇살보다 따뜻하다. 진리의 눈에서 눈물이 또르르 흘렀다.

"엄마가 건강해서 다행이에요."

엄마가 진리 볼에 흐르는 눈물을 부드럽게 닦아주었다.

"나쁜 꿈을 꿨나 보네. 엄마는 보다시피 이렇게 건강하단다. 걱정 말고 어서 밥 먹으렴. 다 식겠다."

진리가 울음을 멈추고 밥 한 숟가락을 떠 입에 넣었다. 진리를 지켜보던 엄마 아빠도 그제야 안심이 된다는 듯 식사를 시작했다. 달그락달그락 그릇과 젓가락이 닿는 소리, 도란도란 엄마 아빠의 대화 소리가 아름다운 노래처럼 들린다.

'아, 엄마 아빠가 무사해서 참 다행이야.'

진리가 안도의 숨을 내쉬며 숟가락을 들었다. 다시 한 술 크게 떠서 입안에 넣었다. 우물우물 씹는 그의 모습을 보고 엄마 아빠가 흐뭇한 미소를 지었다. 진리도 덩달아 씨익 웃는다. 오랜만에 먹는 엄마의 밥은 꿀맛이다. 다시 한번 숟가락을 들고 밥을 입안으로 넣으려는데 뭔가 어색했다. 숟가락을 잡은 오른 손등으로 눈길이 갔다.

'어, 이상하다? 내 손등의 상처가 어디 갔지?'

오른손을 이리저리 뒤집어 보았다. 혹시나 해서 왼손도 이리저리 살폈다. 아무리 눈을 씻고 봐도 남가뢰 독으로 인한 상처가 보이지 않았다. 진리가 흠칫 놀라며 앉은 채로 의자를 뒤로 쭉 뺐다. 엄마 아빠가 놀란 얼굴로 그를 쳐다보았다. 그가 잠시 멍하니 있다가 갑자기 창가로 달려갔다. 창문을 가린 커튼을 확 잡아 옆으로 제쳤다. 따뜻한 햇볕이 온 집안을 밝혔다. 그가 눈이 부셔 손으로 얼굴을 가리고 창밖을 보았다. 처음 보는 여러 집들 사이로 높이를 알 수 없는 거대한 나무가 싱그러운 나뭇잎을 흔들고 있었다.

"정글에 있던 전설의 나무?"

어느새 아빠가 다가와 그의 어깨에 조용히 손을 얹었다. 그가 화들짝 놀라 뒷걸음질 치며 아빠에게 물었다.

"저 나무 언제부터 있었어요?"

진리의 떨리는 목소리에 아빠가 담담히 대답했다.

"이곳에 처음 살 때부터 있었잖니."

대답을 하는 아빠의 얼굴에서 미소가 사라졌다. 진리의 온몸에 소름이 돋았다. 아빠의 얼굴에 시선을 고정한 채 한 걸음 한 걸음 물러났다. 아빠가 그 자리에 가만히 서서 그를 빤히 쳐다보았다.

"아니에요, 그럴 리 없어요. 우리 집 근처엔 저런 나무가 없었다고요. 도대체 여긴 어디죠? 여긴 우리가 살던 지네마을이 아니에요."

진리가 소리치며 현관문으로 달려갔다. 그 말을 들은 엄마가 몸을 일으키더니 그의 앞을 가로막고 섰다.

"진리야, 어딜 가니? 엄마는 네가 이 문 밖으로 나가지 않았으면 좋겠어."

엄마의 부드러운 목소리에 진리가 멈칫했다.

"진리야, 여기서 엄마 아빠랑 평생 행복하게 살자. 너도 그걸 원하지 않니?"

"어, 엄마."

진리의 눈에서 닭똥 같은 눈물이 쏟아졌다. 오른 손등을 들어 눈물을 닦았다. 상처 없이 매끈한 손등을 다시 한번 확인한다. 창가 쪽으로 눈을 돌리니 바람에 살랑살랑 흔들리는 커다란 나무가 있다. 진리가 벌게진 눈으로 엄마를 보며 떨리는 목소리로 말했다.

"엄마, 저도 엄마 아빠랑 함께 행복하게 살고 싶어요. 그러기 위해선 절 여기서 내보내주셔야 해요."

"널 보내줬다가 다시는 영영 못 보게 되면 어떡하지?"

"엄마, 반드시 엄마에게 돌아올게요. 약속해요."

엄마가 잠시 가만히 있더니 진리를 꼭 끌어안았다.

"진리야, 엄마는 아들을 믿어. 꼭 여기로 다시 와야 해. 알았지?"

진리도 엄마를 꼭 안고 펑펑 울었다.

"엄마도 저랑 약속해요. 내가 돌아올 때까지 아무 데도 가지 않겠다고요."

"그럼. 엄마는 걱정 마. 이곳에서 한 발짝도 떠나지 않을게."

엄마가 그의 눈물을 닦아주며 부드럽게 미소 지었다. 그리곤 몸을 옆으로 틀어서 그가 문으로 나갈 수 있도록 비켜주었다. 그가 천천히 현관문으로 다가가 한 손으로 손잡이를 잡았다.

"엄마, 아빠, 제 걱정은 안 하셔도 돼요. 꼭 다시 만나요. 그때까지 건강하셔야 해요."

엄마, 아빠가 가볍게 손을 흔들며 작별 인사를 했다. 진리도 한 손을 흔들며 문고리를 잡은 손에 힘을 줬다.

"끼익."

무거운 문이 열리며 햇살이 쏟아져 들어왔다. 밝은 햇빛에 눈이 부시다. 하지만 진리는 눈을 감지 않고 담담히 태양을 바라보았다. 시야에서 주변 사물들이 사라지더니 사방이 점점 하얀 빛으로 변한다.

"엄마!"

진리가 소리를 지르며 눈을 떴다. 그의 비명이 나무 동굴에서 메아리쳤다. 잠자던 박쥐들이 놀랐는지 푸드덕 날아갔다. 그가 이마에 맺힌 식은땀을 닦으며 주변을 살폈다. 희미한 햇살이 나무 동굴 안을 비춘다. 그가 누웠던 자리 옆에 희끗한 뭔가가 놓여 있었다. 진리가 그것을 손으로 집어 햇살에 비춰 보았다. 그가 벗은 허물이다.

지네의 꿈 235

한참 동안 말없이 허물을 쳐다보았다. 그리곤 자신의 오른손을 이리저리 살폈다. 꿈에서 사라졌던 손등의 상처는 그대로 있었다. 서서히 몸을 일으켜 햇살이 비치는 동굴 밖으로 나갔다. 동굴밖엔 어느새 아침 해가 떴다. 진리가 아침 이슬이 맺힌 촉촉한 나무 둥치에 손바닥을 대곤 나무에게 인사했다.

'나무 님, 감사해요. 내게 전달한 메시지, 잊지 않을게요.'

인사를 마친 진리가 진흙 바닥에 찍힌 자신의 발자국을 발견했다. 그 옆에 조그만 개구리 발자국들이 수없이 찍혀 있었다. 진리가 작은 발자국이 이어진 곳으로 고개를 돌리니 한 무리의 독화살개구리들이 부산하게 움직이고 있었다. 모두들 진리를 찾으려고 여기저기 풀숲을 뒤지고 다녔다. 여기저기 둘러보던 개구리 중 한 마리가 나무 앞에 서 있는 진리를 발견했다.

"어? 저기 진리 아니야? 어서 여왕님께 보고해."

때마침 나무 근처를 수색하던 미소에게 진리를 발견했다는 사실이 전해졌다. 미소를 포함한 진리 친구들이 부리나케 전설의 나무로 달려갔다.

"진리야, 여기 있었네? 어떻게 된 거야?"

미소가 기쁨의 눈물을 흘리며 진리에게 뛰어갔다. 하지만 그는 입을 굳게 다문 채 아무 말이 없었다.

"진리야, 괜찮아? 근데 너 두 번째 허물을 벗은 거니? 어딘가 달라졌는걸?"

라라가 놀라서 물어도 그는 대답이 없었다.

"야, 너 때문에 우리가 얼마나 고생했는지 알아? 아무 말도 없이 그렇게 사라지면 어떡해?"

"팩맨, 그만해! 따뜻하게 맞아줘도 모자랄 판에 이게 무슨 짓이야."

미소가 팩맨에게 핀잔을 주곤 따뜻하게 진리에게 말을 건넸다.

"얼굴이 많이 상했네. 많이 배고프지? 어서 뭐 좀 먹자."

미소의 다정한 말에 가만히 있던 진리가 드디어 입을 뗐다.

"저 가야 할 곳이 있어요."

"어디? 마을로 가려고? 부모님 얘기 들은 거니?"

"얘기 들었어요. 하지만 전 마을로 안 가요. 사막으로 갈 거예요."

"사막? 엄마 뵈러 집으로 가지 않고?

진리가 미소의 말을 뒤로 하고 자신의 발자국이 난 방향으로 터벅터벅 걸어갔다. 다들 어리둥절한 표정으로 그의 뒤를 따라갔다. 한참을 걸어 이윽고 그가 자신이 머무르던 숙소에 도착했다. 주섬주섬 자신의 짐을 챙긴다. 모두 그의 행동을 말없이 지켜보았다.

"진리야, 기다려. 나도 같이 가."

모두의 시선이 미소에게 향했다. 진리도 짐을 싸다 말고 미소를 쳐다봤다.

"누나도 같이 간다고요? 여기에서 안 살고요?"

"어. 나도 널 따라 사막으로 갈 거야. 사막이 어떤 곳인지 무척 궁금하거든."

진리가 미소를 빤히 쳐다보더니 말없이 짐을 꾸렸다.

"진리야, 조금만 기다려줘. 여기 개구리들에게 얘기하고 올게."

미소가 자리를 떠나자 팩맨과 라라도 떠날 채비를 했다.

"난 내 동료 개구리를 만날 때까지만 같이 갈 거야. 알지?"

팩맨의 말에도 진리는 별다른 반응이 없었다.

"여러분, 전 이제 이 마을을 떠납니다."
　미소의 말에 독화살개구리들이 화들짝 놀랐다.
　"안 됩니다, 여왕님. 우리를 두고 어디를 가십니까?"
　"우릴 버리지 말아주세요."
　독화살개구리들이 하나같이 울음을 터트렸다. 미소도 터져 나오는 눈물을 억지로 삭였다. 미소와 대결을 펼쳤던 대왕개구리가 미소 앞으로 나섰다.
　"여왕님, 여왕님이 계실 곳은 바로 여기입니다. 우리를 만나려고 그 먼 길을 떠나온 것 아닌가요? 우리들이야말로 여왕님의 친구이자 동료, 가족입니다. 가족을 버리고 어디를 가신단 말씀입니까?"
　"진리는 나의 가족이나 마찬가지입니다. 전 진리 덕분에 새로운 세상을 만날 수 있었어요. 진리가 원하는 세상을 만날 때까지 전 진리와 함께할 겁니다."
　"그럼 그 이후엔 이곳으로 다시 오실 겁니까?"
　"물론이죠. 여러분이 절 반겨준다면 말입니다."
　"그 점은 염려 마십시오. 우리들 모두 한마음 한뜻으로 여왕님을 기다릴 것입니다."
　"감사합니다. 그리고 거미를 물리치러 간 병사들은 어찌 되었나요?"
　"여왕님의 독으로 거미들을 가볍게 제압했습니다. 이제 다신 우리를 공격하지 않을 겁니다."
　"다행이네요. 제가 마음 편히 이 마을을 떠날 수 있겠어요."
　미소가 자신의 활과 화살을 챙겨 떠날 준비를 했다.
　"근데 여왕님, 어디로 가십니까? 이 정글은 앞으로는 강, 뒤로는 높은 산으로 둘러싸인 곳입니다. 강을 건너오셨으니 이제 갈 곳은 저 산맥을 넘는 것 외엔 없습니다."

대왕개구리가 가리키는 곳에 구름으로 덮인 높은 산이 있다. 그 끝이 보이지 않을 정도로 아득했다.

"저 산 너머엔 뭐가 있는지 아세요?"

"비둘기들에게 사막이란 곳이 있다고 들었습니다."

"사막이요? 우리가 가려는 곳이 바로 거기에요."

미소가 흥분돼 소리쳤다.

"날짐승들도 저 산맥을 넘기 힘들다고 들었습니다. 비둘기들도 몇 날 며칠 걸려서 간신히 저 산을 넘어가지요. 구름도 저 산맥을 넘지 못해 산맥의 건너편이 비가 오지 않는 사막이 되었다고 합니다."

"나와 진리는 산전수전 다 겪은 몸이에요. 저 정도 산은 거뜬히 넘어갈 수 있어요."

"여왕님이라면 가능할 거라 믿습니다. 그럼 무사히 잘 다녀오십시오. 그동안 이 마을을 잘 지키고 있겠습니다."

대왕개구리가 고개 숙여 인사했다. 다른 개구리들도 인사하며 미소를 배웅했다.

"진리야, 가자. 저 산을 넘으면 사막이 나온대."

진리가 쓱 고개를 늘어 산을 쳐다보았다. 무표정하게 짐을 짊어 맸다.

"아이고, 난 죽었다. 언제 저 산을 오르나."

팩맨이 투덜대지만 아무도 대꾸하는 이가 없었다.

"여러분, 모두 무사히 다녀와요. 우린 이 정글에서 기다릴게요."

포이와 앵앵이가 작별 인사를 했다. 진리 일행이 비장한 모습으로 손을 흔들어 답했다. 진리의 눈에 이슬이 맺히는 듯했지만 이내 모습을 감췄다. 그가 산을 향해 발걸음을 떼자 미소, 라라, 팩맨이 그 뒤를 따른다. 산을 향해 다가갈수록 정글 숲이 깊어졌다. 낮인지 밤인지 구별이 안 될 정도로 어두컴컴하다. 자욱한 안개가 발밑에 스르르 깔렸다. 여기저기서 들리던 새 소리, 동물 울음소리가 점차 희미해졌다. 진리 일행의 거친 숨소리만이 조용한 정글 숲속을 깨웠다.

"저 녀석 허물을 벗더니 체력이 엄청 좋아졌네. 진리 이 녀석아, 좀 쉬었다 가자."

팩맨이 앓는 소리를 하자 맨 앞의 진리가 멈춰 섰다.

"그래, 진리야, 오늘은 이쯤에서 쉬었다가 내일 출발하자."

미소의 말에 진리가 짐을 풀고 근처 나무에 기대어 앉았다. 나머지 셋도 그의 눈치를 보며 주섬주섬 짐을 내려놓았다.

"미소, 언제까지 우리가 저 녀석 눈치를 봐야 돼? 이거 원 불편해 죽겠네."

팩맨이 중얼거리자 미소가 손가락을 입에 대며 조용히 하라는 시늉을 했다.

"쉿! 진리가 먼저 말할 때까지 참아. 진리가 얼마나 마음고생이 심하겠어. 우리가 기다려줘야지."

"쳇, 부모 없는 나는 이거 서러워서 살겠나."

다음 날 새벽, 진리가 부스럭거리는 소리에 미소가 잠에서 깼다. 그가 짐을 챙겨 출발하자 미소가 서둘러 라라와 팩맨을 깨웠다.

"어서 일어나, 진리가 벌써 움직인다고."

어느새 먼발치에서 그가 산을 향해 발걸음을 옮기고 있었다. 미소,

팩맨, 라라도 부랴부랴 자리에서 일어나 그의 뒤를 쫓아갔다. 산으로 올라갈수록 우거졌던 나무들이 자취를 감췄다. 풀빛도 점차 사라지고 회색빛의 흙길이 끝없이 이어졌다. 자잘한 자갈들이 발부리에 채였다. 우중충한 바위들이 군데군데 널브러져 있었다. 하늘엔 잿빛 먹구름이 가득했다. 구름이 강한 바람에 밀려 마치 파도처럼 출렁였다.

진리는 주변 풍경이 눈에 들어오지 않는 듯 땅바닥만 바라보며 발길을 재촉했다. 산을 오르는 며칠 동안 진리 일행은 서로 말이 없었다. 다들 진리의 눈치를 보다가 진리가 멈추면 따라 멈추고, 움직이면 같이 움직였다. 정상에 가까워지자 구름이 어느덧 발밑에 있다. 사방이 구름으로 가려 길이 보이지 않았다. 진리가 발에 돌멩이가 걸리면서 여러 번 넘어질 뻔했다. 미소가 근처 동굴에서 쉬었다 가자고 제안했다.

"내 발 좀 봐. 퉁퉁 부었네. 더 이상은 못 걷겠다."

팩맨이 툴툴거리며 자신의 발을 주물럭거렸다. 다들 팩맨의 말을 들은 체 만 체했다. 진리도 별다른 대꾸 없이 동굴의 한쪽 벽으로 돌아누워 잠을 청했다. 나머지 일행도 제각기 동굴 이곳저곳에 자리를 잡고 휴식을 취했다.

"쏴아아…"

새벽에 요란한 빗줄기가 쏟아졌다. 미소가 눈을 부비며 잠에서 깼다. 비 오는 동굴 밖을 내다보곤 주변을 둘러보았다. 모두 곤히 잠들어 있었다. 미소가 아직 어두운 새벽인 것을 확인하고 다시 잠자리에 누우려 했다. 그때 미소의 눈에 희끗한 뭔가가 들어왔다. 라라의 주변에 편지가 떨어져 있었다. 미소의 심장 박동이 두근두근 빨라졌다. 미소가 땅바닥에 무릎을 대고 천천히 라라에게 기어갔다. 떨리는 손으로 라라의 편지를 재빨리 주웠다. 그리곤 얼른 자신의 자리로 돌아가 편지를 펼쳤다. 하지만 동굴 안인 데다 새벽이라 글자가 보이지 않았다. 편지를 움켜쥐고 동굴 입구 쪽 벽에 기대고 앉아 날이 밝기를 기다렸다.

해가 뜰 때까지 기다리는 동안 미소의 심장은 제멋대로 날뛰었다. 그 사이 라라가 깨지 않을까 불안한 마음으로 라라를 감시했다. 이윽고 비가 잦아들고 하늘이 밝아왔다. 미소가 심호흡을 하며 땀으로 젖은 편지를 펼쳤다. 한 자 한 자 편지를 읽는 미소의 눈동자가 커졌다. 분노로 인해 얼굴이 점점 일그러졌다. 호흡이 가빠지며 뜨거운 콧김이 뿜어져 나왔다.

"모두 일어나, 어서!"

미소의 살기 어린 목소리가 동굴 안에 쩌렁쩌렁 울렸다. 진리와 팩맨, 그리고 라라가 부스스 몸을 일으켰다.

"진리야, 이 편지를 봐. 널 잡으러 지네 군사들이 쫓아오고 있어. 라라 씨가 그들과 내통해 너를 배신할 작정이야."

미소가 라라를 노려보며 외쳤다. 깜짝 놀란 라라가 눈을 동그랗게 뜨고 미소에게 달려들었다.

"당신 도둑이야? 왜 남의 편지를 훔쳐봐. 얼른 내놔."

그러자 미소가 편지를 머리 뒤로 얼른 숨기며 소리쳤다.

"뒤로 물러나. 날 건드리면 어떻게 되는지 보여줘?"

오히려 미소가 라라에게 한발 다가갔다. 겁먹은 라라가 슬금슬금 뒷걸음쳤다. 그 사이 팩맨이 미소 뒤로 돌아가 편지를 읽었다.

"정말 미소 말이 맞네? 라라 씨가 진리를 팔아먹을 작정이야."

라라의 얼굴이 새파랗게 질렸다. 손으로 얼굴을 감싸고 그대로 주저앉았다.

"진리야, 어서 이 편지를 읽어봐."

미소가 상황 파악이 되지 않는 진리에게 편지를 건넸다. 편지를 받아 든 진리의 표정에 당혹감이 드러났다. 그 자리에서 꼼짝 않고 편지만 뚫어지게 쳐다보았다.

"진리, 너 설마 편지를 못 읽는 거니?"

미소의 말에 진리가 아무 대답 없이 가만히 서 있었다. 쪼그린 채 이 상황을 지켜보던 라라가 슬며시 일어났다. 그리곤 바람처럼 진리에게 달려가 편지를 홱 빼앗았다.

"너 뭐하는 거야?"

미소가 말릴 틈도 없이 라라가 편지를 갈기갈기 찢어 던졌다. 그리곤 진리의 팔을 붙잡고 흔들며 울먹였다.

"진리야, 저 개구리들이 말하는 건 다 거짓말이야. 내 말을 믿어줘."

"진리야, 라라의 거짓말에 넘어가면 안 돼. 나랑 팩맨이 본 게 사실이야."

진리가 미소와 팩맨, 라라를 번갈아 쳐다보았다. 누가 거짓말을 하는지 분간이 어렵다. 머릿속이 하얘진다.

"진리야, 내가 널 어렸을 때부터 돌봐준 거 알지? 그런 내가 왜 널 배신하겠니. 넌 내 친동생이나 마찬가진데."

라라가 흐느끼며 진리의 팔을 꽉 잡았다.

"저들은 우리랑 다른 개구리야. 너에겐 별 관심도 없다고. 진심으로 널 위하는 게 누구인지 잘 생각해봐."

"뭐? 뭐라고? 우리가 진리를 위하지 않는다면 뭣 하러 이 힘든 곳까지 쫓아 왔겠어?"

미소가 당황해 말을 더듬었다. 이때를 놓치지 않고 라라가 말을 이어갔다.

"미소 저 개구리가 왜 널 따라왔는지 기억나? 단지 사막이라는 곳이 궁금해서였어. 널 도와주려는 생각은 눈곱만큼도 없다고."

"아, 아니. 그때 그렇게 말한 건 그런 뜻이 아니라…"

미소가 말을 얼버무리자 라라가 신이 나 팩맨에게로 화살을 돌렸다.

"팩맨은 매번 뭐라고 했는지 알지? 자기 동료들을 만나면 여행을 그만둘 거라고 입버릇처럼 말했잖아."

"그, 그건 맞지만 그렇다고 진리를 돕지 않겠다는 뜻은 아니었어."

팩맨도 땀을 삐질삐질 흘리며 말을 버벅댔다. 라라가 의미심장한 웃음을 지으며 진리에게 하소연했다.

"미소 씨가 예전부터 날 싫어했잖아. 그래서 이번 일을 꾸민 거라고. 편지 내용을 가짜로 조작해서 너에게 알려준 거야. 날 의심하게 하려고."

"너, 어떻게 그런 거짓말을 할 수 있어? 그 입 다물지 못해?"

미소가 몸을 바들바들 떨며 씩씩거렸다. 분노에 찬 표정으로 라라에게 다가갔다.

"너 가만두지 않겠어!"

미소가 라라에게 달려갔다. 라라가 공포에 질려 진리 뒤로 숨었다.

"아악, 살려줘."

진리가 양팔을 좌우로 벌려 미소를 막았다.

"누나, 그만 해요. 라라 누나를 죽일 셈이에요?"

진리의 말에도 아랑곳하지 않고 미소가 눈에 살기를 띤 채 라라를 잡으려 했다.

"이리 오지 못해."

미소가 진리 뒤에 숨은 라라를 향해 손을 뻗었다. 진리가 미소 쪽으로 몸을 틀어 미소의 손을 막아섰다. 미소의 손이 진리에 닿으려는 찰나 미소가 재빨리 손을 뺐다.

"이럴 수가, 하마터면 진리 너를 죽일 뻔했잖아?"

미소가 그 자리에 털썩 무릎을 꿇었다. 진리를 향해 뻗었던 오른손이 벌벌 떨렸다. 미소가 넋이 나간 표정으로 자신의 오른손을 바라보았다. 진리 뒤에 있던 라라가 슬쩍 고개를 내밀고 미소와 진리를 번갈아 쳐다보았다. 라라가 놀란 마음을 진정시키고 진리에게 속삭였다.

"저것 봐. 미소가 나를 죽이려 했다고. 앞으로도 내가 마음에 들지 않으면 언제든 날 죽이려 할 거야."

진리가 떨고 있는 미소와 넋 나간 팩맨을 번갈아 살펴보았다. 그리곤 라라를 돌아보며 얘기했다.

"누나만 믿고 갈게요. 어서 여기를 떠나요."

그 말을 들은 미소가 황급히 일어나 진리를 가로막았다.

"진리야, 안 돼. 내 말을 믿어야 해. 라라랑 같이 가면 위험하다고."

하지만 진리의 표정은 싸늘하기만 했다. 처음 보는 진리의 반응에 미소가 어쩔 줄 몰랐다.

"지, 진리야. 설마 나랑 팩맨을 버리고 가겠다는 건 아니겠지?"

"누나, 우린 이제 여기서 끝이에요. 더 이상 날 따라오지 마세요."

진리가 매몰차게 대답하자 미소가 벼락을 맞은 듯 흠칫 놀랐다.

"너 어떻게 나한테 그런 말을. 널 도와주려고 지금까지 너와 함께한 거 몰라?"

미소가 심한 배신감에 몸서리쳤다. 진리가 그런 미소를 냉랭하게 바라보며 소리 질렀다.

"누나는 심심풀이로 날 따라오는지 모르겠지만 난 정말 간절한 마음으로 사막에 가는 거라구요! 누나의 동정 따위는 필요 없어요!"

얼빠진 표정의 미소를 뒤로 하고 진리가 동굴 밖으로 나갔다. 라라가 그 뒤를 졸래졸래 따라간다.

"야, 이 꼬마 녀석아. 너 우리 말 안 들으면 분명 후회한다. 같은 지네라고 다 네 편인 줄 알아?"

팩맨이 진리 뒤통수에 대고 고래고래 소리쳤다. 그가 들은 체도 하지 않고 산 정상을 향해 길을 떠났다.

"저 녀석, 된통 당해봐라. 지금까지 같이 고생한 우리를 매몰차게 버리고 가? 이 배은망덕한 놈아."

팩맨이 흥분을 가라앉히지 못하고 씩씩거렸다. 미소는 넋이 나간 채 진리의 뒷모습을 멍하니 바라보았다.

"어이, 정신 차려."

팩맨이 미소의 눈앞에 대고 손뼉을 쳤다. 초점 없는 미소의 눈은 미동도 없었다.

"이제 저 녀석에 대한 미련을 버리라고! 난 이제 내 동료들을 찾으러 갈 거야. 너도 독화살개구리들이랑 행복하게 살아. 넌 그들의 왕이잖아. 뭐가 걱정이야? 평생 떵떵거리며 살 수 있는데."

팩맨의 말이 귀에 들어오지 않는 듯 미소는 어떤 반응도 없었다.

"참 답답하다, 답답해. 그럼 난 이 산을 내려간다. 이제 너와도 작별이구만. 잘 살아."

팩맨이 동굴 밖으로 빠져나가 산을 내려갔다. 잠시 후 미소가 손으로 땅을 짚고 천천히 일어났다. 동굴 밖으로 나가 오르막길을 바라보았다. 진리와 라라의 뒷모습이 까마득했다. 한참을 쳐다보다 반대편으로 고개를 돌렸다. 뒤뚱거리며 걸어가는 팩맨이 보였다. 힘없이 팩맨 쪽으로 발길을 돌렸다. 힘 빠진 다리를 붙들고 터덜터덜 산길을 내려갔다.

6

'휴, 하마터면 들킬 뻔했네. 이대로 진리랑 헤어졌으면 마을로 못 돌아갈 뻔했어. 군사 지네들을 만날 때까지 정신 바짝 차리자. 이제 얼마 안 남았어.'

산 정상으로 오르는 길이 험했지만 라라는 더 이상 힘들지 않았다. 곧 있으면 마을로 돌아갈 수 있다는 희망과 함께 눈엣가시였던 미소마저 없어지니 마음이 더욱더 홀가분했다.

"누나! 저기 좀 봐요! 저곳이 사막인가 봐요!"

라라보다 먼저 정상에 도착한 진리가 손가락으로 산 밑을 가리켰다. 라라도 신이 나 서둘러 정상으로 향했다.

"와! 저 노란 들판이 사막인가 보네. 그동안 고생했어, 진리야. 저곳엔 엄마 병을 고칠 방법이 분명히 있을 거야. 어서 서두르자."

"누나, 고마워요. 날 생각해주는 건 누나밖에 없어요."

"호호, 당연하지. 우리가 함께한 시간이 몇 년인데."

진리와 라라가 가벼운 발걸음으로 사막을 향해 내려갔다. 산을 오를 때와는 달리 공기가 건조하고 구름이 없다. 나무 그늘도 없는 모래벌판이라 햇빛이 직접 피부에 닿았다. 라라의 피부가 햇빛에 의해 바짝 말라갔다.

"진리야, 우리 바위 그늘에서 쉬었다 가자. 이대로 가다간 피부가 말라 숨을 못 쉬겠어."

진리도 점점 숨이 가빠오던 터라 근처 바위에서 쉬었다 가기로 했다.

"우리 지네들은 이렇게 강한 햇빛에 노출되면 금방 죽을 수 있어. 해가 떨어지는 밤까지 기다렸다 움직이자."

라라의 말에 진리가 고개를 끄덕였다. 진리가 눈을 감고 숨을 가다듬는다. 드디어 천신만고 끝에 사막에 도착했다. 이처럼 눈부시고 뜨거운 세상이 있다니 신기하기만 하다. 이곳 사막에서라면 곰팡이에 대한 걱정 없이 살 수 있다. 사막에 사는 지네가 정말로 있다면, 그들로부터 이 강렬한 햇빛 아래에서 살 수 있는 방법을 배워야겠다고 다짐한다. 정글 나무에서 꾸었던 꿈을 떠올렸다. 그때 보았던 햇빛이 사막의 햇빛과 똑 닮았다. 기분 좋은 예감에 진리의 마음이 벅차오른다.

뜨거웠던 태양이 가라앉자 진리와 라라가 자리에서 일어났다. 사막에 산다는 지네를 찾아 발걸음을 옮겼다. 허허벌판의 사막에선 까딱하면 길을 잃기 십상이다. 하지만 진리가 북극성으로 방향 찾는 방법을 기억하고 있었다. 북극성을 통해 정글의 방향을 알아낸 뒤 그 반대편으로 나아갔다.

"진리, 너 대단하다. 별을 보고 길을 찾다니."

"쇠똥구리 아저씨가 알려줬어요."

"쇠똥구리?"

"들판에서 똥을 굴리는 벌레예요. 나랑 미소 누나랑 팩맨 아저씨가 힘을 합쳐 똥 굴리는 걸 도와줬거든요. 그랬더니 쇠똥구리 아저씨가 별 보는 법을 가르쳐 줬어요."

진리가 그날의 광경을 떠올렸다.

"팩맨 아저씨가 똥 냄새난다고 어찌나 투덜거리던지. 나랑 미소 누나는 냄새를 꾹 참고 똥을 굴렸는데 말이에요."

진리가 하늘을 올려다보며 추억에 잠겼다. 셋이 팔 벌리고 노래 부르며 동남쪽을 찾은 그날을 생각하니 저절로 웃음이 났다. 그러다 갑자기 진리가 고개를 세차게 저었다.

'아니야. 그 둘은 사막에 가려는 날 이해 못 해. 그리고 애초부터 각자의 목적을 위해 길을 떠난 거였다고. 어차피 나와 끝까지 함께할 이들이 아니야.'

라라가 진리의 속마음을 읽었는지 침울한 표정의 그를 위로했다.

"이젠 사막 지네를 만나는 것에만 집중하자. 그래야 얼른 그리운 고향으로 돌아갈 수 있잖니?"

진리가 말없이 고개를 끄덕였다. 그의 표정이 비장하다.

"밤엔 시원해서 걷기 좋네. 이 정도 기온이면 몇 달이고 걸을 수 있겠어. 물만 있다면 말이야."

"누나도 목말라요? 나도 한참 걸었더니 물 마시고 싶어요."

"걷다 보면 목을 축일 곳이 나오겠지."

하지만 밤새 걸어도 황량한 모래벌판뿐이다. 눈을 씻고 찾아봐도 물은 보이지 않았다.

"목이 너무 말라. 이대로 가다간 쓰러지겠어. 나 여기서 죽는 거 아니야?"

라라가 풀썩 모래밭에 주저앉았다. 입 주변이 하얗게 말라붙고 눈동자가 힘없이 풀렸다. 진리도 수분이 부족해 머리도 아프고 어지러웠다. 하늘과 땅이 하나로 뒤섞여 뱅뱅 돌았다. 모래 위에 눕고 싶었다. 하지만 지금 멈춘다면 영원히 못 일어날 것 같은 느낌이 들었다. 진리가 정신 줄을 부여잡고 라라에게 말했다.

"누나, 여기서 잠깐 쉬고 있어요. 제가 금방 물을 구해올게요."

"어. 얼른 와야 해."

라라가 다 죽어가는 목소리로 대답했다. 진리가 지친 몸을 이끌고 물을 찾아 나섰다.

'이대로 죽을 순 없어. 어떻게 사막까지 왔는데. 한 방울이라도 좋으니 제발 물을 찾아야 해.'

그의 간절한 바람에도 물을 찾을 순 없었다. 그의 허리가 점점 앞으로 꺾이고 다리가 부들부들 떨렸다. 시야가 점점 흐려지는 와중에 조그만 검은 점이 저 멀리서 움직이는 것이 보였다.

"제발 살려주세요."

진리가 그 자리에서 고꾸라졌다. 의식이 희미해지면서 눈꺼풀이 점점 감겼다. 검은 점이 그 목소리를 들었는지 그에게 다가왔다. 그의 눈꺼풀을 손으로 열고 눈동자를 살펴본다.

"탈수 증세가 왔나 보군. 이봐! 어서 일어나! 이대로 있으면 죽는다고."

"아, 아저씨. 물 좀 주세요."

"물은 나도 없어."

검은 점의 매몰찬 대답에 진리의 마지막 희망이 사라졌다.

"하지만 조금만 기다리면 물을 구할 수 있어. 다만 자네가 직접 움직여야 해. 그때까지 정신 줄을 붙잡지 않으면 자넨 죽어."

"알겠어요."

"해가 뜰 때까지 기다려. 그때까지 깨어있지 못하면 어쩔 수 없고."

진리가 엎드린 상태에서 가까스로 고개를 동쪽으로 돌렸다. 한쪽 눈은 모래에 파묻혀 있고 나머지 한쪽 눈으로 동쪽 하늘을 바라보았다. 게슴츠레 반쯤 뜬 눈으로 하늘과 땅이 맞닿은 곳을 응시했다. 아직 깜깜한 밤이라 하늘과 땅의 경계가 구분되지 않았다.

'안 돼. 더 이상 눈을 뜰 힘이 없어.'

진리가 안간힘을 쓰고 눈꺼풀에 힘을 줬다. 하지만 속눈썹이 스르르 내려오는 걸 막을 수 없었다. 눈이 완전히 닫히려는 순간 그의 눈에 희미한 주황색 빛이 들어왔다. 그 빛이 하늘과 땅 사이를 가르고 주변으로 번졌다. 따스한 빛이 그의 눈꺼풀을 서서히 들어 올렸다.

"어이, 지금이야, 일어나."

검은 점의 호통에 진리가 정신을 차리고 일어났다. 젖 먹던 힘까지 쥐어 짜내 검은 점을 간신히 따라갔다. 비틀거리며 사막 언덕 위에 도착했다. 그러자 갑자기 검은 점이 태양을 바라보며 물구나무를 섰다.

"아저씨, 뭐해요?"

당황한 진리의 물음에 검은 점이 대답했다.

"해뜨기 전에 습한 바람이 모래 언덕으로 불어와. 이때 물구나무를 서서 바람을 온몸으로 받아내지. 그러면 몸에 이슬이 맺히면서 내 입으로 물방울이 들어온다고. 잘 봐."

검은 점의 말대로 습한 바람이 언덕 위를 지나갔다. 검은 점의 몸에 조그만 물방울들이 송글송글 맺혔다. 충분한 양의 물방울이 맺히자 작은 물방울들이 하나로 합쳐져 아래로 흘렀다. 거꾸로 선 검은 점의 목과 턱을 지나 물방울이 입으로 또르르 굴러갔다.

"아, 시원하다. 자네도 해봐."

진리가 자연스럽게 온몸의 팔과 다리를 양쪽으로 벌렸다. 수많은 다리 끝에 작은 물방울이 알알이 맺혔다. 그가 물방울들을 하나로 모아 입을 축였다. 눈이 번쩍 뜨였다. 물이 피가 되어 몸 구석구석을 돌았다. 그가 금세 기력을 회복했다.

"자넨 이슬을 만들기에 최적의 몸을 가졌군. 그토록 다리가 많으니 말이야."

검은 점이 감탄했다. 진리가 물방울로 배를 채웠다.

"아, 이제 살았다. 물이 이렇게 꿀맛이라니."

진리가 뿌듯하게 배를 두드렸다.

"아차, 얼른 라라 누나에게 물을 갖다줘야 해."

그러자 검은 점이 자신이 가져온 나무 그릇을 건네줬다.

"이걸 잠시 빌려줄 테니 얼른 여기에 물을 담아."

"고마워요, 아저씨."

진리가 팔을 벌려 바람을 맞이한다. 시원하고 촉촉한 바람이 그를 감쌌다. 온몸이 이슬로 젖었다. 그릇이 순식간에 물로 가득 찼다.

"대단하군. 내가 그 그릇을 가득 채우려면 수십 번 물구나무를 서야 하는데 말이야."

검은 점을 뒤로 하고 진리가 물그릇을 들고 라라에게 뛰어갔다. 라라는 눈을 감은 채 미동도 없있다.

"누나, 정신 차려요."

진리가 라라의 입에 물그릇을 대었다. 라라의 얼굴이 조금씩 씰룩였다. 희미했던 숨소리가 점점 커졌다. 라라가 슬며시 눈을 떴다.

"물을 구해 왔구나. 진리 네 덕분에 살았어. 고마워."

진리가 뿌듯한 표정으로 자초지종을 설명했다. 라라가 기력을 회복하자 둘은 그릇을 돌려주기 위해 모래 언덕으로 갔다.

"아저씨, 고마워요. 덕분에 우리 둘 다 목숨을 구했어요."

"고마우면 그릇 가득히 물이나 채워줘."

"그쯤이야 식은 죽 먹기죠."

진리와 라라가 함께 힘을 합치자 그릇이 금세 물로 찰랑였다.

"이렇게 쉽게 물을 구할 수 있으니 사막에 지네가 많이 사는 거로구만."

"네!? 아저씨가 사막에 사는 지네를 본 적 있어요?"

진리가 턱이 빠질 정도로 깜짝 놀랐다.

"지금 내 눈앞에도 있지 않나. 가만 보자. 자네들은 사막 지네들과는 좀 다르게 생겼네?"

"네. 우리는 아주 먼 곳에서 왔어요. 사막 지네를 만나려고요. 어디로 가면 사막 지네를 만날 수 있나요?"

진리가 흥분을 감추지 못하고 다급하게 물어봤다.

"어이, 진정하라고. 사막에 사는 동물들이 한곳에 모여 사는 곳이 있어. 바로 오아시스야."

"오아시스?"

"사막 한가운데 있는 커다란 연못이지. 그 근처로 가면 온갖 동물들을 다 만날 수 있다네. 여기서 며칠만 걸어가면 돼."

검은 점이 손가락으로 지평선을 가리켰다. 지평선 아래 희미한 무언가가 보인다.

"감사합니다. 이 은혜 잊지 않을게요. 아저씨 이름은 뭔가요?"

"난 사막거저리일세. 다음에 또다시 날 만나면 물그릇 좀 채워주게."

"걱정 마세요. 아저씨 덕분에 걱정 없이 사막을 여행할 수 있게 됐어요."
 "잊지 말게. 물을 구하려면 해뜨기 직전, 근처에서 가장 높은 모래 언덕으로 올라가야 하네."
 "네, 명심할게요."

 사막에서 물을 구할 수 있게 되자 진리와 라라는 이제 사막이 두렵지 않았다. 뜨거운 한낮엔 바위 그늘에서 쉬고 서늘한 밤에 발걸음을 뗐다. 사막거저리가 일러준 방향으로 며칠 걷자 커다란 마을이 나왔다.
 "누나, 저기 좀 봐요. 엄청 큰 마을이 있어요."
 "자그마한 동네인 줄 알았는데 이렇게나 크다니."
 진리와 라라가 거대한 마을 크기에 깜짝 놀랐다. 사막 한가운데 있는 오아시스는 직경이 수 킬로미터에 달하는 어마어마한 크기를 자랑한다. 이 오아시스 주변으로 마을이 형성되어 있고 커다란 이파리를 자랑하는 야자수가 군데군데 그늘을 드리우고 있었다. 진리와 라라가 햇빛에 닿지 않게 야자수 그늘 사이로 걸어가며 마을 어귀로 들어섰다.
 "똑똑똑."
 신리가 처음 보이는 집의 대문을 두드렸다. 잠시 후 끼이익 문이 열리더니 전갈 한 마리가 기어 나왔다.
 "사막 지네가 여긴 무슨 일인가?"
 "안녕하세요? 전 진리라고 해요. 전 사막 지네는 아니고요, 사막 지네를 만나러 왔어요."
 그러자 전갈이 위 아래로 진리를 샅샅이 훑었다.

"그러고 보니 자넨 사막 지네와는 다르게 생겼군. 가만 보자. 자네를 닮은 지네가 이 오아시스에 온 적이 있다네. 아주 오래전 일이지. 이름이 이고라네."

"제 할아버지 이름이에요. 아저씨가 우리 할아버지를 아세요?"

진리가 소스라치게 놀라며 되물었다.

"이 오아시스 마을에서 이고를 모르는 동물은 없어. 사막에서 나고 자란 동물들만 오아시스에서 살 수 있는데 이고만 예외지."

"할아버지가 아직 살아 계세요?"

"살아는 있지."

"살아는 있다고요?"

"직접 가서 확인해보게. 사막 지네마을은 여기서 오아시스를 따라 시계방향으로 돌면 나온다네. 반나절 정도 걸으면 돼."

"감사합니다, 아저씨."

진리가 인사도 하는 둥 마는 둥 들뜬 표정으로 뛰어갔다. 라라가 뛰어가는 진리의 뒷모습을 바라보며 전갈에게 슬쩍 물었다.

"오아시스 마을에 우체국도 있나요?"

"그럼요. 사막 지네마을로 가는 길 중간에 있습니다."

"정말요? 감사합니다. 진리야, 같이 가."

라라 역시 상기된 표정으로 진리를 쫓아갔다.

모래뿐인 사막에선 한낮에 돌아다닐 엄두도 못 냈지만 이곳 오아시스는 달랐다. 물 주변으로 빽빽하게 서 있는 나무들 덕분에 시원한 그늘이 곳곳에 있었다. 덕분에 진리와 라라가 힘들이지 않고 우체국에 도착했다.

"진리야, 난 우체국에 볼일이 있어. 시간이 좀 걸릴 것 같아. 너 먼저 지네마을로 갈래? 금방 뒤쫓아 갈게."

"네. 저 먼저 갈게요. 지네마을에서 봐요."

진리와 헤어진 라라가 우체국으로 들어갔다. 비둘기들이 분주히 움직이며 편지를 정리하고 있었다. 라라가 그중 하나에게 다가가 말을 걸었다.

"혹시 라라라는 이름 앞으로 온 편지가 있는지 확인할 수 있을까요?"

비둘기가 이름 별로 분류된 편지 꾸러미를 뒤지더니 한 통의 편지를 라라에게 건넸다.

"자, 여기 있습니다."

라라가 얼른 편지를 낚아채 허겁지겁 봉투를 뜯었다. 지네 군사 대장에게서 온 편지였다.

'나는 지금 정글의 우체국에서 자네에게 편지를 쓰는 중이다. 여기저기 수소문해보니 진리와 함께 사막으로 갔다더군. 저 높은 산만 넘으면 사막이라고 하니 금방 진리를 잡을 수 있겠어. 자네가 조금만 더 수고해주게. 진리에 대한 정보를 빠짐없이 내게 알려야 해. 자네가 내게 전달할 말이 있다면 정글 우체국으로 편지를 보내지 말고 그곳 사막 우체국에 편지를 맡기게. 그 편지를 읽을 때쯤이면 우린 이미 이곳을 출발했을 테니. 그럼 이만.'

편지를 읽은 라라의 얼굴에 화색이 돌았다. 그리곤 이내 종이와 연필을 빌려 군사 대장에게 쪽지를 남겼다.

'얼마 안 있으면 사막에 도착한다니 듣던 중 반가운 소식이네요. 나와 진리는 오아시스의 사막 지네마을로 갈 예정이에요. 그쪽으로 오

면 진리를 잡을 수 있을 거예요. 빨리 만날 수 있길 바라요.'

라라가 우체국에 쪽지를 맡긴 후 지네마을로 발걸음을 옮겼다. 얼마 안 있으면 고향으로 돌아간다는 사실에 콧노래가 절로 났다.

팩맨이 씩씩거리며 산을 내려갔다. 아직도 진리에 대한 화가 풀리지 않은 모양이다. 미소가 침울한 표정을 지으며 팩맨 뒤를 따랐다. 어느덧 독화살개구리 마을이 보이는 산 중턱에 도달했다. 팩맨이 뒤를 돌아보며 미소에게 말을 걸었다.

"이봐, 넌 개구리 마을로 통하는 이쪽 길로 갈 거지?"

미소가 말없이 고개를 끄덕였다.

"그럼 이제 너와도 작별해야겠군. 난 반대편으로 갈 거야. 나도 내 동료들을 찾아야겠어."

"그러지 말고 우리 마을로 같이 가는 게 어때? 거기서 좀 쉬었다 가."

"싫어! 나도 하루빨리 내 동료들을 만나야겠어."

"어쩔 수 없지. 싸우며 정든다고 막상 너랑 헤어지려니 아쉽네."

"정글에서 내 동료들을 찾게 되면 너에게 놀러 갈 테니 걱정 마셔."

"그래. 몸조심하고."

미소가 팩맨과 작별 인사 후 산길을 내려갔다. 그러다 갑자기 뒤를 돌아보며 팩맨을 불렀다.

"이봐, 팩맨. 이리 와 봐."

"난 이제 너랑 안 간다니깐."

팩맨이 뒤돌아보며 심드렁하게 대답했다. 미소가 손가락으로 어딘가를 가리키며 다른 한 손으로 이리 오라고 손짓했다.

"귀찮게 또 무슨 일이야?"

팩맨이 투덜대며 미소에게 다가갔다. 미소가 가리키는 곳을 보니 저 멀리서 수십 마리의 지네가 산을 오르고 있었다. 미소와 팩맨이 바위 뒤에 숨어 그들을 지켜보았다.

"진리와 라라를 닮은 지네들이잖아? 라라 편지 내용이 맞았네? 진리를 잡으러 온 거야. 크하하. 진리 요 녀석, 쌤통이다. 우리 말을 무시하더니 된통 당하게 생겼네."

팩맨이 히죽히죽 웃으며 신이 났다. 미소가 그런 팩맨을 보며 툭 말을 던졌다.

"너도 갈래?"

"어딜 가? 난 네 마을로 안 간다니까. 너 설마, 쟤네들을 따라간다는 건 아니지?"

미소가 대꾸 없이 비장한 표정을 지었다. 그런 미소를 이해하기 어렵다는 듯 팩맨이 고개를 절레절레 흔든다.

"너도 참 답 없다. 그 바보 멍청이에게 그렇게 당했는데도 걜 구하러 가겠다고?"

"진리 그 어린 녀석이 뭘 알겠어. 내가 도와줘야지. 안 갈 거면 나 혼자 간다."

미소가 바위 뒤에서 설연히 몸을 일으켰다.

"야, 네가 아무리 강력한 독화살이 있다고 해도 저 녀석들을 무찌를 수 있을 거 같아? 쟤넨 수십 명이나 된다고."

미소가 팩맨의 말을 무시하고 지네 군사 쪽으로 발걸음을 옮겼다.

"난 안 간다. 혼자 잘 해보셔."

미소가 뒤도 돌아보지 않고 허리를 숙인 채 천천히 지네 군사들 쪽으로 접근했다. 들키지 않을 정도의 거리를 유지하며 조심조심 걸었다. 다시 큰 바위가 나타나자 얼른 그 뒤로 몸을 숨긴 채 목을 빼꼼히 내놓았다. 다행히 지네 군사들은 아무런 눈치도 채지 못했다. 미소가 숨 죽인채 지네 군사들의 동태를 살피는데 누군가 갑자기 미소 옆으로 뛰어들었다.

"앗, 깜짝이야. 뭐야 너? 안 온다며?"

"너나 진리나 참 마음에 안 들어. 이런 녀석들이랑 한 팀이라니. 내 팔자야."

"한 팀?"

"됐고, 이제 어떻게 할 거야? 무슨 계획이라도 있어?"

"그런 거 없어. 일단 저 녀석들 뒤를 밟는 거지. 움직이다 보면 뭔가 방법이 나오지 않겠어?"

"재규어를 무찌르더니 자신감이 하늘을 찌르는구만."

팩맨이 미소를 보고 못 말린다는 듯 혀를 찼다. 그런 팩맨을 향해 미소가 씩 웃으며 조용히 외쳤다.

"자, 그럼 다시 사막으로 가자."

사막의 햇빛은 상상을 초월할 정도로 뜨겁다. 진리가 오아시스 주변의 나무 그늘로만 다니더라도 더위까지 막을 수는 없었다. 다른 동물들은 코빼기도 안 보이는 걸 보니 다들 햇빛을 피해 어딘가 숨었나 보다. 진리가 혀를 내민 채 헐떡거리며 무거운 발걸음을 옮겼다. 더위에 지쳐갈 때쯤 나무로 된 표지판을 발견했다. 수시로 부는 모래 바람 때문에 표지판이 모래에 묻혀 있었다. 진리가 가까이 다가가 표지판의 모래를 털어냈다. 자신과 꼭 닮은 동물이 그려져 있었다.

"드디어 사막 지네마을에 도착했어."

설레면서도 긴장되는 마음을 안고 눈앞에 보이는 가장 가까운 집으로 향했다. 침을 한 번 꼴깍 삼키고 문을 두드렸다.

"실례합니다. 아무도 안 계세요?"

집 안에서 부스럭거리는 소리가 들리더니 누군가 슬며시 문을 열었다. 드디어 진리의 눈앞에 사막 지네가 모습을 드러냈다.

"정말 사막에 사는 지네가 있어."

진리가 너무나도 놀라 바로 앞의 사막 지네도 아랑곳하지 않고 소리를 질렀다. 사막 지네는 진리의 아빠보다 거의 두 배 정도 되는 크기였다. 또한 태양빛을 닮은 강렬한 주황색 껍질을 가지고 있었다. 햇빛을 반사하는 반짝반짝 빛나는 껍질에 눈이 부실 지경이다. 또한 주황색 마디마다 진한 검정색 줄무늬가 그려져 있었다. 마치 호랑이를 연상케 할 정도로 위풍당당한 위용을 자랑했다. 진리가 자신의 껍질을 바라보았다. 거무칙칙한 진회색에 손가락으로 누르면 쑥 들어갈 정도로 물렁한 껍질이다. 사막 지네와 비교하면 자신도 모르게 한숨이 푹 나올 정도로 초라한 모습이었다. 사막 지네도 진리를 보고 적잖이 놀랐다. 눈을 크게 뜨고 진리를 이리저리 살피더니 이내 경계를 풀고 진리에게 말을 걸었다.

"넌 여기 사는 지네가 아닌 것 같은데. 우리 마을엔 무슨 일이지?"

진리가 당찬 표정으로 대답했다.

"전 햇볕에서도 살 수 있는 방법을 찾기 위해 사막에 왔어요. 또한 내 할아버지도 만나러 왔구요."

"할아버지? 혹시 이고 아저씨를 말하는 거냐?"

"네, 맞아요. 절 할아버지에게 데려다 주실 수 있나요?"

"그야 어렵지 않지. 어쩐지 처음 보는 네 녀석이 어색하지 않더라니 이고 아저씨의 손자였구나. 얼굴이 똑 닮았네."

"정말 저랑 비슷하게 생겼어요? 전 할아버지를 실제로 본 적이 없어요."

"가서 보면 알 거다. 그럼 나를 따라오너라."

사막 지네가 안내한 곳은 마을 한가운데 위치한 으리으리한 대저택이었다. 문을 지키고 있던 문지기 지네가 앞을 막아섰다.

"제사장님께 이 꼬마 지네를 데려다주게. 이고를 만나러 왔다네."

문지기가 진리를 위 아래로 훑더니 문을 열어줬다. 육중한 문이 열리자 시중드는 지네 둘이 진리에게 다가왔다.

"어서 오세요. 제사장님께 모셔다 드리겠습니다."

진리가 이국적인 대저택이 신기한 듯 여기저기 둘러보았다. 진흙 벽돌을 하나하나 쌓아올린 돔 모양의 둥근 천장은 한눈에 들어오지 않을 정도로 높았다. 벽 중간 중간에 햇빛이 들어오는 창문이 조그맣게 뚫려 있었다. 진리가 안내하는 지네를 따라 미로처럼 이어져 있는 여러 방들을 지나갔다. 한참을 안으로 들어가자 화려한 장식들로 가득한 커다란 방이 나타났다.

"여기서 잠시 기다려주세요."

안내한 지네들이 방에서 나가고 진리 혼자 덩그러니 방에 남았다. 심장이 두근거렸다. 곧 있으면 할아버지를 만날 생각에 머릿속이 복잡했다.

'할아버지가 사막 지네들의 왕이 된 건가? 아니면 제사장이라는 이 마을 우두머리와 무슨 관계인 걸까? 혹시 나를 알아보실까? 날 모르더라도 아빠 이름은 아시겠지?'

진리가 할아버지에 대한 생각에 사로잡힌 그때, 거대한 지네 하나가 쓰윽 방으로 들어왔다. 다른 사막 지네들보다 더 화려하게 빛나는 주황색 껍질을 가지고 있었다. 그의 얼굴은 다른 지네들에게서 볼 수 없는 위엄과 신비로움으로 가득 차 있었다. 진리가 성스러운 기운에 이끌려 그 지네에게로 다가갔다.

"혹시 저 알아볼 수 있어요? 제가 바로 할아버지 손자 진리에요."

하지만 가까이 다가가서 얼굴을 확인하니 자신과 닮은 구석이 없었다. 당황한 표정의 진리를 보고 그 지네가 너털웃음을 터트렸다.

"하하, 난 너의 할아버지가 아니란다. 비록 네 할아버지만큼 나이가 많긴 하지만. 난 이 마을을 다스리는 제사장이다. 네가 이고를 찾아온 꼬마 지네인가?"

"네, 전 진리라고 해요. 제 할아버지는 어디 계시죠?"

"바로 옆방에 이고가 있지. 나랑 같이 가자꾸나."

제사장을 따라간 곳에 커다란 장막이 쳐 있었다. 장막을 걷자 사막 지네 한 마리가 구석에 몸을 웅크리고 있었다. 진리가 뭔가에 홀린 듯 사막 지네에게 다가갔다. 그 사막 지네는 진리가 누구인지 관심도 없다는 듯 미동도 하지 않고 두 눈만 끔뻑끔뻑했다. 진리가 사막 지네의 얼굴을 찬찬히 살폈다. 아빠인 수용과 이목구비가 비슷하다. 자신의 얼굴과 비교해보니 전체적으로 닮은 느낌이다. 하지만 신기하게도 이고의 몸은 사막 지네와 똑같은 주황색 껍질로 되어 있었다.

"이고 손자가 맞구만. 똑 닮았네, 똑 닮았어!"

하지만 제사장의 말에도 이고는 어떤 반응도 보이지 않은 채 무표정한 얼굴이다. 뭔가 이상함을 느낀 진리가 제사장에게 물었다.

"이분이 제 할아버지 맞아요? 얼굴은 비슷하지만 몸통은 저와는 완전혀 다른 걸요. 근데 왜 아무런 말씀도 없죠? 어디 아프신 건가요?"

진리의 속사포 같은 질문에 제사장이 오묘한 표정을 지었다.

"이고는 예전의 기억을 모두 잃어버렸다. 게다가 정상적인 의사소통도 불가능하지. 배고플 때 밥 달라 정도 수준의 대화만 가능해."

진리가 충격을 받아 비틀거리며 이고에게서 한발 물러났다.

"어쩌다 할아버지가 이 지경이 된 거지?"

자세히 보니 이고의 한 손에 구겨진 흰 종이가 들려 있었다. 진리가 가까이 다가가 종이를 확인하려 하자 제사장이 다급히 말렸다.

"만지면 안 돼! 그 종이를 건드리는 순간 이고가 미친 듯이 날뛸 거야! 어서 물러서!"

진리가 화들짝 놀라 손을 얼른 뺐다. 다행히 이고는 별다른 반응을 보이지 않았다.

"지금의 상황이 많이 당황스러울 테지. 어떻게 된 일인지 설명해주겠네."

"수십 년 전, 꾀죄죄하고 수척한 몰골을 한 이고가 우리 마을에 왔네. 당시 그는 오랜 여행으로 인해 무척 지쳐 있었지. 하지만 그의 눈빛만큼은 매섭고 야무진 구석이 있었어. 난 이고를 처음 보자마자 보통내기가 아니라는 걸 알 수 있었다. 이고가 우리 마을을 찾아온 이유는…"

"햇빛에서 살 수 있는 방법을 찾으려고요."

"오, 잘 알고 있군. 그럼 너도 같은 이유로 여기까지 온 게냐?"

"네. 곰팡이를 없애려면 햇빛의 도움이 필요해요."

"그래, 이고도 같은 이야기를 했다. 자기네 종족은 어둡고 습한 곳에 산다더군. 그 이유가 자신들은 껍질이 약해서 햇빛에 노출되면 금방 말라 죽는다는 거야. 하지만 햇빛을 피하려다보니 곰팡이에 감염되기 쉽다는 치명적인 단점이 있었지. 그래서 이고는 햇빛에 노출돼도 살 수 있는 방법을 찾아 여기까지 온 것이었다."

"지도 곰팡이에 감염된 엄마를 구하기 위해 목숨 걸고 이 머나먼 사막까지 온 거에요."

진리의 목소리가 파르르 떨렸다. 제사장이 그런 진리를 위로했다.

"저런, 너처럼 어린 꼬마가 엄마의 목숨을 구하기 위해 여기까지 왔단 말이냐? 너의 정성이라면 분명 하늘이 감동해 너를 도울 것이다."

제사장이 근엄한 목소리로 진리를 위로하며 하늘을 향해 합장했다.

"감사해요. 그런데 할아버지는 어째서 저 지경이 된 거에요?"

"그건, 자기 자신을 버리고 다른 무언가가 되려 했기 때문이다."

"그게 무슨 말인가요? 좀 어렵네요."

진리가 겸연쩍은 듯 머리를 긁적이자 제사장이 보일 듯 말 듯 미소를 지으며 말을 이어갔다.

"우리 사막 지네들은 태양을 신으로 모시며 수천 년 동안 이 뜨거운 사막에서 살아왔다. 우리가 딱딱한 껍질을 가지게 된 것도 다 태양신의 보살핌이 있었기 때문이다. 하지만 신께선 우리에게도 모든 걸 허락하진 않으셨지. 아무리 떡떡한 껍질이라도 강력한 태양 아래에서 무한정 버틸 수는 없다. 우리도 오랜 시간 햇빛에 노출되면 말라 죽게 돼. 진흙집의 창문을 작게 만든 것도 뜨거운 햇빛에 노출되는 것을 최소화하기 위함이다."

"그럼 제가 사막 지네의 껍질을 갖게 되더라도 햇빛에서 살 순 없다는 건가요?"

진리가 실망스러운 표정을 지으며 금세 울상이 되었다.

"네가 사는 마을은 여기 사막보다 햇빛이 더 약하지 않느냐?"

"네. 우리 마을도 햇볕이 뜨겁긴 하지만 사막에 비하면 약과에요."

"네가 우리의 껍질을 가진다면 네가 살던 마을에서 몇 시간 정도 햇빛에 견디는 건 가능할 것이다."

"정말이요? 그럼 다행이네요."

진리의 얼굴에 화색이 돌았다.

"그런데 어떻게 해야 저도 제사장님처럼 멋지고 단단한 껍질을 가질 수 있어요?"

"지네들은 평생 두 번에 걸쳐 껍질을 벗는다. 넌 그동안 몇 번의 껍질을 벗었지?"

"두 번이요."

"그럼 배를 갈라 껍질을 벗기고 뜨거운 태양 아래에서 꼬박 하루 동안 맨몸을 노출해야 한다. 그러면 부드러운 살결 위로 단단한 껍질이 만들어지지."

제사장이 아무렇지도 않은 듯 덤덤히 말했다.

"네? 정말이요? 그걸 어떻게 해요? 말도 안 돼요!"

진리가 섬뜩한 표정으로 몸서리쳤다.

"우리 사막 지네야 태어나면서부터 단단한 껍질을 가지지만, 너희는 목숨을 태양신께 내맡기고 새로 태어나는 고통을 겪어야만 그 껍질을 가질 수 있다."

"그럼 이 방법을 통해 단단한 껍질을 가진 지네가 있었나요?"

"딱 한 명, 바로 이고였지."

"우리 할아버지요? 근데 할아버지는."

"그는 사막 지네의 껍질을 얻은 대신 모든 기억을 잃었다."

진리가 슬픈 눈으로 이고에게 눈길을 돌렸다. 이고는 지금의 이야기를 알아듣지 못하는 듯 초점 없는 눈을 희미하게 뜨곤 아무런 반응이 없었다.

"이고는 어떻게든 우리 사막 지네의 껍질을 가지려 했어. 당시 나는 이고의 열정과 용기에 감복한 상태였지. 난 무슨 수를 쓰더라도 그의 소원을 들어주고 싶었다. 하지만 새로운 껍질을 갖는다는 게 가당키나 한가? 내 머리로는 도저히 불가능해 보였지. 그래서 난 내가 모시는 태양신께 이고의 소망을 들어달라고 간청했다."

"그럼 아까 제게 알려준 방법이 바로 태양신께서 말씀해주신 거예요?"

진리가 신기하면서도 믿기지 않는 듯 고개를 갸웃했다.

"그렇다. 이고에게 이 방법을 이야기했더니 이고가 나에게 며칠 시간을 달라더군. 이고가 고민 끝에 결국 내게 말했다. 목숨을 담보로 이렇게 위험한 짓을 할 순 없다고."

"대신 이고는 나에게 집 짓는 방법을 가르쳐 달라고 했다. 그 정도 부탁이면 흔쾌히 들어줄 수 있었지. 진흙에 물을 섞고 햇볕에 말려서 벽돌을 만드는 법, 적당한 온도와 습도 조절을 위한 창문의 위치, 크기, 개수 등등 다양한 집 짓는 방법을 이고에게 전수했다. 우리 사막 지네가 사는 집은 햇빛을 적절히 활용해 최적의 온도, 습도를 조절할 수 있어. 아마 이고가 너희 마을로 돌아가 새로운 집을 지었다면 너희들은 더 이상 곰팡이에 감염되지 않았을 것이다."

"그런데 어째서 할아버지가 이 마을에 남게 된 거예요?"

진리의 말에 제사장이 그날의 기억을 천천히 떠올렸다.

"매일같이 나를 찾아와 집 짓는 법을 배우던 이고가, 어느 날부터 갑자기 보이지 않더군. 나는 이고가 걱정 돼 그가 머무는 숙소를 찾아갔지. 커튼으로 창문을 가려놓은 어두컴컴한 방에 이고가 웅크린 채 앉아 있었다. 그는 벽에 등을 기대고 앉아 자신의 두 무릎을 가슴팍으로 끌어당기곤 창문 틈새로 비치는 햇살을 말없이 응시하고 있었어. 그의 주변엔 꼬깃꼬깃하게 구겨진 종이가 떨어져 있었고, 나는 조심히 다가가 그 종이를 펼쳐봤다.

―가족이 날 버렸어요.

이고의 목소리엔 영혼이 느껴지지 않았다. 구겨진 편지엔 그의 아들과 아내가 이고를 버렸으니 이고가 죽든 살든 관심을 끄겠다고 쓰여 있었지."

"우리 아빠가 할아버지를 버렸다고요?"

진리가 믿기지 않는 듯 눈을 크게 뜨고 제사장의 다음 말을 기다렸다. 제사장이 말없이 고개를 끄덕였다.

―이젠 지긋지긋해.

"이고가 들릴 듯 말 듯한 목소리로 중얼거렸다. 난 이고가 정신이 나간 게 아닌가 걱정이 됐어.

―지금 뭐라고 했나?

―지긋지긋해.

"난 고개를 숙인 채 중얼거리는 이고에게 다가갔다. 난 이고와 눈높이를 맞추기 위해 이고 앞에 쪼그리고 앉았어. 그리곤 그의 양 어깨에 내 손을 얹고선 가볍게 흔들었지.

―자네의 심정 충분히 이해하네. 아마 자네 아들이 흥분해서 편지에 저런 말을 썼을 거야. 자네가 집 만드는 법을 배워서 마을로 돌아가면

가족들뿐 아니라 모든 이들이 자넬 반길 걸세. 그러니 이만 훌훌 털고 일어나게. 어서 집 만드는 법을 배워야지.

하지만 이고는 꼼짝도 하지 않은 채 방바닥의 햇살만 유심히 쳐다보았다. 이고의 시선이 머무는 곳에 뭔가 있나 싶어서 나도 방바닥을 바라봤지. 그곳엔 커튼으로 가려도 가릴 수 없는 눈 부신 햇살이 존재하고 있었다.

―이젠 더 이상 피하지 않겠어. 지긋지긋한 녀석.

난 그가 무슨 말을 하는지 이해하지 못했다. 다시 한번 이고의 어깨를 흔들며 물었어.

―뭐가 지긋지긋하다는 건가?

그러자 이고가 천천히 고개를 들어 나를 바라봤어. 벌겋게 달아오른 그의 두 눈은 마치 태양을 집어삼킨 듯했다.

―나 하겠소.

―도대체 뭘. 설마 그 방법을 쓰겠다고?

이고는 조용히 날 바라보았네. 그의 눈빛엔 거부할 수 없는 힘이 있었어. 난 그의 눈빛에서 빠져나오기 위해 고개를 재빨리 저으며 말했지.

―그건 너무 위험해.

―내일이오, 내일. 당신이 하시 못하겠다면 나 혼자라도 하겠소.

난 저린 다리로 뒷걸음치며 그곳을 빠져나왔네. 집으로 돌아오자마자 태양신께 무릎을 꿇고 기도를 드렸지. 다른 방법을 알려달라고 빌고 또 빌었다. 난 내 손으로 이고를 죽일까 봐 두려웠어. 온몸을 벌벌 떨며 밤새 기도를 올렸다. 하지만 이번엔 내게 아무런 대답도 주지 않으시더군. 아침이 밝아오자 난 선택을 해야 했다. 주변을 불러 태양신께 지낼 제사를 준비하라 일렀다. 난 우리 제사장 가문에 대대로 전해져 오는 태양신의 칼을 꺼내 정성을 다해 날을 세웠다."

"혹시 저 칼 맞아요?"

진리가 벽에 걸린 칼을 가리켰다. 진리의 키 정도 되는 길이에 날렵하고 길쭉한 칼이었다. 손으로 살짝만 건드려도 칼날에 베일 듯이 예리했다. 그가 자신의 유리 칼을 꺼내 비교해보았다. 제사장의 칼에 비하면 장난감 수준이다. 제사장이 유심히 그의 칼을 보더니 말을 이어갔다.

"태양신께 이고가 제물로 바쳐진다는 소문이 오아시스 전체에 퍼졌어. 오아시스에 사는 온갖 동물들이 제사를 보기 위해 우리 마을로 모였지. 난 날카롭게 벼려진 칼을 가지고 마을 한가운데 있는 제단에서 이고를 기다렸다. 이윽고 태양신의 힘이 가장 강력해지는 정오가 되었어. 태양신께 제사를 지내기로 이고와 약속한 시간이었지. 그 순간 제단 주위를 빙 둘러싼 동물들 사이를 헤치고 이고가 나타났다. 동물들의 웅성거림도 잦아들고 바람의 움직임도 멈춘 듯했다. 그곳엔 태양신과 나, 그리고 이고만이 존재했지. 이고는 비장한 표정으로 나에게 다가와 속삭였다.

―내가 고통 속에 몸부림쳐도 절대로 나를 구해선 안 되오.

―알겠네. 제사가 끝날 때까지 자네는 제단 위에 있을 걸세.

이고가 천천히 제단 위로 몸을 뉘었다. 시종들이 이고에게 다가가 튼튼한 밧줄로 그의 손과 발을 꽁꽁 묶었네. 그의 얼굴로 뜨거운 햇빛이 쏟아졌지. 하지만 이고는 눈 하나 찡그리지 않고 태양을 뚫어지도록 쳐다봤어. 한참을 그렇게 누워있다가 천천히 눈을 감고는 나에게 속삭였다.

―준비됐소.

 난 말 없이 고개를 끄덕이곤 제사장의 칼을 하늘 높이 치켜들었다. 태양신께 이고의 목숨만은 살려달라고 기도한 뒤 칼을 그의 목 밑에 댔다. 그리곤 가슴을 지나 배까지 단칼에 갈랐지."
"아악, 너무 끔찍해요!"
 진리가 양손으로 귀를 막고 소리를 질렀다. 한참 동안 자신의 이야기에 취해 있던 제사장이 머쓱해했다.
"내가 어린아이에게 너무 끔찍한 이야기를 들려주었구나. 미안하다."
 그러자 진리가 귀를 가렸던 한쪽 손을 살짝 내리고 조심스레 물었다.
"그다음은요?"
 제사장이 목을 가다듬고 이야기를 이어갔다.
"이고는 맨살이 노출된 채로 그 뜨거운 태양빛을 오롯이 받아냈다. 살이 타는 냄새가 온 마을을 진동했어. 이고는 고통에 몸부림치며 팔과 다리에 묶인 밧줄을 풀려고 했지만 소용없었다. 턱을 어찌나 꽉 다물었는지 치아가 깨지고 얼굴의 실핏줄들도 하나둘 터졌다. 벌건 그의 두 눈에선 눈물 대신 피가 흘러 제단을 흠뻑 적셨어. 너무도 끔찍한 광경에 이를 지켜보던 동물들이 슬금슬금 자리를 떴지. 겁에 질린 시종들도 모두 떠나고 오직 나만 이고 곁에 남았다."
"불쌍한 할아버지."
 진리가 눈물이 그렁그렁한 눈으로 이고를 바라보았다. 이고는 이야기의 주인공이 자신인지도 모르는 듯 태연한 표정이었다.
"얼마 지나지 않아 이고는 정신을 잃었다. 난 당장 이고를 풀어주고 싶었지만 꼬박 하루 동안 태양빛에 노출되어야 한다는 태양신의 말씀을 저버릴 수 없었다. 뙤약볕 아래 그를 그대로 방치할 수밖에 없었지. 의식 없는 그의 몸이 타들어 가며 하얀 연기가 피어올랐다. 난 그가 죽은 게 아닌가 싶어 그의 코에 귀를 대보았지. 다행히 목숨은 붙어 있었다. 강력했던 태양신이 서쪽 하늘로 이동하자 점점 시원한 바람이 불기 시작했다. 바람은 그의 몸을 부드럽게 어루만져 주었지. 이고의 뜨거웠던 살결이 점차 식으면서 난 그의 몸이 전보다 단단해져 가는 걸 느꼈다. 마치 쇠를 담금질하면 더 단단해지는 것과 같은 원리지. 새벽녘 찬 바람에 그의 몸을 버리고 나서야 난 이고를 지금 이곳으로 데려왔다. 햇빛에 노출되었던 그의 살갗은 점점 단단한 껍질로 차오르기 시작했어. 며칠이 지나자 이고의 의식이 서서히 돌아왔고 그의 몸 또한 우리 사막 지네와 같은 주황색 껍질로 뒤덮였다."

"결국 할아버지는 원하는 것을 이뤘네요."

"하지만 이고의 정신은 예전으로 돌아오지 못했어. 그가 할 수 있는 말이라곤 오직 생리적인 욕구와 관련된 것들, 예를 들어 밥 달라, 졸리다 수준의 말뿐이었어. 나는 이고의 기억을 되돌리게 하려고 수많은 질문을 던졌지만 내 말을 못 알아듣는 건지 아니면 기억을 못 하는 건지 묵묵부답이었어."

"우리 아빠 이야기도 해보셨나요?"

"물론 여러 번 아들과 아내에 대해 물어보았지만 특별한 반응은 없었네."

"그럼 제가 한번 해볼게요."

진리가 이고의 앞으로 나서서 그의 눈을 똑바로 보고 이야기했다.

"안녕하세요, 할아버지. 전 할아버지 손자 진리에요."

"…"

"흠, 그러니까 할아버지 아들 수용이 제 아빠에요. 수용, 어디서 많이 들어본 이름 같지 않아요?"

이고는 표정 변화 없이 눈만 끔뻑였다. 진리가 머쓱한 표정으로 머리를 긁었다.

"그럼 그나시리온이라고 알아요? 할아버지를 많이 싫어했다던데? 얼른 우리 마을로 가서 복수하고 싶지 않아요?"

진리가 제법 짓궂은 표정으로 이고를 살살 약 올렸지만 그래도 그는 소가 닭 보듯 했다.

"정말 아무 기억도 없나 봐요."

"내가 매일같이 질문했지만 이고는 항상 묵묵부답이었어. 어느 날, 그날도 마찬가지로 평소와 다름없이 이고에게 말을 걸었네. 역시나 대답이 없는 그를 두고 방을 나오려던 참이었어. 그동안 눈에 띄지 않았던 하얀색 종이가 그의 손에 구겨진 채로 들려 있었네. 내가 그동안 눈치를 못 챈 건지 아니면 이고가 그새 손에 종이를 쥔 건지 알 수 없었지만 그게 뭔가 싶어 그에게 다가갔네. 이고가 워낙 주먹을 꽉 쥐고 있었기 때문에 그의 손가락을 하나씩 힘주어 벌리기 시작했지. 그때 갑자기 이고가 '캬악' 쇳소리를 내며 나를 공격하려고 했어. 그때 이고의 눈빛은 제단에서 태양을 바라보던 그날과 똑같았지. 나는 갑작스런 상황에 겁을 믹고 뒷걸음치다 그만 넘어졌어. 이고가 이를 놓치지 않고 내 가슴팍 위로 번개처럼 뛰어올라 나의 목을 물어뜯으려 하더군. 내 주변의 시종들이 득달같이 달려들어 이고를 떼놓지 않았더라면 난 이미 죽은 목숨이었을 게다."

"휴, 제가 아까 그 종이를 꺼내 보려고 했다면 큰일 날 뻔했네요."

"이고의 이야기를 들어본 소감이 어때? 지금도 사막 지네의 껍질을 갖고 싶은가?”

"아니요! 생각하기도 싫어요!”

제사장의 말이 떨어지자마자 진리가 고개를 세차게 가로 저었다.

"엄마, 아빠에 대한 기억을 잃을 수는 없어요. 대신 저에게도 진흙집을 짓는 방법을 가르쳐 주세요.”

"그쯤이야 어렵지 않지. 네 엄마도 습도가 조절되는 집에서 산다면 그깟 병쯤이야 가뿐하게 나을 것이다.”

"감사해요, 제사장님. 오늘부터 열심히 배울게요.”

때마침 시종이 제사장에게 다가와 귓속말을 건넸다. 제사장이 고개를 끄덕이고는 시종에게 명령했다.

"그자도 내게 데려오라.”

잠시 후 저 멀리 복도 끝에서 시종과 함께 라라가 다가왔다. 마치 맹수에 쫓기는 토끼마냥 두려움에 가득 찬 표정으로 여기저기 둘러보았다. 진리가 그런 라라를 보고 반갑게 뛰어갔다.

"누나 어서 와요. 이곳이 바로 사막 지네들의 왕이 사는 곳이에요.”

"아? 그래. 우리가 잘 찾아왔네.”

라라가 여전히 겁이 질린 목소리로 벌레 기어가듯 조용히 대답했다. 어느덧 제사장이 둘에게 다가와 동굴이 울리는 듯한 굵고 낮은 목소리로 라라에게 질문했다.

"자네는 진리의 동료인가보군. 이곳 사막엔 무슨 일로 왔지?”

라라가 고개를 들어 제사장의 얼굴을 쳐다보았다. 제사장의 얇지만 길게 찢어진 두 눈은 모든 것을 꿰뚫어 보는 것 같았다. 라라가 본능적으로 제사장의 눈을 피해 고개를 숙이며 우물쭈물했다.

"저, 그, 그게.”

그녀를 바라보는 제사장의 표정이 무심한 듯 보였지만 그의 얼굴에 미묘한 긴장감이 흘렀다. 라라의 대답을 기다리는 동안 숨 막히는 침묵이 이어졌다. 보다 못한 진리가 얼른 끼어들어 그녀 대신 대답했다.

"라라 누나도 나랑 같은 이유로 사막에 왔어요. 그렇죠, 누나?"

"어? 그렇지."

"제사장님이 진흙집 만드는 법을 알려주신대요. 이젠 우리 마을도 곰팡이로부터 해방이라고요!"

"그, 그거 잘됐네."

"제사장님! 얼른 진흙집 만드는 법을 가르쳐주세요, 어서요! 누나랑 같이 열심히 배울게요!"

제사장이 진리와 라라를 번갈아 쳐다보더니 말없이 손가락을 끄덕였다. 그러자 시종이 재빨리 다가와 제사장 앞에 섰다.

"자네가 이 둘에게 집 짓는 방법을 알려주게. 그리고 너희 둘, 요령 피우지 않고 정성껏 배워야 한다, 알겠나?"

"네, 걱정 마세요."

진리가 씩씩하게 대답했다. 옆의 라라도 긴장한 표정으로 고개를 끄덕였다.

군사 시네 대장이 부하들을 이끌고 사막을 건넌다. 험난한 여정 속에 부하들은 20명 내외로 줄었다. 모두 진리에 대한 분노와 증오의 마음이 극에 달했다. 모두 이를 벅벅 갈며 무거운 발걸음을 한 발 한 발 옮겼다.

"대장님, 저기 보십시오! 사막 한가운데 마을이 있습니다."

한 군사가 대장 지네에게 보고했다.

"음, 저곳에 아마 진리 녀석이 있을 것이다. 너희 둘, 이리 오도록."

군기가 바짝 든 군사들이 대장 앞에 다리를 쫙 붙이고 섰다.

"최대한 다른 동물들에게 들키지 않도록 조심해야 한다. 우리가 왔다는 소문이 돌면 진리가 도망갈 수도 있다. 몰래 우체국을 찾아 라라가 맡긴 편지가 있는지 확인하라."

"넷, 대장."

부하 둘이 씩씩하게 대답한 후 오아시스 마을을 향해 출발했다.

"그동안 우리는 여기 바위 그늘에서 쉬도록 한다."

반나절쯤 지나자 마을로 정찰을 떠났던 부하 둘이 편지를 들고 대장에게 왔다.

"대장님, 라라가 대장님에게 쓴 편지입니다!"

지네 대장이 얼른 편지를 받아들었다.

"진리가 라라와 함께 오아시스에 있는 사막 지네마을에 머물고 있군. 사막에 사는 지네가 실제로 있을 줄이야."

"오늘 밤 재빨리 마을을 습격해 진리 그 녀석을 잡읍시다."

진리 소식을 듣고 흥분한 군사들이 벌떼처럼 일어났다.

"그러다 사막 지네들과 싸움이라도 벌어지면 큰일이다. 진리를 코앞에 두고 일을 그르칠 순 없어."

"대장님! 비둘기 이야기로는 라라가 매일 아침 우체국에 들러 편지를 확인한다고 합니다. 일단 라라를 만나보시는 게 어떨까요?"

"그거 좋은 생각이군. 너희 둘은 나와 함께 라라를 만나러 갈 것이다. 나머지는 이곳에서 대기한다."

"일단 진흙과 물을 일대 일의 비율로 섞는다. 그런 다음 진흙의 농도에 따라 흙 또는 물을 추가하면 된다. 진리, 이리 와서 한 번 만져 보도록."

집 짓는 법을 가르치는 시종 지네가 진리를 불렀다. 수업을 듣던 진리가 시종에게 다가가 진흙을 움켜쥐었다.

"자, 이제 어느 정도로 진흙이 질퍽해야 하는지 알겠지? 지금의 느낌을 잘 기억해둬야 한다."

"네, 선생님. 절대 잊지 않을게요."

진리가 지금의 감촉을 잊지 않기 위해 눈을 초롱초롱하게 뜨고 진흙을 옴지락거렸다.

"그다음 이 진흙을 벽돌 틀에 넣고 모양을 만든다. 그런 다음 틀을 제거한 후 햇볕에 말리면 이처럼 단단한 벽돌이 된다. 이 벽돌도 한번 만져보렴."

진리가 벽돌을 만져보더니 깜짝 놀랐다.

"우와, 말랑말랑한 흙이 이렇게 단단한 벽돌이 되다니 신기해요."

"물기가 완전히 마를 때까지 바짝 말려야 한다. 사막에서는 햇빛이 강하므로 금방 벽돌을 만들 수 있지. 너희 동네에선 더 시간을 들여서 정성껏 만들어야 할 게다."

"네. 우리 마을은 사막처럼 햇빛이 강하진 않으니까요."

그때 제사장이 눈을 스윽 열고 집 밖으로 나왔다. 시종 지네와 진리가 고개 숙여 인사했다.

"이른 아침부터 열심이구나. 많이 배웠느냐?"

"네, 이제 조금만 더 배우면 저 혼자서도 벽돌집을 지을 수 있어요."

진리가 뿌듯한 표정으로 씩씩하게 대답했다.

"어린 녀석이 기특하구나. 근데 네 동료인 라라는 어디 있지?"

진리가 당혹스러운 듯 대답을 하지 못했다.
"저, 그, 그게 말이죠."
그러자 시종 지네가 재빨리 나서서 대신 말을 꺼냈다.
"제사장님, 라라 그 친구는 수업에 통 나오질 않습니다. 어쩌다 나와도 수업을 듣는 둥 마는 둥 별 관심이 없습니다."
"제가 열심히 들으면 되죠."
제사장이 무안해하는 진리에게 터벅터벅 다가갔다.
"나를 똑바로 보거라."
제사장이 허리를 구부리고 진리와 눈높이를 맞췄다. 그리곤 양손으로 그의 어깨를 가볍게 짚었다. 그가 깜짝 놀란 눈으로 제사장을 쳐다봤다.
"그 친구를 얼마나 믿지?"
"라라 누나요? 그 누나는 제 가족이나 다름없어요. 제가 어릴 때부터 날 돌봐줬거든요."
"그렇다면 쉽지 않겠군."
"뭐가요?"
"아니다. 지금부터 내가 하는 말을 똑똑히 들어야 한다."
"네."
"어떤 결정을 내려야 할 땐 가장 먼저 네 내면의 목소리에 귀 기울여야 한다."
"내면의 목소리요? 그게 뭔데요?"
"가슴 깊숙한 곳에서 전해지는 미묘한 떨림, 울림, 느낌이라 할 수 있지."
"느낌이요?"

"그래, 느낌. 가장 처음에 번개처럼 스쳐가는 느낌, 감정, 그것이 가장 중요해. 그것이 바로 직감이라는 것이다."

"직감?"

"목소리라고 표현했지만 실제론 그 소리가 아주 미세해서 거의 들리지 않아. 산들바람처럼 알듯 말듯 한 느낌이 스쳐간 후 뒤이어 천둥처럼 울리는 시끄러운 목소리가 머릿속을 지배한다. 그 목소리는 너에게 명령하지."

"뭐라고요?"

"개미 기어가는 소리 따위에 귀 기울일 텐가? 그런 나약한 아기 같은 목소리는 집어치워! 나의 말을 따라라. 네가 원하는 해답은 내가 알고 있다!"

"…"

"진리, 너는 어떤 목소리를 따를 것 같나?"

"당연히 우렁찬 목소리의 말을 들을 것 같은데요?"

"누구든지 너처럼 결정한다. 큰 목소리에 압도되고 또 그 말이 옳게 느껴지지. 하지만 그 목소리가 네게 주는 해답은 틀릴 때가 많다."

"그럼 들릴 듯 들리지 않는 목소리를 따라야 하나요?"

"그렇고말고. 그것이 너의 몸이 네게 전하는 메시지다. 그것은 틀리질 않지."

"제사장님의 얘기는 너무 어려워요. 들리지도 않는 소리를 어떻게 들으란 말이에요?"

"첫 느낌, 그것을 무시하지만 않으면 된다."

"그건 너무 뜬구름 잡는 소리예요."

진리가 볼멘소리로 중얼거릴 때 라라가 헐레벌떡 뛰어왔다.

"수업에 늦어서 죄송합니다."

라라가 민망한 표정을 지으며 시종 지네에게 다가오다가 제사장을 보고선 깜짝 놀란다.

"아, 안녕하세요."

하지만 제사장은 라라의 인사를 받아주지 않았다. 제사장 대신 진리가 라라에게 말을 걸었다.

"누나, 맨날 늦으면 어떡해요. 내가 누나 대신 제사장님에게 혼났다구요."

진리가 입을 삐죽이며 샘통이 난 듯 어리광을 부렸다. 그러자 라라가 가볍게 미소 지으며 답했다.

"미안, 미안. 앞으론 늦지 않을게."

진리는 그동안 암울했던 라라의 얼굴에서 갑자기 빛이 나는 걸 느꼈다.

"누나, 혹시 무슨 좋은 일 있어요?"

"응? 아, 아니? 아무 일도 없는걸."

하지만 진리의 마음속에서 라라의 말이 거짓이라는 느낌이 순간적으로 스쳐 지나갔다. 뒤이어 진리의 머릿속에서 다음과 같은 목소리가 들렸다.

'에이, 라라 누나가 내게 뭐 하러 거짓말을 하겠어? 안 그래? 괜히 의심하지 말자.'

그 순간 진리는 자신이 무슨 생각을 했는지 알아차렸다. 진리가 토끼눈으로 얼른 제사장을 돌아보았다. 제사장이 진리의 생각을 눈치챈 듯 가볍게 고개를 끄덕였다.

아침 해가 뜰 무렵, 라라가 잠자리에서 일어났다. 사막에 온 이래 라라는 하루도 빼먹지 않고 아침 일찍 우체국을 방문했다. 가급적 다른 이의 눈을 피하기 위해 아침부터 움직였다.

"안녕하세요, 오늘도 저에게 온 편지는 없나요?"

우체국을 매일 들락날락하다 보니 우체국 비둘기가 라라를 금방 알아보았다.

"오, 라라구나. 오늘도 네게 온 편지는 없단다. 하지만 좋은 소식이 있어."

"좋은 소식이요? 그게 뭔데요?"

라라의 눈망울이 맑게 빛났다.

"너랑 똑같이 생긴 지네 둘이 와서 네가 맡긴 편지를 가져갔단다."

"네? 정말이요?"

라라가 두 손으로 입을 틀어막았다. 잠시 숨을 고른 후 비둘기에게 물었다.

"제 편지를 가지고 어디로 갔는지 아세요?"

"저쪽 사막으로 사라졌어. 남의 눈에 띄지 않으려고 조심스럽게 움직이는 것 같았어. 네 친구들이니?"

"아, 네네. 아마 나를 찾으러 온 걸 거예요. 저 내일 아침에 다시 올게요."

라라가 비둘기에게 급하게 인사를 하곤 우체국을 뛰쳐나왔다.

'드디어 날 찾았구나! 이제 집으로 돌아간다! 만세!'

라라가 헤벌쭉 웃으며 먼지가 휘날리도록 뛰었다. 눈앞에 고향의 풍경이 아른거린다. 달리면서 팔을 앞으로 뻗어 자신의 집 문고리를 만져본다. 행복한 상상에 젖어 달리다보니 금세 제사장 집에 도착했다.

라라가 걸음을 멈추고 급히 얼굴을 매만지며 숨을 고른다.

'최대한 침착하게, 아무 일 없었다는 듯이 행동하는 거야, 알았지?'

라라가 자신에게 최면을 걸고 숨을 훅 들이마셨다. 그리곤 죄스러운 표정을 연기하며 허겁지겁 마당으로 뛰어갔다.

"수업에 늦어서 죄송합니다."

다행히 수업을 가르치는 시종 지네는 별다른 눈치를 챈 것 같지 않았다. 라라가 속으로 안도의 숨을 내쉬는 순간 평소에 보이지 않던 제사장을 발견했다. 당황한 라라가 급히 인사를 했다.

"아, 안녕하세요."

하지만 제사장은 표정 변화 없이 라라를 바라보기만 했다. 라라가 최대한 표정을 숨기려고 태연한 척 연기했다. 다행히 그 순간 진리가 말을 걸어주어 곤란한 순간을 넘겼다.

'고맙다, 진리야.'

라라가 다음 날 해가 뜨기도 전에 부리나케 우체국으로 달려갔다.

"일찍도 왔네. 어제 왔던 그 지네들이 네게 쪽지를 남겼어."

비둘기가 라라에게 종이를 건네자 라라가 휙 낚아채 읽었다.

"우체국 근처 바위 뒤쪽에 있다고?"

라라가 밖으로 나가 커다란 바위를 찾는다. 그늘이 진 바위 뒤쪽으로 슬금슬금 돌아갔다. 그곳에 대장 지네와 군사 지네 둘이 바위를 등에 기대고 앉아 있었다. 라라가 대장 지네와 눈이 마주치자 금세 닭똥 같은 눈물을 흘렸다.

"왜 이제 온 거에요."

비록 자신을 마을에서 쫓아낸 대장 지네지만, 이젠 고향으로 돌아갈 수 있다는 생각에 반가움이 더 앞선다. 대장 지네가 라라를 토닥이며 달랬다.

"이 먼 곳까지 무사히 온 걸 보니 장하구만. 난 자네가 도중에 실패할 줄 알았거든."

라라가 팔로 눈물을 쓱 훔치곤 대장 지네를 노려보았다.

"난 목숨 걸고 이 사막까지 진리를 따라왔어요. 그동안 얼마나 많은 일이 있었는지 알기나 해요?"

라라가 앙칼지게 되묻자 대장 지네가 잠시 놀란 표정이더니 한바탕 크게 웃었다.

"하하. 그동안 정말 많이 변했구나. 전에는 여리여리하고 내 눈도 똑바로 쳐다보지도 못했는데 말이야. 이젠 전사가 다 됐네, 다 됐어. 너희들보다 백 배는 낫다."

대장이 고개를 돌려 부하들을 쳐다보았다. 부하들이 머쓱해하며 대장의 눈길을 피했다.

"지금 진리는 어디 있나?"

"사막 지네마을에 있어요."

"사막 지네? 정말 이 땡볕에서 사는 지네가 있단 말인가?"

"네, 아마 대장님도 직접 보시면 깜짝 놀랄 걸요. 덩치도 대장의 두세 배고요, 껍질도 굉장히 단단해요."

"내 눈으로 직접 보고 싶군. 얼마나 센지 한판 붙어봐야겠어."

그러자 라라가 팔짱을 끼고 한쪽 눈썹을 씰룩이며 비아냥거렸다.

"대장님도 상대가 안 될걸요? 게다가 대장 부하들은 사막 지네를 보자마자 꽁무니에 불붙은 양 도망갈 거라고요."

라라가 히죽이며 부하 지네들을 쳐다보자 둘이 겁에 질린 표정을 지었다.

"그렇게 강한 지네가 있다니 믿기지 않는군. 그럼 혹시 진리의 할아버지, 이고에 대한 소식도 알고 있나?"

"네, 진리에게 들었는데 그 할아버지는 사막 지네의 껍질을 얻은 대신 기억을 잃었대요."

"그래서 이고가 마을로 돌아오지 않은 것이군. 그나시리온 님이 이 소식을 들으면 기뻐하시겠어. 하하."

대장 지네가 음흉한 미소를 지으며 라라에게 물었다.

"그럼 이제 진리만 잡으면 되겠군. 진리를 쉽게 꾀어낼 수 있겠나?"

"그럼요. 제가 유인할 수 있어요. 진리는 제 말이라면 껌뻑 죽는걸요."

"좋아, 그럼 오늘 새벽이다. 저기 바위 산 보이지? 그 근처로 진리를 데려와. 우리 군사들이 숨어 있다가 진리를 처리할 테니."

"잠깐만요. 진리를 처리? 한다는 게 무슨 뜻이죠?"

"없앤다는 거지."

"네엣? 진리를 죽인다고요? 그냥 잡아가는 거 아니었어요?"

라라가 저도 모르게 소리를 지르곤 누군가에게 들킬까 얼른 손으로 입을 틀어막았다.

"마을에선 진리가 이미 병원에서 죽은 것으로 되어 있어. 그 상황에서 진리가 살아 돌아가는 게 말이 되겠는가? 그건 그나시리온 님을 의심하게 만드는 꼴이지. 안되고말고."

그러자 라라가 잠시 생각하더니 단호한 표정으로 조용히 고개를 끄덕였다.

"그 말이 맞네요. 마을의 평화를 위해서라도 그렇게 해야겠어요."

"넌 예전의 라라가 아니군. 대단해. 이번 일을 마무리하고 마을로 돌아가면 그나시리온 님께 잘 말씀드리마. 마을에서 살 수 있는 것은 물론 그나시리온 님 곁에서 큰일을 할 수 있을게다."

"마을로 돌아가는 건 둘째고 우선 진리를 실수 없이 처리해야 돼요. 그 녀석 어린 꼬마지만 만만하게 보면 안 돼요. 여기까지 오면서 죽을 고비를 숱하게 넘겼다니깐요."

"걱정 말거라. 그깟 꼬마 하나쯤 처리하는 게 뭔 대단한 일이라고. 넌 실수 없이 진리를 유인하기만 해. 나머진 우리가 알아서 해결할 테니. 오늘 새벽이다."

제사장 집 근처에 진리와 라라의 숙소가 있다. 수업이 끝나고 서쪽 하늘이 붉게 물들자 둘이 나란히 숙소로 갔다.

"누나, 오늘따라 유독 열심히 수업을 듣던데요? 누나랑 마을로 돌아가면 멋진 집을 지을 수 있겠어요."

진리가 신이 나서 재잘거렸다. 라라가 방긋 웃으며 따뜻하게 말했다.

"사실 그동안 배우기 귀찮았지만, 이젠 마음을 고쳐먹었어. 이왕 여기까지 왔으니 최선을 다하자고 말이야."

라라의 말에 진리가 헤벌쭉 웃었다.

"더 열심히 배워야겠어요. 누나에게 지지 않으려면요. 그럼 내일 봐요."

진리가 인사하고 자신의 방으로 들어갔다. 라라가 진리와 헤어지자 웃음기 가신 얼굴로 자신의 방에 갔다. 그리곤 침대 모서리에 걸터앉아 창문을 내다보았다. 해가 떨어지고 새벽별이 뜨길 기다렸다. 초승달이 어두운 밤하늘에 잠시 고개를 내밀었다가 금방 지평선 너머로 사라졌다. 달마저 사라지자 사방이 더욱더 어두컴컴했다. 수많은 별이 반짝이지만 어스름이 내려앉은 땅까지 밝히기엔 역부족이다. 라라가 뜬눈으로 밤을 새며 사방이 고요해지길 기다렸다. 여기저기 들려오던 동물의 울음소리가 잦아들고, 모래의 서걱거리는 소리만 간간히 들렸다. 라라가 조용히 창문을 열고 입김을 불었다. 하얀 연기가 공중으로 아스라이 사라졌다. 이제 사막에서 가장 추운 새벽이 되었다. 라라가 서서히 자리에서 일어났다. 잠을 못 잔 두 눈이 벌겋게 부어올랐다. 거울을 뚫어져라 쳐다보니 금세 눈물 한 방울이 맺혔다.

'좋아, 이쯤이면 완벽해.'

라라가 한 번 쓱 웃고는 진리 방 앞에 섰다. 목소리를 가다듬고 진리의 방문을 열었다.

"진리야, 일어나 봐."

라라가 슬픈 목소리로 진리를 깨웠다. 단잠에 빠져있던 진리가 눈을 비비며 간신히 몸을 일으켰다.

"벌써 아침이에요?"

진리가 졸린 눈을 뜨고 보니 라라의 표정이 심상치 않았다. 벌건 두 눈에 고여 있는 눈물이 금방이라도 떨어질 듯했다.

"누나, 무슨 일 있어요?"

"진리야, 네 엄마가 돌아가셨어."

"네엣? 뭐라고요?"

진리가 단말마의 비명을 질렀다. 눈앞이 깜깜해졌다. 하지만 찰나의 순간 그의 가슴을 스치는 느낌이 있다.

'아니야, 엄마는 돌아가시지 않았어. 라라 누나가 거짓말을 하는 거야.'

진리가 라라의 얼굴을 찬찬히 들여다봤다. 분명 슬픈 표정이지만 그 안에 무언가 숨겨져 있다는 느낌을 지울 수 없었다. 진리가 말없이 있자 라라가 그의 어깨를 잡고 흔들었다.

"진리야, 정신 차려. 얘가 충격을 받아 정신이 나갔구나. 진리야!"

라라가 진리의 뺨을 여러 번 두드리자 진리가 그제야 평소의 눈빛으로 돌아왔다.

"누나, 정말이에요?"

"이 편지를 보렴."

라라가 진리에게 종이를 건넸다. 진리는 라라가 준 편지의 글자를 읽지 못했다. 무슨 내용인지 알아보려고 낑낑 대는 진리를 보며 라라가 회심의 미소를 지었다.

"내가 사막 우체국에서 우리 마을로 여러 번 편지를 보냈어. 네 부모님과 고향의 근황을 알려달라고 말이야. 그런데 오늘 새벽, 갑자기 비둘기가 내 방 창문을 두드리지 않겠니? 긴급한 편지가 왔다고 말이야."

라라가 진리가 들고 있는 편지를 쏙 가져갔다. 그리곤 아직까지 상황이 파악되지 않은 진리에게 다급히 재촉했다.

"지금 당장 짐 싸서 고향으로 출발하자. 하루라도 빨리 어머니 얼굴을 뵈어야 하지 않겠니."

진리는 엄마가 돌아가셨다는 것이 실감나지 않았다. 게다가 오늘따라 라라의 말과 행동이 미심쩍었다.

"이 새벽에 출발하자고요? 제사장님께 인사도 안 하고요?"

"여기 사막에 올 때 햇볕을 피해 새벽에 걸었던 거 생각 안 나니? 그리고 한시가 급한데 언제 인사를 하고 떠나니?!"

라라가 급한 마음에 버럭 소리를 질렀다. 진리가 놀란 토끼 눈으로 라라를 살폈다. 라라가 자신의 실수를 깨닫고 얼른 표정을 누그러뜨렸다.

'이상해. 분명 엄마가 돌아가신 느낌이 안 들어. 그렇다고 라라 누나가 거짓말을 할 리 없잖아. 아, 대체 뭐가 맞는 거야?'

'뭐가 맞긴. 당연히 라라 누나 말을 들어야지. 한시라도 빨리 마을로 돌아가야 돼. 이러고 있을 때가 아니야.'

진리의 머릿속 목소리가 진리에게 명령했다. 그 순간 첫 느낌은 순식간에 사라지고 그 목소리가 진리를 압도했다.

"알았어요, 누나. 얼른 준비할게요."

"이제야 정신 차렸구나. 나도 빨리 준비할게. 얼른 짐 싸서 집 밖으로 나오렴."

라라도 떠날 준비를 하기 위해 자신의 방으로 갔다. 진리가 홀로 남아 짐을 꾸리다가 왈칵 눈물이 쏟아졌다.

'정말 엄마가 돌아가셨으면 어떡하지? 엄마, 벌써 가시면 어떡해요. 엄마 병을 고치려고 이 사막까지 왔는데. 엄마.'

진리가 눈물이 앞을 가려 시야가 뿌옇게 된 상태로 꾸역꾸역 짐을 정리했다.

'내 눈으로 직접 보기 전까지 그만 울자. 엄마, 최대한 빨리 갈게요.'

진리가 살짝만 건드려도 울음보가 터질 듯한 얼굴로 주섬주섬 짐을 챙겨 밖으로 나갔다. 라라가 어느새 준비를 마치고 진리를 기다리고 있었다.

"날이 차네. 얼른 출발하자."

라라가 앞장서고 진리가 뒤따랐다. 몇 발자국이나 갔을까 별안간 진리가 멈췄다.

"누나, 나 할아버지에게 작별 인사하고 올게요. 금방 올게요."

"얘, 진리야! 지금 그럴 시간이 없어!"

"오 분이면 돼요. 오 분 만요."

라라가 말릴 겨를도 없이 진리가 가방과 유리 칼을 땅에 던져놓고 제사장 집으로 뛰어갔다. 다행히 대문이 살짝 열려 있었다. 다른 이들이 깰까 조심히 문을 열고 이고의 방으로 달려갔다. 진리가 숨을 고른 후 자고 있는 이고에게 다가가 속삭였다.

"할아버지, 저 고향으로 가요. 앞으로 언제 할아버지를 또 볼 수 있을지 몰라요. 그래서 마지막 인사를 하러 왔어요. 할아버지는 날 아마 기억도 못 하실 테지만."

그러자 이고가 감은 눈을 반쯤 떠서 진리를 보았다.

"아빠한테 할아버지 이야기 꼭 전할게요. 할아버지 소식 들으면 깜짝 놀랄 거예요. 그럼 안녕히 계세요."

진리가 인사를 하고 돌아서는 순간, 갑자기 이고가 진리의 팔을 잡았다.

"앗! 왜 그러세요, 할아버지. 설마 내 말 알아들었어요?"

당황한 진리에게 이고가 한쪽 손에 들고 있던 구겨진 종이를 쓱 건넸다.

"이거, 네 형에게 갖다 줘."

이고가 더듬거리며 말을 이어갔다. 진리가 종이를 건네받으며 한마디 했다.

"전 형이 없어요, 할아버지."

"너, 너랑 닮은, 너보다 좀 더 큰, 그 애 말이야."

"날 닮은? 아, 아빠요? 아빠 이름이 수용이에요, 수용. 기억나세요?"
 하지만 이고는 진리의 질문에 대답하지 않았다. 그러자 진리가 버럭 소리를 질렀다.
 "제가 할아버지 손자예요, 손자. 수용의 아들이라고요!"
 이고는 예전처럼 다시 눈만 껌뻑껌뻑하며 진리를 바라보기만 할 뿐이었다. 진리가 그런 이고를 안쓰러운 눈으로 쳐다보았다.
 "할아버지, 알겠어요. 제가 마을로 무사히 돌아가 아빠에게 이 편지를 전달할게요. 걱정 마세요."
 이고가 스르르 눈을 감으며 보일 듯 말듯 가볍게 고개를 끄덕였다. 진리가 이고에게 손을 흔든 후 이고의 방을 빠져나왔다.
 "누나, 이제 출발해요."
 진리가 땅에 팽개친 짐들을 주워 등에 짊어졌다. 라라가 그를 보더니 안도의 한숨을 내쉬었다.
 "늦었어. 어서 출발하자."
 진리와 라라가 하얀 입김을 내뿜으며 새벽길을 나섰다. 이들의 뒷모습을 먼발치에서 조용히 지켜보는 누군가가 있다.
 '진리, 네 내면의 목소리를 듣지 못한 것이냐. 이 길이 네가 가야 할 길이라면 나도 더 이상 말릴 수는 없구나. 네가 지닌 유리 칼이 너를 지켜줄 것이다. 그럼 태양신의 가호를 빈다.'

7

 라라가 몇 발짝 앞서가며 진리를 이끌었다. 진리는 엄마 생각에 잠겨 땅만 바라보며 걸었다. 사무치는 그리움으로 가득 찬 그의 가슴에 차가운 새벽바람이 몰아쳤다. 바람이 눈물 되어 그의 눈에 맺혔다. 눈물이 떨어질 때면 입술을 깨물고 울음을 삼켰다.
 '더 이상 울면 안 돼. 마음을 단단히 먹어야 마을에 무사히 도착할 수 있어.'
 진리가 눈물을 훔친 후 고개를 들어 하늘을 보았다. 자연스레 북극성을 찾고 팔을 펼쳐 동서남북을 살폈다.
 "누나, 지금 가는 방향 맞아요? 전에 왔던 방향이랑 다른 것 같아요."
 진리가 발길음을 멈추고 라라에게 물었다. 라라가 당황하며 얼버무렸다.
 "아, 그게 말이지, 이쪽이 지름길이래."
 "이상하다? 정글은 이쪽 방향이 아니었는데?"
 "여, 여기 우체국 비둘기가 내게 알려줬단다. 일단 저 앞 바위까지 가서 한숨 돌리자. 거기서 어느 방향으로 갈지 다시 찾아보는 게 어때?"

"알았어요."

진리가 별 의심 없이 대꾸했다. 라라는 자신의 심장이 뛰는 소리가 진리에게도 들릴까 걱정이었다. 슬쩍 뒤돌아보니 진리가 별 말없이 잘 따라오고 있었다. 그가 또다시 말을 걸지 않을까 불안해하며 대장 지네와 약속한 장소로 발걸음을 재촉했다. 바위 근처에 다다르자 사방이 고요하면서도 스산한 기운이 감돌았다. 진리가 자신도 모르게 몸을 움츠렸다.

"아이, 추워. 왜 이리 몸이 벌벌 떨리지?"

진리가 양팔로 자신의 몸을 문질렀다. 라라는 주위를 둘러보면서 대장 지네를 찾았다.

"나 라라예요. 얼른 나와 봐요."

진리가 어리둥절해 하며 라라를 쳐다봤다.

"누나, 누굴 찾아요?"

하지만 라라는 아무런 대꾸도 없이 입에 양손을 대고 더 큰 소리로 외쳤다.

"약속대로 진리를 데려왔어요!"

"나? 나를 데려왔다고요?!"

그러자 바위 뒤쪽에서 부산스러운 움직임이 일더니 주변이 환해졌다. 대장 지네와 그의 부하 이십여 마리가 손에 횃불과 무기를 들고 성큼성큼 진리와 라라에게 다가왔다. 진리가 지금 상황을 이해해보려 눈을 끔뻑끔뻑 했다.

"어? 우리 동네에 살던 아저씨들이잖아? 우리를 구하려고 여기까지 온 거예요?"

하지만 아무도 진리 말에 대답하지 않았다. 대장 지네가 라라에게 다가가 어깨 위에 손을 척 얹었다.

"고생했다, 라라. 넌 이제 무사히 우리 마을로 돌아갈 것이다. 얘들아, 어서 라라를 데리고 물러나 있거라!"

"감사합니다, 이제 드디어 집으로 돌아가네요."

라라가 감격에 겨워 눈물을 터트렸다. 서너 마리의 지네가 라라를 둘러싸고 진리에게서 멀어졌다.

"누나, 어디 가요. 나도 같이 데려가요!"

진리가 앞으로 나서자 대장 지네가 진리를 막아섰다.

"아저씨, 나도 마을로 데려가는 거죠. 우리 엄마 아빠는 잘 있어요?"

대장 지네가 아무런 대꾸도 없이 손을 들어 신호를 보냈다. 그러자 군사 여러 명이 튀어나와 진리의 팔을 잡고 무릎을 꿇렸다.

"이거 왜 이래요, 놔줘요!"

대장 지네가 겁에 질린 진리에게 살기 가득한 목소리로 말했다.

"넌 이쯤에서 죽어줘야겠다."

"네엣, 왜요. 내가 뭘 잘못했는데요?"

진리가 용수철처럼 튀어오르려는 걸 군사 지네들이 힘으로 눌렀다. 대장 지네가 한 손에 든 칼을 땅에 질질 끌며 진리에게 다가갔다. 모래를 가르는 쇳소리가 섬뜩하다.

"넌 이미 마을에서 죽은 존재야. 병원에서 수술을 받다 죽은 것으로 되어 있지. 그런데 네가 살아서 마을로 돌아가면 어떻게 될까? 그나시리온 님이 거짓말을 한 꼴이 되잖아. 그런 일이 있어선 안 되겠지. 안 그래?"

대장 지네가 차가운 웃음을 흘리며 비아냥거렸다. 그제야 진리가 라라에게 속았다는 것을 알고 고통스럽게 몸부림쳤다.

"라라 누나, 어떻게 나한테 이럴 수 있어요!"

진리가 고래고래 소리치지만 라라는 뒤도 돌아보지 않고 어둠 속으로 유유히 사라졌다.

"병원에서 죽었으면 잠자다가 편안히 갔을 텐데. 우리도 이처럼 고생하지 않아도 되고 말이야. 이게 다 네가 자초한 일이다. 그럼 이제 가야 할 시간이다. 잘 가거라."

대장 지네가 머리 위로 칼을 치켜들었다. 진리가 발버둥 치며 빠져나가려고 용을 쓰지만 바위에 눌린 마냥 꼼짝도 할 수 없었다.

"아악, 살려줘!"

그때 밤하늘을 가르는 날카로운 소리가 진리 귓가를 스치고 지나갔다.

"슈우욱."

"뭐야."

대장 지네도 그 소리를 듣고선 당황했다. 진리의 왼팔을 붙잡고 있던 부하 하나가 자신의 어깨를 부여잡았다.

"뭔가가 제 팔을 스치며 상처가 났습니다."

"괜찮나?"

"네, 이 정도 상처쯤은 아무렇지도 않습니다. 어서 진행을, 아악!"

멀쩡하던 부하가 갑자기 거품을 물고 뒤로 쓰러졌다. 주변에 있던 다른 군사들이 놀라 쓰러진 부하에게 달려갔다.

"대장, 그 사이에 숨이 멎었습니다."

"뭐라고."

곧이어 연달아 날아오는 독화살에 몇몇 부하들이 쓰러졌다. 지네 군사들이 혼비백산하며 여기저기 도망가기 바빴다. 진리를 짓누르던 지네들도 순식간에 사라졌다. 진리가 혼란 틈에 자신의 유리 칼을 집어 들고 화살이 날아오는 방향으로 뛰어갔다.

"이건 분명 미소 누나 독화살이야. 누나, 나 진리에요. 쏘지 말아요."

진리가 양팔을 위로 흔들며 자신이 있음을 알렸다. 어둠 속에 가려져 있던 미소와 팩맨의 실루엣이 점점 선명하게 보였다.

"팩맨! 그만 쏴. 진리가 이쪽으로 달려온다."

"알아. 나도 보인다고."

"넌 칼을 든 녀석을 맞춰야지 진리 쪽으로 화살을 쏘면 어떡해? 진리가 다칠 뻔했잖아."

"바람이 불어서 그랬다고. 그럼 네가 맞추지 그랬냐?"

미소와 팩맨이 티격태격하는 사이에 진리가 둘 앞에 섰다.

"누나, 아저씨. 날 구하러 온 거예요? 미안해요. 누나 말을 못 믿어서."

진리가 아기처럼 울며 미소에게 양팔을 벌리고 달려들자 미소가 얼른 뒷걸음쳤다.

"잠깐, 날 오랜만에 봐서 나한테 가까이 오면 안 된다는 걸 잊었나 보구나?"

"아, 낯나. 그럼 팩맨 아저씨."

진리가 미소 대신 팩맨에게 뛰어들었다. 팩맨이 떨떠름한 표정으로 진리를 안았다.

"너 때문에 우리가 얼마나 고생했는지 알아? 마음 같아선 확 모른 체하고 싶었지만."

"미안해요, 아저씨."

"자, 인사는 이쯤하고 어서 저 녀석들을 물리치자. 그리고 그 요망한 라라도 혼쭐을 내줘야지? 진리 넌 뒤로 물러나 있어."

"아니에요, 저도 싸우겠어요."

셋이 정신을 차리고 지네 군사들이 있던 곳을 응시했다. 군사들 모두 금세 어디론가 숨은 건지 보이지 않았다. 미소와 팩맨은 활을 들고, 진리는 유리 칼을 두 손에 꼭 쥐고 한 발씩 앞으로 나아갔다.

"잠깐, 여기서 멈춰. 주변이 온통 바위야. 뒤쪽에 놈들이 숨어 있을지 몰라."

미소가 나지막이 목소리를 낮췄다. 셋이 무기를 쥔 손에 힘을 꽉 주고 주위를 살폈다. 사방이 고요한 가운데, 땅바닥에 놔 뒹구는 횃불만이 타닥타닥 적막을 깼다.

"진리 이놈, 죽어라."

갑자기 바위 뒤에서 군사 지네 한 마리가 튀어나왔다. 뾰족한 금속 촉이 달린 기다란 창을 들고 진리를 향해 휘둘렀다.

"진리 살려."

진리가 당황해서 아무렇게나 휘두른 유리 칼이 창의 나무 장대를 베었다. 떨어진 칼날이 모래에 푹 꽂혔다.

"이 녀석, 내 화살을 받아라."

미소가 재빨리 독화살을 장전한 다음 달려드는 지네에게 쐈다.

독화살을 맞은 지네가 순식간에 쓰러졌다. 창을 두 손으로 꼭 쥔 채 온몸이 빳빳이 굳어갔다.

"깜짝이야, 큰일 날 뻔했네. 누나, 아저씨! 여기 조심해요. 깊은 모래 구덩이가 있어요. 저 하마터면 빠질 뻔했어요."

진리 옆에 깔때기 모양의 깊은 모래 늪이 있다. 주변의 모래들이 구덩이 중심으로 스르륵 빨려 들어갔다.

"이런, 주위가 온통 바위인 데다 늦까지 있다니. 일단 뒤로 물러나자. 사방에서 녀석들이 튀어나오면 곤란해."

미소의 말이 끝나기 무섭게 바위 뒤에 숨어 있던 지네 군사들이 함성을 지르며 달려들었다.

"어서 저 녀석들을 없애라."

대장 지네가 진리 일행에게 칼을 겨냥하며 앞으로 나섰다. 미소가 침착하게 활시위를 당긴 후 군사들을 조준했다. 독화살이 앞에 있던 군사의 옆구리를 스치고 그 뒤의 군사에게 맞았다. 동시에 적군 둘이 쓰러졌다. 진리는 자신에게 달려드는 군사의 칼을 유리 칼로 받아냈다. 그러자 그 뒤에 있던 팩맨이 화살을 쏴 군사를 쓰러뜨렸다.

"좋았어, 이 녀석들. 다들 덤벼 봐."

"팩맨, 방심하지 마. 뒤를 보라고!"

미소의 말이 끝나기 무섭게 팩맨의 뒤에서 군사 하나가 달려들었다. 팩맨이 재빨리 군사의 공격을 피하다 그만 발목을 접질렀다.

팩맨이 모랫바닥에 철퍼덕 넘어졌다. 군사가 칼을 치켜들고 팩맨을 향해 내리쳤다. 그 순간 진리가 땅에 떨어진 팩맨의 활을 날렵하게 주워들고 군사에게 화살을 쐈다. 팩맨의 머리에 칼날이 닿기 직전에 달려든 군사가 칠퍼덕 쓰러졌다.

"진리야, 고맙다. 으으."

"아저씨, 괜찮아요?"

"일어설 수가 없어. 발목이 꺾였나 봐."

"잠깐 앉아 있어요. 제가 아저씨 활로 대신 싸울게요."

진리가 달려드는 지네 군사들에게 화살을 발사했다. 미소의 독이 묻은 화살의 위력은 어마어마했다. 화살이 살짝 스치기만 해도 적들이 추풍낙엽처럼 쓰러졌다.
"누나, 이제 화살이 없어요."
"나도 딱 한 발 남았어. 녀석들은 몇이나 남았지?"
미소와 진리가 가쁜 숨을 몰아쉬며 주변을 살폈다. 더 이상 달려드는 군사는 없었다. 모랫바닥엔 빳빳하게 굳은 지네 시체들로 가득했다.
"저기 하나 남았네요."
진리가 손가락으로 앞을 가리켰다. 대장 지네가 양손에 칼을 단단히 쥐고 진리와 미소를 노려보고 있었다. 미소가 활시위를 천천히 당겨 한 발 남은 화살을 대장에게 겨눴다.
"칼을 내려놓고 항복해. 너도 네 부하들처럼 죽고 싶진 않겠지?"
"내가 항복할 것 같으냐? 마지막 남은 화살이 빗나가면 그땐 너희 둘 다 죽은 목숨이다. 흐흐. 어서 쏴 보시지."
대장 지네가 비열한 웃음을 지으며 더욱 더 세게 칼을 움켜쥐었다.
"네가 죽고 싶다면야 그렇게 해주마."
미소가 화살을 겨눈 채 한 발짝 다가갔다. 지네 대장이 동시에 한 발 뒤로 물러났다. 날아오는 화살을 칼로 쳐낼 요량으로 미소의 움직임에 집중했다. 미소가 한 발 가까워질수록 지네 대장도 한 발 멀어졌다. 팽팽한 긴장감 속에 미소와 대장 지네의 대치 상황이 이어졌다. 그때 미소의 뒤쪽 바위에서 어두운 그림자가 스르르 앞으로 나왔다. 진리, 미소, 팩맨 모두 지네 대장에게 시선이 집중되어 있어 그 움직임을 눈치채지 못했다. 지네 대장이 그림자를 알아보고는 음흉한 미소를 지었다. 그리곤 진리 일행이 뒤돌아보지 못하도록 시간을 끌었다.

"항복하면 내 목숨을 살려준다고 약속할 수 있나?"

"난 약속은 지키는 몸이다. 먼저 그 칼을 내려 놔."

"좋아. 일단 그 활을 치워. 그러면 칼을 내려놓고 네 쪽으로 가겠다."

"허튼 수작하면 바로 쏠 줄 알아."

미소가 활시위를 당긴 채 대장 지네에게 겨눈 활을 땅바닥으로 돌렸다. 그러자 대장 지네가 미소를 응시한 채 천천히 허리를 굽혀서 칼을 슬며시 바닥에 내려놓았다. 그동안 미소 뒤의 검은 그림자가 자신 근처에 쓰러진 지네 군사에게 다가갔다. 온몸에 독이 퍼져 딱딱하게 굳은 군사의 손가락을 하나씩 하나씩 폈다. 그리곤 군사 손에 들려 있던 칼을 자신의 손에 쥐었다. 숨소리를 죽인 채 살금살금 미소에게 접근했다.

"죽어."

라라가 살기 어린 표정으로 미소의 뒤통수를 향해 칼을 내리쳤다. 미소가 번개처럼 뒤로 돌아 몸을 피했다. 목숨은 건졌지만 어깨에 큰 상처가 났다.

미소가 손으로 어깨를 움켜쥐고 비틀거렸다. 상처 난 어깨에서 미소의 피와 독이 뿜어져 나왔다.

"왜 매번 날 방해하는 거야. 죽어, 죽으라고!"

라라가 눈이 뒤집혀서 마구잡이로 칼을 휘둘렀다. 미소가 뒷걸음치며 가까스로 칼날을 피했다. 한 발짝만 잘못 디디면 모래 늪에 빠지기 직전이었다.

"누나, 뒤에 조심해요."

상황을 파악한 진리가 유리 칼을 들고 라라에게 돌진했다. 미소가 라라의 칼을 피하느라 몸이 휘청거렸다. 그 순간 미소가 디디고 있던 모래가 스르륵 무너지며 미소가 균형을 잃었다.

"안 돼."

진리가 급한 마음에 유리 칼을 내던지고 미소에게 전속력으로 달려갔다. 미소가 뒤로 고꾸라지며 모래 늪으로 굴러떨어졌다. 진리가 미끄러지듯 내달려 모래 늪 가장자리에 도착했다.

"누나, 얼른 내 손을 잡아요."

진리가 배를 깔고 엎드린 채 구덩이 밑으로 팔을 쭉 내밀었다. 미소가 고통스러운 얼굴로 어깨를 감싼 채 고개를 절레절레 저었다.

"안 돼. 날 만지면 너도 죽잖니."

진리가 미소를 구할 물건을 찾아 재빨리 주변을 둘러봤다. 근처에 떨어진 미소의 활을 발견하고 손을 뻗었다. 그러자 라라가 활과 화살을 구덩이 아래로 툭 찼다. 모래가 순식간에 미소의 활과 화살을 집어 삼켰다.

"어림도 없지. 니들이 감히 나를 방해해? 여기가 니들의 무덤이 될 것이다. 대장, 어서 칼을 들고 이쪽으로 와요. 이 녀석 좀 처리해요."

라라가 핏발이 선 눈으로 진리와 미소를 내려다봤다. 대장 지네가 자신의 칼을 주워 한 쪽 어깨에 걸치고 서슬 퍼런 저승사자처럼 다가왔다.

"누나, 빨리 손 내밀어요."

진리가 폭포수처럼 눈물을 쏟으며 어깨가 빠질 듯이 손을 뻗었다. 하지만 미소는 진리를 올려다보기만 할 뿐 미동도 하지 않았다. 미소의 상처에서 쏟아진 독이 미소 주변의 모래를 적셨다. 어느덧 미소의 허벅지가 모래에 파묻혔다.

"누나, 미안해요. 나만 아니었다면, 나를 따라나서지 않았다면 수조 안에서든, 개구리 마을에서든 행복하게 살 수 있었을 텐데."

진리가 울먹였다.

"아니, 난 진리 널 따라나선 걸 결코 후회하지 않아. 네 덕분에 난 나의 진짜 모습을 찾았거든. 수조에 갇혀서 아무 걱정 없이 평생을 사는 것보다, 단 하루라도 진짜 나로 산다는 게 훨씬 의미 있고 값진 삶이라는 걸 깨달았어. 그런 삶이 있다는 걸 알려준 네가 고마워서 끝까지 널 도우려 했는데, 그게 쉽지 않네."

미소가 점점 수렁 속으로 가라앉았다. 가슴팍까지 모래가 차올랐다. 미소가 호흡이 가쁜지 숨을 헐떡이며 말을 이었다.

"넌 여기서 반드시 살아남아야 해. 내가 지금껏 봐온 진리는, 저 녀석들쯤은 쉽게 물리칠 수 있어, 맞지?"

"누나, 안 돼."

"널 한 번도 안아주지 못해 미안, 할 말이 더 남았지만, 다음에 또 만나면, 그때 하기로. 컥."

모래가 미소를 집어삼켰다. 이제 미소는 보이지 않았다. 진리가 울부짖으며 손이 닿는 모래 구덩이 바닥을 미친 듯이 파헤쳤다.

"누나, 이대로 죽으면 안 돼. 제발."

그 순간 모래에 묻은 미소의 독이 진리의 손가락에 닿았다. 번개가 척추를 관통하는 통증이 느껴졌다. 그리고는 손끝 발끝부터 경련이 일어나며 온몸이 딱딱하게 굳었다. 배를 타고 올라오는 통증이 내장을 쥐어짰다. 창자가 끊어지는 고통이 전해지자 진리의 두 눈이 앞으로 빠질 듯 튀어나왔다. 진리가 고통의 비명을 지르기도 전에 심장과 폐가 고무공처럼 찌그러졌다. 심장에 고여 있던 피가 입으로 울컥 쏟아졌다. 눈꺼풀이 뒤집어진 채 튀어나온 눈, 헤벌쭉 벌어진 입이 진리의 고통을 말해준다. 박제된 동물처럼 그 표정 그대로 진리는 굳었다.

"진리야, 안 돼. 정신 차려."

팩맨이 앉은 채로 다친 다리를 질질 끌며 진리에게 기어갔다. 진리의 뺨을 여러 번 두드려도 아무런 반응이 없다. 팩맨이 진리의 코에 얼굴을 가까이 대보지만 어떠한 생명의 숨결도 느낄 수 없었다.

"진리야."

라라와 지네 대장이 울고 있는 팩맨에게 다가갔다. 라라가 무표정한 얼굴로 진리를 내려다봤다.

"진리, 죽었어요."

지네 대장이 칼등으로 자신의 어깨를 툭툭 치며 비열한 웃음을 지었다.

"이 녀석 내 손으로 없앴어야 했는데. 아쉬운 대로 이 개구리 녀석이나 죽여야겠다."

지네 대장이 헤벌쭉 웃으며 칼을 치켜들었다. 팩맨이 분노에 찬 눈빛으로 어서 자신을 죽이라는 듯이 대장을 노려보았다. 그때 라라가 지네 대장의 팔을 탁 잡으며 말렸다.

"대장, 그만둬요. 다리도 못 움직이니 이 사막에서 곧 죽을 거예요. 저 녀석은 놔두고 얼른 마을로 출발해요."

라라가 만류하자 지네 대장이 못 이기는 척 칼을 내려놓았다. 그리곤 라라와 함께 발길을 돌렸다.

"라라, 이 천벌을 받을 것아. 어서 날 죽여. 날 죽이라고."

팩맨이 목이 찢어지도록 고래고래 소리를 질렀다. 라라가 발걸음을 멈추고 슥 뒤를 돌아보았다. 그리곤 저벅저벅 팩맨에게 걸어갔다. 모랫바닥에 앉아 있는 팩맨 앞에서 무릎을 쪼그리고 앉았다.

"살려주는 걸 고맙게 여겨. 이 겁쟁이 졸보 녀석아."

라라가 코웃음을 치며 팩맨의 뺨을 툭툭 쳤다. 팩맨이 머리끝까지 화가 나 라라를 향해 주먹을 휘두르지만 라라가 재빨리 일어나며 몸을 피했다.

"어디 그 몸으로 날 칠 수 있을 것 같아? 넌 해가 뜨면 그 자리에서 말라 죽을 게다."

"미소가 널 처음 봤을 때부터 의심했던 이유가 있었어. 그때 미소 말을 들었어야 했는데."

팩맨이 피가 날 정도로 아랫입술을 꽉 깨물었다. 라라가 그런 팩맨을 비웃으며 슬슬 뒤로 물러났.

"친한 친구 셋이 같은 날 같은 곳에서 죽으니 얼마나 운이 좋아? 저승에 가서 셋이 오손도손 행복하게 지내라구. 그럼 잘 가."

라라가 야멸차게 말을 내뱉곤 휙 뒤돌아 자리를 떴다. 팩맨이 분한 마음에 라라를 잡아보려 일어나지만 다친 다리 때문에 철퍼덕 주저앉았다. 그녀의 뒤통수를 하염없이 노려보다 다시 진리에게 기어갔다. 고통으로 일그러진 진리의 얼굴을 보니 차마 눈을 마주치기 힘들다. 팩맨이 재빨리 고개를 돌리고 혼잣말을 했다.

"괜히 널 따라나서서 나노 여기서 죽는구나. 먼서 가 있어라. 곧 뒤따라가마."

팩맨이 두 손으로 모래를 퍼서 진리 위에 덮었다. 땀을 뻘뻘 흘리며 진리 위에 모래를 덮어 보지만 사막 바람이 휭 불 때마다 모래알이 흩어졌다. 팩맨이 한숨을 푹 내쉬고 하던 일을 멈췄다. 그때 팩맨의 눈에 미소가 빠진 모래 구덩이가 들어왔다. 팩맨이 잠시 생각하더니 진리를 구덩이 쪽으로 굴렸다.

"미소와 너는 인연이 깊구나. 죽어서도 한 곳에 묻히다니."

어느덧 동쪽 하늘이 밝아온다. 따뜻한 햇볕이 진리와 팩맨에게 내리쬐었다. 팩맨이 하던 일을 멈추고 잠시 태양을 바라보았다. 새벽 동안 차갑게 식어 있던 팩맨의 몸이 서서히 녹았다. 생명의 기운이 온몸에 도는 것을 느끼며 잠시 현재의 상황을 잊는다. 그러나 얼마 안 있으면 저 태양빛에 말라 죽는다는 생각에 몸이 부르르 떨렸다. 얼른 다시 진리를 굴리기 시작했다. 팩맨이 한 번 힘을 주자 진리가 반 바퀴 굴러 모래에 얼굴이 처박혔다. 다시 한번 진리를 굴리자 모래 묻은 진리 얼굴이 하늘을 향했다.

팩맨이 무심코 진리의 얼굴을 들여다보았다. 튀어나왔던 진리의 눈이 처음보다 들어갔다. 고통에 일그러져 있던 진리의 표정도 한결 부드러웠다. 팩맨이 고개를 갸우뚱하고 진리를 다시 굴렸다. 진리의 머리에 햇볕이 닿자 나무 장작이 쪼개지는 소리가 들렸다. 팩맨이 소리 난 곳을 살펴보니 진리 정수리의 굳은 피부가 뱀이 허물을 벗듯 갈라져 있었다. 팩맨이 진리의 얼굴을 보니 진리가 평온하게 두 눈을 감고 있다.

"내가 헛것이 보이나?"

팩맨의 이마에 식은땀이 한 방울 맺혔다. 팩맨이 진리의 얼굴을 자세히 보려고 다가가자 별안간 진리가 눈을 치켜떴다.

"에구머니나!"

팩맨이 용수철 튕기듯 뒤로 날아가 엉덩방아를 찧었다. 깊은숨을 두어 번 쉬며 깜짝 놀란 마음을 진정시키고 진리에게 다시 다가갔다. 진리가 두 눈을 끔뻑이고 있었다.

"진리야, 너 살아 있었어?"

팩맨이 기쁜 마음에 진리의 뺨을 두드렸다. 하지만 그는 굳은 몸 그 상태로 움직일 줄 몰랐다.

"무슨 말이라도 해 봐."

진리는 팩맨의 말에 아무런 대꾸가 없었다. 다만 눈을 이리저리 돌리며 무언가를 찾았다. 팩맨이 그의 눈빛이 말하는 바를 알아내려고 머리를 굴렸다.

"미소 찾아? 미소는 모래 늪에서 못 나왔어."

"…"

"라라와 그 대장 녀석은 진작 자리를 떴어."

"…"

"도대체 뭘 말하려는 건지."

팩맨이 머리를 쥐어 뜯어봐도 도무지 진리의 의도를 알 수 없었다. 그때 태양빛에 비친 무언가가 팩맨 주변에서 번쩍 빛났다. 진리의 눈길이 그쪽으로 향했다. 진리의 유리 칼이었다.

"저 유리 칼 말하는 거야?"

진리가 긍정의 뜻으로 눈을 깜박였다. 팩맨이 다리를 질질 끌고 기어가 모래에 박힌 유리 칼을 뽑은 후 그에게 가져왔다.

"이걸 어디에 쓰게?"

진리가 눈동자를 위에서 아래로 움직였다. 팩맨이 알아듣지 못하자 진리가 눈동자를 위아래로 여러 번 왔다 갔다 했다.

"칼을 위에서 아래로 왔다 갔다 하라고?"

진리가 눈을 깜빡였다. 팩맨이 유리 칼을 하늘로 들어 올린 후 아래로 휘둘렀다.

"이렇게?"

진리가 답답하다는 듯 눈을 찡그리곤 자신의 눈동자를 최대한 위로 추켜올렸다. 한참 그 자리에서 머물다 눈동자를 아래로 움직였다.

"위? 네 머리? 머리부터 다리까지 칼로 가르라는 거야?"

팩맨이 화들짝 놀라 되물었다. 진리가 맞다는 듯 눈을 감았다 떴다.

"안 돼, 그럼 넌 곧바로 죽게 될 거야."

하지만 진리가 자신의 말을 믿으라는 듯 팩맨을 빤히 쳐다보았다. 그의 눈빛은 확신을 넘어 무언가를 아는 듯 이야기했다. 팩맨이 어쩔 수 없다는 듯 고개를 젓고 유리 칼을 진리의 정수리로 가져갔다.

"죽어도 날 원망하진 마."

진리가 편안한 표정으로 눈을 지그시 감았다. 팩맨이 두 손을 벌벌 떨며 진리의 갈라진 정수리 틈으로 유리 칼을 집어넣었다. 그리곤 칼 끝에 힘을 주어 굳은 피부를 서걱서걱 갈랐다. 진리의 정수리부터 이마, 코, 턱 끝을 지나 가슴팍, 그리고 아랫배까지 칼날이 지나갔다. 그러자 진리를 감싸고 있던 딱딱한 껍질이 쫙 갈라지며 진리의 하얀 속살이 드러났다.

진리는 아직 움직임이 없었다. 그저 태양빛에 자신을 맡기고 눈을 감은 채 편히 누워있었다. 할아버지 이고가 햇빛에 노출돼 고통에 몸부림친 것과는 달리, 진리는 태양의 손길이 부드럽고 따스하게 느껴졌다. 촉촉하고 부드럽고 하얀 진리의 피부가 햇살을 머금는다. 피부가 점점 단단해지고 태양과 같은 황금빛을 띠었다. 햇살이 진리의 몸 구석구석에 스며들어 모든 세포를 깨운다. 진리가 자신과 태양이 하나가 됨을 아는 순간 눈을 떴다. 그리곤 서서히 몸을 일으켜 껍질 밖으로 나왔다. 진리가 세 번째 껍질을 벗고 다시 태어났다.

"진리가 살아났다."

팩맨이 기절초풍하며 큰소리를 내뱉었다. 한참 앞서서 걷던 라라와 지네 대장의 귀에 팩맨의 목소리가 스쳤다.

"뭐라고, 진리가 살아났다고?"

라라와 지네 대장이 깜짝 놀라 뒤를 돌아봤다. 막 떠오른 태양 때문에 눈이 부셔 반사적으로 고개를 돌렸다. 이마에 손을 갖다 대고 눈을 찡그린 채 앞을 쳐다봤다. 반짝반짝 빛나는 실루엣이 태양을 등지고 라라와 지네 대장에게 다가오고 있었다. 진리의 황금 껍질이 태양처럼 강렬하게 빛났다. 태양이 자신의 햇살을 땅으로 내려보내 진리를 만든 것처럼 느껴졌다. 어지간한 일엔 눈 하나 꿈쩍 않는 지네 대장이지만 자신을 향해 다가오는 진리를 보니 등줄기가 서늘해졌다.

"뭐해요, 어서 저 녀석을 없애요."

라라가 공포에 질린 채 지네 대장의 등을 떠밀었다. 지네 대장이 칼을 두 손으로 꽉 쥐고 이맛살을 잔뜩 찌푸렸다. 그리곤 진리에게 천천히 다가갔다.

"용케도 살아 있었군. 내 손으로 널 죽이지 못해 아쉬웠는데 잘 됐다. 이번에야말로 네 명줄을 확실히 끊어주마."

지네 대장이 기선을 제압할 요량으로 버럭 소리를 질렀다. 그러자 신리가 걸음을 멈추고 그 자리에 가만히 서 있았다.

"크크. 잔뜩 겁먹었나보군. 기다려라. 곧 죽여주마."

지네 대장이 험상궂은 얼굴로 멈춰있는 진리에게 접근했다. 서로 알아볼 수 있는 거리에 다다르자 지네 대장의 낯빛이 굳었다. 황금빛에 둘러싸인 진리가 옅은 미소를 띠고 있었다. 지네 대장의 존재는 신경도 쓰지 않는 듯 평안한 얼굴이었다. 지네 대장이 침을 꼴깍 삼키고 칼을 꽉 틀어줬었다. 진리에게서 범상치 않은 기운이 느껴졌지만 여전히 덩치는 꼬마일 뿐이라고 자신을 설득했다. 지네 대장이 온몸에 퍼지는 두려움을 애써 누르며 더욱더 잔인한 표정을 하고 진리에게 다가들었다. 지네 대장이 칼을 휘두르면 닿을 거리까지 접근하자 진리가 침묵을 깨고 입을 열었다.

"아저씨는 날 털끝도 건드릴 수 없어요. 지금 도망가요."

진리의 차분한 목소리에 지네 대장의 머리털이 곤두섰다. 지네 대장이 일부러 과장된 웃음소리를 내며 칼을 치켜들었다.

"네가 정신이 나간 모양이구나. 어서 죽어버려!"

지네 대장이 젖 먹던 힘까지 쥐어짜 칼을 내리쳤다. 칼날이 진리에게 닿는 순간 '뗑그렁' 칼이 부러졌다. 진리의 황금 껍질엔 미세한 상처조차 나지 않았다. 지네 대장이 자신의 손에 들린 부러진 칼을 보며 얼빠진 표정을 지었다.

"이, 이게 어떻게 된 거야?"

정신 나간 지네 대장이 두려움에 가득한 눈으로 진리를 쳐다봤다. 진리가 스윽 다가와 부러진 칼을 쥔 지네 대장의 손목을 턱 잡았다.

"여기까지예요."

진리의 손에서 미소의 독이 배어 나왔다. 순식간에 지네 대장의 몸이 뻣뻣하게 굳었다. 그리곤 비명도 지르기 전에 산비탈의 나무가 넘어지듯 모랫바닥으로 고꾸라졌다.

"아악!"

라라가 지네 대장이 죽는 모습을 보고 부지불식간에 비명을 질렀다. 머리로는 얼른 도망가야 한다고 생각했지만 차마 발이 떨어지지 않았다. 온몸이 사시나무처럼 부들부들 떨렸다. 힘겹게 발걸음을 떼어

보지만 이미 다리에 힘이 풀렸다. 라라가 허수아비처럼 그 자리에 맥없이 털썩 주저앉았다. 저만치에서 진리가 저벅저벅 라라에게 걸어왔다. 이미 도망갈 의지를 잃은 라라는 두려움에 질려 눈물 콧물을 쏟아냈다.

"진리야, 미안해. 지네 대장이 날 죽이겠다고 협박해서 어쩔 수 없었어."

진리가 아무런 말 없이 터벅터벅 다가왔다. 라라가 앉은 채 등 뒤로 팔을 짚고 발버둥 쳤다. 진리가 가까워지자 라라가 진리의 표정을 파악하려고 고개를 들었다. 하지만 눈 부신 태양과 진리의 반짝이는 껍질 때문에 진리의 얼굴이 제대로 보이지 않았다. 라라는 진리가 자신을 데려가려는 천사처럼 느껴졌다. 진리가 다가올수록 라라는 더욱더 공포에 질린 채 진리에게 애원했다.

"진리야, 잘못했어. 제발 한 번만 용서해줘!"

그러자 진리가 라라 앞에 걸음을 멈추곤 허리를 구부려 악수하듯 손을 내밀었다. 아까 지네 대장을 죽게 했던 바로 그 손이었다. 라라의 눈이 동그래지더니 미친 듯이 발을 구르며 진리에게서 도망치려 했다.

"안 돼, 제발 살려 줘!"

라라가 자신의 뒤에 있는 모래 늪으로 굴러떨어졌다. 사막의 모래가 라라의 비명마저 집어삼켰다. 어느새 라라가 흔적도 없이 사라졌다.

"…"

진리가 자신이 내민 손바닥을 한 번 들여다보곤 손을 거뒀다. 진리가 한동안 시린 눈빛으로 모래 구덩이를 바라보았다. 그리곤 다리를 다친 팩맨에게 돌아갔다.

"아저씨, 괜찮아요? 일어날 수 있겠어요?"

진리가 팩맨에게 손을 내밀었다. 팩맨이 덥석 진리의 손을 잡고 다리를 절뚝이며 일어났다.

"깨금발로 걸을 수밖에 없겠어."

"제가 부축할게요. 한 번 걸어 봐요."

진리가 한 손으로 팩맨의 한쪽 팔을 자신의 어깨에 걸치고 다른 손으로 팩맨의 옆구리를 감싸 안았다.

"이 상태로는 사막을 벗어나기 힘들겠어. 그러다 둘 다 말라 죽고 말 거야. 어서 너 혼자 가."

"걱정 마요, 아저씨. 이제 전 햇빛을 아무리 쬐어도 끄떡없어요. 저만 믿어요."

진리가 태연하면서도 자신감 넘치는 어조로 대답했다. 팩맨이 신기한 듯 진리의 얼굴을 쳐다봤다. 그러다 갑자기 소스라치게 놀라며 진리를 밀쳤다.

"지금 너 그 손으로 날 만진 거야? 아까 지네 대장을 죽게 만든 그 손으로?"

"네. 근데 신기하게도요. 내 손에서 독이 나오는 걸 마음대로 조절할 수 있어요. 그러니 지금은 아무리 아저씨를 만져도 아무 이상 없다고요."

진리가 자신의 손으로 팩맨의 등을 툭툭 쳤다. 그제야 팩맨이 한숨을 돌리며 식은땀을 닦았다.

"미소가 네게 마지막으로 선물을 줬나 보군."

"미소 누나, 아저씨, 잠깐만 기다려줘요. 금방 올게요."

진리가 팩맨을 두고 어딘가로 뛰어갔다. 자신이 벗은 껍질 근처로

가 땅에 박힌 유리 칼을 집어 들었다. 진리가 유리 칼을 햇빛에 한 번 비춰 보더니 미소가 빠진 모래 구덩이로 갔다. 그리곤 유리 칼을 구덩이 앞 모래에 꽂았다.

'누나, 고마워요. 누나가 날 다시 태어나게 했어요. 꼭 다시 만나러 올게요. 꼭이요.'

진리가 울음을 집어삼키고 눈물을 쓱 닦았다. 모래에 꽂힌 유리 칼을 손으로 훑으며 혼잣말을 했다.

"그동안 고마웠어. 난 이제 네가 없어도 돼. 대신 미소 누나를 잘 지켜줘. 알았지?"

유리 칼이 진리에 말에 대답이라도 하듯 반짝였다.

"아저씨, 이제 가요."

진리가 팩맨을 부축하고 길을 나섰다. 이젠 강렬한 태양도 진리를 방해하지 못했다. 오랜 시간 동안 햇빛에 노출되어도 진리의 황금 껍질은 끄떡없었다.

"야, 너 안 뜨겁냐? 그늘에서 쉬다 가야 하는 거 아니야?"

팩맨이 진리가 걱정되어 물었다.

"이젠 태양이 무섭지 않아요. 이 껍질 자체가 햇빛으로 만들어진 걸요."

신리가 씩 웃으니 사신의 껍질을 툭툭 쳤다.

"참 신기한 일이야. 죽었다 다시 살아나다니. 분명 넌 죽었었거든."

진리가 무언가 생각하는 듯 잠시 뜸을 들이더니 입을 열었다.

"난 아무것도 보이지 않는 칠흑 같은 공간에 누워있었어요. 어떤 감각도 느껴지지 않았어요. 내가 죽었는지 살아있는지조차 분간이 안 되었으니까요. 그런데 어느 순간 검은 공간이 쫙 갈라지더니 그 틈새로 눈 부신 빛이 쏟아져 들어와 내 머리를 비췄어요."

"그리곤?"

팩맨이 침을 꿀꺽 삼키며 다음 이야기를 기다린다.

"어디선가 목소리가 들렸어요. 나에게 딱 한 마디 하더군요. 깨어나라."

"깨어나라? 저 태양이 너한테 말을 걸었다는 거야?"

팩맨이 태양을 올려다보며 고개를 갸웃했다.

"아니요, 그 목소리의 주인공은 태양이 아니었어요. 바로 나 자신이었어요!"

"에이, 말도 안 돼. 죽은 네가 어떻게 말을 해?"

"목소리라고 얘기했지만 사실 진동, 울림에 가까웠어요. 그 울림이 가슴 깊은 곳에서 울컥 샘솟더니 물결이 되어 온몸으로 퍼졌어요. 그리곤 번쩍 눈을 떴어요."

그러자 팩맨이 믿기지 않는 듯 진리를 빤히 쳐다보았다. 진리의 눈동자가 수정구슬처럼 반짝였다. 티 없이 맑은 그의 눈빛을 보니 거짓말 같진 않았다. 팩맨이 그에게서 시선을 거두고 텅 빈 눈빛으로 무언가 골몰히 생각했다. 진리도 그런 팩맨을 보며 침묵에 잠겼다. 그렇게 둘은 아무 말 없이 서로에게 기대어 황량한 사막을 건넜다.

진리와 팩맨이 사막과 산을 지나 정글에 도착했다. 한참을 걷다 보니 눈에 익숙한 양 갈래 갈림길이 나왔다. 한쪽 길은 독화살개구리 마을로 통하는 길이고 다른 쪽은 카이의 등을 타고 건넜던 강으로 이어지는 길이었다. 팩맨이 진리에게 어깨동무를 했던 팔을 풀었다.

"이제 여기서 헤어지자. 넌 한시라도 빨리 네 고향으로 가."

"하지만 개구리 마을에 가서 미소 누나의 소식을 알려야 해요."

"그건 내가 할게."

팩맨이 주변의 나뭇가지를 주워 툭툭 분지르더니 금세 목발을 만들어 겨드랑이에 끼웠다.

"아저씨 다리도 불편한데 괜찮겠어요?"

"여긴 도중에 쉬어갈 만한 풀숲도 많으니 쉬엄쉬엄 가도 돼. 걱정 마."

팩맨이 씩 웃으며 진리의 등을 떠밀었다.

"아저씨도 우리 마을에 가서 같이 살면 좋을 텐데."

진리가 팩맨과 헤어지기 아쉬워 차마 발길을 돌리지 못했다.

"여긴 내 고향이야. 이곳에서 나의 동료들을 찾을 거야."

"아저씨가 태어난 곳은 유리 수조 아니에요?"

진리가 고개를 갸웃했다.

"이 정글에 처음 온 순간 난 여기가 내가 있을 곳이란 걸 본능적으로 알았어. 내 부모님은 분명 이곳에서 태어나 자랐을 거라고."

"에이, 그걸 어떻게 알아요?"

진리가 입술을 삐죽 내밀었다. 팩맨이 그런 진리가 귀엽다는 듯 이마를 콩 쥐어박았다.

"녀석아, 나도 너처럼 마음속 울림이란 게 있다 이거야. 됐냐? 그리고 정글 나무가 내게 말했어. 이곳에서 나의 친구들을 만날 거라고."

진리가 팩맨의 말을 듣곤 이해된다는 듯 고개를 끄덕였다.

"알겠어요. 아저씨. 그런데 라라 누나는 어떤 소원을 빌었을까요? 분명 마을로 돌아가게 해달라고 빌었을 것 같은데."

그러자 팩맨이 냉소적으로 대답했다.

"죽어서 마을로 돌아갔을 수도 있지."

진리가 말없이 씁쓸한 표정을 짓자 팩맨이 재차 재촉했다.

"어서 가. 빨리 네 부모님을 만나."

"아저씨도 얼른 친구들 만나길 바랄게요."

진리가 슬픈 눈으로 뒷걸음치며 손을 흔들었다. 팩맨이 진리에게 어서 가라는 듯 손짓했다.

"조심히 가. 꼭 다시 만나자. 편지할게."

팩맨이 팔을 높이 들고 힘차게 인사했다. 진리가 눈물을 뚝뚝 흘리며 돌아섰다. 팩맨이 진리의 뒷모습을 한참 동안 지켜보곤 자신도 발길을 돌렸다. 씩씩했던 팩맨의 얼굴에서 눈물이 또르르 흘렀다.

진리가 카이의 도움으로 정글을 떠나 넓은 들판에 도착했다. 흰나비 한 마리가 나풀나풀 날아다니다가 진리를 발견하곤 진리의 눈앞에서 살랑거렸다.

"어? 넌 예전에 나와 함께 했던 그 나비 맞니?"

흰나비는 대답 없이 싱긋 웃었다. 그러고는 하늘 높이 날아 어딘가로 사라졌다.

"다른 나비였나 봐."

진리가 머리를 긁적이며 발걸음을 재촉했다. 이젠 햇빛을 피해 풀숲 그늘로 걸어 다닐 필요가 없다. 진리가 지네마을로 가는 최단 거리로 들판을 가로질렀다.

"저게 뭐지?"

그의 눈에 하늘을 둥둥 떠다니는 하얀 솜뭉치가 들어왔다. 그가 가까이 다가가서 보니 흰 나비 수백 마리가 날개를 펄럭이고 있었다.

"진리 님, 안녕하세요? 기다리고 있었어요."

들판에서 진리를 맨 처음 만났던 흰나비가 앞으로 나와 인사했다.

"날 알아요?"

"우리 엄마가 얘기해 주셨어요. 엄마 목숨을 구해준 친구가 언젠가 이곳을 지나갈 거라고요. 그래서 제 형제들과 친구들을 불러 모아 진리 님을 마중 나왔어요."

"그럼 내 친구는 어디 있어요?"

"엄마는 우리를 낳고 얼마 지나지 않아 돌아가셨답니다. 우리가 애벌레일 때 엄마가 말씀하셨어요. 진리 님이 아니면 너희는 이 세상에 없었을 거라고요."

"'너희에게 주어진 이 소중한 생명을 허투루 쓰면 안 된다, 애벌레의 삶에서 만족하지 말고 반드시 나비가 되어 이 들판을 자유롭게 날아다녀라.' 전 엄마의 당부대로 번데기의 껍질을 벗어던지고 나비로 다시 태어났답니다. 이게 다 진리 님 덕분이에요. 진리 님을 만나 감사한 마음을 전해드리고 싶었어요."

흰나비가 볼이 빨갛게 상기되어 진리에게 이야기했다. 진리가 머쓱한 표정을 지으며 되물었다.

"이것 참 쑥스럽네요. 근데 어떻게 제 얼굴을 알아봤어요?"

"아마 이 들판에 사는 모든 동물이 진리 님의 얼굴을 알 걸요? 개미 왕국 입구에 진리 님 동상이 있거든요."

"제 동상이요?"

"네, 반짝이는 유리로 만들었어요. 진리 님이랑 똑같이 생겼어요."

진리가 발명가 개미에게 준 유리 조각을 떠올렸다.

"진리 님도 한번 보실래요? 저희가 안내할게요."

"아니에요, 전 하루라도 빨리 집에 가야 돼요. 다음에 이곳에 오게 되면 그때 볼게요."

"그럼 진리 님이 이 들판을 벗어날 때까지 우리가 함께할게요. 우리 뒤를 잘 따라오세요."

흰나비 무리가 앞장서 날아갔다. 수많은 길동무가 생기니 진리의 마음이 든든했다. 가볍고 빠른 발걸음으로 지네마을을 향해 나아갔다.

"진리 님, 여기부턴 다른 길로 빙 돌아가야겠어요."

한참 동안 별말 없이 길을 안내하던 흰나비가 난처한 표정으로 진리에게 내려왔다.

"왜요? 무슨 일 있어요?"

"이 앞에 살모사들이 진을 치고 있어요. 우리들이야 상관없지만 진리 님은 살모사에게 잡아 먹힐지도 몰라요. 시간이 좀 걸리겠지만 안전한 길로 모실게요."

진리가 그 말을 듣자 생긋 웃었다.

"괜찮아요. 이 방향대로 쭉 지나갈게요."

"하지만 아무리 진리 님이라 해도 너무 위험해요. 그 녀석들은 진리 님보다 수십 배나 큰걸요. 게다가 치명적인 독을 가지고 있어서 한 번 물리면 바로 죽는다고요."

흰나비가 파랗게 질린 얼굴로 대꾸했다. 진리가 그런 흰나비를 안심시켰다.

"그 녀석들은 날 건드리지 못해요. 걱정 말아요."

진리가 공중에 멈춰있는 흰나비 떼를 지나쳐 앞장섰다. 흰나비들이 불안한 눈빛으로 서로를 마주 보다가 어쩔 수 없이 진리의 뒤를 따랐다. 살모사들과 점점 가까워지자 그들 특유의 비린내가 주변 공기를 가득 채웠다. 바람 소리처럼 간지러운 살모사들의 혀 날름거리는 소리가 들렸다. 흰나비들은 살모사들이 자신들을 해치지 못할 것이라는 걸 알면서도 더듬이 끝이 쭈뼛 섰다. 하지만 진리는 얼굴이 부드럽게 이완된 상태로 유유히 살모사 밭으로 다가갔다. 살모사의 냄새와 소리가 진리의 코와 귀를 자극하지만 그뿐이다. 진리의 몸은 그 자극들을 그대로 흘려보낼 뿐 어떠한 감정의 동요도 만들어내지 않았다. 진리가 보일 듯 말 듯 한 미소를 띠며 느긋이 살모사 사이를 지나갔다. 살모사들도 이런 경험이 처음인지 당황한 눈치였다. 진리의 반짝이는 황금 갑옷과 여유로운 태도에 살모사들이 지레 겁을 먹었다. 진리가 마치 제집 드나들 듯 태연하자 살모사들이 슬며시 길을 비켜줬다. 숨죽이며 지켜보던 흰나비들이 식은땀을 닦으며 진리 머리 위로 모였다.

"진리 님, 빨리 서두르세요. 저 녀석들이 언제 덮칠지 몰라요."

흰나비들이 진리를 재촉하지만, 진리는 그저 자신의 속도 그대로 걸었다. 그렇게 살모사들과 멀어져 갔다.

들판이 끝나는 지점에서 진리와 흰나비들이 작별 인사를 했다. 진리가 부엉이 숲으로 들어갔다. 그곳에서 늠름하게 변한 친구 리오를 만났다. 진리와 리오가 서로의 달라진 모습에 놀랐다. 이제 리오는 엄마 부엉이 못지않은 비행 실력을 가진 뛰어난 사냥꾼이 되었다. 리오가 선뜻 자신의 등을 내주며 진리를 지네마을까지 태워주겠다고 했다. 며칠 동안 쉬지 않고 걸어야 할 길을 단 몇 시간 만에 주파했다. 진리가 땅을 내려다보며 고향 마을을 찾다가 미소를 만났던 전시관을 발견했다.

"리오, 날 저기에 내려줘."

진리가 리오를 뒤로한 채 전시관으로 다가갔다. 예전과 달리 을씨년스러운 분위기였다. 군데군데 창문이 깨져 있고 건물 여기저기 페인트가 벗겨져 녹물이 흘렀다.

"리오야, 조금만 기다려줘. 금방 안에 들어갔다 올게."

건물 내부엔 전등 하나 없이 어두컴컴했다. 썩은 내가 진리의 코를 자극했다. 진리가 창문을 통해 들어오는 빛에 의지해 주변을 살폈다.

"이게 어떻게 된 거야, 모두 죽었잖아?"

온갖 동물들로 북적북적했던 유리 수조엔 부패한 사체와 뼛조각만이 나뒹굴었다. 진리가 전시관에서 가장 인기가 많았던 개코도마뱀의 수조 앞으로 갔다. 진리가 개코도마뱀처럼 보이는 뼈를 발견했다. 개코도마뱀이 잠자던 그 모습 그대로 뼈가 흙 위에 놓여 있었다. 진리가 무거운 마음으로 건물 밖을 나왔다.

"전부 죽었어."

"네가 건물 안에 들어가 있는 동안 이 주변을 탐색해봤어. 운영을 중단한다는 오래된 안내문이 있더라고. 이곳 주인이 동물들을 내팽개친 채 사라진 모양이야."

"모두 여기처럼 안전하고 편안한 곳은 없다고 했는데."

진리가 씁쓸한 마음을 감추지 못했다. 만약 자신이 이곳에서 탈출하지 못했다면 어떻게 됐을까 생각하니 뒷골이 서늘했다. 리오가 진리 옆에 와서 한마디 거들었다.

"자신의 운명을 남의 손에 맡기면 결국 이렇게 되는 거야. 자, 이제 출발하자. 얼른 네 부모님을 만나러 가야지?"

저 멀리 떡갈나무로 된 지네마을이 보인다. 진리의 입이 바짝 말랐다. 리오가 흙바람을 일으키며 땅에 착륙하자 지네들이 혼비백산하며 떡갈나무 마을 안으로 숨었다. 진리가 번개처럼 리오 등에서 뛰어내려 마을 입구로 달려갔다.

"리오, 고마웠어. 꼭 다시 만나러 갈게."

진리가 곧바로 엄마가 있던 병원으로 돌진했다. 병원에 있던 지네들이 진리를 보고 깜짝 놀라 웅성거렸다.

"진리? 진리가 살아 있었어?"

"진리의 몸이 황금처럼 빛나잖아?"

지네들의 목소리를 뒤로 한 채 진리가 눈썹이 휘날리듯 내달리며 병원 이곳저곳을 뒤졌다.

"엄마, 어디 있어요? 엄마."

진리가 하나하나 병실 문을 벌컥 열며 큰소리로 엄마를 불렀다. 하지만 엄마의 모습은 보이지 않았다. 병실에 누워있던 다른 환자들이 깜짝 놀라 진리를 쳐다보았다.

"엄마, 엄마."

엄마의 모습이 보이지 않자 진리가 점점 초조해졌다. 질풍처럼 내달리며 병원 구석구석을 찾지만 다른 환자들만 즐비했다. 진리가 부리나케 다른 병실로 뛰어가다 순간 갑자기 걸음을 멈췄다.

'설마 이렇게 많은 지네늘이 전무 곰팡이에 감염된 거야?'

진리가 뒤로 돌아 방금 지나친 병실로 들어갔다.

"여기 있는 모두가 곰팡이에 감염돼서 입원한 건가요?"

"그렇다오. 우리 지네들의 숙명이지. 병원에 입원한 지네들은 죄다 곰팡이에 감염되었다오. 근데 자네는 누구인가? 우리랑 닮았으면서도 빛나는 껍질을 가지고 있지 않은가?"

"할아버지, 전 진리라고 해요. 아픈 엄마를 찾으러 왔어요."

"진리라면 혹시 대홍수가 났던 날 그때 그 꼬마? 그 아이는 수술받다가 죽은 걸로 아는데?"

"말하자면 길지만 전 그때 그 꼬마 맞아요. 혹시 우리 엄마는 어디 있는지 아는 분 계세요?"

그러자 다른 지네가 나서서 진리의 말을 받았다.

"너희 엄마는 이 병원 꼭대기 맨 구석 병실에 있어. 증세가 심각한 환자들만 모아놓은 곳이지."

"그래요, 감사합니다."

진리가 병실 밖을 나가다가 갑자기 뒤돌아 큰소리로 외쳤다.

"모두 조금만 기다려주세요. 제가 금방 낫게 해드릴게요."

진리가 어안이 벙벙한 환자들을 뒤로 하고 병원의 맨 위층으로 달려갔다. 어두컴컴한 복도의 가장 끝 병실에 도착했다.

"엄마, 여기 있어요? 엄마?"

진리가 문을 부술 듯이 벌컥 열었다. 쾨쾨한 곰팡이 냄새가 진리의 코로 쑥 들어왔다. 진리의 요란한 소리에도 병실이 고요하다. 진리가 긴장된 얼굴로 어두운 병실에 들어서니 여러 마리의 지네들이 시체처럼 누워있었다. 지네들의 얼굴을 하나하나 살펴보다가 익숙한 얼굴을 발견하곤 그 자리에 털썩 무릎을 꿇었다.

"엄마, 나에요, 나. 진리라구요, 진리요."

진리가 엄마의 초췌한 얼굴을 보고 눈물을 터트렸다. 그토록 꿈에 그리던 엄마가 미라처럼 바짝 말라붙은 얼굴을 하고 있으니 그의 마음이 찢어졌다. 그가 두 손으로 엄마의 차가운 뺨을 어루만졌다. 하지만 엄마는 아무런 반응이 없었다. 혹시 엄마가 죽은 게 아닌가 싶어 엄마의 코에 자신의 귀를 갖다 댔다. 개미가 기어가는 듯이 가느다란 숨소리가 들렸다.

"다행이야, 아직 엄마가 살아있어."

진리가 안도의 한숨을 내쉬다가 이내 비장한 표정을 지었다.

"이러고 있을 시간이 없어. 어서 빨리 엄마를 모실 진흙집을 만들어야 해."

진리가 엄마의 손을 꼭 잡고 외쳤다.

"엄마, 제가 엄마를 낫게 해줄게요. 집을 지을 때까지만 버텨주세요. 꼭이요."

한시라도 지체할 수 없다. 진리가 계단을 날듯이 뛰어 내려가며 생각했다.

'우선 아빠를 만나 내 계획을 알려야 해. 아빠랑 힘을 합치면 진흙집을 금방 만들 수 있을 거야.'

진리가 숨 고를 틈도 없이 병원을 나서 집으로 뛰었다. 어느새 진리의 소식을 접한 지네들이 하나둘 병원 밖에 모여 있었다. 하지만 그의 눈에는 아무것도 들어오지 않았다. 마치 눈가리개를 씌운 경주마처럼 오직 집을 향해 전력 질주했다. 진리가 지나가자 모여 있던 지네들이 무엇인가에 홀린 듯 그의 뒤를 따랐다.

"아빠, 나 왔어요."

진리가 오랜만에 아빠를 볼 생각에 기대감에 부풀어 대문을 열었다. 하지만 그의 예상과는 달리 집 안이 썰렁했다. 한동안 아무도 살지 않아 관리가 안 된 모습이었다. 이 방 저 방 돌아다니며 아빠의 흔적을 찾지만 헛수고였다.

"아빠에게도 무슨 일이 일어난 거야?"

진리가 불안한 마음으로 성급히 집을 나섰다. 어느새 그의 집 밖엔 마을에 사는 대부분의 지네가 바글바글 모여 있었다. 하지만 다들 진리의 낯선 모습에 겁을 먹은 듯 그의 집에서 일정한 거리를 두고 아무 말 없이 서 있기만 했다. 진리가 자신의 집을 둘러싼 수많은 지네들에게 외쳤다.

"우리 아빠 어디 있는지 아는 분 계세요?"

진리의 물음에 그 누구도 대답하지 않고 서로 멀뚱멀뚱 쳐다만 보았다. 고요하면서도 긴장된 분위기가 지네마을을 가득 메웠다. 그가 한 걸음 앞으로 나아가자 모두 약속이나 한 것처럼 뒤로 한 걸음 물러났다.

"아빠, 어디 있어요? 아빠."

진리가 목이 터져라 아빠를 불러도 아무런 대답이 없었다. 그러자 지네 무리 중 하나가 적막을 깨고 앞으로 나섰다.

"우린 모두 너와 네 아빠가 죽은 걸로 알고 있었어. 넌 수술을 받다가 죽었고, 네 아빠는 그 슬픔을 견디다 못해 스스로 목숨을 끊었다고 들었어."

"누가 그러던가요? 그나시리온인가요?"

"어? 그, 그게…"

그나시리온의 이름이 나오자 앞에 나선 지네가 쭈뼛거리며 대답을 하지 못했다.

"그나시리온은 수술을 핑계로 날 죽이려 했어요. 난 아빠의 도움으로 간신히 목숨을 구할 수 있었어요. 그 후로 아빠가 없어졌다면? 분명 그나시리온이 아빠의 행방을 알고 있을 거예요."

"그분이 꼬마를 죽일 잔인한 계략을 꾸몄다고?"

지네들이 진리의 말을 믿지 못하겠다는 듯 웅성거렸다. 그때 저 뒤편에서 요란한 소리가 들리더니 마치 바닷물이 갈라지듯 지네 무리가 양쪽으로 비켜섰다. 그나시리온이 수십 명의 군사들을 이끌고 나타났다.

"모두들 똑똑히 보아라. 저 요상한 껍질을 뒤집어쓴 괴물의 모습을."

"내가 괴물이라고요?"

진리가 황당한 표정으로 그나시리온을 노려봤다. 그가 목에 핏대를 세우고 얼굴이 새빨개진 채 열변을 토했다.

"저 꼬마가 기생충에 감염이 되었다고 말하지 않았나? 그래서 녀석을 구하려고 수술을 준비했지만 저 겁쟁이는 몰래 도망치고 말았다. 그 결과 저런 괴물로 변해버린 것이다! 지금 너희들의 눈에 보이는 저 꼬마가 정상으로 보이냐? 저 해괴망측한 껍질이 정상으로 보이냐고! 내가 하는 모든 일은 모두 이 지네마을을 위한 것이다! 나는 지금 당장 저 괴물을 죽여서 우리 마을을 위험으로부터 구해낼 것이다!"

그나시리온이 손에 든 칼을 하늘 높이 치켜들었다. 그러자 모여 있던 지네들이 그의 말에 고개를 끄덕였다.

"그나시리온 님의 말이 맞아. 하마터면 저 황금 껍질에 속을 뻔했지 뭐야."

"무조건 저 녀석을 없애야 해."

지네들이 자신의 의견에 동조하는 분위기가 만들어지자 그나시리온이 회심의 미소를 지으며 군사들에게 명령했다.

"어서 저 괴물을 죽여라."

칼을 든 수십 명의 병사들이 험악한 표정으로 진리에게 다가갔다. 지네들이 침을 꼴깍 삼키며 진리와 병사들을 지켜보았다.

"잠깐만요."

진리가 단호하면서도 냉정한 목소리로 외쳤다. 모두의 시선이 진리에게로 쏠렸다.

"전 여러분과 싸우고 싶지 않아요. 무기를 버리고 돌아가세요."

진리의 차분한 목소리에서 저항할 수 없는 힘이 느껴졌다. 전진하던 병사들이 움찔하며 그 자리에 멈췄다.

"이 바보 같은 녀석들아. 저 꼬마 녀석이 뭐가 무섭다고 겁을 먹는 게냐. 저 괴물을 물리치는 자에게 큰 상금을 내리겠다."

그나시리온이 흥분하여 고래고래 소리 질렀다. 그러자 무리 중 하나가 용감하게 앞으로 달려나갔다.

"내 칼을 받아라."

병사가 가만히 서 있는 진리에게 칼을 휘둘렀다. 모두들 진리가 죽었을 거라고 생각하는 순간, 병사의 칼이 쨍그랑 부서지며 땅으로 떨어졌다. 구경하던 지네들과 병사들 모두 할 말을 잊은 채 입이 딱 벌어졌다. 진리가 덤덤한 표정으로 칼을 휘두른 병사에게 다가갔다.

"이제 그만 해요."

진리의 말에 병사들 모두 겁을 먹고 무기를 땅에 버려둔 채 도망갔다. 군중들 사이로 난 길 위엔 이제 진리와 그나시리온만이 남았다.

"이 괴물 녀석. 어디 내 칼도 피할 수 있나 보자. 어서 죽어."

그나시리온이 끓어오르는 분노를 내뱉으며 진리에게 돌진했다. 덤덤했던 진리의 눈동자가 서서히 증오의 눈빛으로 바뀌었다.

"그만하라고요."

진리가 화를 억누르며 달려오는 그나시리온을 노려보았다. 하지만 분노의 화신이 된 그나시리온에겐 아무것도 들리지 않았다.

"죽어."

그가 있는 힘껏 칼을 내리쳤다. 하지만 진리의 황금 껍질에 생채기 하나 내지 못하고 칼이 부러졌다. 그가 당황한 듯 뒤로 물러서더니 땅바닥에 떨어진 수십 개의 칼들을 발견했다. 눈이 뒤집힌 그가 양손으로 칼을 집어 들고 마구잡이로 진리에게 휘둘렀다.

"죽어, 죽으라고."

그나시리온의 두 눈이 마치 악귀처럼 시뻘겋게 변했다. 또다시 칼날이 부러지자 그가 손잡이만 남은 칼을 집어 던지고 새로운 칼을 다시 주워 달려들었다. 그동안 감정을 억눌러왔던 진리도 이제 더 이상 분노를 참지 못하고 몸을 부들부들 떨었다. 그러자 진리의 황금 껍질이 서서히 달아오르더니 강렬한 새하얀 빛을 내뿜었다.

"그만해."

진리가 하늘이 무너지듯 땅이 갈라지듯 우레 같은 소리를 내질렀다. 달려들던 그나시리온이 그 소리에 혼이 나가 뒤로 나자빠졌다. 진리가 살기가 가득한 눈빛으로 그에게 다가갔다. 황금 껍질은 새하얀 불꽃으로 활활 타오르고 진리의 손은 미소의 독으로 인해 시퍼렇게 변했다. 죽음의 공포에 휩싸인 그나시리온이 그 자리에 얼어붙어 턱을 달달 떨었다.

"제발 살려줘."

그나시리온이 겁에 질려 애원했다. 하지만 이젠 진리의 분노를 막을 수 없었다. 진리의 손에서 미소의 독이 뚝뚝 떨어졌다. 떨어진 독이 땅에 닿자 푸시식 하얀 연기가 일어났다.

"네 목숨만은 살려주려 했지만 이젠 참을 수가 없어. 당신이 우리 아빠를 죽였지, 그렇지? 네놈 때문에 우리 가족이 겪은 고통, 그대로 돌려주겠어."

 광기에 사로잡힌 진리의 눈동자가 점점 희미해지더니 흰자위와 하나가 되었다. 그나시리온이 진리의 모습을 보고 죽음을 직감했다. 모든 것을 포기한 눈빛으로 허공을 응시하며 먼저 하늘나라로 간 가족들을 떠올렸다. 그때 누군가가 지네 무리에서 달려 나와 진리 앞을 막았다.

 "진리야, 제발 부탁이야. 우리 할아버지를 용서해줘."

 그나시리온의 손자이자 진리의 친구인 시연이 두 팔 벌리고 그를 보호했다. 진리가 걸음을 멈추고 초점 없는 눈으로 시연을 물끄러미 보았다. 그러자 그나시리온이 시연의 허리춤을 붙잡고 자신의 뒤로 끌어당겼다.

 "어서 뒤로 물러나. 그러다 너까지 죽어. 이봐. 내 손자는 살려주게. 아무것도 모르는 꼬마일 뿐이라네."

 "안 돼요, 이대로 할아버지를 보낼 순 없어요."

 그나시리온과 시연이 서로를 구하기 위해 실랑이를 벌였다.

 '저 냉혈한에게도 가족은 소중한가 보네.'

 진리가 분노에 차 코웃음을 쳤다. 별안간 진리의 눈앞에 그나시리온의 과거가 한 편의 영화처럼 스쳤다. 그가 가족을 잃었을 때 고통으로 울부짖던 모습, 새로운 가정을 꾸리고 아이를 낳았을 때의 행복한 광경, 자신이 느끼는 행복이 떠나간 가족을 희생해 얻은 것 같은 죄책감, 또다시 가정을 잃을지 모른다는 두려움과 공포. 이 모든 감정들이 형체 없는 하나의 덩어리가 되어 그나시리온의 가슴에 박혀 있었다. 진리의 눈엔 그것이 마치 유령처럼 보였다. 그에게 어떠한 상황이 닥칠 때마다 그 유령이 그나시리온의 몸 구석구석에 촉수를 뻗어 그를 지배했다. 지금도 그 유령은 그를 끈에 묶인 인형처럼 조종하고 있었다.

'저자는 껍데기에 불과한 것인지도 몰라. 감정의 명령을 받는 껍데기. 가만, 지금 내 안의 분노 또한 저자의 유령처럼 나를 지배하고 있는 거 아니야?'

그 순간 진리를 감싸고 있던 분노의 불길이 사그라졌다. 진리의 불타는 껍질은 원래의 황금빛으로 돌아오고 시퍼렇던 진리의 손도, 새하얗던 두 눈동자도, 어느새 본래의 색깔을 되찾았다. 진리가 맑은 눈으로 그나시리온을 보자 유령이 사라진 그나시리온, 본연의 모습만 남았다. 진리가 지그시 눈을 감았다 떴다. 그리곤 주저앉은 둘에게 다가가 손을 내밀었다. 그나시리온이 경계를 풀지 않고 슬금슬금 뒤로 물러났다. 시연은 진리를 바라보더니 진리의 손을 잡으려고 팔을 뻗었다.

"안 돼. 그 손을 잡으면 위험해."

"할아버지, 이젠 괜찮아요."

시연이 진리의 손을 잡자 진리가 팔을 끌어당겨 시연을 일으켜 세웠다. 둘이 서로를 마주보며 씩 웃었다. 숨죽이고 이 광경을 바라보던 지네들이 여기저기서 안도의 한숨을 내쉬었다.

"진리야, 내가 보여줄 것이 있어. 날 따라와."

시연이 진리의 손을 이끌고 자신의 집으로 뛰어갔다. 모여 있던 지네들도 둘의 뒤를 따라 우르르 몰려갔다. 그나시리온만이 덩그러니 남아 그들의 뒷모습을 멍하니 바라보았다. 이젠 자신의 시대가 끝났음을 여실히 느꼈다.

"진리야, 여길 봐."

시연이 안내한 곳은 그나시리온의 커다란 집무실이었다. 시연이 집무실 구석에 놓인 탁자와 카펫을 치우자 마룻바닥에 철로 만들어진 문이 나왔다.

"내가 할아버지 몰래 이 방에서 노는데 어디선가 희미한 신음소리가 들리지 뭐야. 소리를 따라가 보니 이런 문이 있잖아? 문에 귀를 대보니 분명 이 밑에서 나는 소리더라고."

진리가 바닥에 엎드려 살며시 귀를 댔다. 하지만 아무 소리도 들리지 않았다.

"난 너무 무서워서 그대로 도망쳐 나왔어. 그리곤 한동안 이 문의 정체를 까맣게 잊고 있었지. 근데 아까 네 아빠 이야기를 듣다 보니 별안간 이 문이 생각나지 뭐야? 혹시 네 아빠가 이 밑에 갇혀 있는 건 아닐까 하고 말이야."

그 말을 듣자 진리가 급하게 문고리를 잡아당겼다. 하지만 커다란 자물쇠로 잠겨 있어서 문은 꼼짝도 하지 않았다.

"내가 열쇠가 어디 있는지 찾아볼게."

"아니야, 내가 열 수 있어."

진리가 손에 집중하자 금세 시퍼런 독이 손바닥에 맺혔다. 그 손으로 자물쇠를 움켜쥐자 순식간에 쇳덩이가 녹았다.

"우와."

시연의 감탄을 뒤로 하고 진리가 문을 열었다. 육중한 문이 열리자 켜켜이 쌓인 먼지가 진리의 얼굴을 훅 덮쳤다. 진리가 코를 가리고 아래를 보니 어두컴컴한 지하로 계단이 연결되어 있었다.

"진리야, 난 여기서 기다릴게."

시연이 어두운 지하를 들여다보더니 겁을 먹고 뒤로 물러났다. 진리가 한 치 앞도 보이지 않는 깜깜한 계단으로 한 발짝 내딛었다. 그러자 진리의 황금 껍질이 환히 빛나면서 칠흑 같은 공간을 밝혔다. 삐거덕 소리를 내는 나무 계단을 조심히 밟으며 깊은 지하로 내려갔다. 수십 개의 계단을 지나자 물컹하고 축축한 땅이 발에 닿았다.

"아빠, 아빠 있어요? 나 진리에요, 진리!"

진리가 큰소리로 아빠를 부르며 주변을 살폈다. 진리가 걷는 길 양쪽 옆으로 길게 늘어선 감옥들이 있었다. 차가운 쇠창살 안을 들여다보니 뼈만 남은 지네 시체들이 널려 있었다.

'설마 아빠는 아니겠지?'

진리의 심장이 덜컹 밑으로 가라앉았다. 제멋대로 뛰는 심장을 부여잡으며 천천히 앞으로 나아갔다. 진리가 숨을 고르고 감옥 안을 살피는데 어딘가에서 희미한 목소리가 들렸다.

"오, 내 아들 진리가 빛나는 천사가 되었구나. 불쌍한 내 아들. 어서 내게로 오렴. 나도 네 곁으로 데려가 다오."

"아빠, 아빠 맞아요?"

진리가 떨리는 목소리로 아빠를 부르며 총알처럼 뛰어갔다. 누군가가 쇠창살 밖으로 앙상한 팔을 뻗어 진리에게 손짓했다. 진리가 날아가듯 도착한 그곳에 아빠 수용이 무릎을 꿇고 앉아 있었다.

"아빠, 살아 있어서 다행이에요. 보고 싶었어요."

진리가 수용의 뻗은 손을 부여잡고 눈물을 쏟았다. 수용이 눈물이 말라붙은 퀭한 눈으로 아련하게 진리를 쳐다보았다.

"네가 무사하길 빌었지만 끝내 하늘의 별이 되고 말았구나. 나도 더이상 이 삶을 버틸 수가 없다. 어서 내 목숨을 거둬다오."

진리가 그 말을 듣자 정색을 하며 수용의 뺨을 살짝 두드렸다.

"아빠, 정신 차려요. 나 안 죽었어요. 나 살아 돌아왔다고요."

진리가 수용의 손을 끌어당겨 자신의 볼에 갖다 댔다.

"내가 죽었으면 이렇게 날 만질 수 있겠어요?"

그러자 흐리멍덩하던 수용의 눈이 점점 커지더니 초점이 돌아왔다. 흥분한 수용이 자신과 진리의 볼을 번갈아 꼬집었다.

"이럴 수가. 정말 살아 있다니. 진리 네가 살아 있었어. 드디어 돌아왔구나."

수용이 기쁜 마음을 감추지 못하고 진리의 뺨을 마구 문지르자 진리가 슬며시 수용을 팔을 잡고 밑으로 내렸다.

"아빠, 뒤로 물러나세요. 얼른 꺼내 드릴게요."

진리가 쇠창살을 잡자 마치 얼음이 녹듯 쇳물이 흘러내렸다. 순식간에 수용이 빠져나올 수 있는 공간이 만들어졌다.

"진리야."

"아빠."

둘이 부둥켜안고 오열했다. 진리의 따뜻한 열기로 인해 얼어붙었던 수용의 몸에 생기가 돌았다.

"이게 어떻게 된 거냐? 몸에선 빛이 나고 손은 쇠를 녹이다니?"

"아빠, 자세한 건 다음에 설명할게요. 지금은 어서 엄마를 구해야 해요."

"병원에서 치료받고 다 나은 것 아니었어?"

"네, 한시가 급해요. 얼른 이곳을 나가요."

진리가 어리둥절해하는 아빠를 이끌고 밖으로 뛰쳐나갔다. 그나시 리온 집 주변에 모여 있던 지네들이 수용을 발견하곤 깜짝 놀랐다.

"아빠, 진흙으로 햇빛이 잘 통하는 집을 만들어야 해요. 절 도와주세요."

"그게 무슨 말이냐? 햇빛이 닿으면 우리 지네들은 목숨이 위험해."

"아니에요. 그건 그나시리온의 두려움이 만들어 낸 거짓말에 불과해요. 잘못된 믿음이 이 마을을 지배해 온 거라구요."

"그, 그래?"

"물론 절 제외한 다른 지네들은 강한 햇빛에 노출되면 목숨이 위험한 건 사실이에요. 하지만 햇빛의 강도를 적절히 조절한다면 문제없어요."

"그렇다면 앞으론 햇빛을 피해 어둡고 축축한 곳에서 살지 않아도 된다는 말이냐? 곰팡이에 감염될 일도 없고?"

"맞아요. 제가 진흙으로 벽돌 만드는 법을 알려드릴게요. 전 그 벽돌을 가지고 햇빛이 잘 드는 나무로 올라가 집을 짓겠어요."

진리와 수용이 지네마을 밖의 개울가에 도착했다. 진리가 흙과 물을 섞어서 벽돌 만드는 법을 보여줬다.

"나무로 만든 이 네모난 틀에 진흙을 넣고 꾹꾹 눌러주면 돼요. 간단하죠?"

진리가 수용이 만든 벽돌을 등에 지고 나무 위로 올라갔다. 햇빛이 가장 잘 드는 나뭇가지를 골라 그 위에 벽돌을 쌓았다.

"여긴 사막보다 햇빛이 약하니 창문을 좀 더 크게 만들어도 되겠어. 태양이 저쪽에서 뜨니 창문은 여기쯤에 만들자."

진리의 눈앞에 진흙집의 설계도가 자연히 그려졌다. 축축한 진흙 벽돌도 햇빛을 받으니 금세 단단해졌다. 진리가 부지런히 나무와 개울을 오가며 벽돌을 쌓았다. 그 모습을 멀리서 지켜보던 지네들이 하나 둘 팔을 걷어붙였다.

"나도 돕겠소."

"나도 도울게, 진리야."

"그럼 진흙 벽돌을 만들고 나르는 것을 도와주세요."

어느덧 마을에 사는 모든 지네들이 나와 진리를 도왔다. 단 하나, 그나시리온을 빼고 말이다. 몇몇은 벽돌을 만들고 나머지는 벽돌을 날라 집을 만들 나무 근처에 쌓았다. 진리가 나무의 위아래를 바삐 오가며 벽돌을 쌓자 어느새 집의 형태가 갖춰졌다.

"자, 이 나무 위의 집은 곰팡이에 감염된 환자들을 치료하는 곳이에요. 병원의 환자들을 어서 이곳으로 데려오세요."

진리의 말이 끝나자마자 힘센 장정들이 병원으로 몰려가 환자들을 들것에 실어왔다. 진리가 진흙집에서 상황을 지휘하며 환자들을 눕힐 곳을 알려줬다. 환자들 사이에서 진리의 눈에 익숙한 얼굴이 보였다. 바로 엄마였다.

"엄마, 이제 곧 있으면 훌훌 털고 일어날 거예요. 그때까지 힘내세요."

진리가 부드럽게 엄마 얼굴을 쓰다듬었다. 어느새 진리의 눈시울이 붉어졌다. 하지만 엄마의 얼굴로 따뜻하게 비치는 햇살을 보니 엄마가 금방 나을 것이란 희망이 생긴다. 진리가 환자들을 돌보는 지네들에게 엄마를 부탁하고선 나무 밑으로 내려갔다.

"병원이 완성됐으니 이젠 우리가 살 집들을 만들어요. 혹시 기존에 살던 떡갈나무 마을을 떠나기 싫은 분들 계신가요?"

그러자 모여 있던 지네들이 한목소리로 대답했다.

"이젠 다시 저 어둡고 축축한 곳으로 돌아가지 않을 거요."

"맞아요, 매번 곰팡이에 감염되는 삶은 지긋지긋해요."

"어서 새로운 지네마을을 만듭시다."
진리가 뿌듯한 미소를 지으며 아름드리나무 주변의 땅을 가리켰다.
"저곳에 우리의 마을을 지어요. 햇빛이 잘 들뿐 아니라 집이 너무 뜨거워지면 나무 그늘이 더위를 식혀 줄 거예요."

여러 날이 지나고 드디어 새로운 지네마을이 완성되었다. 지네들이 자신이 만든 벽돌집에 들어가 보고는 깜짝 놀랐다.
"햇살이 이렇게 따뜻한 거였어? 공기도 뽀송뽀송하고 말이야."
"집안이 밝으니 절로 생기가 도는 걸요."
모두 신이 절로 나 와자지껄 떠들었다. 지네마을이 순식간에 밝은 기운으로 가득 찼다. 행복해하는 지네들을 보니 진리의 코끝이 찡해졌다.
"진리야, 고마워. 이렇게 기분 좋아지는 집은 처음이야."
시연이 진리에게 다가와 들뜬 목소리로 이야기했다.
"고맙긴. 근데 네 할아버지가 안 보이네?"
"할아버지는 떡갈나무 마을을 떠나시지 않겠대. 우리 가족이 설득해도 어찌나 고집을 피우시는지. 할아버지 혼자 원래 집에 사시기로 했어."
시연의 말에 신리가 무언가 곰곰이 생각했다. 어느새 수용이 다가와 진리를 툭 치며 말을 걸었다.
"자, 이제 우리도 새집에 가야지? 어서 들어가자."
"아빠, 먼저 들어가 계세요. 전 그나시리온 할아버지를 만나봐야겠어요."
"뭐, 그 천하에 몹쓸 놈을 만나겠다고? 좋아, 나랑 같이 가자. 그 이빨 빠진 늙은이, 내가 가서 흠씬 두들겨 줄 테다."

수용이 그의 이름을 듣자마자 흥분해서 길길이 날뛰었다. 진리가 그런 수용의 손을 꼭 잡고 말렸다.

"아빠, 저 혼자 갈게요. 그 할아버지도 알고 보면 불쌍한 지네예요."

"불쌍하다니, 뭐가 불쌍해. 본인이 쌓아온 업보를 그대로 돌려받는 건데? 그런 놈은 어두컴컴한 곳에서 평생 혼자 살다 죽어도 싸."

"아빠, 그 할아버지는요 과거의 감정에서 벗어나지 못하는… 맞다, 아빠에게 줄 것이 있어요."

"뭔데?"

진리가 이고에게서 받은 구겨진 종이 뭉치를 수용에게 건넸다.

"할아버지가 아빠에게 준 편지에요. 한 번 읽어보세요."

"아버지를 만났다고?"

"할아버지는 안타깝게도 기억을 잃었어요. 하지만 아빠만은 기억하시는 것 같았어요."

"이, 이럴 수가. 아직 살아 있었다니."

수용이 두 손을 바들바들 떨며 구겨진 편지를 천천히 펼쳤다. 진리가 수용의 표정을 살피며 슬슬 뒤로 물러나더니 떡갈나무 마을로 천천히 사라졌다.

─너에게 쓰는 마지막 편지가 되지 않길 바라며 나의 심경을 글로 남긴다. 내가 목숨을 걸고 사막까지 온 이유는 네 엄마를 구할 방도를 찾기 위함이었다. 우리 가족의 행복을 위해 나를 희생할 각오로 마을을 떠난 것이란 말이다. 그런데 넌, 넌! 나를 버리겠다

고? 모든 걸 내던진 나에게 네가 감히 그럴 수 있어?! 네 편지를 받고 몇날 며칠 동안 분노에 몸을 떨었다. 나의 지나간 세월이 모두 헛수고였다는 생각에 이를 바득바득 갈았지. 이젠 그 방법밖엔 없다. 기억을 잃는 한이 있더라도 내가 옳았음을 증명하는 수밖에 없어. 내가 사막 지네처럼 햇빛에 견디는 껍질을 갖고 마을로 돌아간다면 넌 나를 받아줄 수밖에 없을 거다. 난 아직 너와 네 엄마를 포기할 수 없다. 내 삶의 이유이므로. 그럼 마을에서 보자―

수용이 편지를 다 읽고 그 자리에 털썩 주저앉아 슬피 울었다.
"아버지, 그 편지는 제가 쓰지 않았어요. 전 아버지를 원망했지만 그렇다고 인연 끊을 생각은 단 한 번도 하질 않았어요. 난 단지 아버지가 어머니와 제 곁에 있길 바랐어요. 그런 나의 마음을 솔직히 말했더라도 아버지는 떠나셨을까요. 우리 둘 다 가족을 위한 마음은 똑같았는데 왜 서로의 마음을 확인하려 들지 않았을까요."
수용이 한참 눈물을 쏟아내자 무거웠던 마음이 살짝 가벼워졌다.
"아버지, 감사해요. 목숨 걸고 나와 어머니를 지켜주셔서. 곧 아버지 만나러 갈게요. 조금만 기다려주세요."
이젠 아버지에 대한 원망이 눈 녹듯 사라졌다. 그나시리온에 대한 분노마저 한결 옅어졌다. 수용이 진리가 향한 떡갈나무 마을을 한참 바라보더니 발길을 돌려 새로운 자신의 집으로 되돌아갔다.

진리가 그나시리온을 찾아 떡갈나무 마을로 들어섰다. 얼마 전까지만 하더라도 지네들로 북적였던 마을이 이젠 공동묘지처럼 스산하고 황량하다. 어두컴컴한 집들 사이에서 희미한 불빛이 새어 나오는 창문이 있었다. 진리가 아빠를 구출했던 그 나시리온의 집이었다. 진리가 그 집으로 가 문고리를 잡아당기자 문이 스르륵 열렸다.

진리가 살짝 열린 문틈으로 집 안을 들여다보았다. 그가 책상 앞에서 괴로운 표정으로 머리를 감싼 채 앉아 있었다. 그가 빼꼼히 내민 진리의 얼굴을 발견하곤 소스라치게 놀랐다.

"넌, 넌…"

겁에 질린 그가 버벅거리며 뒤로 물러났다. 그의 얼굴에 새까만 그림자가 드리웠다.

"나를 죽이러 온 게냐?"

공포로 벌벌 떠는 그에게 진리가 부드러운 표정으로 다가갔다.

"아니에요, 할아버지. 새로 만든 마을에서 같이 살자고 이야기하러 왔어요."

그러자 그가 진리를 빤히 쳐다보더니 안도의 한숨을 내쉬곤 다시 책상 앞에 앉았다. 이내 평소의 완고하고 퉁명스러운 얼굴로 되돌아왔다.

"난 이곳을 떠날 생각이 없다. 그러니 날 놔두고 그만 돌아가."

"혹시 예전에 죽은 할아버지 가족들 때문에 그러는 건가요?"

그 말을 듣자마자 손톱 밑에 바늘이 찔린 것 마냥 그가 뒤로 튕겨 날아갔다. 그에게 죽은 가족 이야기는 금기시되었기 때문에 진리처럼 직설적으로 이야기를 꺼내는 경우는 지금껏 없었다.

"뭐, 뭐라고?"

그의 가슴 가장 깊숙한 곳엔 그가 애써 외면해왔던 감정의 보관 창고가 있었다. 여러 겹의 두꺼운 철문으로 막아놓고, 자물쇠와 쇠사슬로 꽁꽁 묶어두었던 창고의 입구가 빠지직 갈라졌다. 죽은 가족들에 대한 기억과 감정이 하나로 뒤섞여 뜨거운 용암처럼 흘러나왔다. 그의 가슴에서 뿜어져 나온 끈적한 감정 덩어리가 그의 온몸을 휘감았다. 그가 자신의 가슴을 두 손으로 세게 누르며 필사적으로 감정 덩어리를 집어넣으려 했다. 하지만 그의 손가락 사이로 흘러내리는 뜨거운 용암을 막을 길이 없었다.

"으윽, 너무 고통스러워. 이대로 타 죽을 것 같아."

그가 가쁜 숨을 몰아쉬며 얼굴이 일그러졌다. 진리가 얼른 그에게 다가가 그의 두 손 위에 자신의 손을 올려놓았다.

"할아버지, 정신 차려요. 이건 실제로 존재하는 것이 아니에요. 할아버지가 만들어 낸 허깨비라고요."

"이렇게 나를 아프게 하는데 이것이 진짜가 아니라고? 네 눈엔 안 보이겠지만 내겐 똑똑히 보인단 말이다."

"내게도 보여요. 할아버지 가슴에서 뿜어져 나오는 이 시뻘겋고 뜨거운 무언가요."

"그럼 너도 어서 내 가슴을 힘껏 눌러. 더는 흘러나오지 않게."

"이것을 멈추는 건 오직 할아버지만 할 수 있어요. 제가 도와 드릴게요."

"어떻게 멈추냔 말이냐? 빨리 알려다오."

"이것이 흘러나오는 바로 그곳으로 가야 돼요. 어디인지 느껴지시나요?"

진리의 말에 그가 두 눈을 찡그린 채 자신의 가슴에 집중했다.

"찾았다. 이것이 뿜어져 나오는 바로 그곳 앞에 내가 서 있어."

"잘하셨어요. 그럼 이제 그 안으로 들어가세요."

"뭐라고, 그건 안 돼. 여긴 너무 뜨겁고 어두워. 끝이 안 보이는 불구덩이라고. 이 안으로 들어갔다간 곧바로 타 죽고 말 거야."

"그 구덩이 맨 밑에 이 불을 끌 수 있는 열쇠가 있어요. 할아버지가 그 속으로 들어가지 않으면 얼마 안 있어 뜨거운 불길이 할아버지를 집어삼킬 거라고요."

"그래도 너무 무서워. 도무지 자신이 없어."

그가 숨이 넘어갈 듯한 목소리로 벌벌 떨었다.

"그 구덩이도 할아버지가 만들었어요. 이젠 할아버지가 만들어 낸 것들을 피하지 말고 똑바로 봐야 할 때가 왔어요. 할아버지는 할 수 있어요. 제가 옆에 있을게요."

진리가 그의 손을 꼭 쥐자 그의 가슴 속에서 치솟던 불길이 약하게나마 잔잔해졌다.

"그, 그래. 그럼 한번 해볼게."

그가 침을 꼴깍 삼키고 구덩이 입구로 한 발짝 내딛었다. 그러자 그나시리온이 끝을 알 수 없는 지하 깊은 곳으로 떨어졌다.

"으아아…"

그나시리온이 정신을 차리고 보니 어두컴컴한 동굴 안에 들어와 있었다. 그의 눈앞에 끝을 알 수 없는 암흑의 공간이 펼쳐져 있었다.

"내 가슴 속에 이렇게 깊고 어두운 동굴이 있었다니. 저 안에 진리가 말한 열쇠가 있는 건가."

그나시리온이 밀려오는 두려움을 뒤로 하고 천천히 앞으로 나아갔다.

"어서 오세요. 당신을 기다리고 있었어요."

동굴 저 깊은 곳에서 희미한 목소리가 퍼져 나왔다. 그가 화들짝 놀라 걸음을 멈췄다. 어딘가 귀에 익숙한 목소리였다. 오랜 세월이 흘렀지만 그는 단번에 목소리의 주인공이 누구인지 알아차렸다.

"여, 여보?"

그가 떨리는 손으로 동굴 벽을 더듬으며 한참을 걸었다. 희뿌연 형체가 어둠 속에서 서서히 모습을 드러냈다. 수십 년 전에 죽은 아내였다.

"이럴 수가."

아내는 젊었을 때 모습 그대로 갓난아이를 안은 채 그를 맞이했다. 그가 흐느끼며 아내와 아이에게 다가갔다. 아내를 만지려 손을 뻗어보지만 허공을 가를 뿐이었다. 흠칫 놀라며 뒷걸음질 쳤다. 아내가 그런 그를 보고 가벼운 미소를 지었다.

"우리가 보고 싶었나요?"

"난 당신과 내 아이를 잊은 적이 단 한 번도 없다오."

"그런데 왜 우리를 이 깊은 동굴에 가둔 건가요?"

"내가 말이오. 난 당신을 가둔 적이 없소."

그가 땀을 비 오듯 흘리며 아내의 말에 대답했다.

"우릴 잊은 적이 없다면서 그 이후로 단 한 번도 이곳에 오지 않았잖아요."

"그건 그날의 기억을 떠올리기가 두려워 그런 거라오."

그가 침을 꿀꺽 삼키고 말을 이어갔다.

"내가 당신과 아이를 보호하지 못해 그런 끔찍한 일을 겪지 않았소. 난 그 일에 대해 평생 죄책감을 안고 살아왔다오."

"그 일이 어째서 당신 탓인가요? 단지 운이 나빴을 뿐이죠."

"정말 그렇게 생각하오. 날 원망해 본 적은 없소."
"단 한 번도 없어요. 당신은 우리를 지키기 위해 그 험난한 길을 나선 거예요. 나도 그런 당신을 믿고 따랐구요. 비록 우리가 원하던 결말은 아니었지만 난 당신이라도 살아남아 다행이라 생각했어요."
아내의 말에 그의 눈에서 봇물 터지듯 눈물이 쏟아졌다. 아내가 그런 그를 측은하게 바라보았다. 한참을 울던 그가 진정되자 아내가 말을 이어갔다.
"그 후 당신이 결혼하자 동굴 입구에 철문이 닫히더군요. 자물쇠로도 잠궜구요. 난 당신이 우릴 아예 나오지 못하도록 가둔 거라고 생각할 수밖에 없었어요."
"내가 결혼한 걸 알았소?"
그가 생선을 훔치다 들킨 고양이마냥 깜짝 놀랐다. 아내가 싱긋 웃었다.
"뭘 그리 놀라요. 죄지은 것도 아닌데."
"난 결혼 이후 더더욱 당신을 볼 면목이 없었소. 나만 행복하게 사는 것 같아 너무도 괴로웠단 말이오."
그가 털썩 주저앉아 머리를 쥐어뜯으며 구슬피 울었다. 아내가 처량한 눈빛으로 울음이 그치기를 기다렸다.
"그랬군요. 난 당신이 우릴 완전히 잊으려는 건 줄 알았어요."
그의 울음이 잦아들고 한동안 깊은 침묵이 이어졌다.
"그동안 마음고생 많았어요. 그래도 나를 다시 만나니 마음이 좀 가벼워지지 않아요?"
아내의 장난기 어린 목소리에 그가 슬며시 미소를 보였다.
"진작 당신을 만나러 올 걸 그랬소. 이곳은 너무 깜깜하고 무서워

감히 들여다볼 생각을 못 했다오."
"거기서부터 시작이에요. 자신의 어둡고 두려운 감정을 인정하고 보려는 것에서부터요."
아내의 말에 그가 살짝 고개를 끄덕였다.
"그럼 이제 날 여기서 내보내 줄 수 있나요?"
아내가 자신의 발목에 묶인 족쇄를 내려다보며 말했다.
"하지만 이걸 풀게 되면 당신과 아이는 영영 사라지는 것 아니오?"
그가 걱정스러운 말투로 대답하자 아내가 빙그레 웃었다.
"그렇지 않아요. 당신이 우릴 떠올릴 때면 우린 언제나 당신 가슴 속으로 돌아올 수 있어요."
"그렇소?"
"네. 공기가 가슴 속으로 드나들 듯 자유롭게 올 수 있으니 걱정 말아요."
"그렇다면."
그가 아내의 발목으로 손을 가져갔다. 그의 손이 족쇄에 닿는 순간 순식간에 족쇄가 사라졌다. 그가 깜짝 놀라 고개를 드니 아내와 아이가 투명하게 빛나며 공중으로 떠오르고 있었다.
"고마워요. 우린 항상 당신 곁에 있어요."

그나시리온이 눈을 번쩍 떴다. 그의 가슴에서 새어 나오던 뜨거운 용암이 불꽃처럼 터지며 공중으로 사라졌다. 그가 가슴을 감쌌던 손을 스르륵 내려놓고 평화로운 얼굴로 허공을 응시했다. 아내와 아이가 손을 흔들며 어딘가로 떠났다.
"진리, 너도 보았느냐?"

진리가 그의 시선을 따라 집 안 곳곳을 살폈다.

"아니요, 제겐 아무것도 보이지 않는걸요. 하지만 무거웠던 집 안 분위기가 한결 가벼워진 느낌이에요. 할아버지 얼굴도 밝아졌고요."

진리의 말에 그가 고개를 돌려 창문에 비치는 자신의 얼굴을 보았다. 편안해진 눈빛에 가벼운 미소를 띤 자신을 발견한다. 끊임없이 파도가 휘몰아치던 마음이 바람 한 점 없이 잔잔하고 고요하다. 그가 그윽한 눈길로 진리에게 말을 건넸다.

"고맙다. 네 덕분에 이젠 이곳을 떠날 수 있겠어. 나를 새로운 마을로 안내해다오."

진리가 그를 시연이 사는 집으로 데려갔다. 그의 가족들이 뛰어나와 그를 반갑게 맞이했다. 행복한 그들의 모습을 지켜보니 진리의 얼굴에 자연스럽게 미소가 피었다. 진리도 아빠가 기다리는 집으로 천천히 발길을 돌렸다.

"진리야, 일어나렴."

부드러운 목소리에 진리가 스르륵 눈을 떴다. 진리 엄마가 침대맡에 앉아 사랑이 가득한 눈길로 진리를 불렀다.

"엄마."

진리가 자석에 이끌리듯 엄마 품으로 뛰어들었다. 진리가 따뜻한 엄마 품에서 솜사탕처럼 녹는다.

"얘는 엄마가 온 지 언제인데 아직도 어리광이니? 어서 아침 먹으렴."

엄마가 가볍게 핀잔을 주며 진리 코를 살짝 꼬집었다. 아침 식사를 준비하던 수용이 둘의 소란을 지켜보며 씩 웃었다. 엄마가 수용을 도우러 가자 진리가 잠자리에서 일어나 침대 옆의 커튼을 걷었다. 새로 만든 진흙집들이 아침 햇살을 받아 반짝반짝 빛났다. 예전에 어디선가 본 적이 있는 풍경이다. 진리가 고개를 돌려 엄마 아빠를 지켜보았다. 아침 식사를 준비하는 부모님의 모습이 눈에 익었다. 그러고 보니 새로 이사 온 집 안 모습도 어쩐지 낯설지 않다.

'이 모습들, 전에 분명 본 적이 있어. 언제였지? 맞다! 정글의 나무에서 꿈꿨을 때 보았던 바로 그 풍경이야.'

진리가 다시 한번 창밖을 내다보았다. 이젠 꿈속에 있었던 정글의 나무가 보이지 않았다. 진리가 오른손등을 보니 흉터 자국이 그대로 남아 있다.

'휴, 또 꿈인 줄 알았네. 다행이다.'

진리가 안도의 한숨을 내쉬며 자신의 흉터를 부드럽게 쓰다듬었다. 그러자 그동안 지네마을을 떠나 겪었던 일들이 순식간에 되살아났다. 그리운 얼굴들도 눈앞을 스쳐 지나갔다. 리오, 팩맨, 그리고 미소.

"진리야, 밥 먹어야지."

아빠의 부름에 진리가 화들짝 놀라며 현실로 돌아왔다. 엄마와 아빠가 싱긋 웃는 얼굴로 식탁에 앉아 진리를 기다리고 있었다.

"네, 가요."

진리가 쪼르륵 날려가 엄마와 아빠 사이에 앉았다. 하얀 쌀밥을 숟가락으로 크게 한 입 퍼서 입안에 넣고 우물우물 씹는다. 엄마가 터질 듯한 진리의 볼을 보곤 피식 웃었다.

"진리 너에게 편지 왔다. 팩맨이 누구냐?"

"팩맨 아저씨요?"

진리가 아빠의 말에 숨넘어갈 듯 소리를 질렀다. 사방팔방으로 밥

풀이 튀었다. 진리가 물건을 훔치듯 아빠에게서 편지를 빼앗아 봉투를 뜯었다.

"이럴 수가."

진리가 휘둥그레져서 편지를 읽었다. 진리의 눈이 점점 커지더니 입을 헤벌쭉 벌리곤 엄마와 아빠를 번갈아 쳐다보았다.

"무슨 내용이길래 이렇게 호들갑이니? 팩맨이 누구길래?"

엄마가 걱정스런 눈빛으로 진리에게 묻지만 아무런 대답이 없다. 진리가 멍한 표정으로 그 자리에 가만히 있다가 갑자기 의자를 박차고 일어나 문을 향해 달린다.

"어디 가니. 밥도 안 먹고."

"학교 갔다 올게요."

번개처럼 사라지는 진리의 뒷모습을 보며 아빠가 한마디 덧붙였다.

"아직 학교 열려면 멀었어."

진리가 한 손에 편지를 꼭 쥐고 바람을 가르며 뛰어간다. 싱그러운 햇살이 진리 뒤를 따른다. 진리의 새로운 하루가 시작된다.